Herausgegeben von
Melissa Andersson
und
Gerd Rottenecker

Jane Welchs *Runenzauber-Saga* bei Excalibur:

1. Die Drachenfestung (70133)
2. Das Auge des Druiden (70134)
3. Die Nebel von Farona (70135)
4. Der Drachenstein (70136)
5. Das Schwert der Morrigwen (70137)
6. Der See der Tränen (70138)
7. Der Kreis von Abalone (70149)
8. Das Jenseitstor (70150)
9. Das Blut der Wölfe (70151)
10. Der Bann des Barden (70180)
11. Im Land des Greifs (70181)
12. Der Herr der Schatten (70182)

Jane Welch

RUNENZAUBER
X

Der Bann des Barden

Ins Deutsche übertragen von
Jörn Ingwersen

Knaur

Die englische Originalausgabe erschien 1999
unter dem Titel »The Bard of Castaguard, Chapters 16–30«
bei Simon & Schuster/Earthlight, London

Besuchen Sie uns im Internet:
www.droemer-weltbild.de

Deutsche Erstveröffentlichung 6/2000

Umschlagkonzeption: Melissa Andersson
Umschlagillustration: Geoff Taylor, »The Sword and the Satchel«
Lektorat: Ralf Reiter
Satz: Ventura Publisher im Verlag
Druck und Bindung: Clausen & Bosse, Leck
Printed in Germany
ISBN 3-426-70180-4

2 4 5 3 1

Für Richard, in Liebe und Dankbarkeit,
weil er mir geholfen hat, dieses Buch zu erschaffen.

Und für Harriet und George
mit unendlicher Liebe von uns beiden.

KARTE

NAHENDE EISDECKE
Vaalaka
DIE NOMADENSTEPPE
DAS HORN VON VAAL-PEOR
SOMMER FLÜSSE
DRACHEN WÜSTE
DIE DREI SCHWARZE TEUFEL
LANDES-GRENZEN
GRENZEN DER BARONIEN
STRASSEN, WEGE UND PÄSSE
BARONIE VON TORRA ALTA
KEILER WALD
TORRA ALTA
BARONIE VON JOTUNN
GUT JOTUNN
SILBERFLUSS
BARONIE VON NATTARDA
BARONIE VON OVISSIA
HIRSCH WALD
WIGLAFS LANDSITZ
BLENHAM
FARONA
GRANHAM
DER DORS
BELBIDIA
BARONIE VON FARONSHIRE
BARONIE VON PISCERA
BARONIE VON QUERTOS
ISTHMUS
GORTA
BARONIE VON CALDEA
ILDROS
TARTRA
NEBELKÜSTE
HESPERA
DER HAKEN
DIE FERNE INSEL
DER KAMM VON OPHIDIA
Caballische
DER SPIESS
Ophidia
TOTE GÖTTER

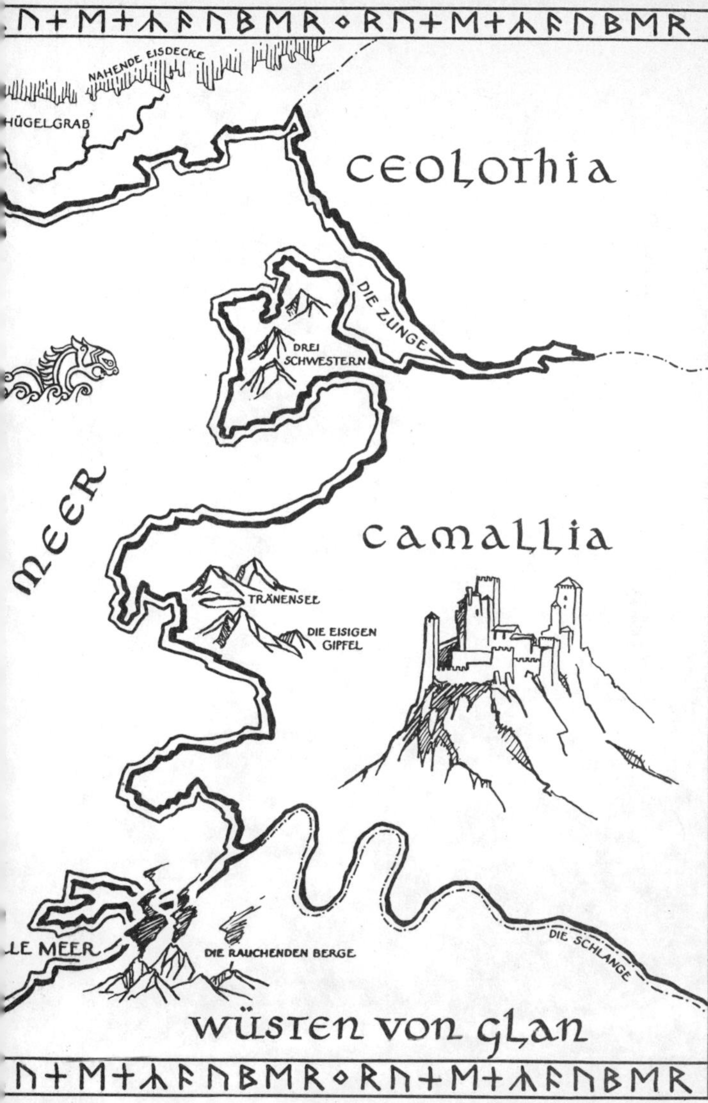
NAHENDE EISDECKE
HÜGELGRAB
CEOLOTHIA
DIE ZUNGE
DREI SCHWESTERN
MEER
CAMALLIA
TRÄNENSEE
DIE EISIGEN GIPFEL
LE MEER
DIE RAUCHENDEN BERGE
DIE SCHLANGE
WÜSTEN VON GLAN

KAPITEL 1

Der Drache, wenn er auch Klauen und Zähne wie Sicheln hatte, hauchte kein Feuer aus, sondern den Duft von Rittersporn, welcher allen, die ihn rochen, die erstaunlichsten Träume bescherte – Träume, die wahr wurden, sollten sie jemals den Mut finden, den Drachenodem in einer Flasche zu fangen.«

Keridwen wob ihre Geschichte, fütterte sie mit jeder Unze ihrer Energie, und tatsächlich schien es, als käme mit jedem Wort blauer Rauch aus ihrem Mund. Hal zog den Kopf in seinem Umhang ein und atmete den beißenden, scheußlichen Duft des Krautes ein, Jungfernglück, das dem blauen Rauch entgegenwirken sollte, von dem die Kammer erfüllt war. Sicher würde Keridwen mehrere Tage schlafen, nachdem sie derart viel von diesem Rauch eingeatmet hatte, doch er, Brid und Ceowulf würden einen klaren Kopf behalten.

Es war spät, und die Geräusche aus der Folterkammer waren lange verklungen. Sie hofften, daß die Feuer erloschen wären. Die Kohlen waren sicher noch heiß, aber wenn sie sich beeilten ...

Es schien Ewigkeiten zu dauern, bis der Rauch wirkte, doch als die letzten Wachen selig am Boden dämmerten, griff Brid nach dem Knoten am Ende ihres dicken Zopfes und löste ihn. Natürlich waren sie durchsucht worden, als sie in den Kerker kamen, doch die Wachen hatten nichts bei ihr gefunden. Ihr dichtes Haar war von weichem Kupferbraun, in dessen roten Strähnen sich das Licht fing, und es war so lang, daß sie mehrere nützliche Gegenstände im Knoten hatte verbergen können. Niemand hatte daran gedacht, ihr Haar zu untersuchen. Schließlich war es nicht so, als wäre sie eine Söldnerin, eine Attentäterin oder eines politischen Verbrechens angeklagt. Sie hatte nur Seide auf dem Markt gestohlen.

Vor einigen Stunden hatte sie ein Stück Stoff aus ihrem Zopf gezogen, das ihre wichtigsten Kräuter enthielt, und dann eifrig die beiden nötigen Mittel vermischt. Nun, da die anderen Gefangenen dösten und die Augenlider der Wachen immer schwerer wurden, brachte sie ein Stück Hakendraht hervor. »Mal sehen, ob uns die Schlösser das Leben schwermachen«, sagte sie fröhlich.

Hal grinste sie an. »Brid, ich staune immer wieder.«

»Es war Abelards Idee«, räumte sie ein.

Hal stöhnte. »Du meinst doch nicht, daß du ihn mitgebracht hast?«

Ceowulf antwortete an ihrer Stelle. »Natürlich. Er wartet gleich hinter dem Palast auf uns, mit einem Karren voller Weinfässer, die allesamt für die feine Baronie Jotunn gedacht sind. Es wird Cybillia natürlich nicht recht sein. Ihr wäre es lieber, wenn ich Ale tränke, aber ich kann mich an eure nordischen Sitten nicht gewöhnen. Sie würzt den Wein und wärmt ihn. Schrecklich, dem guten caldeanischen Wein so etwas anzutun«, klagte der Ritter. »Und es ist gut, daß er mitgekommen ist. Niemand sonst kann Pip zähmen.«

»Nicht auch noch Pip! Das ist eine Katastrophe!« rief Hal. »Dieser Junge sollte nach Salise verbannt werden, so weit wie möglich fort von Torra Alta.«

Sie husteten vom scharfen Rauch, den Brid ihnen verabreicht hatte, und machten sich daran, ihre Fesseln zu lösen, und da die Wachen sie nicht beobachteten, war ihre Aufgabe erheblich einfacher, als sie zu hoffen gewagt hatten. Von allem befreit, schloß Hal Brid sogleich fest in seine Arme.

Auch sie drückte ihn an sich, doch sie lösten sich in ihrer Eile, zügig zu entkommen, schnell wieder voneinander, hielten sich fest bei den Händen und verabschiedeten sich hastig von Keridwen. Obwohl sie dem Schlafmittel heftig ausgesetzt gewesen war, war ihr dessen Wirkung doch wohlbekannt, und so hatte sie wach bleiben können. Sie packte Hal beim Arm.

»Wie wollt ihr die Prinzessin finden, wenn Rewik und Dagonet daran gescheitert sind?« In ihrem Blick lag Zweifel. »Du denkst an das Necrönd. Laß nicht zu, daß Spar es benutzt«, warnte sie steinern. Hal wollte nicht antworten. Finster sah Keridwen ihn an. »Du bist derjenige, auf den er am ehesten hören wird. Du darfst ihn nicht ermutigen. Es muß im Kerker eingeschlossen bleiben.«

Er wandte ihrem Zorn den Rücken zu.

»Hal, hör mir zu! Es wird schreckliches Unheil anrichten.«

Er erstarrte und versuchte, das unangenehme Gefühl abzuschütteln, daß Keridwens Blick tiefe Wunden in seinen Rücken brannte. Es war entmutigend, daß sie seine Gedanken so gut lesen konnte, aber sie hatte nicht immer recht. Seiner Ansicht nach wurden ihre Entscheidungen stets aus religiösem Pflichtgefühl heraus getroffen, und manchmal schien es ihm, als gingen sie auf Kosten des allgemeinen Wohlergehens. Er respektierte, was die Priesterin über das Necrönd sagte und was damit geschehen sollte, doch konnte er nicht zulassen, daß sie ihre Sorgen um das Druiden-Ei über die Sicherheit Torra Altas stellte. Er wollte nicht jene, die er liebte, wieder leiden lassen.

Kalt sagte Keridwen in seinem Rücken: »Spar wird es nicht tun, Hal. Ich habe ihm das Versprechen abgenommen, und er würde niemals ein Versprechen mir gegenüber brechen.«

Unwillkürlich blieb Hal stehen und wandte sich zu ihr um. »Das ist egal. Ich werde ihm sagen, du hättest deine Meinung geändert und würdest ihn inständig bitten, die alten Ungeheuer dieses Landes zu rufen, damit sie Cymbeline suchen. Er wird mir glauben ... besonders, wenn ich erkläre, daß der König seine Mutter im Kerker in Ketten gelegt hat.«

»Ich werde nicht vergessen, daß du gelobt hast, gegen meine Wünsche vorzugehen«, drohte Keridwen.

Er hielt ihrem Blick nur einen denkbar kurzen Moment stand, dann mußte er sich von diesen Augen abwenden. Zwar hatte sie seit Morrigwens Tod sicherlich einiges ihrer mystischen Präsenz eingebüßt, doch es war eine Entschlossenheit in Keridwen gewachsen, die ihr Kraft verlieh, und diese fürchtete er. Er fuhr herum und lief Ceowulf nach.

Es war nicht weit bis zu jener Eisentür, welche die Folterkammer von den schleimigen Wänden der Kerker trennte. Geschickt öffnete Ceowulf das Schloß und nickte, als Hal anerkennend grinste. »Ein Söldner lernt viele Tricks«, sagte er leichthin.

Ohne innezuhalten, durchquerte Brid den Raum. Hal dagegen zögerte beim Anblick der Folterbank, der Prügelpfähle und der Blutflecken auf dem Steinfußboden. Eine halb verweste Leiche hing im Inneren eines Eisenkäfigs, und die Augen tropften aus ihren Höhlen. Selbst Ceowulf blieb bei diesem Anblick stehen, bis er zu den erhöhten Feuerstellen eilte, die sich an einer Wand befanden. Eine ganze Reihe Schürhaken und Brandeisen standen aufrecht neben der geharkten Glut.

Brid fand Wasser in einer Tonne und getränkte Stoffstreifen, die sie sich um Hände und Gesicht wickelte. Furcht beschleunigte Hals Atem. Plötzlich hatte er Angst ... nicht um sich selbst, sondern um Brid.

Er packte sie grober als beabsichtigt. »Das kannst du nicht tun. Es muß eine andere Möglichkeit geben.«

Ärgerlich sah sie ihn an. »Du fürchtest dich doch auch nicht, in den Kamin zu klettern, oder?« Sie schien keine Antwort zu brauchen. »Nun, ich auch nicht. Aber ich fürchte mich davor, morgen früh hier erwischt zu werden und am Galgen zu enden.«

Das Knirschen von gequältem Holz unterbrach ihr Gespräch. Ceowulf grinste reumütig und brachte zwei dicke Planken herüber, die er aus der Folterbank gebrochen hatte, und legte sie über den Feuerrost, um ihnen eine Plattform zu schaffen, von der aus sie ihren Aufstieg beginnen konnten. Hal fielen die etwas steifen Bewegungen des Ritters auf, und er vermutete, daß die Verletzung ihm nach wie vor Schmerzen bereitete, aber Ceowulf war ein Mann und würde damit fertig werden, dessen war er sicher. Brid dagegen war ein Mädchen von zartem Wuchs. Finster betrachtete er die schwelende Glut und ärgerte sich angesichts seiner Unfähigkeit, ihr Schmerz zu ersparen, als er ihr hinter sich hinaufhalf, wo sie beide auf den Planken balancierten, die bereits versengten. Die feuchten Tücher schützten sie nicht gänzlich, und es war kaum Luft zum Atmen da, denn diese drohte ihnen die Nasenlöcher und Lungen zu verbrennen, als sie ins enge Schwarz über sich blinzelten. Er war ungemein erleichtert, als er ein Seil fand, das nicht mehr als einen Fuß über seinem Kopf baumelte.

»Ich werde zuerst gehen«, sagte Brid und übernahm sogleich das Kommando. »Ich kann mit Leichtigkeit an einem solchen Seil hinaufklettern. Für Ceowulf wird es um einiges schwieriger werden, und deshalb solltest du, Hal, die Nachhut übernehmen.« Behende kletterte sie auf Hals Rücken, griff nach dem dicken Knoten am Ende des Seiles und zog sich in den rußigen Schacht hinauf.

Ceowulf tat sich bei dieser Kletterpartie reichlich schwer.

»Es geht viel leichter, wenn du alle Kraft in einen konzentrierten Versuch legst und dich schnell hinaufziehst«, riet Hal, »sonst lassen deine Finger nach.« Zum dritten Mal war Ceowulfs großer Stiefel auf seine Finger getreten, und Hal sorgte sich ernstlich darum, daß sie es vielleicht nicht schaffen würden. Wenigstens kühlte das Mauerwerk weiter oben ab, und er verbrannte sich nicht mehr, wenn er gegen die Steine stieß.

Seitliche Rauchabzüge boten ihnen Gelegenheit zur Rast, doch Ceowulfs angestrengtes Atmen verriet seine Erschöpfung. Hal vermutete, daß sie erst den halben Weg hinter sich hatten, als sie einen breiten Sims fanden, auf dem sie rasten konnten. Alle drei kauerten dicht beieinander in der dunklen Seitenöffnung.

»Geht ohne mich weiter«, knurrte Ceowulf und massierte seine rechte Schulter. »Ich halte euch nur auf.«

Weder Brid noch Hal machten sich die Mühe, darauf etwas zu erwidern, drängten ihn jedoch, das Seil zu nehmen und Brid erneut zu folgen. Zähneknirschend vor Anstrengung hievte sich Hal seinem Freund hinterher und schob seine Schultern gegen Ceowulfs Füße, um dem Ritter etwas zu geben, woran er sich abstützen konnte.

Hal dachte schon, daß er sich gleich nicht mehr würde halten können, als endlich Brids Stimme von irgendwo hoch oben zu ihnen herunter flüsterte. »Ich bin fast da.«

Nach wie vor befand er sich im enger werdenden Kamin, von Schwarz umgeben. Als er sich mit den Schultern zwischen die verrußten Steine schob, fürchtete er schon, daß Ceowulf steckenbleiben würde, doch dem plötzlichen Jubelschrei nach zu urteilen, war der Ritter oben angekommen. Sternenlicht drang durch den Schornstein herab.

Angestrengt fluchend zog sich Hal den letzten Meter hinauf und blickte in Pips strahlende Miene. Ihm war nicht danach zumute, dieses Lächeln zu erwidern. »Wenn du wieder mal ein so langes Seil herunterläßt, solltest du dafür sorgen, daß es der Länge nach mit Knoten versehen ist.

»Jawohl, Master Hal«, erwiderte Pip schneidig und war offensichtlich zu aufgeregt, als daß er im Augenblick beleidigt sein wollte.

Erschöpft saßen Hal und Brid keuchend auf den Dachziegeln, um wieder zu Kräften zu kommen, während Ceowulf dalag, seinen rechten Arm hielt und leise stöhnte. Der Blick vom Dach des Palastes aus hoch über Farona war atemberaubend. Der Mond stand hinter dem großen Turm der Kathedrale und machte aus den unzähligen Türmen und Stufen ein Relief. Weit unter ihnen beleuchteten Hauslaternen die schmalen Straßen der Hauptstadt, so daß das feine Muster wie ein goldenes Netz um sie lag. Hal fühlte sich angreifbar. Eilig kletterten sie über die Dächer zu den Stallungen, wo sich flachere Bauten gegen den Palast lehnten.

»Das Seil!« rief Ceowulf leise vom Rand des Daches her.

Lautlos ließen sie das Seil in den dunklen Hof hinab. Hal ging zuerst, gefolgt von Brid, die, leicht und athletisch wie sie war, keine Probleme damit hatte, sich herunterzulassen. Ceowulf kam als letzter, sprang acht Fuß vor dem Ende ab und landete mit einem dumpfen Schlag. Sie hielten inne, lauschten aufmerksam, doch noch hatte niemand Alarm geschlagen. Sekunden später kletterten sie in den Burggraben hinab. Kleine Wellen entstanden im eiskalten Wasser, als die Karpfen ihre goldenen Flossen schwenkten, um den Eindringlingen zu entkommen. Zitternd und mit Seegras um Arme und Beine krochen sie das andere Ufer hinauf.

Plötzlich rollte ein geschlossener Karren, der von einem großen Pferd mit Futtersack vor dem Maul gezogen wurde, aus der Dunkelheit hervor.

Vor Kälte schnatternd drängten sie sich Hals über Kopf hinein und drückten sich zwischen die Fässer und unter ein Leinentuch, als der Karren anfuhr. Augenblicklich suchte Brid nach neuen Kleidern, während sie ihre nasse, verdächtige Montur ablegten. Der Kutscher pfiff ein Lied, eine Melodie, die Hal nicht kannte, aber er wußte sofort, daß sie von Abelard kam. Keiner sagte etwas, während sie zwischen den schaukelnden Fässern und reif stinkenden Käsen hockten. Hal kratzte sich am Rücken, wo ihn ein Strohhalm kitzelte, der in seinem Rock steckte. Niemand sprach, bis sie das Stadttor hinter sich hatten, das im Morgengrauen geöffnet wurde, und endlich rollten sie nordwärts durch die Landschaft.

»Puh!« rief Pip aus.

Hal spürte den seltsamen Drang, laut aufzulachen, doch er unterdrückte ihn sogleich, als Brid sagte: »Arme Keridwen, armer Branwolf. Laßt uns beten, daß sie dafür nicht leiden müssen.«

»Branwolf«, wiederholte Hal feierlich. Ihm kam ein anderer Gedanke. »Ich kann nicht fort! Ich kann nicht ohne mein Schwert gehen! Ich wußte, daß an deinem Plan etwas faul sein mußte, Brid. Es ist hoffnungslos. Ich muß zurück und mein Schwert holen. Die Große Mutter hat es mir anvertraut.«

Ceowulf lachte. »Gut zu wissen, daß du deine Prioritäten kennst. Es geht doch nichts darüber, sein Schwert vor allem anderen ...« Er zuckte mit den Achseln, denn er mußte die Kränkung nicht beenden. »Aber, Freund, du unterschätzt, wie gut deine Verlobte dich kennt. Wir haben das Schwert schon geholt.«

»O Brid!« Hal drückte sie fest an sich und wollte sie küssen, doch sie stieß ihn zurück.

»Ich ernte keinen Dank für deine Rettung, sondern werde mit Lob überschüttet, weil ich das Runenschwert gerettet habe«, sagte sie blasiert, aber Hal beachtete sie schon nicht mehr.

Ceowulf raschelte unter den Käsepaletten herum und zog ein langes, sackleinenes Bündel hervor. Langsam zog er das Tuch zurück und legte eine schlichte, mit Schaffell ausgeschlagene Scheide frei. Sein Blick ruhte auf dem fein verzierten Heft, das zu zwei kämpfenden Drachen ausgeformt war.

Hal griff danach. »Mein Schwert!« sagte er begeistert und zog das große Runenschwert heraus, um sicherzugehen, daß es unbeschädigt war. Die Schneide war so scharf wie eh und je, und die Runen des Krieges und der Zauberei, welche die mittlere Furche schmückten, waren so hart und furchteinflößend, wie er sie in Erinnerung hatte.

Hal grinste Ceowulf an, daß seine perlweißen Zähne im Morgenlicht schimmerten. »Ihr habt es aus der Waffenkammer?«

Ceowulf nickte. »Es gibt nichts, was man mit dem Versprechen auf eine gute Kiste von Caldeas feinstem Roten nicht erreichen könnte. Öffnet noch die rostigsten Keuschheitsgürtel«, lachte er. »Und ich habe das Schwert vor dem Ofen gerettet. Der König hatte befohlen, daß es zerstört und das Gold weiterverarbeitet werden sollte.«

Entsetzt stöhnte Hal auf.

»Ich mußte dem Waffenschmied zum Tausch mein eigenes Schwert anbieten.«

»Dein Schwert!« rief Hal, der sehr wohl wußte, wieviel es Ceowulf bedeutete. In Salise war es geschmiedet worden, und er hatte es bei einem Turnier gewonnen. Es hieß, einst habe es den langen Männern gehört, die vor vielen tausend Jahren die Länder am Caballischen Meer durchwandert hatten. Große Monumente und Kanäle haben sie zurückgelassen, doch sie waren, so schnell wie sie gekommen waren, auch wieder aus ihrem Leben ins Dunkel der Geschichte marschiert. Nie war Hal sicher, ob er Ceowulfs Märchen von der Herkunft dieses Schwertes glauben sollte.

Der Ritter zuckte mit den Achseln. »Du stehst in meiner Schuld, Freund, und du wirst mir ein noch besseres Schwert als jenes beschaffen, das ich verloren habe.«

Hal küßte seine Klinge und zog Brid an sich, aber sie blieb unnachgiebig. Hal gab sich geschlagen und ließ sie los.

Da Ceowulf die Anzeichen eines drohenden Zanks bemerkte, hustete er und entfernte sich höflich, soweit es ihm im engen Karren möglich war. Hal verstand nicht, was los war. In letzter Zeit schien es ihm unmöglich, seine Verlobte zufriedenzustellen. Als er die Grenze zwischen diesem Leben und der Anderwelt übertreten hatte, um sie vor dem Oberförster Talorcan zu retten, hatte er doch ohne jeden Zweifel gezeigt, daß er sie liebte. Seine Kiefermuskeln spannten sich, als er daran dachte, was gewesen wäre, wenn er dabei versagt hätte.

Er hatte bewiesen, daß er Brid ehrlich liebte und ihre Seelen vereint waren, aber sie schien ihm seither nachdenklich und ärgerlich. Er fragte sich, ob jene leidenschaftliche Liebe, die so heiß gelodert hatte, wirklich ausgebrannt war.

Schmollend stieß er sie von sich und konzentrierte sich auf sein Schwert. Keiner sagte ein Wort. Der dunkle Schatten ihres Zornes beunruhigte die anderen, und selbst Abelards Versuche, ein unverfängliches Gespräch zu beginnen, verliefen im Sande. Schweigend saßen die fünf da.

Schließlich war es Brid, die das Schweigen brach. »Wie konntest du so dumm sein, dich von Rewik gefangennehmen zu lassen? Sieh nur, was es angerichtet hat. Was wird mit Keridwen geschehen? Du hast die Foltermaschinen gesehen!«

Wilder Zorn durchzuckte Hal. »Wie? Du kannst mir Rewiks Untaten nicht anhängen!« Er sah den vorwurfsvollen Blick in Brids Augen und fragte sich, warum sie ihn beschuldigte. Er hatte getan, was er konnte. Er biß sich auf die Zunge, ließ die Beine über den Rand des Karrens baumeln und sah sich die Straße an, die unter ihm vorüberzog.

»Es tut mir leid«, murmelte schließlich eine leise Stimme hinter ihm. »Du hast gelitten, und ich habe mich um dich gesorgt.« Mehr mußte Brid nicht sagen. Sie kroch in seine Arme und schmiegte sich an seine Brust. »Ich habe mich so sehr um dich gesorgt, und jetzt habe ich Angst um Keridwen.«

Abwechselnd lenkten sie den Karren durch die Nacht, und als Hal seine Schicht beendete, übergab er an Ceowulf. Vorsichtig stieg er über die schlafenden Pip und Abelard und nahm seinen Platz hinten im Karren an Brids Seite ein. Sie hielt eine Scheibe Butterbrot mit weichem Käse in der Hand und schob sie ihm in den Mund.

»Du mußt etwas essen«, sagte sie sanft.

Grinsend legte er das Brot beiseite und schob sie auf sein Bärenfell, das er hinten im Karren ausgebreitet hatte. Er legte sich neben sie und schlang seine Arme um ihre Hüften, zog sie fest an sich. Warm fühlte sie sich an. »Hunger habe ich nur nach dir.«

Sie küßte seinen Hals, und ein wohliger Schauer durchfuhr ihn. Dann schob sie ihre Hände zwischen die Schichten seiner Kleider. »O Hal, du bist so dünn geworden«, sagte sie bedrückt.

Er küßte ihr Haar. Bei ihr fühlte er sich so wohl, daß er keinen Grund sah, nach Worten zu suchen.

Brids Hände strichen über seinen Leib. »Ich habe mich so sehr nach dir gesehnt.« Sie schälte seinen Rock von ihm und küßte seine Brust.

Er blickte über seine Schulter und sah, daß Ceowulf taktvollerweise geradeaus auf die Straße schaute und leise vor sich hin pfiff, und die anderen schienen sich nicht zu rühren. Er rollte Brid herum, legte sich auf sie, küßte sie auf den Mund und schob seine Hände unter den Gürtel ihrer ledernen Reithosen.

Sie hielt seine Hand fest. »Hal, nicht«, sagte sie leise. »Du weißt, daß ich dich liebe, aber ich kann nicht. Ich habe eine Pflicht. Ich bin eine der Drei Ergebenen Dienerinnen. Ich bin die Jungfrau. Erst wenn die neue Jungfrau gefunden ist. Führe mich nicht in Versuchung. Das ist nicht fair.«

Das hatte sie ihm schon oft mit Entschiedenheit erklärt, aber er spürte zum ersten Mal, daß sie nicht mehr ganz so entschlossen war. »Du weißt, daß du es willst«, flüsterte er.

»Natürlich will ich«, bestätigte sie und drückte den festen Muskel an seinem Oberarm.

»Also?« drängte er.

Sie küßte ihn, und einen Augenblick lang dachte er, sie gäbe ihm endlich nach. Dann plötzlich erstarrte sie unter ihm und wandte sich ab. »Hal, es tut mir leid, aber: nein!«

»Bald sind wir verheiratet«, lockte er sie.

Jemand tippte ihm an die Schulter, und wütend riß er den Kopf herum.

»Master Hal, wenn die Lady nein sagt, müßt Ihr das respektieren«, sagte Abelard ruhig, aber entschlossen.

»Wie kannst du es wagen!« knurrte der Edelmann und stand mit geballten Fäusten auf.

»Sie ist Hohepriesterin der Großen Mutter. Tausendmal würde ich mein Leben geben, um sie zu beschützen!« erklärte der Bogenschütze leise. »Ich weiß, daß Ihr ihr nicht wirklich übelwollt, Master Hal ...«

»Sie soll meine Braut werden!« bellte Hal und wollte diesen frömmlerischen Wichtigtuer am liebsten ermorden. »Wie kannst du es wagen, dich einzumischen!«

Ceowulf hielt den Karren an. »Ganz ruhig, Hal. Sicher ist es nur ein Mißverständnis.«

Brid zupfte an seinem Arm. »Ist schon gut, Hal. Laß ihn. Er hat nur getan, was er für richtig hielt.«

Klugerweise schob sich Ceowulf vor Abelard und legte Hal eine Hand auf die Schulter. »Es ist nur ein Mißverständnis. Vergiß es einfach.«

Hal stieß Ceowulfs Hand von sich. Da er fürchtete, er würde jemandem ernsten Schaden zufügen, sprang er vom Karren und hieb seine Fäuste gegen die Holzbretter, um etwas von seinem Ärger loszuwerden, und bemerkte den Schmerz nicht einmal, als die Haut an seinen Knöcheln platzte. Schnell war er wieder ruhig und sah ein, daß Abelard die Lage vielleicht falsch verstanden hatte. Natürlich würde er Brid nie gegen ihren Willen zwingen. Drei Jahre wartete er schon. War das für seine Liebe und Ritterlichkeit nicht Beweis genug?

Ceowulf gesellte sich zu ihm. »Hör zu, Hal. Abelard hat es als seine Pflicht gesehen, die Jungfrau zu beschützen, und deshalb hat er überreagiert.«

»Das ist meine Pflicht«, fuhr Hal ihn an. »Sie ist meine Frau.«

»Natürlich, aber es ist unabdinglich, daß wir untereinander nicht streiten. Unsere Lage ist auch so schwierig genug.«

Widerstrebend willigte Hal ein. Er würde nicht vergessen, was Abelard getan hatte, doch besaß er die Größe, sich über die Situation zu erheben und so zu tun, als wäre nichts geschehen. Er warf Ceowulf ein unbeschwertes Lächeln zu, so daß seine Zähne im Mondschein leuchteten. »Ich bin müde«, verkündete er. »Ich will etwas schlafen.«

Am nächsten Morgen erreichten sie Bleham und machten an der Rückseite eines Stalles halt. Neidisch bemerkte Hal, daß Ceowulfs Rüstung eingewickelt war, bereit, auf den Rücken seines Pferdes verladen zu werden. Ärgerlich griff der junge Mann nach seiner schlichten Halsberge und musterte die Rüstung seines Freundes, als sie sich zur Abreise bereitmachten. Es stimmte ihn jedoch milde, daß Abelard auf einem Pferd nicht glücklich war. Nichtsdestoweniger gab er sich alle Mühe, dem Bogenschützen nach allem, was geschehen war, mit makelloser Würde gegenüberzutreten, und gratulierte sich zu seiner Selbstbeherrschung.

Es dauerte nur vier Tage, bis sie zur Schlucht von Torra Alta kamen, und Brids goldene Stute war allen anderen vorausgelaufen. Als der Felsenturm in Sicht kam, schien es, als könnte sie ihren Drang heimzukehren selbst nicht beherrschen, und sie ließ Sonnenelf ihren Willen.

»Wage nicht, davonzugaloppieren!« rief Hal ihr nach und trieb sein Pferd in dem vergeblichen Versuch, sie einzuholen, zu schäumendem Schweiß, während Abelard zurückfiel. Hal gab sich geschlagen, machte halt und verfluchte Caspar dafür, daß er ihr ein solches Tier gegeben hatte.

Ceowulf grinste Hal an. »Sie ist unabhängig. Du wirst nur bitter werden, wenn du sie zügeln willst.«

Hal zog ein finsteres Gesicht und zog es immer noch, als Abelard sie einholte, dessen Pferd nicht mehr galoppieren wollte und nun trottend keuchte.

»Tut mir leid, Master Hal«, entschuldigte sich der Bogenschütze für sein Versagen.

Hals Sorgenfalten gruben sich in seine Stirn, als Brid nach einer Stunde wiederkam. Sie machte halt, wobei sie die goldene Stute so heftig abbremste, daß Funken von ihren eisenbeschlagenen Hufen stoben.

»Ovissianer!« warnte sie. »Alles ist voll bewaffneter Ovissianer, die sich um den Fuß des Felsenturms versammelt haben. Und die Flagge ist eingeholt! Sie haben das Drachenbanner vom Bergfried genommen! Es scheint, als hätte Rewik Branwolfs Ländereien bereits konfisziert. Und Spar! Sie müssen ihn gefangenhalten!«

»Ich wußte, daß Master Spar es nicht schaffen würde«, murmelte Pip.

»Wir holen ihn zurück. Keine Sorge, Master Hal.« Abelard versuchte sich in Optimismus, dann fuhr er herum, packte Pip beim Kragen und riß scharf daran. »Hör zu, Freund, ich hab genug von deiner großen Klappe.«

»Aber Spar! Und was ist mit dem Necrönd?« Hal konnte keinen klaren Gedanken fassen, und sicher hatte er keine Zeit für Pip, der sich zappelnd über Abelards Grobheit beklagte. Es machte keinen Sinn, auch nur zu versuchen, Caspar zu retten, nicht von Torra Alta aus. Es war unmöglich, in die Burg zu gelangen. Sämtliche unterirdischen Tunnel waren nach dem Valaakischen Krieg versiegelt worden. Was konnten sie tun?

»Was wollen wir wegen Spar unternehmen?« fragte Brid und schniefte.

»Nichts«, sagte Hal steinern. »Ohne das Necrönd können wir uns nur darum bemühen, daß Rewik Branwolf wieder in Amt und Würden setzt. Und das können wir nur, wenn wir Cymbeline finden, aber wie wir das ohne das Necrönd schaffen wollen, weiß ich nicht.«

»Das überlegen wir uns später«, erklärte Ceowulf. »Zuerst sollten wir die Straße hinter uns lassen und in die Berge ziehen.«

Da nickten alle. Im Zickzack stiegen sie an den kahlen Wänden der Schlucht in die kühle Luft der Gelben Berge hinauf. Trotz aller Möglichkeiten, die ihnen zur Verfügung standen, hatten weder Rewik noch Dagonet die verlorenen Wagen finden können. Wenn man es näher bedachte, konnte es nicht überraschen. Ceolothias Wälder waren endlos, und ihre Route hatte sie fern der Hauptstraßen geführt. Vielleicht hatte Ogden Rewiks Männer nicht an genau die richtige Stelle führen können. Hal jedoch war sicher, daß er sie finden würde. Nun, vielleicht konnte er selbst sie nicht finden, aber Brid ganz sicher. Für eine Frau hatte sie einen gespenstisch guten Orientierungssinn.

Während sie zwischen den Bäumen kletterten, überdachte er ihre Lage. Zumindest waren sie gegen die Witterung in den Bergen gut gekleidet, nur ging ihr Proviant zur Neige, da sie davon ausgegangen waren, daß sie nur bis zur Burg mußten. Nun würden sie warten müssen, bis sie im Keilerwald jenseits der Berge wären, um jagen und sich Proviant für die bevorstehende Reise beschaffen zu können. Und dann waren da Abelard und Pip ... und natürlich Brid. Sie alle hatte er auf Torra Alta zurücklassen wollen. Ganz sicher wollte er seine Verlobte nicht in Gefahr bringen.

»Abelard und Pip werden nichts als Ärger machen«, knurrte Hal zu Ceowolf hinüber.

»Ich weiß wirklich nicht, was du gegen Abelard einwenden könntest«, verteidigte Ceowulf den Bogenschützen. »Er ist ein in jeder Hinsicht ehrenhafter Bursche.«

Zur Antwort verzog Hal sein Gesicht.

»Pip dagegen ... wir wissen alle, daß Pip Ärger macht.«

Aus unerfindlichem Grund spürte Hal den perversen Wunsch, den Jungen zu verteidigen. »Pip hat in letzter Zeit nichts angestellt«, meinte er und widersprach sich selbst. »Alle hacken auf Pip herum. Sie erwarten, daß er etwas anstellt, und deshalb tut er es. Und nur weil man eine Ballade über Abelard geschrieben hat, glauben alle, er wäre ein Vorbild.«

»Ja, aber das ist nicht seine Schuld.« Ceowulf sank in nachdenkliches Schweigen, dann lachte er. »Ich dachte, du hättest ihm verziehen, aber nun verstehe ich, wieso nicht. Er ist ein Held, ein ewiger Held aus alten Zeiten, als Männer noch Männer waren, die Schlachten wild und die Ehre über alles ging. Er ist alles, was du sein möchtest. Aber das ist kein Grund, ihn zu verachten.«

Hal zog eine finstere Miene und trat sein Pferd auf der Suche nach einer Lagerstätte an, da es bereits dämmerte. Während der ganzen Nacht, in der sie sich in den Schutz einer Höhle drückten, brütete er über Ceowulfs Worte nach, und erst, als sie in die grüne Weite des Keilerwaldes kamen, der wie ein grünes Meer an den Fuß der Gelben Berge schwappte, wußte er, wieso er Abelard nicht mochte.

Zu Brid sagte er: »Es liegt daran, daß er unnatürlich ist und gar nicht hier sein sollte. Ein Mann, der nach vierhundert Jahren von den Toten aufersteht! Und er ist deshalb so selbstgefällig. Er meint, daß er allein deshalb auf alles eine Antwort weiß.«

»Nun, du mußt zugeben, Hal, daß er wahrscheinlich mehr als ein durchschnittlicher Mensch wissen dürfte«, sagte Brid und lachte. Sie mochte zwar seine Verlobte sein, aber sie ließ sich nie dazu herab, in einem Streit auf seiner Seite zu stehen.

»Natürlich bist du für ihn eingenommen«, sagte Hal bitter. »Nur weil er dich wie ein Schoßhündchen abgöttisch verehrt. Wahrscheinlich bin ich dir nicht mehr gut genug. Wahrscheinlich bin ich nur ein jähzorniger Hohlkopf, und du ziehst den alleswissenden, spirituellen Abelard vor.« Seine Augen wurden vor Zorn ganz schwarz, und er dachte kaum über seine Worte nach. Er wollte sie nur verletzen, wie er verletzt war. Er machte sich zum Vorwurf, daß er König Rewik nicht von Torra Altas Unschuld hatte überzeugen können, und so war ihm nicht eben menschenfreundlich zumute. Und zu allem Überfluß war Abelard noch nett zu ihm, mitfühlend sogar!

Sie schossen ein Reh, oder besser gesagt, zu Hals Ärger schoß Abelard ein Reh, wofür alle so dankbar waren. Er hatte lange gezielt und das Tier mit einem wunderschönen Schuß niedergestreckt, der hinter dem Schulterblatt des Wildes einschlug und sich in dessen Herz bohrte. Sie brieten es an Ort und Stelle über einem knisternden Feuer, bevor sie beschlossen, was sie als nächstes tun wollten. Der volle Magen tröstete Hal und besänftigte seinen Zorn.

»Wohin könnte Renaud Cymbeline nur gebracht haben, und wieso hat er noch kein Lösegeld gefordert?« dachte er laut und zog Brid näher an sich heran, die ihren Kopf an seine Brust lehnte und mit einer Hand sanft seinen Oberschenkel knetete. »Es macht keinen Sinn.«

Abelard, der, obwohl er hinkte, wie ein Wachmann auf und ab lief, blieb stehen und meinte: »Würde er Lösegeld fordern, wäre jedem sogleich deutlich, daß er es war, der die Übeltat begangen hat. Falls er, wie Ihr sagt, in Wahrheit den Thron von Belbidia will, wäre es für ihn das beste, sich Cymbelines zu entledigen und dann zu behaupten, auch er sei gefangen gewesen und er habe nichts unternehmen können, sie zu retten.«

»Wenn das sein Plan sein sollte, hätte er aber dafür sorgen müssen, daß irgendwer Lösegeld fordert, weil es sonst zu einfach wäre, ihn als Schuldigen auszumachen«, hielt Hal dagegen.

»Welchen anderen Grund könnte es denn geben, die Prinzessin zu entführen, wenn nicht Lösegeld oder den Thron von Belbidia?« fragte Ceowulf.

»Gründe werden oft erst im nachhinein deutlich. Wenn wir die Antwort erst wissen, werden wir denken, wie dumm wir waren, daß wir sie nicht früher erkannt haben«, merkte Abelard philosophisch an.

»Nun, das ist wohl offensichtlich, oder?« höhnte Hal, wobei er Brid sanft von sich schob, damit er sich etwas von den Speisen nehmen konnte. Er grub seine weißen Zähne in ein Stück Fleisch, so daß die Säfte über seine Hände und auf seine langen Lederhosen rannen. Obwohl er seit ihrer Flucht die Speisen wie ein Wolf verschlang, hatte er doch kaum die Hälfte des Gewichts wieder zugelegt, das er verloren hatte. Brid umarmte ihre Knie und bemerkte kritisch: »Hal, du bist keine große Hilfe.«

Er konnte es nicht länger ertragen, stand auf und marschierte zu den Bäumen.

Murrend lief Brid ihm nach. »Hal, warte!«

»Für dich ist es gut so. Du erntest alles Lob, nur ich bekomme überall die Schuld. Kannst du dir denn überhaupt nicht vorstellen, was es für einen Mann bedeutet, von seiner Verlobten gerettet zu werden? Wenn sie eine Ballade über mich schreiben, werde ich zum Gespött der Leute.«

»Wäre es dir lieber gewesen, wenn ich dich zurückgelassen hätte?« Sie klang verletzt.

»Wieso konntest du nicht einfach Ceowulf nachts durch den Schornstein schicken? Du mußtest doch nicht auch noch Abelard und Pip mitbringen, oder?«

»Abelard hat darauf bestanden. Er wollte mich allein nicht gehen lassen.«

»Nein, er scheint zu glauben, es wäre seine Aufgabe, dich zu beschützen, da ich in seinen ach so weisen Augen nicht Manns genug bin, es selbst zu tun«, fügte Hal harsch hinzu. »Bald werde ich dein Gatte sein, Brid, und ich kann nur hoffen, daß er dir dann nicht mehr wie ein liebeskrankes Schoßhündchen nachläuft.«

»Er ist ein guter Mann«, sagte Brid leichthin, »und es macht dir keine Ehre, einem so ehrenhaften Krieger gegenüber derart mürrisch zu sein.«

Hal war betrübt. Er hatte sein Gesicht verloren ... und das ausgerechnet vor Brid, die er wie wahnsinnig liebte. Dieses eine Mal hätte sie doch auf seiner Seite stehen können.

Wie Hal vermutet hatte, fiel es Brid nicht schwer, sich einen Weg durch das Labyrinth der Waldwege nördlich der Haupthandelswege bis genau zu jener Stelle zu suchen, an der sie überfallen worden waren, und das, obwohl diese hundert Wegstunden tief im Ceolothianischen Wald lag. Sie zeigte besonderes Interesse an der Beschaffenheit des Landes und betrachtete jeden Baum als Individuum, erkannte viele davon am Wegesrand. Hal hatte nicht erwartet, daß die verschütteten Gemmen dort nach wie vor unangetastet liegen würden, so daß der dunkle Boden vor Sonnenradrubinen nur so glitzerte. Es schien unglaublich, daß niemand gekommen war, um sich diese leichte Beute zu holen.

Augenblicklich war Pip abgesprungen, sammelte Gemmen ein und stopfte sie in seine Taschen. Hal packte ihn beim Kragen und knurrte: »Rühr einen dieser Steine an, und du wirst sechs Fuß tief begraben, mit einem Haufen Rubine als Grabstein.«

Widerwillig fügte sich Pip, und die Steine prasselten aus seinen Taschen, als er diese umdrehte. »Aber, Master Hal, niemand würde davon erfahren, und anscheinend will niemand sie haben.«

»Nur suchen!« befahl Hal. »Such den Boden nach Hinweisen darauf ab, wer diesen Hinterhalt gelegt hat. Irgend etwas muß es geben. Einen Kleiderfetzen, eine Waffe, irgendwas, an dem vielleicht ein Zeichen ist.«

Schon hatte Brid damit begonnen, die Suche zu organisieren. »Hal, du suchst um Cymbelines Wagen herum. Da du ihr am nächsten warst, kannst du dir vielleicht am besten erklären, was du dort findest.«

Es mißfiel Hal, von Brid herumkommandiert zu werden, doch zu protestieren hätte ungehobelt geklungen, besonders da das, worum sie bat, nur vernünftig klang. Er ließ Wunderwind bei den anderen Pferden grasen und begann, zwischen den Kiefernnadeln herumzutreten. Eine Wildschweinherde war dort gewesen, hatte zwischen den Trümmern der umgekippten Wagen herumgewühlt, und er fand nichts weiter als einen Fetzen von Cymbelines Kleid, der an einer Wagenecke hing.

Ceowulf betrachtete den roten Streifen Stoff, dann sah er ihn mit leerem Blick an. »Was nun?«

Bevor er noch antworten konnte, stand Brid an seiner Seite. »Wir wissen also, daß sie zuletzt gesehen wurden, als sie Richtung Norden zogen, nur wissen wir nicht, ob sie diese Richtung beibehalten haben. Wenn es nur einen Hinweis auf die Angreifer gäbe, wäre es leichter, sie aufzuspüren.«

»Wir werden sie niemals finden«, sagte Pip trübsinnig. »Die Erde ist voller Wildschweinspuren, und es hat geregnet. Ich habe keine einzige Hufspur gefunden, nur unsere eigenen.«

»Wirklich hilfreich, Pip.« Ceowulf verzog sein Gesicht. »Wir müssen sie finden. Uns bleibt nur, nach Norden zu ziehen, bis wir auf ihre Spuren stoßen. Selbst nach so vielen Wochen muß es Spuren geben, da es keine anderen Reiter geben dürfte, mit denen man sie verwechseln könnte.«

Hals Augenbrauen schoben sich skeptisch in die Höhe. »Der Wald ist riesig. Sie müssen nur ganz leicht in die eine oder andere Richtung abgewichen sein, und schon haben wir sie verloren.«

»Wenn ich mich verstecken müßte, würde ich den Wald nicht verlassen«, sagte Abelard. »Aber sicher sind sie ein gutes Stück geritten, sonst wären einige von ihnen bestimmt noch einmal zu den Wagen umgekehrt, nicht wahr. Wie ihre Befehle auch lauten mögen, Söldner sind Söldner, und hier gibt es mehr zu verdienen, indem man sich einfach die Taschen vollstopft, als daß man Prinzessinnen entführen müßte.«

»Nun, bisher sind sie nicht wieder hergekommen, oder?« merkte Hal scharf an.

»Sind sie nicht«, räumte Abelard ein. »Nur ist das Wesen der Menschen, wie es ist, und sie werden kommen. Irgendwer wird wiederkommen. Ich sage, wir sollten warten.«

»Wir könnten ewig warten«, wandte Hal ein.

Ceowulf schüttelte den Kopf. »Das ist besser, als ziellos den Wald zu durchstreifen. Es kann nicht mehr lange dauern. Sie werden nicht das Risiko eingehen, einen solchen Schatz zurückzulassen.«

Tatsächlich warteten sie vier Tage. Fast war Hal enttäuscht, daß er unrecht hatte. Sie hörten ein Pfeifen und zogen sich eilig in den Wald zurück, wobei Hal Brid böse zuraunte, sie solle sich nicht in Schwierigkeiten bringen.

»Ich passe auf sie auf«, sagte Pip begeistert und schwenkte sein kurzes Schwert.

»Paß nur auf, daß du deinem Pferd damit nicht die Ohren abschneidest«, sagte Hal leise, doch seine Aufmerksamkeit galt bereits drei Reitern, deren schwarze Röcke über ihren klirrenden Rüstungen flatterten. Eben waren sie zwischen den Bäumen zu erkennen.

Er langte nach seinem Bogen und nickte Abelard zu. »Du nimmst den zu unserer Rechten, ich nehme den zu unserer Linken. Dann bleibt uns nur noch einer, mit dem wir fertig werden müssen.«

Abelard nickte.

»Fertig? Jetzt!« rief Hal.

Die beiden flankierenden Söldner merkten gar nicht, was sie traf, als beide lautlos zu Boden sanken. Ihre Pferde gingen durch. Hal hatte sich keine Sorgen darum gemacht, daß sein Mann einen Halbhelm trug. Er wußte, daß die torra-altanischen Pfeile sogar durch Metallplatten hindurch sich direkt in den Schädel bohrten. Abelards Pfeil traf seinen Mann sauber zwischen die Augen, so daß dieser leblos herabfiel, mit einem Fuß im Steigbügel hängenblieb und durch einen Rubinhaufen geschleift wurde. Der mittlere Söldner vergeudete keine Zeit, sondern riß den Kopf seines Pferdes herum und entfloh. Ceowulf und Hal traten mit ihren Sporen zu und folgten ihm mit gezückten Schwertern.

Der Söldner war sehr schwer mit seiner Rüstung, so daß Wunderwind, wenn sie auch nicht das schnellste Pferd von Torra Alta war, den Abstand verringern konnte, während sich Hal darauf konzentrierte, sie zwischen den Bäumen hindurch zu lenken. Es wäre ein leichtes gewesen, den Söldner zu töten, aber sie brauchten ihn lebend. Verzweifelt hieb der Söldner auf sein Pferd ein. Der Abstand wurde wieder größer, und Ceowulf fiel sogar noch weiter zurück. Hal konnte Wunderwind nicht noch mehr abverlangen, da sie müde wurde, so daß er, als sie auf eine Lichtung kamen, haltmachte und widerstrebend seinen Bogen zückte.

Er zielte auf das Hinterteil des Pferdes, da er nur so sicher sein konnte, daß er den Mann verfehlte. Das Tier fiel mit einem Schrei und einem dumpfen Schlag, katapultierte den Söldner über seinen Kopf hinweg, daß er sich windend am Boden lag. Schnell war Ceowulf auf ihm und hielt ihm sein Messer an den Hals.

»Ich schwöre, ich weiß von nichts, Herr«, sagte der Mann eilig mit heiserem camaalischem Akzent. »Wir fragen nie, wer uns bezahlt. Unser Unteroffizier gibt uns Befehle, aber als wir nicht mehr kämpfen mußten, konnten wir nicht mehr bei ihnen bleiben und mußten uns von der Kolonne absetzen, um zu den Wagen der Prinzessin umzukehren. Wir konnten das ganze Zeug doch nicht da liegenlassen, oder?«

»Wohin wolltet ihr?« knurrte Ceowulf. Sein Knie bohrte sich dem Mann in die Brust.

Hal wußte, daß kein Grund bestand, sich einzumischen, und überließ dem Caldeaner die Befragung, während er sich an die unangenehme Aufgabe machte, das Pferd von seinem Elend zu erlösen.

Bald schon war Ceowulf fertig und offenbar zufrieden, daß er dem Söldner jede Unze seines Wissens abgenommen hatte. Er nahm ihm seine Waffen ab, ließ ihn allein durch die endlosen Wälder wandern und kehrte zu den anderen zurück.

»Sie sind nördlich der Dagonsrinne gezogen, dem großen Fluß, der den Trollwald entwässert«, erklärte Ceowulf Brid, die im Dickicht des Dornenwaldes wartete. »Sie haben beide Prinzen, Cymbeline, Hardwin und Tupwell. Mehr wußte der Kerl nicht. Er glaubt, sie wollen den Fluß an einer alten Steinbrücke bei den Regenbogenfällen überqueren.«

Es gab keinen Weg, der in diese Richtung führte, und so kamen sie nur schlecht voran. Ihre Hände und Gesichter waren von rankenden Zweige zerkratzt, und langsam ließ der Mut nach, als sie eher unerwartet auf einen einsamen Jäger stießen, der ein kleines Feuer schürte und in einem blubbernden Topf rührte. Der Mann war auf angenehme Weise redselig, und da er offensichtlich froh um die Gesellschaft war, teilte er mit ihnen seine warme Mahlzeit. Als sie gegessen hatten, zeigte er in Richtung eines Pfades, von dem er behauptete, daß er sie direkt zum Fluß führen würde, wenn er auch meinte, daß es sicher hundert Wegstunden oder mehr sein mochten.

Zweifelnd betrachtete Hal den schmalen Streifen dunklen Schlamms. Der Regen hatte den Boden in einen Morast verwandelt, aber er trocknete schnell aus, je weiter sie nach Norden kamen. Endlich stießen sie auf die ersten Spuren.

Brid glitt von ihrer goldenen Stute, um sie sich anzusehen. »Kapuzenwölfe«, erklärte sie.

»Nun, das ist doch was«, sagte Hal trocken. »Als wir angegriffen wurden, war der ganze Wald voll davon. Anscheinend hat Prinzessin Cymbeline jetzt eine vierbeinige Eskorte.«

In Gedanken bei den Wölfen ritten sie in drückendem Schweigen, und die Wolfsspuren wurden immer deutlicher, als sie auf höheres Gelände kamen, wo der Boden besser ausgetrocknet war. Dort füllten die Spuren den Weg auf ganzer Breite, aber sonst fanden sie keine Hinweise.

Da sie ohne Gepäck unterwegs waren, kamen sie gut voran, und nach drei Tagen machten sie beim Anblick einer mächtigen Wand aus Wasser halt, wo ein breiter Fluß von einer Hochebene stürzte.

»Die Regenbogenfälle!« rief Hal.

Sie waren nicht zu verkennen. Die Gischt stieg hundert Fuß hoch in den Himmel auf, winzige Wassertröpfchen fingen das Licht und bildeten unzählige, winzige Regenbögen. Die Dagonsrinne fiel hundertfünfzig Fuß herab, wo eine schwarze Felsennarbe den Wald in zwei Ebenen teilte. Der Bogen einer mächtigen Brücke war hoch über ihnen zu sehen. Unterhalb der Regenbogenfälle gab es keine Möglichkeit, den Fluß zu überqueren, so daß sie sich – klatschnaß von der glitzernden Gischt – einen Weg den Steilhang hinauf bahnten, um zur steinernen Brücke zu gelangen, die den Wasserfall in einem leicht geschwungenen Bogen überspannte.

Die alten Steine der Brücke waren zerfurcht, die massiven Brocken von eingekerbten Figuren und Buchstaben übersät, die allesamt im Laufe der Jahre abgewetzt waren. Sie bestaunten den mächtigen Bau und rätselten über das Schicksal der Zivilisation, die ihn errichtet hatte. Ein breiter Weg, gespeist von vielen weiteren Waldwegen, führte zur Brücke, und sie trotteten hinüber. Das Tosen des Flusses erstickte jedes Geräusch, bis er ein ganzes Stück weit hinter ihnen lag und sie die Straße nach Norden nahmen.

»Es müssen Spuren der Entführer zu finden sein, selbst jetzt noch«, beharrte Hal. »Die Spuren mögen Wochen alt sein, aber sie wurden gegen Ende der Regenzeit hinterlassen, und seither war es trocken.«

»Wir werden sie niemals finden«, setzte Pip sein monotones Thema fort. »Nicht zwischen all diesen Wölfen.«

Hal trat nach der Erde. »Alles voller Wölfe!«

»Kapuzenwölfe«, verbesserte Brid. »Noch immer stinkt die Luft danach. Und sieh dir nur die Größe der Abdrücke an.«

»Das sind eher Löwenspuren«, rief Pip aus.

»Du hast noch nie eine Löwenspur gesehen«, wies Hal ihn zurecht. »Von einem echten Löwen ganz zu schweigen.«

»Habe ich wohl!« protestierte Pip.

»Hört auf!« ging Brid dazwischen. »Ich versuche zu denken! Hier sind zu viele Wölfe.«

»Und zu viele Rubine«, fügte Hal hinzu. »Was haben Wölfe und Sonnenradrubine gemein?«

Brid zuckte mit den Schultern. »Nur die Fallensteller, die sich für beides interessieren.« Sie spielte mit dem Ende ihres Zopfes herum und kitzelte ihre Wange damit.

Sie ist so wunderschön, dachte Hal, zu schön, als daß man sie in einen Wald voller Wölfe lassen konnte.

Sie schien seine Gedanken zu lesen. »Ich gebe zu, ich bin erschüttert. Sie scheinen zielstrebig und entschlossen vorzugehen. Und offensichtlich hat man sie dazu benutzt, Cymbeline zu entführen.«

»Aber Spar ist doch der einzige, der sie kontrollieren könnte!« zeterte Hal. »Es muß daran liegen, daß sich Spar an diesem Druiden-Ei zu schaffen gemacht hat. Vielleicht kann er es in seiner Gefangenschaft nicht erreichen, wendet aber seinen Geist dorthin, und irgendwie ...« Hal konnte kein rechtes logisches Argument finden und hoffte inständig, daß die Ovissianer das Necrönd noch nicht gefunden hatten. »Aber ich will nicht glauben, daß er die Wölfe rufen würde, und selbst wenn, hat jemand anders sie jetzt unter Kontrolle.«

»Und wer? Ohne das Necrönd besitzt niemand solche Macht. Sicher nicht Renaud«, sagte Brid entschlossen.

»Aber warum nicht Renaud?«

»Weil ich den Mann kennengelernt habe und es ihm an Seelenkraft mangelt.«

»Woher willst du das wissen? Es könnte zu seinem Plan gehören, seine Charakterstärke vor dir zu verbergen«, meinte Hal, stets auf der Suche nach einer logischen Erklärung.

Brid rümpfte die Nase. »Du hast kein Einfühlungsvermögen. Kein bißchen.«

Hal murrte. Es hatte keinen Sinn, mit ihr zu streiten. Er beugte sich vor, um sie zu küssen, doch sie stieß ihn verärgert von sich.

»Mir geht zu vieles durch den Kopf«, erklärte sie scharf. »Ich kann nur noch an Keridwen in diesem Kerker denken, und daran, was mit ihr geschieht, wenn wir nicht erfolgreich sind. Wird man sie foltern, Hal?«

»Nein«, sagte Ceowulf mit fester Stimme. »Ich fürchte, sie werden Branwolf foltern, aber um Keridwen werden sie sich nicht kümmern, solange sie ihn haben. Indem er Branwolf bestraft, beweist König Rewik Dagonet, daß er den Verlust der Prinzessin ernst nimmt. Er wird es tun, um die Ceolothianer zu beruhigen und einen Krieg zu vermeiden.«

Brid sah tief in seine dunkelbraunen Augen mit den geraden Brauen darüber und lächelte ihn traurig an. »Es kann nur wenig trösten, wenn ich an Branwolfs Leiden denke, aber ich weiß, daß du nur helfen willst. Du bist ein lieber Mensch, Ceowulf, aber du weißt, daß man auch Keridwen foltern wird.«

»Das wird man nicht. Damit ist nichts zu gewinnen«, beharrte er.

Wieder wandte sich Brid Hal zu. »Und was glaubst du?«

Ein dünnes Ende eines Haselzweiges peitschte ihm ins Gesicht, bevor er sich ducken konnte. »Rewik wird sie foltern, weil sie eine heidnische Priesterin ist und weil es Branwolf mehr als alles andere weh tun wird«, sagte er trocken und ehrlich. »Er wird glauben, daß er ihn damit brechen kann.«

Brid nickte ihm zu. »Ich weiß. Ich habe es in ihren Augen gesehen, bevor wir gingen. Sowohl Keridwen als auch Branwolf wußten, was sie erwartet.«

Schweigend ritten sie voran und hatten kaum Schwierigkeiten, den Wölfen zu folgen, die einen breiten Strom von Spuren im weichen Boden nördlich der Dagonsrinne hinter sich zurückgelassen hatten. Die Pferde schnaubten und wieherten, doch sie kamen im Halbschatten des Waldes gut voran. Das Tageslicht war ihnen wertvoll. Die Sonnenstrahlen wurden bald schon von den dicken Bäumen verschluckt, aber als sie auf die Kuppe eines Hügels kamen, als die Sonne eben auf den Horizont herniedersank, fielen sie waagerecht zwischen den Stämmen hindurch, so daß der gesamte Wald wie im Feuerschein zu leben schien.

Sie schlugen dort ihr Lager auf, wärmten sich an einem kleinen Feuer und waren bald eingeschlafen. Hal erwachte zuerst, während der Nebel noch den Pfad entlangschwebte, und ohne die anderen zu wecken, ging er und sah sich die Spuren eine Weile an. Er hatte Erfolg und fand schließlich fünf oder sechs halbmondförmige Hufabdrücke, die von Pfotenspuren der Wölfe überlagert waren und endlich bestätigten, daß sie mehreren Reitern auf den Fersen waren. Eilig weckte er die anderen.

»Schwer beladen sind sie auch«, bemerkte Brid, nachdem sie sich die Spuren angesehen hatten. »Ich vermute, daß sie zu viele Pferde verloren haben und sie sich nun teilen müssen.«

Ceowulf nickte, während er eilig die Rationen für das Frühstück ausgab. »Sieht so aus.«

»Kann ich jetzt vorausreiten?« fragte Pip. »Immer bin ich hinten.«

»Bist du nicht!« lachte Abelard.

»Es kann nicht schaden, ihm nachzugeben.« Großzügig lächelte Hal Pip an. »Er dürfte diese breite Spur kaum verfehlen. Nicht mal Pip kann uns in die Irre führen.«

Brid trug beinahe den ganzen Tag durchgehend ein

Stirnrunzeln auf ihrem Elfengesicht. Anfangs prüfte Hal regelmäßig Pips Spurensuche, aber die Fährte war nicht zu übersehen, und bald lenkte er sich damit ab, Brid zu beobachten. Das getupfte Licht auf ihrem Haar, wie die Enden ihrer Zöpfe um ihre Taille flogen, die so schlank war, daß er sie mit seinen Händen umfassen konnte. Die festen Kurven ihrer Hüften wiegten sich zum steten Gang ihres Pferdes. Sie war schön, aufreizend schön. Seine Gedanken wurden zu Tagträumereien. Auf der Stelle hätte er über sie herfallen, sie von ihrem Pferd reißen und in die Büsche zerren können. Sie würde sich ihm widersetzen, wie sie es stets tat, doch würde sie am Ende nachgeben, würde seiner Leidenschaft nicht widerstehen können. Er knirschte mit den Zähnen, versuchte seine Gedanken zu bändigen, und rutschte auf dem Sattel herum, warf seinen Kopf in den Nacken und knackte mit den Knöcheln, um seiner körperlichen Spannung Herr zu werden. Es war nicht fair!

Drei Furten hatten sie durchquert und sich sorgsam einen Weg über eine halb vermoderte, knarrende Brücke gebahnt, und dennoch hatte sich das umliegende Waldland kaum verändert.

»Was ist los?« fragte Hal sie nach einer Weile.

»Nichts«, versicherte sie ihm gedankenverloren.

»Nachdenklich siehst du aus«, erklärte er.

Lieblich lächelte sie ihn an und lenkte Sonnenelf neben ihn, so daß sie Wunderwinds Flanke berührte. Die beiden Pferde ließen ihre Nüstern beben und zeigten einiges Interesse am Duft des jeweils anderen. Hal spürte Brids körperliche Nähe drückend deutlich, was ihn zunehmend frustrierte. Natürlich machte er sich schreckliche Sorgen um Branwolf und Keridwen und war wütend auf Caspar, weil der das Necrönd mißbraucht hatte, doch am meisten fraß an Hal, wenn er so nah bei Brid war, die Suche nach der neuen

Jungfrau. Es war das Problem, das ihn am persönlichsten betraf. Bis die neue Jungfrau gefunden war, würde Brid nicht in sein Bett kommen.

Er beschloß, daß er, sobald der Name Torra Altas reingewaschen wäre, Caspar zwingen wollte, mit Hilfe des Druiden-Eis jenes Mädchen zu finden, das Brids Amt übernehmen sollte. Fälschlicherweise hatte er angenommen, daß Keridwen beim Tod der Greisin deren Titel erben würde, was Brid ermöglicht hätte, Mutter zu werden, was wiederum bedeutete, daß sie zumindest hätten heiraten können. Einst hatte er geglaubt, sie würde dennoch in sein Bett kommen, aber dies hatte sich mehrfach als Irrtum erwiesen. Für Brid standen ihre religiösen Pflichten über allen anderen. Er war froh, daß ihm in letzter Zeit keine anderen Versuchungen begegnet waren. Er bezweifelte, daß er ihnen würde widerstehen können.

»Wirklich?« fragte Brid.

Hal hatte vergessen, was er zu ihr gesagt hatte, doch es fiel ihm blitzartig wieder ein. »Ja, du siehst nachdenklich aus. Was ist los?«

»Nun, das liegt daran«, sagte sie mit ihrem üblichen Humor, »daß mir diese Spuren nicht mehr die richtigen zu sein scheinen.«

Hal sah zu Boden. Seit er Pip hatte vorausreiten lassen, hatte er ihm seit längerem kaum noch Aufmerksamkeit geschenkt. Eilig stieg er von seinem Pferd und trat an den Wegesrand, wo einzelne Spuren leichter zu erkennen waren, da sie nicht in der Masse untergingen. Er schritt daran entlang, zählte und schätzte Abstände ein.

Brid beobachtete ihn aufmerksam. »Siehst du, da ist ein Unterschied, oder?«

Ernst nickte er. »Ein deutlicher Unterschied. Pip, du Idiot, komm zurück!«

Abelard und Ceowulf galoppierten vor.

»Was ist los?« fragte Ceowulf.

»Der Idiot ist einfach weitergetrabt, ohne richtig hinzusehen«, beschuldigte Hal Pip.

»Ich habe hingesehen!« protestierte Pip mit rotem Gesicht und Fingern, die sich unbehaglich in den Zügeln verdrehten. »Ich bin den Spuren gefolgt, genau wie Ihr es gesagt habt. Ihr habt mir nicht gesagt, daß ich auf Unterschiede achten soll.«

»Werd nicht unverschämt«, knurrte Hal. »Du hast die Vorhut übernommen. Du hättest alles Ungewöhnliche melden müssen.«

»Ich dachte, du würdest ihn kontrollieren«, raunte Ceowulf Hal zu.

Hal zog es vor, ihn zu ignorieren. Er wollte nicht zugeben müssen, daß seine körperliche Frustration ihn allzusehr abgelenkt hatte. Es war entwürdigend.

Mit leerem Blick starrte Pip den Waldweg hinauf und schüttelte den Kopf, während Abelard und Ceowulf aufstöhnten.

»Wieso habe ich nicht hingesehen?« schalt Abelard sich selbst.

»Es hätte uns allen auffallen müssen«, tröstete Ceowulf und nahm seinen Teil der Schuld auf sich.

»Wenn jemand schuld daran ist, dann ich.« Hal war nun gleichermaßen entschlossen, sich nicht an freiwilliger Verantwortung übertreffen zu lassen. »Ich habe Pip vorausreiten lassen. Ich habe mich in ihm getäuscht. Es fehlt ihm einfach an Erfahrung.«

Pip wirkte immer niedergeschlagener und betrachtete die Spuren mit großem Ernst. »Ich verstehe es einfach nicht.«

Abelard seufzte. »Es ist folgendes, Junge: Als wir losgeritten sind, haben wir ganz leichte Hufabdrücke gefunden, reichlich schwere Hufabdrücke dagegen dort, wo zwei Reiter auf einem Pferd saßen. Die Wolfsspuren haben sie überdeckt.«

Pip nickte. »Ja, das habe ich verstanden.«

»Nun, sieh dir die Abdrücke mal an«, sagte Hal aufgebracht. »Kannst du nicht sehen, wie schnell die Wölfe gelaufen sind? Viel schneller als vorher, und die Pferde, besonders die schwerbeladenen Tiere, konnten unmöglich mithalten. Und wenn die Wölfe den Pferden voraus sind, dann müßten wir die Hufabdrücke deutlich darauf erkennen können.«

»Aber da sind keine«, protestierte Pip.

»Was bedeutet, Pip, daß sie irgendwo vom Weg abgebogen sind, ohne daß wir es bemerkt haben«, sagte Brid mit einem Seufzer.

Sie folgten ihren Spuren zurück, schlängelten sich durch die Weite des Waldes, und je länger der Tag dauerte, desto mutloser wurden sie.

»Sie müssen wohl in einer der Furten abgebogen sein.« Abelard rief über den schweren Atem der Pferde und den Donner der Hufe auf dem weichen Boden hinweg.

Tatsächlich war es die zweite Furt, und bis sie diese erreicht hatten, waren die Pferde erschöpft, und sie hatten einen halben Tag vergeudet.

»Das war nicht meine Schuld«, protestierte Pip noch immer. »Niemandem wäre es aufgefallen, daß die Wölfe von einer Seite des Flusses zur anderen plötzlich schneller geworden sind.«

»Da bin ich mir nicht so sicher.« Hal knirschte mit den Zähnen und zügelte seinen Zorn. Wie hatte er ein solcher Idiot sein können, daß er Pip die Vorhut überantwortete und sich dann derart von Brid ablenken ließ, daß er es unterließ, Pips Fährtensuche zumindest jede Meile einmal zu überprüfen? Er warf einen Seitenblick auf Brid. Frauen machten nichts als Ärger. »Wenn wir heimkehren, werde ich dafür sorgen, daß du zum Küchendienst degradiert wirst«, drohte er dem Jungen.

Pip schimpfte und schmollte nicht, sondern zuckte nur auf seine provozierende Art und Weise mit den Schultern, als sei es ihm egal.

»Hier!« rief Abelard ein Stück flußabwärts. »Sie sind nur ein Stück gewatet und dann ins Dickicht des Waldes ausgeschert. Mindestens ein Dutzend Pferde, ziemlich langsam.«

Zwar war die Fährte von zahlreichen Wildschweinspuren überdeckt, doch konnte man ihr problemlos folgen, bis der Boden unter ihren Füßen schlammig wurde. Der Pfad führte zu einem Sumpf mitten im Wald hinab, wo umgestürzte Bäume wie träge Ungeheuer in den grauen Fluten lagen.

»Sie müssen hindurchgewatet sein«, sagte Hal. Seine Stimme hallte seltsam über den schwarzen Wassern um die Wurzeln hoher Bäume.

»Vorsichtig«, rief Abelard. »Laßt mich vorgehen. Wir wissen nicht, wie tief es wird.«

»Immer ein Held«, murmelte Hal und trieb Wunderwind in den sumpfigen Morast, bevor Abelard Gelegenheit bekam, seinen furchtlosen Geist und die selbstlose Ritterlichkeit zu beweisen, indem er den Boden als erster prüfte.

Sie hielten sich einer nach dem anderen hinter Hal, wobei Ceowulf als letzter ritt. Hals Stiefel schleppten sich durch das brackige Wasser, und er spürte, wie das Naß durch seine Sohlen sickerte. Eine seltsame Stille lag über dem Sumpf, weder gackerte ein Teichhuhn, noch flötete ein Rohrsänger sein wohlbekanntes Lied und störte die Ruhe. Die großen, umgestürzten Bäume, die zur Hälfte aus dem

Wasser ragten, bereiteten Hal Sorge. Sobald er sich umgewandt hatte, schien es ihm, als rollten und schwammen sie ihm nach.

Sie waren kaum mehr als ein kurzes Stück in den Sumpf hineingekommen, als deutlich wurde, daß sie die Orientierung verloren hatten. Was Hal für das andere Ende des Sumpfes gehalten hatte, war nur eine Art Sandbank, die wiederum in einen Wald führte, dessen Bäume hüfthoch in dunklen Fluten standen, mit silbrigem Glanz auf der Oberfläche, wo die Sonne darauf fiel.

»Ich dachte, es wäre nur ein kleiner Sumpf, und wenn wir ihn durchquert hätten, könnten wir nach ihren Spuren suchen, aber er scheint mir endlos«, klagte er.

»Wir werden uns verirren«, sagte Pip bestürzt.

»Es wird tiefer«, merkte Brid leise an.

Hal nahm jede dieser Anmerkungen als Beleidigung seiner Urteilsfähigkeit. Er fühlte sich bemüßigt, sein Können zu beweisen, und trieb Wunderwind an, wobei das feuchte Gluckern und Schmatzen der anderen Pferde ihm nachfolgte. In der Stille des Sumpfes schien es laut.

»Was ist das?« rief Pip.

Er reckte seinen Hals nach rechts hinüber, und schon hatte Abelard seinen Bogen gezückt.

»Ich habe nichts gesehen«, sagte Ceowulf ganz ruhig. »Laß dir vom Sumpf keine Angst einjagen.«

»Ich habe keine Angst«, beharrte Pip trotzig. »Da schwingt sich etwas durch die Bäume.«

Die Männer lachten. »Schwingt sich durch die Bäume! Wir sind hier nicht auf dem Endlosen Kontinent, Pip. Hier ist nur Ceolothia.«

»Ich habe etwas gesehen«, wiederholte Pip, und seine Augen wurden schmal wie Schlitze. »Und ihr seid alle Narren, wenn ihr mir nicht glaubt.«

»Ganz ruhig, Freundchen«, warnte Abelard. »Du kannst nicht ...« Sein Satz wurde von Brid unterbrochen, die Sonnenelf trat, so daß diese mit großen Sprüngen durchs Wasser spritzte und eine große Weide mitten im Wasser ansteuerte. Die gebogenen, peitschengleichen Blätter fielen von der flachen Krone, weinten ins Wasser und bildeten eine Kuppel.

Hal stürmte ihr nach und rief, sie solle sich vor tiefen Tümpeln hüten, während Pip erneut sagte, er habe etwas in den Bäumen gesehen. Niemand hörte ihm zu.

»Sieh doch!« rief Brid Hal zu. »Was sagst du dazu?«

»Aber das ist doch Renauds Zeichen! Eine Weizengarbe, von einer Krone umfaßt.« Staunend runzelte Hal die Stirn. »Warum sollte Renaud sein Zeichen in eine Weide schnitzen?«

Er wandte sich um, blickte tiefer in den Sumpf und entdeckte ein weiteres Zeichen an der nächsten Weide. Ohne nachzudenken, trieb er Wunderwind in ebenjene Richtung. Ihre Vorderläufe sackten unter ihm weg, als sie in ein verborgenes Wasserloch sank und er über ihren Hals geworfen wurde, so daß eine große Woge von Schlamm über ihm zusammenschlug. Spuckend richtete er sich auf, während Wunderwind schwamm und festen Boden unter ihren Hufen suchte.

»Obacht! Master Hal! Lady Brid! Vorsicht, hinter Euch!« hörte man Abelards Stimme übers Wasser.

KAPITEL 2

Caspar brachte seine ganze Autorität auf und widersprach den anderen. »Ich werde Naith nicht dort zurücklassen.«

Die Sehnen des Schäfers waren wie stramm gespannte Seile, als er darum rang, sich von seinen Fesseln zu befreien. »Dann bindet mich los, bevor die Wölfe kommen!« rief er. Seine Stimme war heiser vor Entsetzen.

Lana zerrte an den Seilen. Caspar schützte sich vor seinen eigenen Gefühlen, riß ihren Arm zurück und hielt sie mit festem Griff.

»Mörder«, schrie sie.

Fern legte nichts von Caspars Mitgefühl Naith gegenüber an den Tag. »Du hast Wild getötet, um Wölfe zu fangen. Du hast meine Sorrel ermordet! Ich hoffe, sie reißen dir die Eingeweide heraus und verspeisen sie vor deiner Nase, noch bevor du stirbst.« Er trat auf Naiths gefesselte Hand.

Ursula war noch bitterer, was ihre Gefühle anging. Sie beugte sich über ihn. »Du warst mein Freund. Ich dachte, ich würde dir etwas bedeuten. Aber du hast mich nur benutzt. Die ganze Zeit über hast du deinen Kameraden eine Fährte ausgelegt.« Scharf trat sie ihm in die Rippen. Caspar war beeindruckt, wie Naith seinen Schmerz herunterschluckte.

Trund ließ sich von den menschlichen Empfindungen mitreißen und knurrte am Kopf des Hirten mit gefletschten Zähnen. Er machte einen Satz, schnappte böse mit den Kiefern, und seine gebogenen, weißen Zähne schlossen sich nur um Haaresbreite vor Naiths Nase. Lana schrie und kämpfte.

Caspar sah nur wenig Sinn in Rache. Naith mochte manches über die Bärenfänger wissen, was er bisher nicht preisgegeben hatte, und nachdem die Banditen ihn im Stich gelassen hatten, wäre er wohl nicht mehr auf deren Seite.

Trund schnüffelte der Länge nach an Naith entlang und grub seine Zähne in dessen Stiefel, riß ihn an sich und schüttelte ihn wie verrückt, als wäre er eine Ratte. Bald rang die kleine Wölfin mit Trund darum, und die beiden zerrten und knurrten im Spiel. Runa mochte nach wie vor jung und tapsig sein, doch sie wurde für den stämmigen Terrier langsam zur Herausforderung. Als der Hund sich weigerte nachzugeben und schließlich mit der Trophäe hocherhoben in seinem Maul davonlief, machte sich Runa wieder daran, an Naiths nacktem Fuß herumzuschnüffeln und an den Zehen zu knabbern. Da schrie der Hirte zum ersten Mal.

»Bitte, bitte, Herr, ruft diesen Wolf zurück, ich bitte Euch! Ich dachte, ich täte das Beste zum Wohle Belbidias.«

Zu lange schon standen sie da und stritten. Caspar hatte endlich genug. »Fern, fang Feuerschweif. Perren, hilf Naith auf, aber denk daran, daß du ihn gut festhältst. Und Ursula, nimm Trund diesen verdammten Stiefel ab, damit Naith laufen kann. Wir müssen etwas finden, wo wir heute nacht unterkommen können. Schon jetzt sind wir noch zu spät unterwegs.«

Zu seiner Schmach rührte sich keiner von der Stelle. Nur die kleine Wölfin saß brav zu seinen Füßen, stieß seine Hand mit ihrer kalten Schnauze und leckte liebevoll daran.

»Du kommandierst mich nicht herum.« Fern war empört. »Nicht, wenn du unrecht hast. Hal hätte diesem Verräter gegenüber keine Gnade gezeigt. Hal ...«

»Komm mir nicht mit Hal!« schrie Caspar und verlor beinahe die Fassung. »Ich hätte dich auf Torra Alta zurücklassen können, damit dich die Männer wie eine Mißgeburt behandeln, aber ich hatte Mitleid mit dir.«

»Du hattest Mitleid mit mir? Du brauchtest meine Hilfe!«

»Hilfe, Fern? Du warst mir bisher nur ein Klotz am Bein. Du denkst wie ein verschreckter Hase und tust nie, was ich dir sage.«

»Warum sollte ich auf dich hören, wenn kein anderer es tut? Du magst ja eines Tages Herr über Torra Alta werden, aber du bist nicht mein Herr, und Ursulas und Perrens auch nicht.« Perren lachte schallend über die Absurdität dieses Gedankens. »Ein Mensch Herr über einen Steinwicht?« Er prustete die Worte hervor und hatte sich schließlich wieder im Griff. »Aber Spar hat recht. Der Hirte könnte uns vielleicht einiges über unsere Feinde erzählen, und wir haben keine Zeit zu vergeuden. Ursula, hol diesen Stiefel, und Fern, fang das Pferd ein. Bald werden die Wölfe hier sein.«

Während sich die anderen Perren fügten und davoneilten, ließ Caspar Lana los, die sich auf ihren Bruder stürzte und ihn an sich drückte. Seufzend nahm der Baronensohn sein Messer, um Naiths Fesseln zu durchschneiden, und der Hirte kämpfte sich auf die Beine.

Bei einem Heulen in der Nähe sträubte sich Caspars Nackenhaar. »Schnell!« rief er. Sie hatten Messer und nur ein paar Pfeile, was gegen ein ganzes Rudel Kapuzenwölfe kaum etwas ausrichten konnte.

Die Sonne war kaum mehr als ein dunkelroter Fleck am westlichen Horizont, und nach Osten hin wurde der Himmel schwarz. Sie liefen in die zunehmende Dämmerung hinein, und Caspars Gedanken rasten, um einen Plan zu schmieden. Wenn sie nur eine Felswand, einen Spalt oder vielleicht den Eingang zu einer Schlucht finden würden, wären sie wenigstens von hinten geschützt, während er die Wölfe mit seinen Pfeilen abwehrte.

»Sie kommen näher«, warnte Fern zitternd. »Du mußt schneller laufen.«

»Wir müssen uns verstecken«, verbesserte Spar, aber er wußte nicht, wo. Bald schon blickte er wie alle anderen hilfesuchend zu Perren auf.

»Unter der Erde, wo ich euch schützen kann wie vor den Fallenstellern, seid ihr sicher. Mich können die Wölfe nicht angreifen«, sagte der Steinwicht.

»Woher weißt du das?« fragte Ursula.

»Kein Tier hat jemals einen Steinwicht angegriffen. Das haben uns die Alten erzählt.«

Caspar vermutete, daß er die großen Steinwichte meinte.

»Und täuschen sich die Alten nie?« Ursula klang skeptisch. »Ich dachte früher auch, ich hätte einen Vater, dem ich vertrauen kann.«

»Es heißt, selbst ein Kapuzenwolf würde sich an mir die Zähne ausbeißen. Nun vergeudet euren Atem nicht. Wir müssen tun, was Spar sagt.«

Erst als sie ins nächste Tal kamen, deutete Perren auf einen klobigen Berg, der etwa eine halbe Wegstunde entfernt lag, was über das schwere Gelände eine ziemliche Strecke war. Die untergehende Sonne in ihrem Rücken beleuchtete den mächtigen Felsbrocken, der dort vor ihnen lag, von mehreren Wasserfällen gespalten, silbrig-rot im Zwielicht. Der Spalt einer Schlucht war als schwarzer Schlitz zu erkennen.

Perren hielt Lana unter einem Arm und zog auf seinen großen, leisen Füßen Naith an einem Seil mit sich. »Wir gehen da diese Schlucht hinauf. Das ist am sichersten.«

Endlich fügte sich Ursula Caspars Forderung und stieg auf Feuerschweif. Mit stechenden Lungen rannte der Junge daneben. Feuerschweif rutschte und schlitterte, riß an seinem Arm. Bald war es vollkommen dunkel, der Mond nur noch ein bloßer Schlitz, und die Sterne waren wegen der Klumpen hungriger Wolken kaum zu sehen, die sie wie große Walfische mit ihren schwarzen Mäulern verschlangen.

»Wolf! Wolf!« flötete Fern, der gleich neben Perren lief. »Schnell! Schnell!«

Eine Eule schrie aus dem Tal hinter ihnen, und Feuerschweif, der vor Kraft fast platzte, schnaubte und bäumte sich sprungbereit halb auf, wobei er Caspar von den Beinen riß. Ursula schrie, doch schaffte sie es irgendwie, auf dem Hengst sitzen zu bleiben. Wie ein gespenstischer Schatten trabte die Wölfin neben ihnen, doch fiel Trund langsam zurück.

Caspar fürchtete, was ein Wolf dem armen, alten Trund antun mochte, der niemals gut darin gewesen war, lange Strecken hinter sich zu bringen. Fern drängte sich nah an Perren und blickte beständig in das schwarze Tal hinab.

»Wölfe!« kreischte er und konnte sich nicht mehr beherrschen. Sein Hals war lang. »Lauf! Lauf!« Er schrie vor Panik und steckte Feuerschweif mit an. Der Hengst bäumte sich auf und stürzte voran, hob Caspar erneut von den Beinen. Caspar fürchtete um Ursula, und da er wußte, daß er den Hengst vom Boden aus nicht lenken konnte, stieg er hinter ihr hinauf.

Sie zerstreuten sich. Fern verschwand im Dunkel oberhalb, während Feuerschweif seinen Kopf senkte und am Kamm entlang preschte, daß seine Hufe auf dem trügerischen, von Felsbrocken übersäten Boden Funken schlugen. Caspars ganze Kraft war nötig, Ursula vor sich aufrecht zu halten, denn ihr Leib war starr vor Angst, und wie es den anderen erging, konnte er nicht sehen. Schwarze Gestalten sprangen hinter zerklüfteten Felsen hervor, und Feuerschweif scheute und taumelte.

Doch die Wölfe griffen nicht an. Wie schon vorher spürte er, daß man sie dorthin trieb, wo andere Wölfe warteten. Er mußte etwas tun. Das Herz schlug ihm bis zum Hals, als er Feuerschweifs Kopf herumriß und ihn den abschüssigen Hang hinuntertrieb, in der Hoffnung, das Rudel teilen zu können.

Der Hengst schlitterte, sprang und stolperte, ächzte vor Anstrengung, zwei Reiter zu tragen, die nach vorn auf seine Schultern rutschten. So konnte das Pferd nicht laufen, sondern streckte nur die Beine vor sich aus, glitt auf gespannten Sprunggelenken und riß den Kopf hoch, um das Gleichgewicht zu halten. Caspar drückte Ursula an seine Brust und lehnte sich im Sattel zurück, lenkte Feuerschweif wieder ins Dunkel der Bäume, blinzelte, als ihm die Nadeln ins Gesicht schlugen. Er sah die milchig-weißen Umrisse von Runa und Trund an seiner Seite.

Ursula erstickte einen Schrei. Ein Wolf war ihnen auf den Fersen. Caspar konnte hören, wie dieser ein tiefes Stöhnen von sich gab, als er ihre Angst witterte. Er trieb Feuerschweif voran und hoffte, der reinrassige Oriaxianer konnte dem Kapuzenwolf entkommen. Bald ließen sie Trund und Runa weit hinter sich. Caspar war überzeugt, die Kapuzenwölfe würden das Pferd den beiden kleineren Tieren vorziehen, da es für einen Wolf die natürlichere Beute war.

Sie rutschten und sprangen von einer Baumwurzel zur nächsten, bis sie plötzlich zu einem Talgrund kamen, wo die Bäume dünner und der Boden relativ eben war. Als der Wald nun hinter ihnen lag, konnte er wenigstens in der Dämmerung mehr erkennen. Sie platschten durch einen Bach, und Caspar wendete Feuerschweif, ließ ihm seinen freien Willen, damit er durchs Tal lief. Das Pferd mußte kaum angetrieben werden, da die schwarzen Umrisse zweier Wölfe näher kamen, von denen einer von der anderen Talseite herüberkam.

Im Dunkel, bei dieser Geschwindigkeit und mit Ursula, die steif dort vor ihm saß, hatte Caspar keine Hoffnung, daß er seinen Bogen benutzen konnte. Er versuchte es nicht, weil er wußte, daß er erst weit genug voraus gelangen mußte, um sich dann umzudrehen und ordentlich zu zielen.

Feuerschweif war schnell und willig, vielleicht schneller, als er als junges Tier gewesen war. Aber er trug zusätzliche Last, und Ursula, so tapfer sie auch sein mochte, hüpfte unbeholfen und prallte stets mitten in der Bewegung auf Feuerschweifs Rücken.

»Feuerschweif wird es nicht schaffen«, rief sie Caspar zu, doch der tosende Wind riß ihr die Worte aus dem Mund, während sie galoppierten. »Nicht mit uns beiden.«

Caspar spürte, wie sich ihr Griff lockerte, und hielt sie fester um den Leib.

»Ihr müßt überleben«, beharrte sie und rang darum, sich zu befreien. »Ihr müßt das Necrönd finden.«

Caspar gab sich alle Mühe, sie festzuhalten. »Wir haben Zeit bis zur Schlucht«, knurrte er. Er durfte nicht noch einen Menschen opfern, nicht einen, der von ihm abhängig war. Seine Finger krallten sich fester in ihre Haut. »Wag es nicht, loszulassen«, zischte er durch zusammengebissene Zähne.

Sie galoppierten voran, stolperten und platschten durch sumpfige Senken, und Dampf stieg aus Feuerschweifs Maul und von seinen Flanken auf. Die Wölfe waren nicht so schnell wie der heißblütige Hengst, erst recht nicht über eine solche Entfernung, doch fürchtete Caspar, sein Pferd würde wohl nicht durchhalten. Der Boden wurde steiler, und schwer beladen mangelte es Feuerschweifs langen, schlanken Beinen an der Kraft, sie bergan zu tragen.

Das Pferd schnaufte und keuchte, und Caspar trieb das Tier bis zur Erschöpfung. Er bremste es ein wenig in dem Glauben, wenn er seine Gangart kontrollierte, stünde der Hengst noch auf den Beinen, wenn sie oben ankamen.

Doch er hatte sich getäuscht und nicht mehr genügend Spielraum, als ein neuer Wolf, von der Hatz ganz unberührt, von rechts heransprang, wo er auf einem grauen Fels gelauert hatte, der aus der Talwand ragte. Feuerschweif konnte nicht schneller. Caspar griff nach seinem Messer, warf es in die Dunkelheit, und der Wolf heulte auf. Doch inzwischen sprang ein weiterer Wolf, den er nicht gesehen hatte, aus dem Dunkel heran. Feuerschweif sank unter ihm weg. Der Hengst wieherte eher vor Zorn als vor Angst, bockte und trat. Er bahnte sich einen Weg, taumelte jedoch seltsam.

Wölfe schnappten nach den Pferdebeinen, bis einer Halt fand und sich in der Sehne oberhalb des Sprunggelenks festbiß. Feuerschweif ging zu Boden. Caspar schlug hart am Boden auf und rollte herum, so daß Ursulas Stiefel ihn am Mund traf. Er rollte weiter, kam mit dem Bogen in der Hand und einem Pfeil an der Sehne hoch. Er schoß auf den Wolf, dessen Kiefer an der Pferdeflanke rissen, während sich Feuerschweif auf den Vorderbeinen vorwärts schleppte.

Als er sich zum nächsten Schuß bereit machte, explodierte Schmerz in Caspars Bein. Dolchlange Zähne schnitten durch das Fleisch an seinem Oberschenkel. Er schrie den Wolf an, sein Mund vor Zorn ganz groß, und hackte mit einer Pfeilspitze auf ihn ein, doch er konnte nichts tun. Mit besorgniserregender Kraft zerrte ihn der Wolf zurück. Krallen rissen an seinen Lederhosen und bohrten sich in das zarte Fleisch darunter.

Kiefer schnappten nach seinem Schienbein, und sein einziger Gedanke galt dem Ersatzmesser in seinem Stiefel, das verhindern mochte, daß das Untier sein Bein gänzlich zermalmte. Er konnte sich nicht rühren, wußte, daß der Wolf ihn am Boden hielt, und wartete, daß sich ein anderer aus dem Rudel auf ihn stürzte, ihn wahrscheinlich bei der Kehle packte, wovon er dann sicher kaum noch etwas merken würde. Er trat mit seinem freien Bein um sich, schlug es dem Tier in die Zähne, und einen Augenblick lang lösten sich die Kiefer, um etwas höher wieder zuzuschnappen, diesmal um die Kniescheibe. Tief gruben sich die Zähne ein und knirschten auf dem Knochen.

»Große Mutter, steh mir bei!« schrie er und nahm eine weiße Gestalt wahr, die ihm entgegenlief, dazu das hohe Jaulen eines Hundes. Allein Trund konnte mit solcher Wut angreifen. Der Schlangenfänger machte sich direkt über den Hals des Wolfes her, mit zusammengekniffenen Augen, um sich zu schützen. Er fand Halt, und der Kiefer um Caspars Knie lockerte sich. Er riß sich los und kam auf ein Knie, doch waren der Kapuzenwolf und Trund ein solcher Knoten aus schwarzem und weißem Fell, daß er seinen Bogen nicht benutzen konnte, ohne den Hund zu gefährden.

Runa, die wie eine Todesfee knurrte, stand Trund zur Seite und grub ihre Zähne in den Vorderlauf des Wolfes. Das Heulen und Jaulen war ungeheuer, ein so fremdes Geräusch, daß Caspar nicht sagen konnte, wer es von sich gab. Trund mochte kleiner als der Wolf sein, der sich wehrte und ihn herumschleuderte, doch er ließ die Luftröhre des Kapuzenwolfs nicht los, und langsam sank das Untier auf die Knie. Alle waren voller Blut.

Ursula zog an Caspars Arm. »Steht auf!«

Kraftlos wedelte Trund mit seinem Schwanz, als der Wolf unter ihm zusammenbrach, wobei ein schmales Rinnsal Blut aus seiner Nase drang. Der Hund blickte zu Caspar auf, als erwartete er großes Lob, aber Caspar war nicht danach zumute, ihn zu loben.

Feuerschweif stand auf drei Beinen von der Erde auf. Blut strömte von seinem Schenkel und sammelte sich unter seinem angehobenen Huf. Als Caspar sich aufzurichten versuchte, schoß der Schmerz von seinem Knie bis in den Oberschenkel. Er sank zurück und biß die Zähne zusammen.

Zitternd vor Angst stand Ursula mit erhobenem Messer über ihm, sah voller Entsetzen, wie die Kapuzenwölfe näher kamen. »Kommt schon! Steht auf!« drängte sie.

Eilig riß Caspar ein Stück von seinem Hemd und wikkelte es um sein Knie, hoffte, daß es ihn irgendwie in die Lage versetzen würde, es zu schaffen, doch es linderte den Schmerz kein bißchen. »Ursula, lauf! Geh ohne mich!«

Sie rümpfte die Nase, als wäre er nicht bei Sinnen. »Ich kann Euch nicht zurücklassen, Meister.«

Caspar spürte die Nähe der Wölfe. Finster schaute er in die Dunkelheit, doch er sah nur die runden, schwarzen Klumpen von Fels und Büschen. Dann bewegten sich einige Büsche, und er erkannte die Umrisse von fünf Wölfen, die auf den Bäuchen aus dem Dunkel krochen. Trund stand bei ihm; das schmale Mondlicht fiel herab und ließ sein Fell und das der Wölfin an seiner Seite leuchten, die beständig an Caspars Ellbogen zog, um ihn zum Aufstehen zu bewegen.

Er griff nach seinem Bogen und dem Köcher. Zwanzig Pfeile mochten noch übrig sein, doch bezweifelte er, daß die genügen würden. Zitternd vor Schmerz kam er hoch, so daß das Blut an seinen Beinen herablief. Mit nachlassender Kraft blickte er in die Finsternis, forderte die Wölfe heraus. Er schoß. Ein Knall, ein Pfeifen begleiteten den Flug des Pfeils, gefolgt von einem dumpfen Schlag, dann einem unnatürlichen Schrei, der immer lauter wurde und zu einem Kreischen anwuchs. Wölfe knurrten, und einer heulte sein einsames Lied. Runa drückte sich an Caspars Bein, während Trund mit einem derart bösen Knurren antwortete, daß es selbst Caspar Angst einjagte.

Er schoß blindlings in die Dunkelheit, dann noch einmal, hoffte, die Viecher zu zerstreuen. Aber sie stürzten sich mit einem Wirbelwind aus Fell, Zähnen und Knurren auf die Gefährten. Trund sprang dem ersten an die Kehle, während diesem aus dem Dunkel weitere nachfolgten. Caspar wußte, daß er sie nicht alle töten konnte. Er schoß, traf daneben, schoß noch einmal.

Ursula, die sich beim ersten Angriff zu Boden geworfen hatte, raffte nun ihren Mut zusammen und schien sich von der Raserei des Kampfs anstecken zu lassen. Das Geschrei und Geheul, der Geruch von Blut trieben ihre Angst in den Wahnsinn, und sie stürzte sich auf einen Wolf links von Caspar.

Der Schmerz schwächte den Baronensohn; benommen schwang er sich herum, um dem Mädchen zu helfen, und schoß den nächsten Pfeil ab. Der Wolf stieß einen hohlen Schrei aus, als er auf seinem Bauch vorankroch, während faulig stinkendes Blut aus seinem Maul rann. Das qualvolle Heulen wurde tiefer und länger, bis es schien, als schrien tausend Wölfe aus einer Kehle, und er wußte, daß er sie im Land der Geister hören konnte, wo sie um ihre Freiheit in dieser Welt schrien, ihr Elend herausschrien, weil sie zur Großen Mutter heimkehren wollten.

Auf diesen Schrei antwortete bellendes Gebrüll. Erschrocken wurde Caspar gewahr, daß der Lärm von Ursula herrührte. Die Wölfe schwiegen plötzlich.

Schließlich endete die Stille mit einem tiefen Grunzen. Eine dunkle Gestalt ragte über ihm auf, und Caspar sank auf seine Hände, ohne daß er noch die Kraft gehabt hätte, seinen Bogen zu zücken. Danach hörte er nichts mehr und sank zur Seite, sah, wie seine Welt in rot getönter Dunkelheit versank.

Als er langsam wieder zur Besinnung kam, hörte er nur Feuerschweif wiehern, dessen Hufe auf die Erde schlugen, und das Grunzen und Ächzen eines großen Tieres. Fort war das Knurren und das wilde Heulen der Wölfe. Trunds Knurren wurde zu einem Husten, dann zu einem Japsen, bis auch das erstarb. Caspar fehlte die Kraft, seine Augen offenzuhalten. Er lag mit dem Gesicht voran auf steinigem Grund, fragte sich, wie es sein mochte, mitten in der Schlacht zu fallen, verwirrt vom Klirren, seine Sinne von Schmerz und Furcht verzerrt. Langsam verklangen selbst diese Geräusche, bis ihm bewußt wurde, daß sich nur feste, harte Erde an seine Wange preßte, während der Schmerz in seinem Bein irgendwie fern und jenseits von ihm war.

Als nächstes nahm er schwankende Bewegungen und dichtes, warmes Haar um sich herum wahr. Es war tröstend ... als hätte er sein eigenes Bärenfell um sich. Ihm dämmerte, daß er getragen wurde. Er hörte Feuerschweifs ungleichmäßige Schritte neben sich, und jemand, den er für Ursula hielt, gab seltsam klagende Laute von sich. Nach einer Weile wurde er auf die Erde gelegt und warm eingewickelt. Einen Moment lang hörte er Wasser tropfen und roch feuchtes Moos und Farne, bis das Dunkel seines Geistes wieder in ihm aufstieg und er im Nichts versank.

Im Morgengrauen erwachte er mit klarem Kopf. Er blinzelte ins Halbdunkel und sah, daß er weit hinten in einer schmalen Höhle oder Schlucht lag und Wasser von den Steinen tropfte. Er erblickte Ursulas lange, bronzefarbene Beine, allein von kurzen Pelzstiefeln und dem Löwenfellkleid verhüllt, das auf halber Höhe ihrer Oberschenkel endete. Sie beugte sich über ihn. Hinter ihr versperrte eine große, dunkle Gestalt den Höhleneingang und stieß ein dumpfes Stöhnen aus.

Eine weiche, kalte Nase schnüffelte an Caspars Hals, und verschwommen nahm er zwei weiße Schnauzen wahr, die eine dünn und lang, die andere stumpf und von strengerem Geruch, und beide leckten an seinem Gesicht herum. Außerdem hörte er das stete, rhythmische Mampfen eines grasenden Tieres. Er rührte sich, und auch die großen, felsenförmigen Umrisse vor der Morgensonne rührten sich, und er sah, daß es keineswegs ein großer Fels, sondern ein großes Tier war. Der riesenhafte Körper eines Braunbären füllte den Eingang zur Höhle aus.

Dieser gab sich seltsam ungerührt, was Ursula, Feuerschweif, die Wölfin oder den Hund anging, doch sobald er merkte, daß Caspar bei sich war, stieß er ein wildes Heulen aus und hieb mit seiner Kralle nach einem Stein, was einiges Geröll vom Höhleneingang prasseln ließ. Bedrohlich knurrend kam er mit federnden Schritten heran. Caspar erstarrte.

Ursula stieß einen scharfen Schrei aus, sprang vor ihn und gab einen rhythmischen, lyrischen Singsang von sich. Wie ein gehorsamer Hund sank der Bär zu Boden und schnurrte fast, als sie seinen riesigen, zottigen Kopf kraulte. Tätschelnd schickte sie das Tier fort, und es schwankte schwerfällig wieder ins Licht des frühen Morgens. Ursula winkte fast wie zum Abschied.

Sie weinte. »Ich wußte nicht, daß er kommen würde, nicht, nach allem, was ich getan habe.« Das Schluchzen überwältigte sie. »Ob sie mir je verzeihen können? Die Fallensteller hätten ohne mich niemals so viele fangen können. Es ist meine Schuld«, keuchte sie. »Ich habe sie in die Gefangenschaft geführt.« Sie riß an ihrem kurzen, schwarzen Haar und sah Caspar mit roten Augen an. »Aber er ist gekommen.« Ihre Arme waren voll mit trockenem Blut, die eine oder andere Wunde noch offen und feucht. Wie eine wilde Höhlenbewohnerin sah sie aus. Tief atmend sammelte sie sich. »Dir geht es besser?«

»Ich bin bei mir«, verbesserte er, musterte sie unruhig und fragte sich, ob dieses seltsame Wesen nicht selbst jeden Moment zu einem Bären werden könnte. Er sah sich noch einmal nach dem Höhleneingang um, stützte sich auf seine Ellbogen und sah, daß sie sich in einem schmalen Felsspalt befanden, an dessen Wänden Moos und Farne in die Höhe wuchsen.

»Wo sind wir?« fragte er. »Und Feuerschweif? Wie geht es ihm?«

»Er hat es in die Schlucht geschafft, auf die Perren gedeutet hatte«, erklärte sie. »Er wird bald kommen. Ich wußte noch, daß er als letztes gesagt hatte, wir sollten zu dieser Schlucht hinüber. Die Wölfe werden ihn sicher nicht anrühren.«

Caspar dachte, ganz wie es auch Ursula gegangen sein mußte, daß weder Naith noch Fern den Wölfen entkommen sein konnten. Naith verloren zu haben konnte ihn nicht traurig stimmen, doch er empfand unerwarteterweise tiefe Trauer um Fern. Er schloß die Augen und betete, daß Perren auf Lana geachtet hatte. »Und Feuerschweif?« krächzte er.

Ursula zuckte mit den Schultern. »Er grast, kann aber seinen Hinterlauf kaum belasten. Er hat böse Wunden, nur komme ich nicht an ihn heran, um sie auszuwaschen.«

Entschlossen, seinem Pferd zu helfen, setzte sich Caspar auf, doch drehte sich alles um ihn. Er biß die Zähne zusammen. So übel ihm auch sein mochte, mußte er doch zu Feuerschweif gelangen, um die Wunden auszuwaschen. Er sank zurück, und in dem Versuch, seine Kräfte zu sammeln, begann er zu zählen. Mit großer Mühe schob er das Bärenfell von sich, das auf seinen Beinen lag, und sah durch die Risse in seinen zerfetzten Hosen entsetzt sein blutverschmiertes Knie. Scharf sog Ursula bei diesem Anblick den Atem ein.

Seltsamerweise wurde Caspar beim Anblick dieser Wunde nicht so übel, als wenn er sie bei jemand anderem gesehen hätte. Als erstes würde er etwas unternehmen müssen, um sich selbst zu heilen, bevor er sich um Feuerschweif kümmerte. »Etwas Wasser«, sagte er zu Ursula, die sich unsicher über ihn beugte.

Nach der engen Beziehung zu den drei Hohepriesterinnen war er nicht an Frauen gewöhnt, die nicht wußten, was sie tun sollten. Ein breites, schmerzliches Grinsen erhellte seine Miene und brach den trockenen Schlamm und das Blut auf, welches seine Wangen überzog. In früher Kindheit hatte man ihn gelehrt zu glauben, Frauen seien von zarterem Wesen und nicht so kompetent wie Männer, und es war ein böses Erwachen gewesen, als er Brid kennengelernt hatte. Auch bei den anderen Frauen auf der Burg hatte sie großen Eindruck gemacht, als diese an ihrem Beispiel erfuhren, daß eine Frau großes Wissen in sich tragen konnte. Selbst May, so bescheiden und zurückhaltend sie sein mochte, hatte doch stets eine stille Art, sich durchzusetzen.

Caspar seufzte und dachte, wie sehr ihm May mit ihrem hübschen, dichten Haar und dem Duft von Kräutern und Gewürzen, von dem sie umgeben war, doch fehlte. Warum nur war sie fortgelaufen, als er ihr nicht folgen konnte? Er sank zurück und seufzte den quälenden Schmerz heraus.

»Es ist nicht fair«, fuhr er Ursula plötzlich an. »Ich liebe May von ganzem Herzen, dennoch muß ich meine Pflicht über sie stellen. Das wird sie doch verstehen, oder? Erst muß ich das Necrönd finden, bevor ich die Welt nach ihr absuchen kann. Das wird sie doch verstehen, oder?«

»Meister, ich weiß es nicht«, erwiderte Ursula. »Ich war noch nie verliebt und bin an keine Pflicht gebunden. Ich bin nur, was ich bin, und muß tun, was man von mir verlangt.«

»Oh«, sagte Caspar kraftlos, und in seinem Kopf drehte sich alles. Er sah auf sein Knie herab, und mit zitternden Fingern schälte er die zerrissenen Streifen seiner Hose ab, um sich das zerfetzte Fleisch darunter anzusehen. »Ich brauche Wasser. Bring mir Wasser. Und in den Satteltaschen habe ich einige Kräuter.«

»Ich kann nicht zu Euren Satteltaschen«, erklärte ihm Ursula. »Euer Pferd tritt böse um sich.«

Caspar stöhnte. »Ich brauche nur etwas Weidenrinde, um den Schmerz zu lindern und das Fieber zu senken, damit ich denken kann ...«, murmelte er. Seine Haut brannte, und sein Hirn war umnebelt. Die Erinnerung daran, wie er hierhergekommen war, blieb trübe. Er wußte, daß da ein großer brauner Bär gewesen war, wenn es bei Licht betrachtet auch eher lächerlich klang. Das Fieber schien seinen Geist zu verwirren.

Ursula kam mit dem Wasser zurück und setzte sich neben ihn, zeichnete mit langem, elegantem Finger seltsame Formen in den Staub am Höhlenboden. Nachdem er lange getrunken und seinen Durst gestillt hatte, klarten sich Caspars Gedanken etwas auf, und er merkte, daß er essen mußte. Er schaffte es, sich aufzusetzen. Jetzt mußte er nur noch auf die Beine kommen. »Armer Feuerschweif«, murmelte er.

Ursula warf ihm ein Lächeln zu. »Meister, es berührt Euch.«

»Es berührt mich?«

»Ja, Euer Pferd.«

»O ja!« erwiderte er begeistert. »Natürlich.«

Sie lächelte. »Ich habe lange in Oriaxia gelebt. Sie bewundern ihre Pferde. Sie sind sehr stolz auf sie und pflegen sie gut, denn jedes ist ein Vermögen wert. Aber die Tiere berühren sie nicht. Sie sind nicht in ihren Herzen.«

Obwohl Ursula ihm unter die Arme griff, erschöpfte die Anstrengung, aufrecht zu stehen, Caspar doch sehr. Schweißnaß war sein Rücken. Er schob sie von sich und sank auf die kalte Erde. Ursula lief auf und ab. »Ich weiß nicht, was ich tun soll«, sagte sie offen.

»Wasch es«, stöhnte er. »Wasch das Bein oft.«

Die kleine Wölfin und Trund wärmten ihn, schmiegten sich an ihn, und er merkte, wie er in einen benommenen, fast trunkenen Schlaf sank und sich in seinem Kopf stetig alles drehte. Nachdenklich lief Ursula noch immer auf und ab. Sie hatte die Wunde ausgewaschen, und die Berührung ihrer Hände hatte ihn überrascht. Er hatte erwartet, daß sie zart und gefühlvoll wäre, doch statt dessen schienen ihre Hände unsicher und furchtsam, als wäre sie nicht daran gewöhnt, andere zu berühren. Sie sang, während sie ihn versorgte, und schien sich selbst damit zu beruhigen. Weich und melodisch klang ihre Stimme, ganz und gar nicht, wie er es ihrem oriaxianischen Akzent nach erwartet hatte, und sie klang derart eindringlich, als wehte das Lied von der anderen Seite eines nebelverhangenen Tales herüber.

Während sie mit tiefer, voller Stimme sang, leckte die Wölfin Caspars Wunden, und das rhythmische Gefühl war seltsam tröstend. Er hatte nicht erwartet, daß ihm die Wunde solche Schwierigkeiten machen würde. Schon früher war er verletzt worden – oft sogar – mit Messern, Schwertern, hatte sogar einmal eine Verletzung durch einen Armbrustbolzen erlitten. Auf Torra Alta jedoch waren Größe und Art der Wunden ein Beweis für Tapferkeit. Hal zeigte seine Narben natürlich bei jeder Gelegenheit vor, besonders sein aufgeschlitztes Ohrläppchen und die Hand mit dem fehlenden Finger, aber niemand trug so viele Narben wie Ceowulf, obwohl er die Kampfspuren eher widerwillig vorzeigte, es sei denn, er schien den Eindruck zu bekommen, Hal müsse auf seinen Platz verwiesen werden. Caspar fragte sich, ob er jemals Gelegenheit bekommen würde, seine neue Wunde vorzuzeigen, die inzwischen brannte, als zerfleischten ihn die Wölfe nach wie vor. Er konnte die Augen nicht schließen, ohne sie auf sich zukommen zu sehen.

Urplötzlich war es dunkler geworden, und er merkte, daß Ursulas Gesang ihn in den Schlaf gewiegt zu haben schien, wenn er sich auch keineswegs kräftiger fühlte. Tatsächlich fühlte er sich schlechter. Die Wunde blutete noch immer, und er wußte, daß er hier würde sterben müssen, wenn er sich nicht bewegte.

»Er wird kommen«, sagte Ursula mit Gewißheit, während sie auf und ab lief. »Er hat gesagt, daß er kommt.«

Sie schwieg einen Moment, betrachtete den Höhleneingang, dann sah sie nachdenklich zu Caspars Bogen und hob ihn schließlich auf. Einen Augenblick lang fragte er sich, ob sie während ihrer Zeit als Sklavin im Gladiatorenring gestanden hatte. Er hatte von kranken Männern gehört, die sich an der Wildheit erfreuten, mit der Frauen in den Kampf gingen. Vielleicht wußte sie, wie man mit einem Bogen umging. Sie betrachtete das schlichte Holzding, hielt es erst auf die eine Weise hoch, dann auf die andere und sah sich nachdenklich einen Pfeil an. Augenblicklich fühlte sich Caspar an die neuen Rekruten auf Torra Alta erinnert.

Sorgsam legte sie den Bogen wieder neben ihn. »Perren wird schon kommen.«

Caspar war zu schwach, als daß er auch nur hätte zucken können. Schließlich nahm der schmale Streifen Himmel, der durch den Höhleneingang lugte, das Violett des Abends an. Das schwache Licht eines Abendsterns glitzerte im Zwielicht.

»Die Wölfe«, murmelte er. Er wußte, daß es nicht lange dauern würde, bis sie kamen. Sein Unterkiefer zitterte unkontrolliert.

Ursula wickelte sein Bärenfell fest um ihn, und obwohl er den Schweiß auf seiner Haut spürte, war ihm doch schrecklich kalt.

»Ihr seid ganz heiß«, klagte Ursula, und ihre Miene war vor Sorge verzerrt. »Sie müßten längst hier sein. Ich kann nicht jedesmal die großen Götter rufen. Sie zürnen mir für das, was ich getan habe.«

Hilflos sah Caspar zu ihr auf. »Mir ist so kalt.« Die eigene Stimme klang in seinem Kopf aus weiter Ferne.

Sie rieb seine Hände, und als er weiterhin zitterte, stieg sie zu ihm unter das Bärenfell, strich erst zögerlich über das weiche Fell, dann schlang sie schließlich ihre Beine und Arme um seinen Leib. Sie schmiegte sich an ihn, doch nicht, wie er es erwartet hatte. Ihre Umarmung war weder wie die einer Mutter noch sinnlich wie die einer Geliebten, sondern eher das Klammern eines kleinen, verschreckten Kindes. Sie legte ihren Kopf auf seine Brust. Nach einer Weile wurde ihm klar, daß sie weinte, aber er hatte nicht die Kraft, sie tröstend zu umarmen.

Sie schien ihm so verloren und zutiefst verängstigt, und doch verlieh ihm ihre Nähe große Kraft. Dennoch wünschte er in jenen langen Stunden des Wartens, es wäre Mays Kopf, der dort an seiner Brust ruhte, während sie ihm sagte, es täte ihr leid, daß sie so fortgelaufen war, und bat, die ganze Nacht bei ihm verweilen zu dürfen. Der Gedanke an

May blieb in seinem wirren Kopf, und er fand die Kraft, seine Arme um Ursula zu schließen. Warm und stark fühlte sie sich an, und sie schmiegte sich an seinen schwitzenden Leib.

Dann hörte er schließlich eine Stimme.

»Sputet euch! Um Himmels willen, sputet euch!«

Erleichtert seufzte Spar. Nie hatte er gedacht, daß er derart erleichtert sein würde, diese hohe, aufgeregte Stimme noch einmal zu hören.

»Wir sputen uns ja«, rumpelte Perrens tiefere Stimme durch die Schlucht.

»Seht, das Pferd!« quiekte Fern. »Sie sind hier! Ich habe es euch doch gesagt!«

»Nichts dergleichen hast du getan«, murrte Perren.

»Nur weil das Pferd dort steht, heißt es noch lange nicht, daß die anderen es geschafft haben«, war Naiths Stimme zu hören.

Trund knurrte leise, als sie näher kamen, aber er ließ es bald sein und stieß ein erfreutes Japsen aus, dann schmiegte er sich wieder an Caspar. Der Höhleneingang verdunkelte sich mit den Umrissen vierer Gestalten, und erleichtert sah er, daß sich Lana an Perrens mächtigen Wanst drückte.

»Was kungelst du da mit Ursula herum?« flötete Fern verstimmt. »Der edle Feuerschweif muß doch versorgt werden, und sieh dich an!«

»Ich wußte, daß ihr kommen würdet. Master Spar wollte mir nicht glauben, aber ich wußte es.«

Naith hob seine Schwester von Perrens Arm und sah angewidert auf Caspar herab. »Sie ist eine Sklavin. Sie kann sich dir nicht widersetzen.«

»Mir war kalt«, erwiderte Caspar kraftlos, verärgert, daß er sich erklären mußte.

»Du hast nichts für das Pferd getan!« fuhr Fern ihn an,

während er noch im Höhleneingang stand. »Nichts! Ich kann es nicht glauben. Liegt da und schmust mit diesem Mädchen und den Hunden. Hunde und Mädchen, was anderes fällt dir wohl nicht ein.«

»Ich konnte nicht, wirklich nicht.« Caspar merkte, daß er dem Faun sein Tun erklären wollte, und hielt inne. »Fern, hol Feuerschweif herein und wasche seine Wunden. Der Mutter sei Dank, daß ihr uns gefunden hat.«

»Du brauchst mich. Siehst du, es gibt Dinge, die kein anderer tun kann. Ich werde gebraucht«, sagte Fern hochtrabend und sah Naith mit scharfem Blick an. »Ich werde gebraucht, und du bist nach wie vor ein verräterischer Mörder. Wir hätten dich den Wölfen überlassen sollen. Aber ich will sein Pferd holen. Das kann sonst niemand.«

Ferns gute Laune war bald nach einem scharfen Tritt des reinrassigen Oriaxianers verflogen, doch er schaffte es wenigstens, den Sattel abzunehmen und die Taschen herüberzubringen. Diese enthielten nichts Eßbares, aber einiges an Medizin. Keiner der anderen wußte, wie man diese einzusetzen hatte, nur Fern, der umgehend etwas Blutwurz hervornahm. »Kau das«, meinte er zu Caspar. »Danach fühle ich mich immer kräftiger.«

Die Höhle lag im Dunkel, als sich auch Perren durch den Eingang schob, und allesamt verbrachten sie eine lange, kalte Nacht, in der sie dem Heulen der Wölfe draußen lauschten. Lana hielt sich nah an Ursula, und beständig stieß Caspar stille Dankesgebete aus, daß das Mädchen noch lebte und es ihr gutging. Er hoffte, es würde nicht mehr lange dauern, bis er sie mit zu Keridwen und Brid nehmen konnte.

Er hatte kaum Kraft, Ferns verwickelter Erzählung davon zu lauschen, wie sie entkommen waren, doch schien es, als hätten sich die Wölfe darangemacht, Caspar und Ursula zu verfolgen, und von den anderen abgelassen. Perren hatte Lana und überraschenderweise auch Naith getragen und darauf beharrt, daß der Hirte ihnen noch eine Geschichte zu erzählen hätte. Anscheinend wäre Naith, hätte Perren nicht eine solche Leidenschaft für Geschichten gehegt, zurückgeblieben oder vom Steinwicht auf die eine oder andere Weise vom Leben in den Tod befördert worden.

»Ich habe sie abgelenkt«, beharrte Fern.

»Nichts dergleichen hast du getan. Sie sind Master Spar einfach nachgelaufen.« Naith klang ärgerlich, und Caspar bemerkte einen leisen Wandel in der Art und Weise, wie der Ovissianer von ihm sprach. Master Spar!

»Niemand hört auf dich«, meinte Fern. »Du bist ein Verräter, und jetzt wird Spar ein Urteil über dich sprechen.«

Caspar war keineswegs danach zumute, dergleichen zu tun. Ihm war kaum die Kraft geblieben, zu verstehen, was vor sich ging.

Perren bestand darauf, Naiths Geschichte zu hören, und war enttäuscht, als der kräftige Junge erklärte, er habe alles erzählt, was er wußte.

»Ich habe es dir gesagt«, begann er. »Wir dachten, wir würden Baron Godafrid helfen, indem wir die Wölfe dort töten, wo sie ihre Jungen aufziehen. Darüber hinaus sagte er, wir sollten außerdem die Bären fangen, bevor ihr, die Zauberer und Hexer von Torra Alta, uns diese als nächste Plage schickt. Bald standen wir mit Mamluc, dem Sklaventreiber, und seinem Bärenhandel in Verbindung. Ursula nahm uns die Bären ab, und ich habe keine Ahnung, was danach mit denen passiert ist.«

»Du hast keine Ahnung, wer das alles organisiert hat?« stieß Caspar hervor. Während der ganzen Nacht war die Kälte wieder in seine Knochen gekrochen, wobei seine Haut in Flammen stand, als kämpften die Elemente um ihn.

Naith zuckte mit den Achseln. »Mamluc, dachte ich.«

Das hielt Caspar für unwahrscheinlich. Jeder, der einen derart großen Plan verfolgt, dürfte darauf achten, daß er sich nicht die Hände schmutzig macht. Caspar versuchte, Naith mit seinem Blick zu fixieren, um nachzusehen, ob er dort die Wahrheit sah, aber er hielt dem Blick nicht stand, da ihm schwindlig wurde.

»Er muß Blut lassen«, sagte Naith mit großer Überzeugung.

Beim bloßen Gedanken daran lief Fern ein Schauer über den Rücken. »Blut!«

»Mir ist kalt«, stöhnte Caspar.

Perren legte eine Hand an seine Stirn. »Meiner Meinung nach sterben die Lebewesen der Erdoberfläche viel zu leicht«, sagte er etwas gefühllos und seufzte wegen dieser unausweichlichen Tatsache. »Es gab einmal einen Mann, der aus dem nördlichsten Land kam, wo die ganze Welt blauweiß vor Eis war, und er hat so lange überlebt, daß er uns fünfhundert Geschichten oder mehr erzählt hat, aber selbst der ist am Ende gestorben. Er hat am längsten durchgehalten.«

»Perren, das ist keine Hilfe«, schalt ihn Ursula und legte sich wiederum neben Caspar und schlang ihre Arme wärmend um ihn.

Am nächsten Morgen war klar, daß sie weiterziehen mußten, doch sie wußten, daß Caspar unmöglich laufen und Feuerschweif ihn auch nicht tragen konnte. Das Pferd hinkte schwer und konnte auf seinem Hinterlauf nichts tragen.

»Leichte Betätigung wird ihm guttun und das Gift aus seinen Adern spülen«, sagte Caspar in dem Versuch, seine Sorge zu verbergen, als er Feuerschweifs Verletzungen sah. Er mußte sich damit bescheiden, daß er gemeinsam mit

Lana auf Perrens breiten Schultern getragen wurde. Naith wurde nach vorn, an die Spitze der Gruppe, getrieben, wo alle ihn sehen konnten.

Sie zogen ostwärts zum Meer, wo Perren das Necrönd zu spüren glaubte. Schließlich kamen sie über den Kamm eines Tales und sahen, wie der Boden unter ihnen abfiel und die goldenen Reflexionen der Sonne auf der endlosen Weite des Meeres glitzerten.

Perren stöhnte auf, ein seltsam tiefer, hohler Klang. »Das Meer!« rief er. »Die mächtigen Fluten der Mutter, der große Schoß, die große Einheit, die alle Teile ihres Körpers verbindet, fließend, bindend, ineinandergreifend, führt sie uns alle zueinander«, rief er mit leidenschaftlichem Überschwang. Der Rest bewunderte die glitzernde Weite schlicht und einfach wegen ihrer Schönheit.

Hoffnung wuchs in Caspar, daß seine Reise hier nun enden sollte. Morrigwen hatte ihn nach Osten geschickt, und hier war er nun am östlichsten Ufer Torra Altas. Die Lichter eines Küstendorfes blinkten voraus, und er hegte die Hoffnung, daß sie bald schon Hilfe und das Necrönd finden würden.

Die Lichter gehörten nicht zum Dorf, sondern zu einem Wachturm oben auf den Klippen. Als sie auf gleiche Höhe damit kamen, spähten sie hinunter, um sich die weit verstreuten Lichter anzusehen, die sich über die Klippen verteilten, dazu Laternen, die von Masten und Wanten auf den Schiffen baumelten, welche jenseits einer von Felsen geschützten Bucht vor Anker lagen. Caspar reckte sich über Perrens Schulter hinweg, um zum Dorf hinabzusehen, und wußte augenblicklich, daß irgend etwas nicht stimmte. Mächtige Rauchwolken stiegen von Leuchtfeuern entlang dem Strand auf.

»Du solltest dir besser Gesicht und Hände bandagieren«,

erklärte Caspar dem hornhäutigen Steinwicht. »Wir sagen, du seist von Pocken vernarbt und müßtest dich bedecken, weil die Leute sonst in Panik geraten.«

Sie warteten, während Ursula und Perren eine Decke aus Caspars Packen zerrissen und geduldig Streifen um das Steingrau von Perrens grober Haut wickelten. Als sie damit fertig waren, schlang Perren Caspars Bärenfell um seine moosbedeckten Schultern, um seinen fremdartigen Leib zu verbergen. Fern dagegen schnüffelte an den rauhen Gräsern herum, die entlang den Klippen wuchsen.

»Wolf, Wolf! Er ist hier! Ich kann ihn riechen«, kreischte Fern wie ein Irrer.

Männer traten aus dem Wachturm hervor und schwenkten Caspar und seinen Freunden behelfsmäßige Waffen entgegen.

»Ein komischer Verein.« Finster sah ein Mann herüber, als die zerzauste Gesellschaft näher kam. »Sollte mich nicht wundern, wenn einer von denen Muttchen Grebe ersoffen hätte.«

KAPITEL 3

Enterhaken und Messer klapperten vor Caspars Nase. Mißtrauisch sah der Präfekt von Möwenstein ihn an. »Der Sohn des Barons! Und was könnte den Baronensohn dazu bewegen, mit dergleichen Burschen dort zu reisen?« Argwöhnisch musterte er den bandagierten Perren, murmelte etwas über Pocken und Hautkrankheiten, dann richtete sich sein Blick kämpferisch auf Fern. »Und eine Art Zwerg.«

»Bin ich nicht«, brach es ärgerlich aus Fern hervor, doch Perren stieß ihn an, damit er still war.

»In letzter Zeit ist viel seltsames Volk hierhergekommen«, fuhr der Präfekt fort und tippte seinen Stab an Caspars Schulter. »Und der letzte – ein prächtig gekleideter Mann, der wie ein echter Adelsherr aussah, wie ich sagen möchte – hat uns gutes Geld gegeben, damit wir nach einer schrulligen Bande wie der Euren Ausschau halten. Gauner, Schurken, Spitzbuben, sagte er, die der Baron als Verräter suchen ließ. Er sagte, man solle Euch aufhalten.« Abschätzig schnaubte er Caspar an, dann wandte er sich seinen Gefährten zu. »Glauben wir diesem Halbstarken, der mit einer Bande schräger Vögel aus den Bergen gehumpelt kommt, daß er der Sohn unseres guten Barons ist, oder glauben wir dem fein gekleideten Herrn mit der roten Robe und dem Sack voll Gold?«

Er stieß Caspar mit seinem Stab gegen die Brust. »Allesamt seht ihr wie Schurken aus. Und seht euch nur mal Euer Pferd an! Kein Torra Altaner, der etwas auf sich hält, würde zulassen, daß sein Pferd mit einer solchen Verletzung laufen muß.«

Caspar wollte erklären, daß die Wunde oberflächlich sei und leichte Betätigung helfen würde, Feuerschweif zu lokkern, doch er war zu verwirrt, um einen klaren Gedanken fassen zu können. Er wünschte, Hal wäre bei ihm. Er fühlte sich benommen, und in seinem Bein pulsierte der Schmerz. Mit hervorgestotterten, erschöpften Sätzen hatte er sich zu erklären versucht, aber es wollte ihm niemand glauben. Wäre doch nur Hal bei ihm. Ganz wie Caspars Vater strahlte auch Hal Zuversicht aus ... wie er auch gekleidet sein mochte. Eine Wunde würde seiner Glaubwürdigkeit nur guttun. Tatsächlich konnte Caspar nicht verstehen, wieso Hal beständig stöhnte, er brauche eine Rüstung, damit man ihn auch ernst nähme. Die Vorstellung war absurd.

Unsicher sah er den Präfekten an und rieb an seiner krummen Nase, während Trund steifbeinig vortrat und förmlich am Unterschenkel des Mannes schnüffelte. Entschlossen schlug der Mann seinen Stab auf den Boden, dann schwang er ihn derart, daß er an der Straße entlang zum Dorf deutete. »Es scheint, als solltet ihr am besten mit uns kommen, bis diese Angelegenheit geklärt ist.«

Da man sie mit Messern bedrohte, blieb ihnen nur, sich zu fügen und zu erlauben, daß sie zum Dorf geleitet wurden. Caspar stützte sich schwer auf Perren. Vor einem Gasthaus mit dem Namen Zum Hungrigen Fischer unten am Hafen brachte man sie zum Stehen. Die Türen standen weit offen und gaben den Blick auf ein Feuer frei, das dort drinnen prasselte. Davor hatte sich eine plappernde Menge versammelt.

Anscheinend hatten sich die Dörfler nicht um ihretwillen dort versammelt, sondern standen schon eine Weile da, unterhielten sich aufgebracht über etwas, das erst kürzlich vorgefallen war. Ein Mann mit breitem, zahnreichem Grinsen bannte offenbar die allgemeine Aufmerksamkeit, und selbst noch, als sie eintrafen, drängte man ihn, seine Geschichte zu wiederholen.

»Er ist über Bord gegangen. Der Teufel oder vielleicht das Bier oder vielleicht auch beides sind in den armen, alten Derry gefahren, und er hat zu toben angefangen und wollte unseren Passagier ermorden. Ich habe versucht, ihn aufzuhalten, aber er hat sich so heftig gewehrt, daß er im Kampf über Bord ging. Er ging unter und war in Sekunden verschwunden, bevor wir ihn wieder an Bord ziehen konnten. Und Muttchen Grebe! Wir haben sie draußen auf dem Meer gefunden. Mit aufgeblähtem Leib trieb sie beim Meerjungfrauentor. Dabei war sie noch am Ufer gewesen, als wir ablegten!«

»Es war der Mond! Nie hättet ihr so früh nach einem Neumond hinausfahren dürfen«, schalt eine alte Frau. »Bei goldenem Mond wäre das niemals passiert.«

Die Männer aus dem Gasthaus wandten sich um und starrten Caspar und seine Freunde an, die man in ihre Mitte stieß. Einer der älteren Fischer sagte mit schicksalsträchtiger Stimme: »Hat man uns nicht gewarnt, daß es Ärger geben und eine Bande abgerissener Spitzbuben auftauchen würde? Und nun ist es soweit. Nach drei Tagen wurde Derry irre und ertrank, dann wurde Muttchen Grebe tot aufgefunden! Man sollte sie durch das Meerjungfrauentor schaffen und über Bord werfen, bevor sie uns weitere Katastrophen bringen.«

»Ich bin Baron Branwolfs Sohn. Wenn ihr mich anrührt, wird sich mein Vater an euch rächen!« drohte Caspar.

Der Präfekt schüttelte den Kopf, sah auf seine Füße, schien die schimmernden Messingschnallen an seinen Schuhen zu betrachten und schwankte hin und her. »Vielleicht sollten wir nichts übereilen.« Er warf Caspar einen Seitenblick zu. »Wenn Ihr seid, was Ihr zu sein vorgebt, dürfte es Euch nicht schwerfallen, den Beweis anzutreten.«

»Ich dachte, der Baron und seine Männer seien allesamt einen Kopf größer als sechs Fuß«, murmelte jemand aus der Menge.

Eilig deutete Caspar auf die Klammer an seinem Umhang und die Insignien an seinem Ring, doch die Dörfler zuckten nur mit den Schultern. Jeder Edelmann am Caballischen Meer hätte deren Bedeutung verstanden, doch bedeuteten sie diesen isolierten Dorfbewohnern offensichtlich nichts.

»Gute Arbeit, wirklich gut, aber es könnte ebenso aus Blech gefertigt sein.«

»Wie sonst soll ich es beweisen?« fragte Caspar verzweifelt und fragte sich, wieso er es dazu hatte kommen lassen, daß man ihn derart erniedrigte. Sein Bein schmerzte, in seinem Kopf drehte sich alles, und es schien ihm unmöglich, ein Argument zu finden, das diese Idioten glauben würden.

Der Dorfpräfekt sah Caspar und seine fünf Gefährten mit hartem Blick an. »Nie in meinem ganzen Leben habe ich einen solch seltsamen Haufen Reisender gesehen. Eigentlich sollte ich Euch schon für Eure äußere Erscheinung einsperren, aber es ist etwas an Euch, was ich mag, und ich werde nicht ruhig schlafen können, bis ich weiß, was wirklich los ist. Einen Fischer würde ich bitten, seinen Wert damit zu beweisen, indem er zeigt, wie er Fische fängt oder Netze knüpft. Ein Edelmann von Torra Alta sollte gut mit einem Bogen umgehen können, oder nicht? Und wo ist der Eure? Jedermann weiß, daß die Kriegsherren von Torra Alta die besten Bogenschützen auf der ganzen Welt sind.«

Unwillkürlich mußte Caspar grinsen, denn er freute sich über den Respekt, den diese Leute seiner Familie entgegenbrachten, selbst wenn sie ihm ein solches Talent nicht zubilligten.

»Mein Bogen ist in meinem Packen«, sagte er zuversichtlich. »Zeigt mir ein Ziel, und ich will es Euch beweisen.«

Offenbar war die Menge mit ihrem Präfekten nicht einer Meinung und begann ärgerlich aufzubegehren. Kürzlich erst hatten sie zwei Mitbürger verloren und brauchten dringend jemanden, an dem sie ihren Zorn auslassen konnten. »Bindet sein Mädchen an den Händen und hängt sie an den Mast der Ketsch dort hinten.« Einer deutete ans Ende des Anlegers. »Sehen wir mal, ob er sie mit seinem Bogen herunterschießen kann. Das ist ordentlich weit und schwankt. Wenn er danebenschießt, sind sie schuldig, und wir hängen sie allesamt am Galgen auf. Wenn er das Seil durchtrennen kann, soll keiner von uns mehr Zweifel hegen.«

»Und was ist, wenn er sie trifft?« hielt der Präfekt dagegen.

»Dann ist er kein Lord von Torra Alta«, erklärte einer der Dorfbewohner mit strahlendem Lächeln.

Perren murrte drohend, und Caspar fühlte, wie seine steinharten Muskeln zuckten. »Nein«, zischte er und zog den Arm des Steinwichts zurück, weil er fürchtete, dieser könne einen der Dörfler mit seinen Riesenfäusten zerschmettern. »Sie sind meine Untertanen, und ich werde nicht zulassen, daß Blut vergossen wird. Laß mich beweisen, was ich kann.«

Flehentlich blitzten Ursulas dunkle Augen Caspar an. »Das ist zu weit, Ihr, Ihr ...« Sie ließ ihre Ängste unausgesprochen und hob tapfer das Kinn, als man sie ans Ende des Anlegers geleitete. Mit über ihrem Kopf zusammengebundenen Hände zog man sie am Mast hinauf, der im sanften Rhythmus der Hafenwellen schwankte. Caspar sollte den Spalt zwischen ihren Handgelenken treffen, selbst wenn sie Ursula in beinahe unerreichbarer Entfernung postiert hatten.

Naith protestierte, er solle es nicht tun. »Niemals! Ihr wärt ein Mörder, wenn Ihr es nur versuchen würdet. Ich habe gesehen, wie Männer auf der Jagd nach Wild zielten, und sie haben es auf fünfzig Meter verfehlt. Das hier sind fast hundert. Ihr könnt es niemals schaffen. Und seht Euch an. Ihr schwitzt und zittert.«

»Beeil dich, Spar«, zwitscherte Fern, der den Ernst der Lage offensichtlich gar nicht wahrnahm. »Ich kann ihn riechen. Er war hier.«

Caspar sperrte allen Lärm aus seinem Denken aus, atmete gleichmäßig, bis er nur noch Ursula und die Spannung in seinem altvertrauten Bogen spürte. Er brauchte nur einen Augenblick lang Kraft und Klarheit. Von hier aus konnte er ihre Miene nicht sehen, doch er war froh darum, da er wußte, daß die Furcht in ihren Augen ihn verzagen lassen würde. Abelard hatte ihm erklärt, die Kunst des Bogenschießens bestünde zu neun Zehnteln aus Übung und einem Zehntel Selbstvertrauen. Caspar hatte an jedem Tag seines Lebens geübt und zwang den Gedanken an Ursulas Zweifel aus seiner Wahrnehmung. Selbstverständlich konnte er es schaffen! Wenn er ein bewegliches Ziel vom Sattel aus treffen konnte, dann auch dieses. Die See hatte einen Rhythmus. Er paßte sein Atmen der Dünung an, spannte die Sehne und ließ den Bogen fliegen.

Die Menge stöhnte auf. Ursula sank auf die Knie, und Caspar stolperte vorwärts, als Perren ihm auf die Schulter klopfte und der Jubel der Menge in seinen Ohren klang. Nachdem das Gottesurteil nun entschieden war, suchte er sich einen Anlegepfosten, schlurfte darauf zu und setzte sich mit dem Kopf zwischen den Knien hin, bevor er ohnmächtig wurde.

»Er hat das Seil sauber in zwei Teile geschnitten!« jubelten Männer am Ende des Piers. Ursula wehrte die helfenden

Hände ab, zog den Pfeil aus dem Holz und sprang leichtfüßig an Land, strebte ihm mit ernster Würde entgegen. Sie warf ihren Kopf zurück und blickte in seine Augen. Er hatte erwartet, Widerwillen und Zorn zu sehen, weil er sie derart in Gefahr gebracht hatte, doch statt dessen lächelte sie ihn bewundernd an.

»Meister, Euer Pfeil«, sagte sie mit Respekt.

Noch immer stockte Naith vor Unglauben der Atem. »Im ganzen Reich gibt es niemanden, der ein solches Ziel hätte treffen können.«

»Nun, einige gibt es doch«, sagte Caspar wahrheitsgemäß.

Der Präfekt bürstete seine Kleider ab, rotgesichtig vor Bestürzung. »Der andere Mann war so glaubwürdig, Herr. Verzeiht uns.«

Caspar versuchte abzuwinken, doch die Mühe und Erschöpfung übermannten ihn, und er sank zu Boden. Von seinen Verletzungen benebelt, umfaßte er sein Knie und versuchte, einen Sinn in der kreiselnden Welt um sich herum zu sehen.

»Wenn Muttchen Grebe hier bei uns wäre, wüßte sie sicher eine Arznei für Euch«, sagte einer der Dörfler bedauernd. Alle Fischer nickten, und mancher hielt verheilte, narbige und von Messern und Fischhaken zerschnittene Finger hoch, eine beeindruckende Reihe von Narben, die auf der Burg einiges Ansehen genossen hätten.

»Am besten etwas Weingeist darüber, denke ich«, schlug ein anderer vor.

Eine alte Frau schüttete edlen Branntwein über sein Bein, und er erstarrte und schluckte seinen Schrei herunter. Er hatte den plötzlichen Schmerz nicht erwartet. Sie hielten ihn am Boden fest und gossen noch einmal Branntwein über ihn, so daß roher, heißer Schmerz sein Bein versengte.

Resignierend sank er in sich zusammen und ließ sich zu einem Bett tragen, auf welchem er zwei Tage lag und schlief, ohne etwas davon zu merken.

Als er erwachte, fühlte er sich um einiges besser, wenn er auch noch immer hinkte, als er die knarrende Treppe zum Frühstück hinunterstolperte. Seine Gefährten aßen schon, und Ursula sprang auf, um ihn zu begrüßen und ihre Freude über seine wiedergewonnene Gesundheit zu zeigen. Caspar gefiel die ganze Aufregung nicht, und er erklärte ihr eilig, sie solle sich setzen, während er einen Stuhl heranzog und sich etwas Brot und sahnige Butter nahm, die zweifellos an ebendiesem Tag aus dem benachbarten Jotunn gekommen war. Da man ihm von Caspars Genesung berichtet hatte, trat der Präfekt bald schon in die Taverne und lächelte betreten, verneigte sich unbeholfen und schob die alte Frau vor sich her, die Caspar mit Branntwein überschüttet hatte. Sie schlurfte voran und bot ihm eine schlammig aussehende Arznei in einem grünen Fläschchen an.

»Eine Kleetinktur, Herr. Muttchen Grebe hat sie früher oft gemacht. Ich glaube, sie tut dem Blut gut. Und hier sind ein paar frische Kräuter, die ich gepflückt habe, für den Fall, daß Ihr sie brauchen könnt.«

Zweifelnd betrachtete Caspar die verdächtig aussehende Flüssigkeit und zwang ein dankbares Lächeln auf sein Gesicht. »Ich werde Eure Freundlichkeit nicht vergessen.« Er streckte eine Hand aus, um die Gabe anzunehmen, schob den frischen Klee in seine Tasche und stellte das Fläschchen neben seinen Trunk. »Ich will gleich etwas davon mit Wasser nehmen«, erklärte er.

Sie grinste, freute sich offenbar, zu Diensten sein zu können. Caspar war erleichtert, als sie ging, da er die Arznei nicht anrühren wollte. Er hatte nur wenig Vertrauen in ihre Kräuterkünste und wollte sich nicht vergiften. Sobald sie einen Hofknicks gemacht hatte und gegangen war, steckte er das Fläschchen ein, damit sie nicht erfuhr, daß er den Inhalt nicht getrunken hatte. Sie war freundlich gewesen, und er wollte sie nicht kränken.

Er wandte sich dem Präfekten zu, der feierlich hinter der Frau gewartet hatte. »Wohin ist der Mann gegangen, der so entschlossen war, meinen Namen zu besudeln?«

Der Präfekt zuckte mit den Schultern. »Wieder in die Berge, soweit wir wissen.«

»Und der Wolf?« fragte Fern nach. »Was ist mit dem Wolf?«

»Da war kein Wolf.« Der Präfekt wirkte verdutzt.

»Er sieht nicht wie ein Wolf aus«, sagte Caspar abwinkend. Seine Geduld litt unter dem dumpfen Schmerz in seinem Bein, und er merkte kaum, daß seine Bemerkung lächerlich klang. »Wir suchen nach einem großen Mann, der Wolfspelze trug, doch wie es scheint, hat er sich inzwischen prächtigere Kleider zugelegt.«

Fern rümpfte bei dieser Beschreibung die Nase. »Er ist kein Mensch. Er riecht nach Wolf. Unverkennbar.«

»Ich habe einen Wolf gesehen«, meldete sich ein Seemann triumphierend zu Wort. »Ich habe allen gesagt, ich hätte einen Wolf gesehen, nur wollte keiner auf mich hören. Oben bei Muttchen Grebes Haus.«

Nach dem Frühstück kletterten sie hinauf, wobei Caspar schwer atmete und sein Hinken schlimmer wurde. Fern fiel auf die Knie, schnüffelte am Boden, dann sprang er auf, als hätte ihn eine Biene gestochen.

»Er war hier.« Er schnüffelte noch eine Weile herum, folgte dem Rand der Klippen Richtung Norden. »Einmal war er hier ... vielleicht zweimal.« Die kleine Wölfin gesellte sich zu Fern, setzte sich und fing an zu heulen.

Ein paar abgelegene Behausungen, die sich in den

Windschatten der Felsen drückten und von stetig im Wind schwankenden Bäumen überschattet waren, waren in einiger Entfernung zu sehen. Sie klopften an mehrere Türen, aber ohne Erfolg. Doch dann kam ein junger Mann, der zu seinem Lebensunterhalt offenbar Möweneier sammelte, vom Kliff heran. Während er die Eier in seinem Korb betrachtete, sagte er scheu, er sähe hier oben nur selten Menschen, aber gerade sei ein großer Mann in roter Robe vorübergeeilt. »Da entlang.« Er winkte mit der Hand gen Norden am Kliff entlang.

Die Dorfbewohner stellten große Packen mit getrocknetem, gepökelten und eingelegtem Fisch zusammen, wobei man letzteren in Kürbisflaschen stopfte, und winkten Caspar und seinen Gefährten mit einiger Erleichterung nach. Feuerschweif war frischer und konnte es kaum erwarten loszulaufen, aber Caspar führte ihn dennoch, um seinen verletzten Hinterlauf zu schonen. Sie waren noch nicht weit gekommen, als Fern in Versuchung kam, an dem Fisch herumzunagen, wobei er behauptete, es sei ganz und gar nicht dasselbe, als würde man richtige Tiere essen.

Während Ursula wie stets den Kopf geneigt hielt und verschwieg, was sie dachte, hielten Perren und Naith ihm vor, er sei verrückt, und dieser Streit endete erst, als Fern aufgeregt verkündete, daß sie die Fährte wieder aufgenommen hatten. Hastig rannte er im Kreis, eilte vor und zurück, rief alle paar Minuten: »Wolf!«, was Caspar bald reichlich ermüdend fand.

An ihrem zweiten Tag jenseits des Möwensteins fiel die Küste sanfter zum Meer hinab, und das dünne Erdreich auf den Klippen wich weicherem Boden. Hier fanden sie die ersten echten Fußspuren. Diese stammten von langen, schmalen Stiefeln, die am Ende ein wenig spitz zuliefen, und zweifelsohne gehörten sie einem großen, schlanken Mann.

»Könnten auch von einem unschuldigen Schafhirten stammen«, meinte Naith skeptisch, als sie durch einen seichten Bach wateten, an dem Feuerschweif zum Trinken stehenblieb.

Ungläubig sah Fern ihn an. »Hast du keine Nase? Oh, ich verstehe! Du versuchst noch immer, uns von der Fährte abzubringen, damit wir deinen Herrn nicht finden. Ich habe nicht vergessen, daß du ein Verräter bist.«

Naith schob seine Oberlippe auf der einen Seite hoch und knurrte Fern an, der erschrocken zurückwich. Perrens langsamer Blick strich über Naith und ruhte dann auf Caspar. »Er will kein Verräter sein. Er glaubt, daß du Baronensohn bist, und sieht Gutes in deinem Herzen, doch mißtraut er dir dennoch. Er versteht nicht, wieso dein Vater nicht befohlen hat, die Wölfe auszurotten, diese Kapuzenwölfe, die noch immer marodierend durch Ovissia ziehen, und er ist böse.«

Erschrocken schreckte Naith auf. »Woher wußtest du das?«

Perren trat mit seinem Fuß im seichten Bach umher, so daß Wasser aufspritzte. »Eure Gedanken sind im Wasser.«

Caspar verschwendete kaum einen Gedanken an Naith und fragte sich statt dessen, ob dieser nach Wolf stinkende Mann sich nicht längst schon am Necrönd zu schaffen gemacht hatte. »Ich wußte, daß ich mich auf Morrigwen verlassen konnte, als sie sagte, wir sollten ostwärts ziehen.«

Fern schnaubte. »Es ist genau dieselbe Fährte, die ich schon auf Torra Alta aufgenommen hab. Er könnte um den Südrand der Gelben Berge gezogen sein, und zweifellos hätten wir ihn inzwischen eingeholt, wenn wir uns nicht durch die Berge gekämpft hätten.«

Nicht zum ersten Mal überlegte Caspar, ob Morrigwen ihn nicht in diese Richtung geschickt hatte, damit er Lana fand. Er erinnerte sich daran, daß die Alte eine Rune gewählt hatte, die eine Verbindung aus Eiche, Esche und Hagedorn darstellte. Anfangs hatte er geglaubt, es sollte Feenhain bedeuten, doch er hatte sich offenbar getäuscht und die Bedeutung war profunderer Natur gewesen. Vielleicht hatte der dritte Teil der Rune, der Huathe, den Hagedorn, darstellte und für Keuschheit und Zurückhaltung stand, im Grunde auf die Jungfrau hingewiesen, doch war das eigentlich die Rolle von Beorc. Über diesen Gedanken sinnierte er eine Weile, kam aber zu keinem logischen Schluß. Es mangelte ihm schlicht an Wissen.

Er konnte nicht schnell gehen und stützte sich schwer auf seinen Stock, als sie der hügeligen Küste folgten, wobei sie Möwen und Papageientaucher aufschreckten, die plötzlich und unerwartet von den Klippen unter ihnen flatterten. Perren war ein Stück voraus, als er warnend eine Hand hob und sich vorsichtig zurückzog. »Im Tal voraus sind eine ganze Reihe Männer.«

Ursula fluchte, als sie auf Händen und Knien vorwärts kroch, um über den Rand ins nächste steinige Tal zu spähen, das sich einen Weg zum Meer bahnte. »Meine Bären!«

Klirrende Ketten waren stramm um die Hälse von vier knurrenden Bären gezogen. Männer kämpften darum, sie zu bändigen. Böse knallten die Peitschen.

»Er ist ganz nah!« quiekte Fern, sprang vor Erregung auf und ab und deutete. Seine hohe Stimme hallte durch das Tal, und neugierig blickten einige der Männer auf. Caspar riß Fern die Beine unter dem Leib weg und zerrte ihn außer Sichtweite.

»Noch mehr ovissianische Schafhirten und Ceolothianer«, bemerkte Caspar. »Es sind rauhe Leute, diese Ceolothianer. Ich hätte mir denken können, daß es Ceolothianer sind, die diese Bären fangen. Bei ihnen gilt das Fleisch als große Delikatesse und ...« Abrupt hielt er inne, als er Ursulas Miene sah.

»Sprecht zu mir nicht von bärenmordenden Ceolothianern!«

»Also hat sich der Wolfsmann Mamlucs Bärenfängern angeschlossen«, mutmaßte Caspar laut. »Er hat sich mit hundert Männern umgeben. Wie sollen wir nun an ihn herankommen?«

»Meine Bären! Sie haben meine Bären! Ich darf das nicht mehr zulassen«, heulte Ursula aufgebracht. »Wir müssen angreifen!« Ihre Stimme war ein Knurren.

Höhnisch grinste Naith sie an. »Wir sind eine zerlumpte Bande, und die sind eine Streitmacht.«

»Sie haben meine Bären.«

»Wir können nicht angreifen«, sagte Caspar vernünftig. »Wir müssen ihnen folgen und darauf warten, daß sich der Wolfsmann von der Kolonne entfernt.«

»Was ist mit meinen Bären?!« Ursulas Stimme klang verzweifelt, und mit den Knöcheln schlug sie auf den Boden.

»Tut mir leid«, entschuldigte sich Caspar. »Wenn es etwas gäbe, was ich tun könnte ...« Er kniff die Augen zusammen und versuchte herauszufinden, welche der fernen Gestalten der Wolfsmann sein mochte, doch es wollte ihm nicht gelingen.

Unbeobachtet folgten sie den Bärenhändlern den ganzen Tag lang, ohne daß auch nur einer die Reihen verlassen hätte. An den folgenden Tagen war es ebenso, und obwohl Caspar zu Kräften kam, verlor er doch nach und nach die Hoffnung, daß sie des Wolfsmannes würden habhaft werden können. Jede Nacht weinte Ursula um ihre Bären, trotz aller Bemühungen Ferns und Lanas, sie zu trösten. Caspar mied ihre Gesellschaft, denn er war ihrer vorwurfsvollen Blicke müde, als wäre es seine Schuld, daß die Bären in Ketten durch die Lande geschleppt wurden. Ihr Betragen war wenig sklavenhaft.

An den folgenden Tagen schafften es die Bären zweimal, ihre Tatzen auf die Ketten zu schlagen und die Männer an sich zu zerren. Insgesamt drei Männer wurden getroffen, der letzte davon so schwer, daß sie selbst aus der Entfernung sahen, daß sein Genick gebrochen war. Die Leiche blieb auf den Klippen zurück. Möwen stießen vom Himmel herab, um sich daran zu weiden.

Allmählich wurde die Küste immer weniger zerklüftet, und die Klippen wichen weiten Hügeln. Dennoch wollte Caspar kein Plan einfallen. Er wußte, daß er bald etwas unternehmen mußte, denn draußen auf dem Meer waren Schiffe zu sehen, langnasige Boote ohne Segel, deren Ruder im Sonnenlicht aufblitzten. Sie steuerten geradewegs die Küste an, zweifellos, um die Bären abzuholen.

Er sah zum Meer hinab, das sich in eine kleine Bucht schmiegte, deren Ufer von Schilf überwuchert war, gefleckt von schwarzem Wasser in grauen Mulden, von Nebel verschleiert. Der Nebel sog die Farbe aus dem Land, verlieh ihm milchige Umrisse, verschluckte gelegentlich die Sockel der Inseln, deren baumbewachsene Köpfe wie Ungeheuer aus der See aufragten. Die Luft war feucht und kalt.

Auf der anderen Seite des Sumpfes wurden drei angekettete Bären, gefolgt von einem Bärenkind, das wie ein Menschensäugling schrie, zu den nahenden Booten gezerrt. Lang und dünn glitten sie mit aufgestellten Rudern an einen baufälligen Anleger, der sich aus dem Schilf erhob und über dem salzigen Sumpf aufragte. Die Bären wurden nicht sogleich an Bord verladen, sondern in einen riesigen, bedeckten Käfig neben dem Anleger geworfen. Männer stiegen aus dem Boot und gesellten sich zu den anderen, um Zelte um den Käfig zu errichten. Ein großes, achteckiges Zelt stand in der Mitte kleinerer Zeltbauten.

»Wir sollten die Dämmerung abwarten. Die Boote werden Zeit brauchen, um Wasser an Bord zu schaffen, und heute abend werden sie noch nicht auslaufen. Ich sehe mich mal im Lager um und schleiche mich an den Mann heran, der das Necrönd gestohlen hat.« Caspar verkündete seinen hastigen Plan und wünschte, er hätte schon früher gehandelt. Jetzt mußte er sich auch noch mit den Männern in den Booten auseinandersetzen. »Ziehen wir uns von der Kuppe zurück und gehen wir landeinwärts, dann arbeiten wir uns zur Mündung vor. Wir könnten uns stromaufwärts von ihnen im Schilf verstecken.«

Als sie das Sumpfland erreichten, kauerten sie am Boden und sahen, wie die Flut zurückging, so daß die Boote hilflos auf der Seite lagen. Dann warteten sie darauf, daß die Sonne hinter den Gelben Bergen unterging, die sich von strahlendem Gold, von roten Punkten durchzogen, in böse, schwarze Zähne verwandelten, die nach einem violetten Himmel schnappten. Die Rillen und Falten des seichten Sumpflandes fingen die Sonnenstrahlen ein, und Wassertümpel waren im Schatten gefangen, lagen wie Bänder aus geschmolzenem Gold im schwarzen Sand. Noch immer hörten sie den rhythmischen Puls der Wellen weit draußen, jenseits des Sumpfes, doch das Meer war nun von Finsternis umhüllt.

Caspar kam auf die Beine. »Es wird Zeit, etwas zu unternehmen«, sagte er und sah sich unter seinen seltsamen Gefährten nach Zustimmung um.

»Du solltest nicht allein gehen«, erklärte Perren.

Caspar untersuchte die Klinge seines Jagdmessers, das er aus seinem Gürtel zog. »Ich trage die Verantwortung fürs

Necrönd. Allein habe ich bessere Chancen, unentdeckt ins Lager zu schleichen.« Er blickte in die Runde, und das Herz sank ihm in seine Magengrube. Ursula war fort.

Er nahm seinen Bogen auf. »Oh, dieses dumme Mädchen! Sie will die Bären holen. Naith, gib mir deinen Rock.«

Er schob sich das Hirtenkleid über den Kopf, verbarg darunter seinen Bogen und lief zum Lager, hielt sein kurzes Messer kampfbereit. Der salzige Sumpf war schwerer zu durchqueren, als er sich vorgestellt hatte. Die Flut ließ finsteres Wasser in Tümpeln stehen, und wenn er auch bei Tageslicht gesehen hatte, wie das Geflecht aus kleinen Dämmen voller Dünengras kreuz und quer durch die dunklen Fluten führte, verirrte er sich nun im Labyrinth der Wege und sah sich gezwungen, durchs Wasser zu waten, um seinen Kurs zu halten. Es stieg ihm bis an den Oberschenkel, und sorgsam mußte er seinen Bogen weit aus dem Wasser halten, damit die Sehne trocken blieb. Als er zum Lager kam, war er furchtsam und verwirrt. Er empfand nichts von der Schwere, die er stets spürte, wenn das Necrönd in der Nähe war. Er fragte sich, ob es daran liegen mochte, daß er als dessen Wächter versagt hatte und es nicht mehr nach ihm rief.

Zitternd wrang er den Saum seines übergroßen Rocks aus, den er durchs Wasser geschleift hatte, und schätzte seine Lage ein. Dieser Ort gefiel ihm nicht. Noch war der Mond nicht aufgegangen, und abgesehen vom orangefarbenen Glühen der Feuer und den grauweißen Irrlichtern, die über dem Sumpf schwebten, war das Land von Finsternis umfangen.

Er wußte, was zu tun war. Also richtete er seinen Rock und schlenderte zum Lager hinüber, als gehörte er dazu. Sicher würde niemand einen Mann im Hirtenrock befragen. Da so viele Männer im Lager waren, ging er davon aus, daß sich niemand fragen würde, wieso er ihn nicht gleich erkannte. Naith hatte erzählt, daß die Trupps von Ovissianern stets herumgeschickt wurden. Zielstrebig ging er auf das größte Zelt zu, weil er vermutete, daß dort der Wolfsmann selbstverständlich das prunkvollste Schlafquartier einnehmen würde. Falls er das Necrönd hatte, wäre er im Besitz der Macht.

Abrupt blieb er stehen, als er zur Rückseite des achteckigen Zeltbaus kam.

»Eine feine Klinge, Mamluc. Außergewöhnliches Metall. Zweifellos eine Gabe für mich.«

Es folgte ein Schlurfen und Murren, und Mamlucs tiefe, heisere Stimme sagte verlegen: »Nun, nein, Herr. Ich wollte es eigentlich ...«

»Natürlich willst du deinem Meister schmeicheln«, sagte der andere Mann mit spöttischem Unterton. »Also, habe ich mich klar und deutlich ausgedrückt? Die Bären müssen weg. Jeder einzelne«, befahl die scharfe belbidianische Stimme. Sie hatte einen kalten Unterton, bei dem man eine Gänsehaut bekam. Caspar kannte seine Landsleute gut, doch er konnte den Akzent nicht einordnen. Er war nichtssagend, weder ländlich noch gebildet. Der Mann fuhr fort: »Ich habe die Angelegenheit ausführlich mit deinem hochgeschätzten Meister diskutiert, und so lauten seine Anweisungen.«

»Ich muß darauf hinweisen, daß dieses Unterfangen viele Männer kosten wird. Haben wir nicht genügend Bären gefangen, daß jeder von uns ein Vermögen verdienen kann?« meinte Mamluc. Nie hätte Caspar geglaubt, daß Mamluc so unterwürfig klingen konnte.

»Du wagst es, mir zu widersprechen?« erwiderte der Belbidianer so zornig, daß ein Knurren aus seiner Kehle kam. Caspars Nackenhärchen richteten sich auf.

»Wie Ihr mir so zutreffend in Erinnerung gerufen habt, bin ich nur der Diener meines Herrn und folge nur seinen Anweisungen«, erwiderte Mamluc eifrig.

Der andere lachte spöttisch. »Mein guter Mann, du mußt dir keine Sorgen machen. Ich habe sein Siegel. Sieh selbst.« Das unverkennbare Knistern und Rascheln von Pergament drang an Caspars Ohren. »Seine Wünsche betreffen alle Bären, jeden einzelnen. Der Rest Belbidias wird lange brauchen, sich gegen Torra Alta zu erheben, und demütig hoffen, daß diese Probleme verschwinden. Wenn wir sie nach Quertos verschiffen, werden bald schon alle Barone fordern, man solle Torra Alta der Krone unterstellen. Die Toleranz den Heiden Torra Altas gegenüber dürfte schwinden, wenn sie die Braunbären aus Branwolfs Bergen auf ihren Weinbergen und in den Obstgärten finden.«

Caspar war sicher, daß er recht hatte. Die Flachländer würden schreien, Torra Altas Teufelswerk breite sich über das Land aus. Die armen Bären würden im dichtbesiedelten Ackerland großen Schaden anrichten, bis sie allesamt niedergestochen und verbrannt wären. Dann würden sich die Völker des südlichen Belbidia im Zorn gegen Torra Alta erheben.

Schon wollte er sich aus dem Lager schleichen und warten, bis der Bewohner des achteckigen Zeltes schlief, als ein schrecklicher Schrei die Luft durchschnitt. Er kam von den Bärenzwingern. Überall um ihn sprangen Männer auf, schwenkten Fackeln, die Spuren wie Kometenschwänze hinter sich zurückließen. Die Bären waren los und brachen durchs Lager. Männer schrien. Ein seltsames Klagen folgte ihnen. Ursula! Welch ein Chaos richtete sie an? Wie die Männer um ihn floh auch Caspar vor den drei Bären, die sich um Ursula drängten und durch das Lager wüteten, wobei sie offenbar zum mittleren Zelt wollten.

»Sklavin!« Mamlucs schreckliche Stimme erhob sich über den Aufruhr, als er aus dem Zelt stürmte. »Deine Untaten übersteigen selbst deinen Wert, Sklavenfrau.« Er hob einen Speer an und schleuderte ihn, doch Ursula sprang beiseite, bevor er ihr etwas anhaben konnte.

Wie eine Bärin fuhr sie herum und stieß ein Brüllen aus, einen Schrei, der so tief war, als lebte die Seele eines Bären in ihr. Schützend hielten sich die Bären in ihrer Nähe, und die Frau strahlte eine gewisse Macht aus. Dennoch fühlte sich Caspar von einem Prickeln abgelenkt, das an seinem Rückgrat hinauflief, und er fühlte sich bemüßigt, umzukehren und nach dem Zelt zu sehen.

Die Zeltklappen waren zurückgeschlagen, und mehrere Männer traten in den Feuerschein, der Mamluc umgab, dessen Gesicht mit seinen gräßlich zusammengekniffenen Augen vor Zorn verzerrt war und im flakkernden Schatten des Feuers finster und geheimnisvoll wirkte. Er brüllte Ursula an. Doch war es nicht der Anblick Mamlucs, der Caspar mit Angst erfüllte. Ein großer Mann in roter Robe mit einer mächtigen Wolfsmaske auf dem Kopf war hinter ihnen herausgetreten und verschwunden, machte sich vom Aufruhr ins Dunkel davon. Trotz seiner Größe war er im Nebelschleier, der ihn umfing, fast unsichtbar.

Caspar war überzeugt, daß es der Mann war, den sie suchten. Instinktiv duckte er sich in den Schatten. Etwas Schreckliches war um diesen Mann, und es lag nicht nur an seinem Wolfspelz und dem Schädel, der ihn mit einer gräßlichen Aura umgab. Nein, es lag an dem, was sich hinter dieser Maske befand, denn das war grauenvoll, wenn er es auch nur spüren und nicht sehen konnte.

Ursula schrie mit schrecklicher Stimme: »Männer von Ovissia, tretet beiseite, und die Bären werden euch nichts tun. Merkt ihr denn nicht, daß eure ceolothianischen Herren euch mißbrauchen?«

Die Männer zögerten unsicher.

Mamluc schwenkte einen dicken Klingenspeer und trieb sie mit tiefer, heiserer Stimme zum Angriff. Zwar drohten einige mit Fackeln und kurzen Speeren, doch kam aus Furcht vor den Bären keiner zu nah heran, und die meisten wirkten unsicher.

Plötzlich wurde eine andere Stimme unter ihnen laut. »Kameraden, Hirten, sie sagt die Wahrheit!« Naith drängte sich durch die Männer, stellte sich zwischen sie und Ursulas Bären. »Wir werden von diesen Männern betrogen. Sie haben nicht die Absicht, die Wölfe zu vernichten, sondern heißen sie im Gegenteil willkommen. Sie fördern alles, was den Abscheu gegen Torra Alta fördern kann ...« Der letzte Satz brach unvollständig aus ihm heraus, und die Spitze eines Speeres ragte zwischen seinen Rippen hervor. Unbeholfen griffen seine Hände nach der Eintrittswunde mitten auf seinem Rücken, während er verdutzt das Stück Metall betrachtete, das aus seiner Brust ragte, als könne er seine Sterblichkeit nicht begreifen. Blut trat aus seiner Brust und lief über seine Finger.

»Naith! Das ist doch Naith!« rief ein Fallensteller.

Taumelnd sank Naith auf die Knie, und das Gurgeln seiner blutigen Lungen klang laut in der verschreckten Stille. Dann krächzte er: »Ursula, hüte dich vor dem Herrn der Wölfe.« Seine zitternde Hand hob sich und deutete auf Mamluc.

Ursula schüttelte den Kopf und hielt ihm ihre Hand entgegen. Naith ging in die Hocke, lehnte seinen Kopf an den Oberschenkel des Mädchens und starrte Mamluc ohne zu zwinkern an. Das Feuer in seinen Augen war erloschen.

Entsetzt sah Caspar ihn an. Armer Naith! Wer Mamluc

auch sein mochte, er war doch kein Herr der Wölfe, dessen war er sicher. Seine Macht war begrenzt. Schwitzend packte Caspar seinen Bogen, hatte aber keine Ahnung, was er tun konnte. Er wollte zornig vorpreschen, als Perren, der ohne sein Bärenfell auf eine Art und Weise dastand, daß er im Dunkel wie ein Stein aussah, an seinem Ellbogen auftauchte. Der Steinwicht hielt ihn zurück.

»Der Mann ist tot, und das Mädchen hat den Verstand verloren. Du wirst nur selbst den Tod finden. Du mußt einem höheren Zweck dienen.«

»Aber sie ... sie brauchen mich«, stotterte Caspar unsicher. Perren konnte weit kräftiger zupacken als ein Mensch, und Caspar konnte sich nicht von ihm befreien.

»Das Zelt, Spar«, sagte Perren langsam. »Du kannst jetzt nichts mehr für ihn tun, aber du kannst die Gelegenheit nutzen, nach dem Druiden-Ei zu suchen. Das allein zählt. Die Alten hatten recht damit, daß man diese Suche keinem Menschen anvertrauen kann.«

Caspar nickte und schlich voran, um hinter den Zelttüren zu verschwinden. Als er drinnen war, sah er sich mit klopfendem Herzen um. Es stank nach Tier, wenn das auch kaum überraschen konnte, da haufenweise entrollte und blutige Pelze als Lagerstätten am Boden lagen. Es gab nur wenig Möbel, und es dauerte nicht lange, bis er die Pelze und Habseligkeiten durchsucht hatte. Er war derart in Eile, daß er den Kreis fast übersah. Er war um die Lagerstatt auf den Boden gezeichnet und diente offensichtlich einem magischen Zweck. Kleine magische Zeichen umgaben den Kreis. Aufmerksam sah er sie an, doch sie sagten ihm nichts.

Runenkunde war eine komplexe und komplizierte Kunst, und wenn er die Grundlagen auch beherrschte, kannte er die seltenen Zeichen vor sich nicht. Dennoch bekam er bei dem Anblick eine Gänsehaut, und er war sicher, daß sie einem bösen Zweck dienten. Weiter wühlte er in jenem Zelt herum, doch war er bereits überzeugt davon, daß das Ei nicht dort war. Eilig lief er zu Perren zurück, schüttelte enttäuscht den Kopf und sah sich nach Ursula um.

Mit erhobenem Speer stand Mamluc ihr und den drei Bären gegenüber, die sie zurückhielt. Caspar sah, wie er das Ding Naith in den Magen schlug und wütend in die Leiche bohrte. Große Trauer stieg in Caspars Herzen auf. Der junge Hirte war ein Verräter gewesen, doch er hatte es bereut, und Caspar empfand tiefe Trauer darüber, daß er nichts hatte tun können, um ihm zu helfen.

Das war zuviel für Ursula. Die Bären ragten auf ihr Kommando hin über der Menge auf, und die Ovissianer schreckten zurück. Caspar dachte, Ursula und die Bären würden sich losreißen und entfliehen, als ein eisiges Kreischen aus dem Umfeld des Lagers zu hören war. Anfangs sah er nichts, dann erkannte er etwas, das er für den Buckel eines Wolfes hielt. Er bemerkte, wie etwas ins Lager schlich, als hätte es weder Kraft noch Gestalt, eine Finsternis, die schwärzer als die Nacht war. Mit einem Kreischen, das durch Mark und Bein ging, wurde die Finsternis schneller und flog wie ein Giftpfeil den Bären entgegen.

Der Bär, der Ursula am nächsten stand, begann zu zittern und zu beben, so daß schwarzer Schaum in Blasen vor sein Maul trat und als dicker Speichel die Erde befeuchtete. Er bäumte sich auf, hieb nach seinem Gesicht und riß sich fast ein Auge heraus. Abrupt nahmen die Krämpfe ein Ende. Er sank auf alle viere und stürzte sich auf Ursula. Sie war blaß wie der Tod.

KAPITEL 4

May riß ihre Hand zurück, als hätte sie sich im Feuer verbrannt. Sie biß auf ihre Lippe, krümmte die Finger ihrer rechten Hand und musterte die silberne Schatulle einen langen Augenblick, dann griff sie ein zweites Mal vorsichtig nach dem Druiden-Ei.

Wie zuvor war die Atmosphäre plötzlich von Lebensenergie erfüllt. Weicher, warmer Atem umwehte ihren Nakken. Trübe Umrisse dürrer Kreaturen mit Hörnern, langen Schnauzen und hervorstehenden Zähnen ragten vor ihr auf, und deren Denken stülpte sich über sie.

»Geht weg von mir«, schimpfte sie gereizt und schwang ihre Arme herum, als wollte sie einen Wespenschwarm verscheuchen.

Sie fügten sich ihrem Befehl mit übler Trägheit und keineswegs mit dem Respekt, den sie erwartet hatte. Sie hatte gedacht, sie würde sich wie eine Kaiserin fühlen oder zumindest den Respekt einer Hohepriesterin erfahren, doch dem war nicht so. Sie fühlte sich wie eine verhaßte Sklaventreiberin.

»Es ... es tut mir leid«, stammelte sie schwach, und ihre Hände öffneten sich in einer Geste der Hilflosigkeit.

Sie empfand keine Wärme, die man ihr entgegenbrachte, nur Verachtung, die wie der Haß, welcher eine Fehde über Generationen anfeuert, so tief ging, daß sie nicht einmal mehr den Grund dafür kannten, sondern sie als Teil ihrer Existenz betrachteten. Heimlich wie die Raubtiere drängten die nebelhaften Gestalten vorwärts, und ihre gemeinsame Geisteskraft war derart stark, daß sie beinahe die Luft knistern ließ.

Es war die beklemmende Nähe dieser Untiere, die ihren verzagten Geist zum Handeln trieb. Wenn sie auch kaum mehr als Geister waren, konnte sie doch spüren, daß sie die Macht des Druiden-Eis anzapften, da sie verzweifelt einen Weg zurück ins Leben suchten. Sie riß es hoch.

Die Energie, die jenem Ei innewohnte, zuckte bei ihrer Berührung, und ein tiefer Schmerz stach in die Nerven ihres Körpers. Entschieden schloß sie ihre Faust und sagte sich, das kleine, ovale Ding sei wie dafür geschaffen, in ihre Hand zu passen. Langsam nahm der Schmerz ab, bis nur noch ein unerwartetes Gefühl von Verletzlichkeit blieb. Sie hatte gedacht, eine Woge der Macht würde ihren Körper durchfahren, als griffe sie nach einem Blitz. Statt dessen empfand sie nichts als Angst. Die Verachtung der Kreaturen wuchs in einem Bersten von Schwarz, das nach ihren Händen stach, ihre Finger von dem Druiden-Ei bog. Als sie es dennoch festhielt, spürte sie ein Zögern, einen erwartungsvollen Atemstillstand, dann das widerstrebende Hinnehmen ihrer Niederlage.

Adrenalin schoß durch ihre Adern, ihr Magen rumorte, und ihr Mund war trocken, jeder Muskel ihres Körpers vor Aufregung gespannt. Sie hielt das Druiden-Ei auf Armeslänge, starrte die blauen Adern und die zerklüfteten Brandmale auf der cremefarbenen Oberfläche an und wartete, daß etwas geschehen mochte. Deutlich nahm sie die aufgeblähte Spannung wahr, merkte, daß alles auf sie wartete, aber sie wußte dennoch nicht, was zu tun war. Ihr blieb so wenig Zeit.

Amaryllis sagte, er bräuchte höchstens eine Stunde, um ihnen Pferde zu kaufen. Er hatte sie im Hafen von Skuas Ria allein zurückgelassen, und nun saß sie in einer Hafentaverne mit dem Rücken zur Wand, wo ein riesiges Bärenfell das kalte Mauerwerk bedeckte. Die Felle weißer Robben lagen am Boden, und ein mächtiges Feuer prasselte gegen den bitterkalten Wind, der mit Schnee drohte.

Sie schreckte vor den Ceolothianern um sich herum zurück und hatte den Kopf gesenkt gehalten, bis sie sicher war, daß Amaryllis lange genug aus der Taverne fort war, dann schlich sie zur Hintertür hinaus ins Freie, zog das Bärenfell gegen die Kälte fest um ihre Schultern. Mulden mit müdem Schnee waren an den Nordwänden der umliegenden Hügel auszumachen, und die Luft war vom Gebell kleiner Robbenkinder erfüllt.

Der Hafen streckte sich in einem schmalen Streifen flacher Bauten landeinwärts, geschäftige Straßen drängten sich bis ans Ufer, die Häuser aus fremdem, dunkelrotem Stein gebaut. Über dem Gasthaus stieg das Land bald zu bestellten Feldern auf, und sie mußte nur durch ein paar kleine Gassen laufen, bis sie sich auf dem Land wiederfand.

Das Klimpern der Münzen in ihrem Beutel ließ sie an Amaryllis denken. Sie fragte sich, wie lange er wohl brauchen würde, bis er merkte, daß die Börse nicht so schwer war wie einst. Das hatte sie von Pip gelernt. Amaryllis hatte die Börse auf dem Tisch liegenlassen, nachdem die Mahlzeit bezahlt war, und mit vermeintlich unabsichtlicher Geste hatte sie den Beutel zu Boden geworfen. Eilig hatte sie dann die herausgefallenen Münzen eingesammelt und sie ihm zurückgegeben, doch nicht, ohne vorher einige davon an sich zu nehmen. Sie hatte sich dieses Verbrechen verziehen, da sie sich sagte, es diene höheren Zielen.

Die rote Erde unter ihren Füßen hatte merkwürdig gerochen und war dünn und steinig. Die wenigen Bäume, die sie sehen konnte, waren verkümmert und wuchsen schräg, kündeten von den harschen Winden, die von Westen her über die Landspitze fegten und den allgemeinen Eindruck von Ödnis untermalten. Der erste Baum war eine Eiche gewesen, deren obere Äste keine Blätter trugen und deren Rinde sich schälte, das nackte, helle Holz darunter vorzeigte. Sie hatte das böse Omen, daß der Baum krank war, schlicht mißachtet, sich einen Weg über das Feld gebahnt und unter den verdrehten Ästen niedergelassen, um darüber nachzusinnen, ob sie die Kraft des Necrönd anzapfen sollte.

Speiübel wurde ihr, weil es ihr schien, als wäre eine solche Tat Verrat an Morrigwens Vertrauen. Sie wußte, daß niemand es benutzen durfte. Das war schließlich der Grund, wieso sie es Caspar weggenommen hatte. Dennoch hatte sie keine andere Möglichkeit gesehen. Sie richtete sich auf, sagte sich, dieses eine Mal würde schon nichts ausmachen. Sofort hatte sie gewußt, daß sie das kleinste dieser Tiere der Macht rufen wollte, das kleinste und am wenigsten schreckliche Untier, das sie kannte: ein Einhorn. Sie traf ihre Wahl, als sie sich der Legende erinnerte, daß diese durch die Kraft einer Jungfrau gebändigt werden konnten. Ein Einhorn wäre leichtfüßig und würde sie über Ceolothias Binnenland bis nach Castaguard tragen und dabei selbst noch dem schnellsten aller Pferde entkommen, die Amaryllis sich beschaffen mochte.

Mit leicht geneigtem Kopf betrachtete sie das Druiden-Ei und fragte sich nach wie vor, wie sie einem solchen Wesen befehlen konnte, daß es auftauchen sollte. Sie hatte Einhörner auf den Wandteppichen vor der großen Belagerung gesehen. Manche waren klein und ziegenhaft in ihrer Erscheinung, doch sie wollte eines dieser großen, schlanken Tiere mit langen Beinen wie Feuerschweif. Sie konzentrierte sich auf ein solches Bild, das sie in ihren Gedanken gezeichnet hatte.

Klauen hieben aus der Luft hervor, und das tiefe Stöhnen und Heulen großer, wilder Biester, die forderten, daß man sie befreien solle, erzwangen sich einen Weg in ihre Gedanken. Tränen brannten in ihren Augen, als der Mut sie verließ und sie das Druiden-Ei fester hielt, um ihren Willen zu stählen. Hungrige Gedanken lauerten in ihrem Geist. Sie fühlte, wie eine kalte Hand ihren Hals berührte, doch als sie herumfuhr, sah sie nichts. Ein schwarzer Stich zuckte durch ihr Blickfeld, und ein gräßlicher Schmerz bohrte sich hinter ihre Augen.

Sie biß die Zähne zusammen und schluckte den bestialischen Schrei herunter, der irgendwo aus ihrem Inneren heraufkam. Tief grub sie nach ihrer Selbstbeherrschung, suchte nach dem Schutz der Großen Mutter, indem sie die Trinität der Hohepriesterinnen visualisierte, welche Sie repräsentierte. Ein fernes, weißes Licht drang rosig durch den roten Schmerz.

Bebend betete sie, daß sie das Bild der Kapuzenwölfe aus ihrem Denken würde verbannen können, doch als sich dieser Gedanke noch in ihr bildete, hörte sie bereits ein einsames, furchterregendes Heulen. Sie war nicht sicher, ob sie es in ihren Gedanken gehört hatte oder ob es von der flachen, grauen Ebene herüberkam, die sich unter den grauen Wolken ausbreitete. Sie stieß ein leises Stöhnen aus und dachte entschlossener an das Einhorn, das sie sich wünschte. Sie atmete mit flachem Keuchen, kniff die Augen zusammen und vertrieb die Bilder der anderen Tiere, indem sie an diese ceolothianischen Wolken dachte und sie dazu benutzte, den überaktiven Teil ihrer Gedanken auszufüllen, bevor sie den Versuch unternahm, sich das Einhorn vorzustellen.

Nun sah sie, wie einfach es Caspar gefallen sein mußte, die Wölfe zu rufen. Allein durch den Versuch, es nicht zu tun, hatte sie die Bilder in ihrem Kopf wachgerufen. Sie biß sich auf die Zunge, drückte das Necrönd an ihre Stirn, und mit angestrengtem Stöhnen sah sie schließlich das Einhorn vor ihrem inneren Auge.

Etwas schnaubte deutlich real und außerhalb ihres Kopfes. Sie sprang auf, drückte das Druiden-Ei an ihren Busen. Unter dem Blätterdach der kranken Eiche wurde die Luft diesig und begann zu schimmern. In der Mitte flackerte und leuchtete ein strahlendes Weiß, wuchs in seiner Intensität, bis vor ihr ein herrliches Pferdetier stand. Aus der Stirn ragte ein perlweißes, lanzengleiches Horn auf, zehn Fuß lang, das an die Äste stieß. Das Wesen gab einen wilden Schrei von sich, schnaubte und scharrte am Boden. Entsetzt trat May zurück, aber das Tier trat nicht vor, sondern wich unter dem Baum zurück und neigte ihr kaum merklich seinen Kopf zu, als es sich ihrer Macht unterwarf.

Es war um einiges größer als Feuerschweif, die Muskeln und Sehnen ausgeprägter. Sein blendendweißes Fell war von silbernen Flecken überzogen, auf denen sich die Sonne brach, was May zum Blinzeln brachte. Tief blickte sie in seine dunklen, flüssigen Silberaugen und schluckte trokken, sorgte sich darum, was sie nun tun sollte, als etwas vom Hafen her zu hören war. Amaryllis rief sie.

Der Klang seiner Stimme ließ sie die Luft anhalten, und sie mußte sich eingestehen, daß ein Teil von ihr sich wünschte, zu ihm umzukehren. Starr sagte sie sich selbst, allein die Furcht, der Zukunft allein ins Auge zu blicken, trieb sie zu ihm. Beschämt mußte sie vor sich einräumen, daß niemand davon ausging, daß sie allein zu Rande kam. Nicht einmal sie selbst ging davon aus. Vielleicht wurde es langsam Zeit, daß sie an sich selbst glaubte.

Sie sammelte ihren wachsenden Mut, streckte ihre Hand aus und trat dem Einhorn entgegen, das steifbeinig vor ihr stand, strich mit sanften Fingern über seine Wange. Statt zurückzuweichen, schnaubte das Tier nervös und schnüffelte unruhig an ihrer Hand und erlaubte ihr, es zu einem niedrigen Ast zu führen, damit sie dort aufsteigen konnte.

Als sie dann auf dem Rücken des Tieres saß, fürchtete sie sich vor der Höhe und der plötzlichen Geschwindigkeit, mit der es lief. Mit den Fäusten hielt sie sich in der Mähne fest und murmelte: »Castaguard«, und das Einhorn schwenkte als Reaktion auf ihren Wunsch nach Osten aus.

Sie wagte nicht, hinabzusehen. Das Einhorn raste mit erschreckender Geschwindigkeit über das offene Land, zu schnell, als daß sie ihre Umgebung hätte wahrnehmen können. Sie spürte seine schiere Freude über die plötzliche Freiheit. Schnaubend und bellend fand das Tier es wundervoll, einfach nur Luft zu holen, sich an dem Gefühl der Erde unter seinen gespaltenen Hufen zu erfreuen. May beugte sich über seinen Hals, denn es lief so weich und leicht, daß sie gar keine Schwierigkeiten hatte, ihr Gleichgewicht zu halten.

Sie kamen an einem Hirten vorüber und zerstreuten dessen blökende Schafe. Als sie wütendes Gebrüll in ihrem Rücken hörte, machte sich ein leises Lächeln auf Mays Miene breit. Zum ersten Mal in ihrem wenig bemerkenswerten Leben sorgte sie für Aufruhr.

Allmählich gewöhnte sie sich an die Geschwindigkeit, legte ihre Nervosität ab und konnte wieder denken. Das Meer und der Hafen von Skuas Ria auf der Landspitze lagen bald weit hinter ihr, und mit drückendem Gewissen wußte sie, daß Amaryllis sie nie mehr einholen würde. Sie kniff die Lippen zusammen, trieb ihr Einhorn an, freute sich nun endlich doch an der Geschwindigkeit, nutzte diese, ihren Gefühlen zu entkommen. Nicht einmal Feuerschweif könnte mich noch einholen, dachte sie und merkte dann, daß sie dadurch auch für Caspar nicht mehr zu erreichen wäre. Sie wurde mutlos. Das Einhorn nahm ihre wankenden Gedanken wahr und lief nun langsamer.

Es begann zu regnen. Ein bräunliches Tal breitete sich vor ihr aus, düster vom rutschigen Morast. Selbst das Einhorn ließ tiefe, von Wasser angefüllte Hufabdrücke hinter sich zurück. Trotzig rang sie mit ihrer Unentschlossenheit, biß die Zähne zusammen und schlug dem Einhorn ihre Fersen in die Seiten. Mit wütendem Aufschrei stürmte das Tier nur um so schneller voran.

Sie hetzte durch den Tag und durch die Nacht, rastete nur zum Trinken und Ruhen, wenn sie sich nicht mehr aufrecht halten konnte. Das Einhorn entfernte sich niemals von ihr, und wenn sie schlief, dann hielt es bei ihr Wache. Den ganzen nächsten Tag ritt sie voran, daß die Geschwindigkeit sie ganz benommen machte, doch weder das noch die Erschöpfung konnten den Verlust des Lebens lindern, welches sie hinter sich zurückgelassen hatte. Sie zwang sich dazu, an Amaryllis zu denken, in der vergeblichen Hoffnung, so ihre Sehnsucht nach Caspar zu vertreiben.

Es regnete noch immer. Der leichte, beharrliche Nieselregen weichte ihre Kleider bis auf die Haut auf, doch sie nahm es in ihrer Trauer und Angst vor der Geschwindigkeit kaum wahr.

Der dritte Tag verging fast wie gehabt, als sie durch die Abenddämmerung und in die Nacht ritt und das Mondlicht wie silbriger Frost auf dem Rücken des Einhorns glitzerte. Dann berührte das weiche Licht die Türme einer fernen Stadt, deren Mauern und hoch aufragende Zitadelle weiß wie eine Laterne leuchteten. Das also war die ceolothianische Hauptstadt, die strahlende Stadt Castabrice, die der Geschichtenerzähler im Gasthaus ihr beschrieben hatte.

Wohlwissend, daß Castaguard nur wenige Wegstunden weiter nördlich lag, beschloß sie, daß sie halten und rasten sollte. Die hellen Stämme einer Zitterpappel lockten, und gehorsam trug das Einhorn sie unter deren Laub. Der breit wuchernde Baum und das stetige Rascheln der Blätter waren ihr angenehm vertraut, und bald schon fand sie eine Stelle zur Rast. In ihrer Erschöpfung sank sie im selben Moment in tiefen Schlaf, als sie die Augen schloß, aber sie fand keine Ruhe. Rastlose Träume plagten sie bei Nacht. Ein Schatten kauerte in der hintersten Ecke ihrer Gedanken. Sie nahm ihn wahr, konnte ihn jedoch nicht ganz erkennen, so daß er in einen tiefer liegenden Teil ihres Unterbewußtseins glitt, sobald ihr inneres Auge danach suchte. Dennoch wußte sie, daß er dort war und heimlich immer näher kam. Sie spürte die höhnische Freude angesichts ihrer Einsamkeit. Er lauerte ihr auf. Sie versuchte fortzulaufen, aber ihre Beine waren gefesselt und die Hände zu schwach, die Knoten zu lösen. Dann ließ sie das Necrönd fallen, und der Schatten stürzte sich mit Siegesgeheul darauf. Kapuzenwölfe mit zerfetzten Pelzen und verwesenden Leibern drangen aus dem schwarzen Umfeld ihres Denkens vor, die Augen rotglühend, als sie das Mädchen schuldbewußt betrachteten, um dann wild mit ihren Kiefern zuzuschnappen und in die Leere jenseits ihres Traums zu entkommen.

Erschrocken fuhr sie auf, als das Einhorn schnaubte und am Boden scharrte. Erschauernd drückte sie das Silberkästchen an ihre Brust. Sie fühlte sich geschändet. Irgend etwas war in ihre Träume gekrochen. Sie wußte, daß sie wach bleiben mußte. Der Schlaf war nicht sicher.

Sie stand auf und machte sich bereit, hielt ihre Finger fest, damit sie nicht so zitterten, und sagte sich, sie hätte keine Angst. Schließlich war sie Torra Altanerin. »Such dir Wasser und Futter«, sagte sie dem Einhorn.

Eifrig hob es den Kopf, so daß sich das große Horn erneut zwischen den Zweigen verfing, und das Mädchen dachte, daß das Tier einstmals in freiem Land gelebt zu haben schien, nicht in den Wäldern, wie sie eigentlich vermutet hatte. Es schnüffelte die Luft und trabte ein Stück weit zu einem nahen Regenwassertümpel, wo es durstig trank. Sie fühlte mit ihm, dachte, wie herzlos sie gewesen war, so wild zu reiten, ohne das Wohlergehen des Tieres zu bedenken. Sicher hatten sie Gräben, Schanzen und Bäche übersprungen, ohne daß sie davon Kenntnis genommen hätte. Das ehemals schimmernde Fell des Einhorns war nun von Schweiß und Schlamm verschmiert, und seine stets wachen Augen waren trüber, als sie sie in Erinnerung hatte.

Noch in der Dunkelheit riskierte sie, die Hauptstadt zu umrunden, dann machte sie sich nach Norden auf, folgte einer Straße an einem Kanal entlang, der direkt nach Castaguard führte. Der Weg war von tiefen Gräben entwässert und somit vom schlimmsten ceolothianischen Morast befreit, was es dem Einhorn erheblich leichter machte, so daß sie noch vor dem Morgengrauen auf der Straße nordwärts unterwegs waren.

Vor ihnen ragte ein schwarzer Turm aus der umliegenden Ebene auf und zeigte an, wo Castaguard lag. Eine fahle Sonne, die widerstrebend an den wolkentrüben Himmel stieg, konnte dem grimmigen Turm keine Farbe geben, doch im matten Licht konnte sie gerade noch die dunstigen Umrisse einer Kette sägezahnähnlicher Berge ausmachen, die gut zwanzig Meilen nördlich aus der ceolothianischen Ebene aufragten. Niemand mußte ihr sagen, daß es sich dabei um die hohlen Berge von Kalanazir handelte.

May tat es nur ungern, doch sie wußte, daß sie bald schon dieses wundervolle Einhorn wieder in die Anderwelt würde schicken müssen. Augenblicklich spürte sie seine feindselige Enttäuschung. Wie konnte sie ihm seine willigen Dienste heimzahlen, indem sie es in die fleischlose Existenz der Anderwelt schickte, wo sein bedeutungsloses Leben niemals die Große Mutter berührte?

Wie konnte sie das Vertrauen eines Tieres derart mißbrauchen, indem sie es die Freiheit kosten ließ, die ihm seit Tausenden von Jahren verwehrt geblieben war, und sie ihm dann wieder nehmen? Sie scherte von der Straße aus, dann zu einem schnell fließenden Fluß, welcher über eine Reihe flacher Felsen rauschte. Das Wasser war unangenehm grünlich. Sie ließ das Tier in der Strömung stehen, so daß es seine Beine kühlte, und sah, wie es am Wasser roch und schnaubte, als freute es sich am Element, bevor es in langen, tiefen Zügen trank. Sie klopfte an seinen Hals, der hart wie Knochen war. Es reagierte nicht, aber sie spürte seinen wachen Geist, die Intelligenz.

Närrisch fühlte sie sich, als sie stammelnd dem Einhorn sagte: »Ich kann nur richtig handeln, wie ich es sehe. Man hat mich gelehrt, daß Freundlichkeit Freundlichkeit verdient und daß kein schlechter Mensch je hart für eine gerechte Sache gefochten hat, und ... und ...« Hilflos sah sie es an. »Ich will sagen, daß du hart für mich gefochten hast und ich es nicht übers Herz bringe, dich zurückzuschicken.«

Herablassend warf das Einhorn seinen Kopf zurück und schnaubte ungläubig.

»Lauf«, sagte May mit fester Stimme und wedelte mit ihren Armen.

Lang und eindringlich sah das Einhorn sie an, dann wich es langsam zurück, und erst, als es den Bach hinter sich hatte, wandte es sich um und lief davon, bis nur noch ein Silberstreifen ostwärts durch die unbewohnte Steppe zog.

May gab sich zufrieden, bis es ihr einfiel. Wie hatte sie so dumm sein können? Das Druiden-Ei war nicht für jemanden mit Leidenschaft bestimmt. Sie schlug mit der flachen Hand an ihre Schläfe. Hatte Caspar denselben Fehler begangen? Sie hatte die Gedanken des Einhorns gespürt, wie es sich wünschte, Schafe mit seinem Horn aufzuspießen und die Hirten niederzumachen, die seine Art gejagt hatten, bis sie ausgestorben war.

May schämte sich ihrer Schwäche, kehrte zur Straße um und lief die letzten Meilen nach Castaguard zu Fuß. Die Stadt mit ihren vielen Mauern lag unter ihr auf einer Insel in der Mitte einer breiten, gefluteten Mulde. Die Straße bog vom Kanal ab, der von Schleusen unterbrochen war und geradewegs nach Süden führte, verlief statt dessen einen steilen Hang hinab und dann auf einen Damm. Der Damm führte als dunkler Strich durch das silbrige Marschland um die Stadt, und die Erde war von den großen Flüssen geflutet, die aus den alles überschattenden Bergen im Norden strömten. Die schwarze Linie des stinkenden Kanals führte um den östlichen Rand der Stadt, und in Castaguards düsterer Mitte ragte ein schwarzer Turm auf, dessen untere Mauern und Fundamente im niedrig liegenden Herzen der Stadt aus dem Blickfeld versanken.

Die Berge jenseits davon waren Gipfel von grimmigem Schwarz mit nackten Schultern und Köpfen mit Kappen aus Schnee und blauem Eis. Einmal hatten sich die Wolken am Morgen verzogen und hingen hoch und fein, doch selbst der blaue Himmel konnte die Berge nicht einladender wirken lassen. May dachte, daß die wuchtigen Umrisse wie die gedrängten Gestalten grimmiger Oger wirkten, die man ins Kalte ausgesperrt hatte.

Hier gab es nichts von jenem feinen Stein, der die Bauten von Castabrice zierte. Deren Zwillingsstadt Castaguard war mit dem lokalen, grauen Fels erbaut, die schwarzen Mauern von roten Flecken überzogen, von denen sie vermutete, daß das Mörtelsalz sie an die Oberfläche gewaschen hatte. Nachdenklich neigte May ihren Kopf. Nein, sicher waren sie einst leuchtendrot gestrichen gewesen, daß die Stadt wie die untergehende Sonne vor einer finsteren Wolkenbank gelegen hatte. Der stetige, ceolothianische Regen schien das meiste fortgewaschen zu haben, und in letzter Zeit hatte sich niemand darum geschert, die Stadt wieder in ihrer alten Pracht erstrahlen zu lassen.

Die Mauern waren hoch und glatt und ganz ohne Verzierungen. Die endlose Weite ihrer glatten Oberflächen war nur unterbrochen, wo Spitzbögen über den wenigen Brükken aufragten, welche die stehenden Tümpel überspannten. Von der Hügelkuppe aus war ihr aufgefallen, daß der mittlere Teil der Stadt um den schwarzen Turm fünf Ringmauern aufwies, und bei dieser Burg, im Gegensatz zu allen anderen, von denen sie jemals gehört hatte – und die Torra Altaner hatten einen unstillbaren Appetit auf detaillierte Beschreibungen von Burgen –, war jeder Abschnitt etwas tiefer als der vorherige in die Erde gegraben, so daß die innere Festung wie in einem Brunnen verborgen lag. May fand, es sei, als kränkte die schwarze Narbe dieser Stadt die Erde, daß diese versuchte, sie von unten zu verschlingen.

Sie hatte einen simplen Plan. Sie wollte den Minenbesitzern erzählen, daß sie ihre Eltern verloren hatte und Arbeit suchte. Sie war sicher, daß ihr Können von einigem Wert sein mußte und man sie nehmen würde. Als sie über eine Brücke eilte, hob sie den Kopf, um die schwarzen Pfeiler neben dem Tor zu betrachten, das über ihr aufragte. Unwillkürlich lief ihr ein Schauer über den Rücken. Die roten Streifen im Mauerwerk vermittelten den Eindruck, als weinte die Stadt Tränen aus Blut. Als sie näher hinsah, merkte sie, daß die monströsen Mauern Castaguards von vergitterten Fenstern durchlöchert waren und hohl sein mußten, um Tausende von Menschen beherbergen zu können.

Niemand kontrollierte sie, als sie die Stadt betrat. Ganz im Gegenteil. Die Wachen befragten nur denjenigen, der die Stadt verließ, besonders jene, die allein reisten. Zwischen den fünf Rundmauern gab es keinerlei Steinbauten, sondern nur Ställe und Elendsunterkünfte aus umgekippten Karren, alten Toren und Fellen. Selbst alte Ochsenknochen, die mit Sackleinen bespannt waren, benutzte man zum Schutz gegen den gnadenlosen Regen. Wohin sie auch blickte, trieben sich Kinder mit finsteren Mienen am Straßenrand herum. Die Gassenkinder sprachen jeden an, der dort vorüberkam, boten ihre Dienste als Führer zum Auktionsplatz und zu den besten Ställen. Die meisten Leute eilten voran, um ihnen zu entgehen, doch oft genug stießen die schlammverdreckten Händler sie beiseite, wenn sie schluchzten und um Hilfe bettelten.

»Wir können die Miete nicht bezahlen, und man wird meinen Vater zwingen, in den Sklavenminen zu arbeiten. Bitte helft«, weinten die zerlumpten Kinder in gebrochenem Belbidianisch, wobei sie die Handelssprache anscheinend schnell gelernt hatten.

Meist schienen die Händler die Proteste gar nicht wahrzunehmen, doch manche wandten sich schmerzlich ab, als könnten sie nichts tun.

May bahnte sich einen Weg durch die Menge und folgte einem knurrenden, reisemüden Händler mitten durch den Stadtkern, wo die überragenden Mauern die Sonne aussperrten.

Der Knall einer Peitsche ließ May auf der Stelle stehenbleiben. Wer auf der Straße war, wurde grob von einem Trupp Soldaten mit knarrenden, kniehohen Stiefeln und spitzen Helmen mit Nasenschutz beiseite geschoben, hinter denen die Gesichter nicht zu sehen waren. Sie ließen Peitschen knallen, machten Platz für einen großen Planwagen. May vermutete, die Ladung sei von großem Wert, und als er vor einem flachen Bau mit Gitterfenstern stehenblieb, über dessen bewachter Tür das Juwelierszeichen eines geschliffenen Diamanten hing, bestätigte sich ihr Verdacht.

Schließlich gelangte sie ins Zentrum, das vom schwarzen Turm überragt wurde, der seltsamerweise in der Erde versenkt war, statt erhöht auf einem Hügel zu stehen, wie man es erwarten würde. Zwar mochte der Bogen über den Falltoren mit juwelenbesetzten Figuren verziert sein, doch war der obere Teil des Turmes eher schmucklos, funktional und praktisch fensterlos, sah man von einem halben Dutzend Schießscharten ab, die in den schwarzen Fels geschlagen waren. Die Mauern des Turmes verengten sich nach oben hin zu einer Spitze, die von Zinnen umfaßt war.

Links vom Turm, in dessen hartem Schatten, lag ein gepflasterter Platz. In seiner Mitte ragte die Statue eines tanzenden Bären auf, der – so wie sich seine Schnauze dem Himmel zuwandte – einst ein Springbrunnen gewesen sein mochte. Von irgendwo dahinter kam dumpfes Geschrei von Schmerz und Trauer. Eilig wandte sich May ab.

Sie hatte erwartet, daß das Zentrum von Castaguard noch grimmiger als die Außenbezirke sein würde, doch sah man vom Turm und dessen unmittelbarer Umgebung ab, so täuschte sie sich. Hinter einem spitzen Bogengang zu ihrer Rechten summte ein geschäftiger Markt um die vier Seiten eines makellosen Rasens herum. Der Markt war voller Zelte und Markisen, allesamt von wundervoll gestreiften Farben, die um die größte Aufmerksamkeit buhlten, und von überall hörte man das Geschrei Handelnder.

Die Verkäufer riefen zweimal, erst in ceolothianischer Sprache, dann einmal im schönen Belbidianisch, wie es überall am Caballischen Meer üblich war. Sie fand im Klang ihrer Muttersprache Trost und suchte sich einen Weg zwischen den Buden voll Seide und feinen, mit wertloseren Edelsteinen besetzten Kleidern hindurch.

Überall um sie herum fanden sich Beispiele exquisiter Handwerkskunst von Silberschmieden, Feinschmieden und Goldschmieden. Um die Ware wurde mit viel Gerangel gehandelt, und die eintreffenden Händler wollten vor allem Seide, Wolle, Felle, Satin und feine Speisen gegen die Mineralien tauschen. Unwillkürlich mußte May lächeln, als sie sah, wie gut die belbidianischen Kaufleute handelten.

Müde und hungrig, wie sie war, blieb sie doch lange auf dem Markt. Sie hatte viel zu kaufen und sah einer Rückkehr zu jenem gepflasterten Platz am Fuß des Turmes nicht eben freudig entgegen. Sie fand einen Gewürzstand, den sie sich genauer ansah, doch zu ihrem Verdruß verstand sie nichts von den Eigenschaften von Muskatnuß, Muskatblüte oder Kassie und suchte eilig nach einem Kräuterhändler. Mit Kräutern war sie viel vertrauter, und obwohl sie einen exorbitanten Preis bezahlte, kaufte sie doch Salbei, Ysop, Pfennigkraut, Ehrenpreis und einen Beutel Mohnsamen, von denen der Verkäufer meinte, sie kämen aus Oriaxia. Nun mußte sie nur noch etwas Honig finden.

Der Honig, auf den Morrigwen stets geschworen hatte, wenn es um die Heilung infizierter Wunden ging, zehrte das restliche Geld von Amaryllis auf, und May wußte, daß die Zeit gekommen war, ihr Schicksal zu besiegeln. Sie holte tief Luft, wappnete sich gegen das, was kommen sollte, und verließ widerstrebend den Tumult des Seiden- und Gewürzmarktes, trat in den düsteren Schatten am Fuße des eingesunkenen Bergfrieds.

Zwar glaubte sie, für das, was ihr bevorstand, bereit zu sein, doch das war sie nicht. Als sie an der Statue des Bären vorüberkam, der von einem stehenden Tümpel aus grünlichem Wasser umgeben war, wußte sie, daß sie eine Unmengen dicht gedrängter Leute sehen würde, die schweigend in Ställe gepfercht waren, aber sie hatte keine Vorstellung vom ganzen Ausmaß des Elends. Sie hatte Leid erwartet und Männer gesehen, die während der Vaalakischen Belagerung dem Tod ins Auge sahen, doch zwischen ihnen war eine Nähe gewesen, ein Band, aus dem Elend geboren. Hier nun kauerten Männer, Frauen, Kinder, die Kranken, die Alten und die Rüstigen beieinander, und jeder blickte in sich selbst hinein, saß mit hängendem Kopf da, sank unter der Last der eigenen Trauer in sich zusammen. Verloren sahen sie aus, verlassen und allein.

Ihr Herz trauerte um sie, und es kam ihr in den Sinn, daß sie die Macht besaß, diese Menschen aus der Sklaverei zu befreien. Eine innere Stimme kalter Vernunft, von der sie gar nicht wußte, daß sie diese hatte, sagte ihr, sie dürfe es nicht. Wenn sie es täte, würde sie verraten, wo das Druiden-Ei war, und das Risiko eingehen, daß mehr als nur ein Amaryllis sie verfolgte. Außerdem konnte sie nicht zulassen, daß noch mehr Kreaturen aus der Anderwelt entflohen. Sie konnte Schlimmeres als eine Wolfsplage auslösen.

Sie lachte über ihre dumme Arroganz, zu glauben, daß sie diese Menschen retten konnte. Ich bin wie Hal, dachte sie. Jeder will ein Held sein, damit seine Taten besungen werden. Nur durfte niemand von ihrem Opfer erfahren, sonst wäre es umsonst. Daheim auf Torra Alta sollte man sie, wenn man sich überhaupt an sie erinnerte, als dummes, liebeskrankes Mädchen, das fortgelaufen war, in Erinnerung behalten. Nein, ihre Tat war nicht heldenhaft, sondern ein Opfer, und sie würde ihre Verzweiflung für sich behalten.

Als sie eben ihrer gequälten Seele die letzte Unze Kraft

abrang, erfror ihr Herz. Ein Wagen voll weinender Frauen wurde auf den Platz gezogen. Sie streckten ihre Arme durch die Gitter, griffen vor Verzweiflung in die leere Luft. Wie Vieh wurden sie aus ihren Käfigen getrieben, mit einem schwarzen Kreuz an ihren Oberarmen gebrandmarkt und in den Wartepferch gestoßen. Manche traten und bissen einander, schrien fürchterlich, während andere nur schweigend und mit offenen Mündern dastanden.

Sie schloß die Augen, bestärkte sich in ihrer Entschlossenheit, dann schlug sie die Augen wieder auf und suchte jenseits der bewachten Pferche nach stilleren Leuten. Sie saßen auf Bänken und kreischten und heulten nicht, sondern nahmen das, was kommen sollte, mit kaum einem Achselzucken hin, da sie sonst nirgendwohin konnten. Auf einem Podest saß ein Soldat und listete Einzelheiten jener auf, die man vor ihn führte, damit sie dann in den vorgesehenen Pferch geführt werden konnten. Der prunkvollen Uniform nach zu urteilen, stand neben ihm ein Offizier und sah sich jeden einzelnen Menschen an. Sie sprachen kaum Belbidianisch. Der ausdruckslose Klang des Ceolothianischen bestimmte die Gespräche, die kurz und bündig auszufallen schienen.

Wie benebelt schloß sie sich der Schlange an, ignorierte die Entbehrungen um sie herum und konzentrierte sich nur auf ihre Füße, stellte einen vor den anderen. Nachdem sie die Stufen zum Podest erklommen hatte und vor dem Soldaten stand, sagte sie kleinlaut: »Ich komme, weil ich Arbeit suche.«

Der Soldat schrieb mit kratzender Feder, die die Tinte verschmierte. Nach der Untersuchung waren viele Leute vor ihr abgewiesen und schreiend in die Sklavenpferche verschleppt worden, und sie betete darum, daß sie etwas von Wert an sich haben mochte.

Sie sah dem Soldaten ins Gesicht und lächelte. Mit steinerner Miene starrte er sie an. Sie war zutiefst verunsichert. Nie zuvor hatte jemand ihr Lächeln nicht erwidert. Dieser Mann grinste nicht mal höhnisch oder verächtlich, sondern sah sie nur mit leerem, gefühllosem Blick an.

»Ich komme, um Euch meine Dienste anzubieten«, erklärte sie liebreizend.

»Belbidianisch«, knurrte er. »Zu viele Belbidianer in letzter Zeit. Viel zu viele. Es gibt keine Verwendung für Schäferinnen in den Minen. Tritt beiseite und verschwinde! Wenn du nichts anderes finden kannst und in einer Woche immer noch in den Straßen bettelst, wird man dich in die Sklavengruben werfen.« Er hob die rechte Hand, in der er eine Marke mit einem schwarzen Kreuz darauf hielt. »Du kannst später ordentlich gebrandmarkt werden.«

Sie riß ihre Hand zurück, bevor er sie zeichnen konnte, und holte tief Luft. Niemand hätte jemals so mit Brid gesprochen. Brid hatte Ausstrahlung. Brid hatte Selbstvertrauen. Brid glaubte, daß – was auch immer kommen mochte – die Große Mutter an ihrer Seite wandelte. Wenn sie doch nur solchen Glauben finden konnte, dachte May, dann könnte auch sie erreichen, was sie tun mußte.

»Nein!« rief sie und wollte bestimmend wirken, doch es klang nur erschrocken und besorgt.

Der Soldat packte ihre Hand und drohte. »Ich muß nicht eine Woche warten. Ich habe die Macht, dich direkt in die Sklavengruben werfen zu lassen, Mädchen«, drohte er ihr in geschliffenem Belbidianisch.

»Ich bin weder Schäferin noch Bäuerin, sondern ...«, sie wollte den Kopf heben, um dem Blick des Mannes zu begegnen, doch statt dessen sah sie auf ihre Füße, »... eine Heilerin.« Sie log und hoffte, die sorgsam gewählten Kräuter wären überzeugend. Lange hatte sie unter Morrigwens

Aufsicht gelernt, und wenn sie auch nur wenig von Runenkunde verstand und kaum der Rudimente des Lesens mächtig war, besaß sie doch das Wissen um die üblichsten Ingredienzien zur Heilung infizierter Wunden.

»Eine Heilerin. Was brauchen wir Heilkundige? Wer krank ist, hält nicht lange durch und wird bald ersetzt.«

May gab sich Mühe, nicht auf seine Herzlosigkeit zu reagieren. »Es sind aber nicht nur Sklaven in Euren Minen. Ihr habt auch fähige Arbeiter und Soldaten. Brauchen die denn niemals Beistand?«

»Wir haben schon Ärzte und brauchen keine mehr.«

Aufmerksam musterte der Offizier sie. Eine Goldkette war um seine schwarze Uniform drapiert, und mit einer Ausstrahlung von Rang und Befehlsgewalt stand er da. Ein Lächeln breitete sich auf seinen Lippen aus, während er May betrachtete, und sie gab sich alle Mühe, das Lächeln zu erwidern, mit hellen, blitzenden Augen. Sie wußte, daß eine solche Reaktion, wenn diese ihr auch den Zugang zu den Minen ermöglichen würde, unzweifelhaft Schwierigkeiten bringen würde.

»Ich bin nicht nur Heilerin«, sagte sie eilig und marterte ihr Hirn nach irgendeinem anderen Talent, das sie besitzen mochte. Endlich fiel es ihr ein. Sie dachte daran, wie Amaryllis seinen Lebensunterhalt verdiente, und an ihre Stunden an Morrigwens Bettstatt, wo sie Geschichten gehört und erzählt hatte. »Ich bin Geschichtenerzählerin«, sagte sie entschlossen.

Prustend lachte der Soldat; die Absurdität dieser Idee schien dem Offizier zu gefallen. »Laßt sie durch. Wieso nicht eine Geschichtenerzählerin? Wenn du nicht Ceolothianisch sprichst, mußt du es zügig lernen. Es gibt nur wenige Geschichtenerzähler, die unserer Sprache mächtig sind, und die Soldaten werden sich über die Unterhaltung freuen.« Der Soldat betupfte sie mit einem roten Kreis und deutete auf den schwarzen Turm.

Stolz ragte die Fassade des Bergfrieds über ihr auf, von schwarzem Stein umfaßt, die Bögen und Säulen um die Falltore mit leuchtenden Rubinen besetzt. Wie Augen schienen diese ihr zu folgen, als sie hindurchschritt. Ein Schauer lief ihr über den Rücken, dann schreckte sie vor den gemeißelten Steinköpfen der Kobolde, glubschäugiger Greifen und reißzahnbewehrter Wölfe zurück. Sie zog sich unter die Kapuze ihres Bärenfells zurück, und ihr Instinkt sagte ihr, sie solle nach dem Druiden-Ei tasten.

Kurz fragte sie sich, ob sie Morrigwen von den Toten würde zurückrufen können. Sie war nicht sicher. Soweit sie wußte, rief das Ei nicht jeden aus der Anderwelt zurück, und sie war sicher, daß eine derart alte Frau, die derart viel in ihrem Leben getan hatte und lange schon müde gewesen war, sicher eilig dem Segen des Annwyn entgegengestrebt war und sich außerhalb ihrer Reichweite befand. Außerdem lag der ganze Sinn ihrer Flucht darin, Caspar vor den Verlockungen der Macht zu schützen. Es wäre sicher ebenso schlimm, wenn sie dazu verleitet würde, es zu mißbrauchen. Schon jetzt unterwarf sie sich dem Druiden-Ei und wollte es für einfache Lösungen benutzen.

Der Eingang zum Turm führte immer tiefer in die Erde hinein. Die Geräusche der Stadt wurden dumpf und fern, die Schreie hallten über ihrem Kopf, bis sie nur noch die monotone Stimme des Soldaten hören konnte, der sie zur Eile trieb und in eine Reihe einteilte, dazu das stetige Schlurfen und Trampeln müder Füße.

Fest zog sie ihren Umhang um die Schultern und fingerte an der Brosche herum, die Caspar ihr gegeben hatte. »Gib mir die Kraft eines Drachen, daß ich allein weitergehen kann«, murmelte sie, während sie in ihrem Herzen betete, daß Caspar sie erretten würde. Vielleicht liebte er sie doch. Vielleicht sogar so sehr, daß er die Weite Ceolothias durchquerte, um nach ihr zu suchen. Vielleicht ließ er alles, was ihm etwas wert war, für sie fallen, selbst seine wundervolle Burg und seine schwerwiegenden Verpflichtungen. Sie hielt die Brosche so fest, daß diese einen tiefen Abdruck in ihrer Hand zurückließ, was einen süßen, ablenkenden Schmerz hervorrief, den Schmerz ihrer Liebe.

Es drang kein Tageslicht in die unteren Korridore, die von behauenem Fels gesäumt waren, welcher immer abgewetzter wurde, je weiter sie hinunterstiegen, bis schließlich nur noch festgetretene Erde unter ihren gerissenen Stiefeln zu spüren war. Das Mauerwerk um sie herum bröckelte, und es blieben nur die festen, irdenen Wände eines Tunnels zurück, gestützt von mächtigen Planken, manche davon alt und vor Alter gesprungen, andere hell und gerade, als wären sie erst kürzlich erneuert worden. Die Wände waren in Intervallen von kleinen Türen mit spitzen Querbalken unterbrochen.

Verblüfft merkte sie, daß sie beobachtet wurde, als sie tiefer und immer tiefer unter die Erde stiegen. Die Stützbalken waren nicht mehr nötig, da die Tunnelwände nun aus Fels bestanden, mit zahllosen Spuren von Meißel, Hammer und Hacke übersät. Sie sah sich um. Kein Sklave und auch kein Soldat schenkte ihr sonderliche Beachtung, und sie hatte das seltsame Gefühl, daß es die Steine selbst waren, die sie beobachteten.

Als sie sich zwei großen Doppeltüren in der Seite des Tunnels näherten, wurde May aus der Reihe genommen und am Kragen in einen von kleinen Kohlenpfannen beleuchteten Korridor gezerrt. Die Luft war dick von Rauch, und sie hielt ihren Ärmel vor den Mund. Mit brennenden Augen hastete sie weiter. Nach stetigem Abstieg hörte sie

Gelächter und eine Art Gesang aus fremden Tönen, der ihr fast in den Ohren schmerzte. Viele Torra Altaner konnten nicht gut singen, doch lag zumindest Leidenschaft in ihren Stimmen, und nie zuvor hatte sie solch disharmonische Klänge gehört.

Hier nun kam der Korridor eher in die Waagerechte, und die Zahl der Kohlenpfannen, die den Weg beleuchteten, nahm zu und vertrieb das blinde Schwarz der Zwischenräume. Der Singsang kam vom Ende des Korridors, wo Doppeltüren einen Bogengang ausfüllten. May wurde durch die Tür in eine verqualmte Halle voll ceolothianischer Soldaten gestoßen, deren Gesichter im Feuerschein leuchteten. Offenbar war hier ein Ruheraum für Soldaten zwischen den Minen von Kalanazir und den Sklavenmärkten von Castaguard. Gestank nach Schweiß, starkem Bier und Erbrochenem hing in der Luft, und sie fühlte sich furchtbar verletzlich.

Rauhe Männer war sie gewöhnt. Sie kam aus einer Grenzfestung, in der die größten Preise und Auszeichnungen an jene gingen, die mit Mut und Stehvermögen kämpfen konnten, und oft auch mit Grausamkeit. Davor hatte sie unter Holzfällern gelebt, und auch diese waren rauhe Männer, die harte, körperliche Anstrengung gewöhnt waren. Doch in beiden Fällen lebten die Frauen bei ihren Männern, und nie zuvor hatte sie sich so allein und verletzlich gefühlt.

Der Raum war hoch, ein qualmendes Feuer wand sich den zentralen Kamin hinauf, doch es war trübe darin, und es gab keine Möbel, sah man von den langen Tischen und Bänken ab, an denen die Männer saßen und Bier tranken.

Im selben Augenblick, als sie eintrat und vorgestellt wurde, verlangten die Soldaten nach einer Geschichte.

»Aber ich hatte noch keine Gelegenheit, Ceolothianisch

zu lernen«, protestierte sie. Die meisten buhten, aber der eine oder andere war so hilfreich, Belbidianisch zu sprechen, um dafür zu sorgen, daß ihre Wünsche verstanden wurden. Hände rissen an ihrem Bärenfell, um es ihr von den Schultern zu ziehen, und man forderte, sie besser sehen zu können, in der Hoffnung, daß es ihre Geschichte verbessern würde.

May zitterte. Sie war sehr dumm gewesen. Ihre Geschichte würde gut sein müssen, und sie sehnte sich nach der magischen Stimme von Amaryllis.

Man warf sie auf den Tisch, wobei ihr ein Mann den Ärmel vom Kleid riß und sich begierig an ihrem nackten Arm festhielt, mit der Zunge über ihre Finger fuhr. Sie schloß die Augen und sammelte Mut, während seine Kameraden ihn zurückrissen und handgreiflich über ihre Köpfe in den hinteren Teil des Saales durchreichten. Sie war keine Geschichtenerzählerin, doch sie hatte begeistert zugehört, wenn Keridwen großartige Geschichten von Heldentaten erzählte, mit leiser Stimme, flüsternd fast, dann laut wie ein fürchterlicher Sturm. Sie dachte daran, wie diese Frau herumfahren und im einen Augenblick klein erscheinen konnte, dann groß im nächsten, angsteinflößend wie die Männer, von denen sie sprach, oder scheinbar gemein wie die Bösewichter, die durch ihre Geschichten krochen.

Das Herz schlug ihr bis zum Hals, und sie machte den Mund auf, suchte nach Worten. Schon grölten die Männer. Mit mäuschengleicher Stimme begann sie ihre Geschichte, obwohl sie wußte, daß sie im heiseren Gebrüll kaum zu verstehen wäre. Sie begann von neuem.

»Vor den Tagen der Drachenlords ...«

Hinten im Raum wurde gebuht. »Ceolothianisch!« brüllte man knurrend und murrend, und der eine oder andere warf seine Speisereste nach ihr. Mays Beine wollten unter ihr nachgeben. Sie sprach kaum gut genug Ceolothianisch, um vier Worte aneinanderzuhängen, und diese waren nicht eben sonderlich nützliche Worte. »Die Katze ist schwarz« und »Dein Gesicht ist häßlich«. Pip hatte sie ihr beigebracht.

Schleimig braune Soße spritzte an ihre Schulter und glitt an ihrem Arm herab. Einer hatte seine Hand am Saum ihres Kleides und zog daran. May wußte, daß sie dieser Behandlung nicht lange würde standhalten können. Man würde sie mißhandeln, bis sie starb, aber schlimmer noch: Sie würden ihr das Druiden-Ei wegnehmen. Wie dumm sie gewesen war, es hierherzubringen, wo irgendein namenloser ceolothianischer Soldat es ihr abnehmen konnte. Es war der schlimmste Ort auf Erden, den sie sich hätte aussuchen können.

Doch sie mußte etwas unternehmen und langte in ihr Seidenhemd, klappte den Deckel mit dem Daumennagel auf und nahm das Druiden-Ei.

»Vor den Tagen der Drachenlords«, brüllte sie mit wilder, entschlossener Stimme, »lebte einst ein roter Drache, der durch ebendiese Halle strich.« Während sie sprach, rief sie ein solches Tier, hielt das Bild, halb Geist, halb Wirklichkeit, und erlaubte ihm, Feuer zu speien, das einen leeren Tisch, der etwas abseits stand, verschlang.

Augenblicklich herrschte sprachloses Schweigen. Mitgerissen von ihrer eigenen Macht fuhr sie mit ihrer Geschichte fort. Es schien nur wenig auszumachen, was sie sagte, solange sie Abbilder von Untieren wachrief. Sie sprach von Drachenjagden und den tapferen Männern, welche die großen Würmer erschlugen, dann von geflügelten Einhörnern und fliegenden Pferden, deren Geister sie über ihren Köpfen tanzen ließ, dann von Meerjungfrauen mit berückenden Stimmen, deren Musik die Luft erfüllte. Die Soldaten bettelten um mehr.

May war erschöpft, und als sie versuchte, drei Untiere gleichzeitig zu rufen, brachen diese begierig durch die Trennwand zwischen Leben und Tod, schnappten eifrig Luft, keuchten und heulten wie Neugeborene bei ihrem ersten Atemzug. Sie spürte weitere hinter ihnen, die gerufen werden wollten, und kam bei ihrem Drängen durcheinander. Ihre Konzentration ließ nach, und sie wollte nur das Kleinste und Harmloseste wählen, doch erschien plötzlich irgendwie ein feuerspeiender Löwe mit drachengleichen Flügeln und schlang sie um sie, bevor sie es verhindern konnte. Mit großen Augen sahen die Soldaten zu.

Während sie versuchte, den wilden Löwen zurückzuschicken, sprang eine Ziege mit Fischschwanz und Klauen statt Hufen aus der Luft, gänzlich ausgeformt und fest, mitten auf den Tisch. Mit ihr kam der schwarze Schatten eines Wolfes. Ein plötzlicher Entsetzensschrei entfuhr dem Soldaten, der am nächsten saß, als das ziegengleiche Wesen angriff. May war schnell, verwandelte ihre Panik in Taten und rief das Tier wie einen Hund zurück. Es gehorchte augenblicklich.

Ihre Blicke zuckten im Raum herum und suchten nach dem Schatten, der mit der Ziege gekommen war. Sie befahl ihm, zu ihr zu kommen, doch er widersetzte sich ihr und umkreiste den Raum. Staunend saßen die Soldaten da, glaubten offensichtlich, daß dieses alles Teil ihrer Geschichte war.

Beklommen nahm sie einen Soldaten wahr, der sich aus der Mitte des Raumes nach vorn gearbeitet und einen Platz an dem Tisch eingenommen hatte, auf welchem sie stand. Geifernd sah er sie an, daß seine Zunge aus dem Mund hing.

Panik ergriff sie. Sie hatte die Kontrolle über eines dieser Untiere verloren und wußte nicht, wie sie es wieder ins

Druiden-Ei zurückbringen sollte. Ihr Herz hämmerte. Sie konnte nur noch daran denken, wie es wäre, von jenem schrecklichen Schatten verschlungen zu werden und dann Morrigwens scharfen Blicken der Enttäuschung zu begegnen. »Das, Kind«, würde sie sagen, »ist der Grund, wieso du nicht die neue Jungfrau wirst. Du hast keinen Verstand, überhaupt keinen. Wie konntest du so dumm sein, zu glauben, daß jemand wie du das Necrönd besser schützen kann als Spar, den die Große Mutter höchstpersönlich als Wächter auserkoren hat?«

May konnte den Schatten nicht sehen, doch spürte sie, wie dieser durch die Menge strich, sich an sie heranpirschte. Sie versuchte, die anderen Untiere zu rufen, doch da sie derart von Schuld und Angst umfangen war, konnte sie sich nicht ausreichend konzentrieren.

Abrupt erstarrte der Soldat vor ihr, ein schiefes Grinsen fuhr über seine Miene, sein Mund ging auf und zeigte schwarze, faulige Zähne, die vor ihren Augen zu scharfen Spitzen wurden. Seine Augen traten hervor, so daß ein Tropfen Blut aus einem Winkel trat. Steifbeinig stand er auf und hielt eine Hundezahnklinge von der Länge eines kurzen Schwertes mit weißen Knöcheln in der Hand.

KAPITEL 5

Stolz und furchtlos stand Ursula vor dem tobenden Bären und hielt ihre tätowierten Arme ausgestreckt, den Löwenfellumhang von ihren Schultern zurückgeworfen. Seltsam befehlende Worte kamen über ihre fahlen Lippen.

Fern quiekte immer wieder: »Wolf!«, doch Caspar konnte lediglich die Bedrohung durch den wütenden Bären ausmachen.

Er mußte Ursula retten. Es zählte weder, wie viele Männer dort waren, noch daß sie das Necrönd bisher noch nicht gefunden hatten. Sie würde sterben, wenn er nichts tat. Er griff nach dem Bogen unter seinem Rock.

»Hier steht mehr auf dem Spiel«, meinte Perren und griff nach Caspars Arm. »Sie ist bereits dem Wahn anheimgefallen.«

»Du herzloses Ungeheuer.« Caspar trat nach Perrens Beinen und rang darum, seine Hand abzuschütteln, doch er konnte gegen die harte Haut des Steinwichts nichts ausrichten. Er konnte nur ein Stöhnen unterdrücken, als der aufragende Braunbär auf alle viere ging und Ursula angriff, wobei die Wucht seines Hiebes sie von den Beinen hob und durch das Lager warf. Leblos sank das Sklavenmädchen um die Seile eines Zelts zusammen.

Mit wahnsinniger Mühe wand sich Caspar in Perrens Griff und schoß einen Pfeil ab.

Das Surren des Bogens ging im Geschrei der Männer und dem Gebrüll des Bären unter. Ein Pfeil streifte die Schulter des Bären, was ihn nur noch wütender machte, daß er auf der Suche nach seinem Angreifer herumfuhr. Caspars zweiter Pfeil bohrte sich ihm in den Nacken. Er richtete sich auf, schlug vergeblich mit den Tatzen danach, um das Brennen loszuwerden, aber der Pfeil hatte seine Wirkung getan, und bevor Perren ihn fortschleppte, sah Caspar noch, wie der Bär krachend zu Boden fiel.

Die Luft in seinem Rücken war von Gebrüll und ängstlichem Geschrei erfüllt. Fern war fast nicht mehr zu sehen, lief landeinwärts, und sein seltsamer Gang wurde noch deutlicher, wenn er die vielen morastigen Rinnsale überspringen mußte. Perren schleppte Caspar mit sich.

»Du herzloses Monstrum! Wir können sie nicht zurücklassen. Vielleicht lebt sie noch«, schrie Caspar, aber er wurde nur brüsk über Perrens Schulter geworfen.

Mit Lana unter dem anderen Arm stapfte der Steinwicht mit erstaunlicher Geschwindigkeit durchs Sumpfland. »Du bist ein Narr. Deine Lebensspanne ist so kurz, und es gibt nur einen einzigen Zweck, dem du zu dienen hast, und trotzdem willst du alles wegwerfen. Ich kann nicht zulassen, daß du dein Leben in dem müßigen Versuch vergeudest, dieses Mädchen zu retten, wenn so viele von dir abhängig sind. Denk an das Necrönd und was geschehen mag. Es wäre möglich, daß wir allesamt zu Sklaven werden, wenn es mißbraucht wird.«

Caspar trat um sich und kämpfte, bis der Steinwicht abrupt stehenblieb und ihn und Lana in eine Mulde voller Schilf warf, von Felsen umrahmt, dann warf er seinen dunklen Wanst auf sie und zermalmte sie beinahe am Boden. »Sei still«, knurrte er leise.

Peitschen knallten, und Bären brüllten. Caspar vermutete, daß die Bären in dieselbe Richtung geflohen waren. Das Rasseln einer Kette, die durch einen Ring gezogen wurde und sich stramm spannte, war zu hören, dann erschöpfter, halbherziger Jubel von den Ovissianern, der davon kündete, daß der Bär wieder eingefangen war. Caspar schwieg. Mamluc schrie direkt über ihm.

»Sie lebt!« Mamlucs Stimme klang hämisch und machtgeil. »Ich habe eine entflohene Sklavin, lebend. Frau, du wirst zum Sklavenmarkt nach Castaguard gebracht, wo dir Hände, Füße und Ohren abgeschnitten werden. Dann wirst du bis ans Ende deiner Tage an den Brunnen mitten auf dem Sklavenmarkt von Castaguard angekettet, als Warnung an alle Sklaven, die einen Gedanken an die Flucht verschwenden. Ich selbst werde das Vergnügen haben, dich dorthin zu bringen. Ich habe in Castaguard zu tun.« Eine Peitsche knallte, gefolgt von leisem Stöhnen.

Dem scharfen Atmen der Männer nach zu urteilen, hatte Caspar keinerlei Zweifel daran, daß die Peitsche Ursulas nackte Haut getroffen hatte. Es war unmöglich, Perren zu bewegen, und so konnte er nichts tun, während die Geräusche um ihn langsam verklangen. Er mußte seinen Kopf im schwarzen Schlamm herumwenden, um Luft zu holen, und ein Bein war gänzlich taub, da es unter ihn gequetscht wurde. In der Schulter schmerzte ein Krampf. Als sich Perren endlich bewegte, war es nicht mehr dunkel.

Wütende Worte schäumten aus ihm hervor, als er aus der Grube stieg, und es schien, als könnte Caspar seinen Zorn nur loswerden, indem er Perren seine Faust ins breite Gesicht schlug. Er bereute es sofort und taumelte mit aufgeplatzten, schmerzenden Knöcheln rückwärts.

Als Perren und er wieder zum Anleger kamen, war keine Menschenseele mehr zu sehen. Die Zelte waren fort, wie auch Ursula. Allein die leeren Gruben und die Kadaver der Bären zeigten, wo die Stelle war. Das Bärenjunge lag tot auf dem Rücken, Arme und Beine von sich gespreizt, und die Fliegen sammelten sich an den Streifen wunder Haut in seinem Gesicht, wo man es mit einer Kette geschlagen hatte ...

doch Caspar bezweifelte, daß die Kette es getötet hätte. Furchtsam starrten die Augen ins Leere. Der andere Bär, den er selbst mit dem Pfeil getötet hatte, lag wie ein großer, eingerollter Teppich neben dem Feuer. Ächzend unter dem Gewicht riß er den Kopf herum und blickte angewidert in die blutenden Augenhöhlen. Klumpen aus Fliegen sammelten sich an den Winkeln von Augen und Mund.

»Wolf!« flüsterte eine vertraute Stimme über ihm.

Caspar richtete sich auf und blinzelte Fern ärgerlich an. »Was meinst du mit ›Wolf‹?«

»Er stinkt nach Wolf.«

»Jeder kann deutlich sehen, daß es ganz offensichtlich ein Bär ist.«

»Jeder kann deutlich riechen, daß es ein Wolf ist, und ein böser Wolf dazu«, gab Fern eingeschnappt zurück.

»Wie kannst du deinen eigenen Augen mißtrauen?«

»Wie kannst du deiner eigenen Nase mißtrauen? Viele Menschen tragen Verkleidungen, um das Auge zu täuschen, aber sie alle riechen, wie sie riechen.« Mißmutig rümpfte Fern die Nase. »Nun, jetzt ist er weg.« Er schnüffelte am Boden und blickte ostwärts zum glitzernden Meer und den drei schmalen Booten, die allesamt südwärts, der belbidianischen Baronie Quertos entgegenfuhren.

»Er ist übers Meer gefahren?« fragte Caspar bemüht geduldig.

Fern schüttelte den Kopf und nickte zum gegenüberliegenden Ufer der Mündung hinüber, wo Trund überschwenglich bellte.

»Wie ist er dahin gekommen?« fragte Caspar.

Die Antwort war naheliegend. Da die kleine Wölfin den schmalen Wasserlauf bereits durchquerte, der durch das von der Ebbe freigelegte Wattenmeer verlief, schloß Caspar, daß sie folgen mußten. Schwarzer Schlamm klebte an seinen Oberschenkeln, und mit nassen Kleidern führte er die anderen am gegenüberliegenden Ufer hinauf, nachdem sie hinübergewatet waren. Die Wölfin blieb hinter einem Schlammhaufen verborgen, schnüffelte am Boden herum; als sie die anderen kommen sah, lief sie los und rannte zielstrebig am Ufer entlang, sah sich nur einmal um, weil sie sehen wollte, ob ihr die anderen folgten.

Caspar humpelte ihnen nach, gefolgt von Fern und Perren, die mit einer verzweifelten Lana rangen. Abrupt blieb der junge Edelmann mit dem roten Haar stehen und untersuchte die Stelle, die für den kleinen Wolf derart von Interesse gewesen war. Hufabdrücke. Und diese sauberen, runden Spuren hätte er überall erkannt. »Feuerschweif!« sagte er und sah entsetzt zu Fern und Perren auf.

»Sie haben den edlen Feuerschweif und Ursula mitgenommen«, heulte Fern.

Finsteren Blickes starrte Caspar die Hufabdrücke an. Neben den halbmondförmigen Spuren, die von seinem Pferd stammten, sah man kleinere Abdrücke einer Frau. Die Spuren waren von langen Furchen unterbrochen, als wäre sie gezogen worden. Daneben verliefen größere Stiefelspuren. Eine davon stammte wohl von Mamluc, und die andere, welche lang und schmal war, gehörte zweifellos dem Wolfsmann.

»Die Boote müssen sie bei Flut über die Mündung gebracht haben«, bemerkte Perren sachlich. Mit Armen und Gesicht unter Bandagen und dem Leib unter der Decke, von der nun der Schlamm tropfte, sah er wie ein unförmiges Monstrum aus, das dem Meer entstiegen war. Da er so viel auffälliger aussah und ohne eine frische, weiße Decke nie als pockennarbiger Mensch durchgehen würde, beschloß er, die Verkleidung abzulegen.

Jenseits der belbidianischen Grenze stapften sie durch

endlose Sanddünen am südlichen Rand Vaalakas, und rauher, graublauer Strandhafer raschelte tagelang um ihre Beine. Betreten stellte Caspar fest, daß jetzt er, nachdem Perren Naiths Schwester trug, die seit dem Tod des Bruders in hilflosem Schweigen versunken war, die anderen aufhielt. Bald schon mußten sie am ersten Abend haltmachen, da sein Knie so schrecklich schmerzte und er fürchtete, daß er am nächsten Tag überhaupt nicht würde laufen können. Als sie rasteten, lockte ihn jedoch der Anblick von Feuerschweifs Hufabdrücken voran. Noch waren die Abdrücke fest im weichen Boden, und er wußte, daß sie aufholten.

Er sorgte sich um Lana und versuchte, sie mit freundlichen Geschichten und Beteuerungen aufzumuntern, daß sie auf Torra Alta willkommen wäre. Ihr Schluchzen erschütterte den Frieden der verlassenen vaalakischen Landschaft. Nichts jedoch konnte ihn von seinen Sorgen um das Necrönd ablenken. Mehr als je zuvor war er davon überzeugt, daß der große Mann im Wolfspelz das Druiden-Ei mit Hilfe Mamlucs gestohlen hatte. Wie sonst hätte er einen uralten Geist aus jenem Bären holen können? Er beruhigte sich damit, daß dieser Mann darin ungeübt war, die Macht zu kontrollieren, und redete sich ein, er allein besäße die nötige Erfahrung und das Feingefühl den magischen Kanälen gegenüber, die nötig waren, es richtig einzusetzen. Dennoch würde es nicht lange dauern, bis der Wolfsmann sich die Erfahrung angeeignet hätte, dessen war er sicher.

Am dritten Tag mußte er sich damit bescheiden, an Lanas Seite getragen zu werden. Das beunruhigte Trund, der an Perrens Fersen japste und nach seinen Stiefeln schnappte, weil er fürchtete, der Steinwicht könne seinem Herrn etwas antun. Die Zeit verging ohne Zwischenfälle, bis sie am sechsten Tag die Richtung änderten. Ein breites Delta aus sumpfigen, schilfumsäumten Flüssen hatte Mamluc landeinwärts getrieben, und sie folgten Feuerschweifs stolpernden Spuren zu einer Furt. Abrupt blieb Fern stehen, während Trund und die Wölfin eifrig vorwärts stürmten.

Der Hund schnüffelte am Ufer, dann sprang er wie eine Katze mit allen vieren gleichzeitig ins Schilf. Eine Weile betrachtete ihn die kleine Wölfin, neigte ihren Kopf leicht verwundert, dann versuchte sie, seinen Tanz nachzuahmen, und stolperte dabei über ihre eigenen Beine. Als reinrassiger ophidianischer Schlangenfänger war Trund ein begabter Mörder und hatte sich drei Kröten geschnappt, während die Wölfin nach wie vor große, ungelenke Sprünge vollführte und im flachen Wasser spritzte. Zum ersten Mal seit Tagen lachte Caspar, und selbst Lana gluckste, als eine rote Kröte der Wölfin einen dicken Strahl schwarzer Tinte ins Gesicht spritzte, was ihr Fell bekleckerte. Runa schüttelte sich ärgerlich.

»Noch lacht ihr«, erklärte Perren. »Ihr werdet den Gestank nicht los, und diese Tinte hat die Angewohnheit, sich überall zu verschmieren.«

»Woher willst du das wissen?« fragte Fern skeptisch.

»Ein halbnackter Mann, der nichts weiter als eine Steinaxt bei sich trug, kam vor einiger Zeit in unsere Höhle spaziert, und er stank von Kopf bis Fuß. Er klagte, seine Frau habe plötzlich ihren Appetit auf tintenspritzende Kröten entdeckt. Er konnte mit dem Gestank nicht länger leben und war in unsere Höhlen hinabgestiegen, um diese Frau hinter sich zu lassen. So seltsam er auch ausgesehen haben mag, starb er doch schneller als die meisten und kotzte dabei schwarze Galle. Sehr häßlich! Jahrelang hat die Höhle danach gestunken.«

Trund war in seinem Element. Er schien die dicken, langbeinigen Kröten zu reizen, darauf zu warten, daß sie ihre Tinte spritzten, und sprang dann im letztmöglichen Augenblick beiseite, wobei er wild mit dem Schwanz wedelte und ein merkwürdiges Japsen endloser Belustigung ausstieß. Runa beobachtete ihn und gab sich alle Mühe, ihn zu imitieren, und folgte allen seinen Bewegungen mit großer Leidenschaft, knickte ihre Vorderbeine ein und schwankte vor der großen, roten Kröte hin und her. Aber die Wölfin war zu langsam, um dem schwarzen Spritzer entkommen zu können, der das leuchtende Weiß ihrer linken Flanke besudelte. Ärgerlich quiekte sie und begann, daran herumzulecken, doch sie heulte entsetzt auf, spuckte heftig bei dem Geschmack und lief ans Ufer, um vom schlammigen Wasser zu trinken.

»Dumme Viecher«, stieß Fern angewidert aus. »Wie könnt ihr euch darüber amüsieren, wenn ihr seht, wie sie wehrlose Kreaturen quälen?«

»Ein Wolf ist ein Wolf, und ein Hund ist ein Hund, und die haben ihre eigenen Instinkte. Es hat ebensowenig Sinn, sie an der Jagd zu hindern, wie dich zum Jäger zu machen. Und da würde ich mich nicht hinsetzen«, erklärte Perren.

»Hier sitzt man genauso gut wie sonstwo.«

Perrens schwere Augenbrauen schoben sich in die Höhe. »Nun, der Mann, der uns von den roten Kröten und der Leidenschaft seiner Frau für diese Tiere erzählt hat, sagte, wenn die Tintensäcke erst entfernt seien, schmeckten sie so süß wie Pastinaken. Auch Sumpfechsen fressen sie leidenschaftlich gern. Dicke, fette Schlangen mit sechs kurzen Beinen, so hat er sie beschrieben.«

Caspar sah auf seine Füße und pfiff eilig Trund heran. »Schlangen! Trund, bei Fuß. Bei Fuß!« Augenblicklich war er darauf bedacht, vom Wasser wegzukommen. Gegen

Schlangen hatte er eine besondere Aversion. Trund dagegen war viel zu sehr auf eine kleine Bewegung konzentriert, die im Schilf zu sehen war.

Die Wölfin quiekte, und ihr Hinterteil ging unter, als etwas sie in den Sumpf hinunterzerrte. Trund tauchte in das seichte Wasser neben ihr, hielt seine Nase in die schwarzen Fluten, während Caspar nach der Wölfin griff, sie am Hals packte und an sich riß. Kurz sah er eine knorrige, schwarze Schnauze, die ihren Schwanz festhielt, wobei der Rest der Kreatur im schlammigen Wasser verborgen blieb. Plötzlich war die Wölfin frei, und Caspar sank rückwärts in den Morast, hielt ihren weichen, weißen Leib auf seinem Schoß.

Trunds schlammverschmierte Schnauze tauchte aus dem Wasser auf, und von seinen Zähnen tropfte Blut. Stolz marschierte er zu Caspar und den anderen, wartete, bis er nicht weiter als drei Schritte vor ihnen stand, dann schüttelte er sich wild und verspritzte den stinkenden Schleim des Tümpels und Krötensaft über alle bis auf Perren, der ein Stück zurück getreten und auf diese Eventualität vorbereitet gewesen war. Zwar freute er sich, daß Trund der Sumpfechse den Garaus gemacht hatte, doch Caspar starrte die dicken Kleckse von Krötentinte an. Perren hatte recht gehabt. Sie stank ... und zwar weit schlimmer als der Hühnerstall, wenn Pip es versäumt hatte, diesen zu reinigen, was meist der Fall war.

Sie durchquerten den Fluß und machten sich zügig auf den Weg, fühlten sich unaussprechlich elend und waren nur von dem Umstand zu erheitern, daß Feuerschweifs Hufabdrücke nun immer deutlicher wurden. Die Tinte war unmöglich zu entfernen. Caspar hatte alles versucht, sich im Fluß gewaschen, sich mit Schilfrohr abgerieben, doch klebte die eklig stinkende Flüssigkeit an Kleidern und Haut.

Er knurrte Trund an und gab ihm die Schuld an diesem Greuel. Dem Hund hingegen schien sein neuer Duft zu gefallen, und stolz marschierte er umher, schnüffelte links und rechts in der Hoffnung, dort neue Kröten zu entdecken. Perren wirkte etwas selbstgefällig angesichts des Umstands, daß er allein dem Übel entgangen war.

»Wenn wir so stinken, werden wir uns niemandem weiter als eine Meile nähern können«, klagte Fern und rümpfte seine Nase.

Sie marschierten weiter, und der Nachmittag war schon ein Stück weit fortgeschritten, als sie das Sumpfland hinter sich ließen und durch tiefliegende Marschwiesen kamen, durch die sich langsame Bäche durch hohes Gras schlängelten, das von leuchtenden Rohrkolben und Lichtnelken gesprenkelt war. Caspar war erstaunt, eine derart saftige Vegetation so weit im Süden von Vaalaka vorzufinden. Eine kleine Herde struppig wirkender Kühe graste träge, manche lagen da und käuten wieder, und es dauerte nicht lange, bis sie die Ziegeldächer eines Dorfes sahen. Es war ein idyllischer Anblick. Etwa ein halbes Dutzend runder Steinhäuser drängte sich um eine niedrige Brücke, welche die leuchtenden Fluten eines flachen Flusses überspannte. Caspar seufzte. Er sah Kinder, die fröhlich spielten, Hühner jagten und auf überwucherten Ruinen von Steinbögen und dachlosen Kreuzgängen herumkletterten. Mächtige, sauber gehauene Steinplatten bildeten den Sockel der Gebäude und kündeten von der Erhabenheit ihres vergangenen Ruhms.

Ein Mann mit breitkrempigem Hut und langem, silberschwarzem Umhang jagte die Kinder mit einem Stock, und offensichtlich schossen Flammen aus seinen Fingerspitzen! Die Kinder kreischten vor Vergnügen, nicht aus Angst. Und als sie die nahenden Fremdlinge erspähten, drehten sie sich alle gleichzeitig um, deuteten herüber, quiekten vor Freude und ließen von den Hühnern ab. Ärgerlich gackerten die Hühner und begannen, aufeinander einzuhacken. Zwei Hähne sprangen in die Luft und traten mit den gespornten Füßen nacheinander, als müßten sie ihren Zorn darüber loswerden, daß die Kinder sie gescheucht hatten.

Freudiges Johlen kam von einem der älteren Jungen, der auf die zerlumpte Gesellschaft deutete.

»Kröte, Kröte, du bist eine Stinkekröte!« riefen die Kinder unisono, doch dann schreckten sie bei Perrens Anblick und seinem steinernen Gesicht zurück. »Was ist das?« schrie einer, während der Rest von Neugier angelockt war und bald schon wieder jenen Schmähgesang aufnahm, als Perren ihnen nicht drohte.

Caspar, dem nicht auffiel, daß diese vaalakischen Dorfkinder sauberes Belbidianisch mit ihm sprachen, sah sie finster an, dann fiel ihm – leider zu spät – Trund ein. »Bei Fuß!« Er schnippte mit den Fingern, doch Trund war nicht von der gehorsamen Sorte.

Der Schlangenfänger sah nur einmal mit schlechtem Gewissen über seine Schulter, dann lief er los, um den Hühnern nachzujagen.

Freudig japsend riß er ihnen die Schwanzfedern aus, und die Hennen gackerten zufriedenstellend panisch. Runa sank nach vorn, nahm Anlauf, um selbst zuzuschlagen, doch wenn sie auch begeistert sprang und hüpfte, war sie dem langbeinigen Geflügel doch nicht gewachsen.

Der Mann, der eben noch mit den Kindern gespielt hatte, sah keineswegs erfreut aus. »Buben! Schurken! Die Welt ist voll von euch. Schon einmal wurden mir diese Woche Hühner gerissen. Jetzt werden sie zwei Wochen keine Eier legen, und irgend jemand muß dafür bezahlen.«

Beeindruckt von diesem Donnerwetter, ließ Trund von

den Hühnern ab und sah den Fremden fragend an. Die Wölfin imitierte ihren Mentor.

Der Mann hatte leuchtendgelbes Haar, aber es fiel Caspar schwer zu glauben, daß er von vaalakischer Herkunft sein sollte. Sämtliche Vaalaker, die er je gesehen hatte, waren von schwerer Statur gewesen, mit dicken, wulstigen Muskeln, das Haar lang und strähnig bis auf die Schultern. Trotz seines hellen Haars war er deutlich nicht mehr der Jüngste, und er war schlank und wohlfrisiert, hatte nichts vom hartgesottenen Aussehen der nördlichen Nomaden. Mit gebildeter Leichtigkeit sprach er Belbidianisch, und da er nun daran dachte, fiel Caspar auf, daß auch seine Kinder diese Kunst beherrschten. Zwar mochte die belbidianische Sprache den Völkern am Caballischen Meer geläufig sein, denn sie nutzten sie zum Handel, aber es kam sicher selten vor, daß ein Vaalaker sauberes Belbidianisch sprach, da sie kaum Handel trieben. Offenbar war das Leben hier in diesem schmalen Landstrich südlich der Drachenwüste entlang dem Caballischen Meer sehr viel leichter, weil das sanfte Klima der Küste die Schärfe der harten Winter milderte, von denen der Rest Vaalakas gebeutelt war.

»Wie könnt ihr es wagen, meine Hühner anzugreifen?« schrie der Mann wütend, und rotes Licht blitzte von seinen Fingerspitzen. Wie die Kinder musterte auch er Perren mißtrauisch, und Caspar zollte dem großen Mann Tribut für seine Haltung.

Trund war von den Lichtblitzen so beeindruckt, daß er zu Caspar lief und zitternd hinter dessen Beinen stand. Im Gegensatz dazu tappte Runa in völliger Mißachtung des Feuerwerks voran und schnüffelte am Boden herum, wo die Flammen kleine, rote Brandspuren hinterlassen hatten, wedelte mit dem Schwanz und schnüffelte vorsichtig an dem alten Mann herum.

Runa beeindruckte ihn mehr als Perren. »Ein Wolf!« rief er staunend aus. Überrascht nahm Caspar wahr, daß eher Freude als Abscheu aus seiner Stimme sprach. »Ein kleiner Wolfswelpe!«

Runa hob den Kopf und schnüffelte an seiner Hand, als er sich bückte, um sie näher anzusehen. Nie zuvor hatte Caspar einen Menschen gesehen, der so wenig Angst vor Wölfen hatte. Außerdem hielt er ihn für unklug. Runa hatte es so an sich, nach Fremden zu schnappen. Noch immer besaß sie diese nadelspitzen Welpenzähne, die einen zwar nicht wie die eines erwachsenen Wolfes zermalmten, einen jedoch schon beim leisesten Kontakt bluten ließen.

Er sah auf und lächelte. »Nun, ich habe seit Jahren in dieser Gegend keine Fremden mehr gesehen, und plötzlich treffe ich innerhalb von einer Woche gleich zwei komische Haufen auf einmal, und beide mit Krötensaft bekleckert.«

Die Kinder lachten, zeigten auf sie und gurgelten ihr Geschrei und ihre Lästereien hervor. Caspar streckte ihnen die Zunge heraus. Das amüsierte die Kinder sehr, doch der Alte schien unbeeindruckt. »Wieso betretet ihr unbefugt diese Gegend?«

»Wir wollen nur nach Osten. Das ist wohl kaum unbefugtes Betreten«, erwiderte Caspar ärgerlich.

»Ihr habt kostbaren Tintensaft gestohlen!« sagte der Mann förmlich. »Ihr habt Glück, daß die Jäger unterwegs sind. Die nehmen es nicht auf die leichte Schulter, daß ihr unsere Tinte stehlt.«

»Gern will ich dafür bezahlen«, erwiderte Caspar einlenkend, obwohl er den Mann für irre hielt, daß er eine derart absurde Anschuldigung machte. »Ich wünschte, wir könnten sie euch zurückgeben. Wir bekommen sie nicht mehr herunter.«

Der Mann lachte. »Zahlt nur. Ihr habt gute Manieren,

junger Mann. Die anderen wollten nicht zahlen und werden nun stinken und dafür leiden. Sie waren nicht eben das, was man freundlich nennen würde. Haben nicht angeboten, ihren Schaden zu begleichen, und mir statt dessen mit einer Plage von Furunkeln und Zahnfäule gedroht. Aber der Fluch wird mit ihnen sterben, und ich mache mir keine Sorgen.«

»Wie sahen sie aus, diese anderen?« fragte Caspar.

»Ein seltsames Paar, wenn auch vielleicht nicht seltsamer als ihr selbst.« Er sah zu Fern und Perren hinüber. »Sie hatten ein hinkendes Pferd und ein Mädchen bei sich. Doch kommt, ihr solltet kuriert werden, sonst lockt euer Gestank noch die Krötenfresser an, und die Jäger sind in den Marschen unterwegs, und eins will ich euch sagen: Wir wollen nicht schutzlos erwischt werden.«

Caspar dachte nach. Er hatte keine Ahnung, wie gräßlich ein Krötenfresser sein mochte, wie der Mann die Sumpfechse nannte, und er wollte es auch nicht herausfinden. Seine größte Sorge war es im Augenblick, den Gestank loszuwerden. Er konnte vor Übelkeit kaum denken. Man führte sie zum Haupthaus, das für ein derart abgelegenes Dorf ausgesprochen groß und prächtig war, und sie folgten dem Mann mit dem breitkrempigen Hut, der seinen langen Stock schwenkte und theatralisch merkwürdige Worte sang, während er weitere blaue Blitze aus seinen Fingern schoß.

Caspar grinste amüsiert.

»Der furchtbare Zauber des Erzmagiers im Exil kann Euch nicht beeindrucken?« meinte der alte Mann. »Das ist nur einer meiner Namen. Ich habe noch viele andere, und alle sind entsetzlich.«

»Allerdings«, lachte Caspar. »Ein Erzmagier? Was ist mit Eurer Zauberkraft?« Oft schon hatte er gehört, wie die drei

Hohepriesterinnen Bannsprüche murmelten, und wenn sie es taten, bebte die Luft von der Magie. Auch in Ursula hatte er solcherart Kraft gespürt, doch war ihm das bis jetzt nicht klar gewesen. Dieser Mann hingegen sprach Worte, die er selbst ersonnen hatte und die nicht die Kraft der Elemente nutzten.

»Ihr sprecht keine Sprache, die der Menschenwelt entstammt«, warf Perren ihm vor.

»In der Tat«, erwiderte der Mann großspurig. »Ich spreche den verborgenen Zauber der Sprache der Hobgorms.«

Caspars Grinsen wurde breiter, als er dem Mann offen in die Augen blickte und sah, wie er zwinkerte. »Die Hobgorms?«

»O ja, es ist ein schrecklicher Zauber, der aus den Donnerwolken herabgeholt wird«, sagte er mit mächtiger Stimme, welche die Kinder vor Freude quieken ließ. »Habt ihr noch nie von jenen fürchterlichen Wesen gehört, die oben am Firmament leben? Sie sind aus Donner und Blitz geboren, und seid gewarnt, sie speien ihre Rache über jene, die sie nicht verehren.« Wieder funkten helle Lichtblitze von den Fingern des Mannes, aber Caspar konnte sich nicht mehr beherrschen und brach in schallendes Gelächter aus.

»Bitte, Herr, vergeudet Euer Kampferöl nicht. Spart es für andere auf, die leichter zu beeindrucken sind.«

Sprachlos sah der Mann ihn an. »Dann seid auch Ihr ein Magier?«

Caspar sah keinen Grund, ihm seine Illusion zu nehmen, als der Mann die Tür zu seinem Haus öffnete. Noch immer waren sie der Küste nah, und Caspar hatte erwartet, Regale voll mit eingemachtem Fisch oder Muscheln oder vielleicht Enten und Gänsen des Marschlandes zu sehen. Er hatte eine schlichte Bauernstube mit einem kleinen Feuer und blubberndem Topf erwartet, mit einer Frau, zahnlos und warzenübersät, die in einem unappetitlichen Brei rührte. Er hatte stinkende, faule Hunde mit von Flöhen zerbissenem Fell erwartet, die sich am Ofen kratzten. Nicht erwartet hatte er dieses gepflegte Innenleben, ganz sicher nicht jenen kühlen, abfallenden, gepflasterten, ölglänzenden Boden, der durch einen Bogen in einen anderen Raum führte, wo flackernder Feuerschein lockte.

Die Pflastersteine waren glatt und abgewetzt, und Caspars Ansicht nach wiesen die haarfeinen Striche dazwischen darauf hin, daß sie von einem erfahrenen Handwerker verlegt worden waren. Der Raum hinter dem Bogen war eine offene Halle mit riesigen, gebogenen Baumstämmen, welche die Dachstreben stützten. Über dem Feuer köchelte ein Topf mit dem stetig rhythmischen Gluckern und Blubbern dicker Flüssigkeit. Ein langes Schwert, wunderschön gearbeitet und mit Buchstaben in der Furche verziert, hing über dem Tragbalken beim Feuer. Caspar gab sich Mühe, die Schrift zu entziffern. In seiner Kindheit war er bei solchen Lektionen nie sehr aufmerksam gewesen, doch nachdem er zu dem Schluß kam, daß die Worte ceolothianisch sein mußten, fragte er sich, wie diese Waffe in ein solch abgelegenes vaalakisches Dorf gekommen sein mochte. Der Dampf vom Kessel wehte in seine Richtung, und trotz des eigenen Gestanks nahm Caspar einen überwältigend süßlichen Duft wahr. Eine schwarzhaarige Frau stand an diesem Topf. Sie trug den gleichen schimmernden Stoff wie der Mann mit dem Hut, und Silber glitzerte magisch im Gewebe. Unbezahlbar. Sein Blick ging umher, und wohin er auch blickte, war die Halle mit teuren Kleidern von prächtigen Farben behängt. An den Wänden hingen Regale mit Fläschchen voll leuchtender Flüssigkeiten aller Farben, daneben Schalen mit Beeren, Insekten, zermahlenen Steinen und Borke. Junge Frauen und Mädchen luden eifrig Stoffe in Bottiche und gaben sorgsam abgemessene Mixturen von Färbemitteln hinein und sangen bei der Arbeit. Sie alle sahen gleich aus, mit goldenem Haar, langen Gliedmaßen und anmutigen Bewegungen. Allein die etwas eckigen Unterkiefer taten ihrer Schönheit Abbruch.

Mächtige Fässer, die ordentlich in einer Ecke gestapelt waren, verbargen den Eingang zu einer dunkleren Kammer beinahe, in der noch mehr Fässer lagen. Zu seiner Linken lag eine fensterlose Kammer, von Fackeln erhellt, die Pflastersteine vom ständigen Schrubben geweißt. Es gab eine Mulde im Boden und Rinnen, die von dort kamen und in eine weitere Vertiefung führten, in der ein großer Bronzeteller lag und im Fackelschein glitzerte. Caspar staunte über diesen außergewöhnlichen Ort.

»Nun also hat Elergian, der Diener unserer Herrscherin, der große Magier im Exil, Euch doch noch beeindruckt«, verkündete der goldhaarige Mann.

»Allerdings!« erwiderte Caspar ehrlich.

Fern zitterte an seiner Seite. »Spar, wir sollten hier nicht bleiben. Lieber sollte man stinken, oder?«

Die große Frau im schimmernd schwarzen Kleid drehte sich sehr langsam um, und Caspar spürte, wie sie seine Blicke auf sich zog. Sie war von eindringlichem Wesen, nicht wie die drei Hohepriesterinnen, sondern auf bescheidenere, sanftere Art und Weise – eher wie Ursula, die den Eindruck vermittelte, als trüge sie manches lang verschwiegene Geheimnis in sich. Im Gegensatz zu allen anderen Frauen hatte sie dunkles Haar, was in Vaalaka sehr, sehr selten war, und wenn sie schon weit über die Vierzig sein mochte, schien sie unter ihrem Herzen doch ein Kind zu tragen. Ihre Hände ruhten auf ihrem kleinen Bauch, während sie Caspar und seine Gefährten ausgiebig musterte, und sie lächelte freundlich.

»Ojemine, ihr armen Dinger. Ihr solltet gleich eure Kleider ablegen und sie dort in den Bottich geben.« Sie nickte zu einem Kessel hinter ihrem Feuer hin, in dem es schneller blubberte und gluckste. »Ich will euch waschen und, armer Mann«, sie sah Perren an, »es wird auch heilsam auf Eure ...« Sie zögerte und lächelte.

Weniger feinfühlig fuhr der Mann fort. »Ich habe solche grauen, warzenbesetzten Narben schon gesehen. Ich war jenseits des Diamantenmeeres und habe gesehen, wie Männer von sengendem Vulkanstaub verbrannt und vernarbt waren, der ihre Haut verhärtet hat. Ihr seid weit gereist, Fremder.«

Perren sah ihn an, als sei er nicht bei Sinnen, doch er knurrte nur, und so war Caspar klar, wieso der goldhaarige Mann beim Anblick des Steinwichts keinerlei Sorge gezeigt hatte. Die junge Frau nahm Lana hinter einem Wandschirm beiseite, damit sie ungestört war, während vom Rest der Gesellschaft erwartet wurde, mitten in der offenen Halle zu baden. Die schwangere Frau gab jedem von ihnen ein Stück schwarze Seife, von der Caspar gedacht hatte, sie würde ihn nur schmutziger machen, doch statt dessen schien sie den fauligen Schleim in ihr schwammiges Gewebe aufzunehmen.

Perren wollte sie nicht haben. Als alle darauf bestanden, grummelte er, er sei schlau genug gewesen, sich von dem Krötensaft nicht bespritzen zu lassen.

»Aber es wird dich heilen«, beharrte die Frau.

Perren schien beleidigt. »Ich mag mich, wie ich bin«, sagte er und zog sich starrsinnig zurück, setzte sich mit dem Rücken an die Wand.

Caspar untersuchte die Seife. »Holzkohle«, sagte er überrascht, als er die Substanz aus dem Brunnenraum von Torra Alta erkannte.

Sie nickte. »Ja, aber mit Gewölle aus dem Muskelmagen eines Krötenfressers. Es ist das einzige, was diesen Gestank entfernt.«

»Armer Feuerschweif! Arme Ursula!« sagte Fern unerwarteterweise. »Die beiden sind sicher noch voll von diesem Zeug.« Er zeigte mehr Sorge darüber, daß das Mädchen mit der faulig stinkenden Tinte bekleckert war, als darüber, daß man sie gefangen hatte und Folterqualen auf sie warteten. Caspar kam zu dem Schluß, daß der Faun das Leid der Menschen nur verstand, wenn es in direktem Zusammenhang mit seinem eigenen stand.

Die Frau zuckte mit den Schultern. Bei näherem Hinsehen war ihr langes Haar von unnatürlichem Schwarz, das zu ihrem Kleid paßte, und Caspar vermutete, daß beides mit derselben Substanz gefärbt war.

Ohne Scham zog er seine Kleider aus und warf sie in den Bottich. Unter anderen Umständen wäre er errötet, wenn er seine schlanke Erscheinung hätte entblößen sollen, doch in diesem Augenblick war es ihm egal, was er tun mußte, solange er diesen unerträglichen Gestank los wurde. Fern hingegen war absolut nicht darauf erpicht, sich auszuziehen, und quiekte ängstlich, als die Frau an seinem Rock zerrte. Erst auf Caspars Drängen hin zog er sich endlich aus. Die Frau stöhnte auf, und selbst Caspar war überrascht, als er sah, daß Fern von weichem Fell wie dem eines roten Eichhörnchens überzogen war.

Sie enthielt sich eines Kommentars und trieb sie alle zu einem riesigen Kessel, an dessen Rand vielfarbige Flecken getrocknet waren. Der Kessel war mit warmem Wasser angefüllt und stand nah an der Hitze der Feuer. Bis zu den Hälsen waren sie untergetaucht, und man sagte ihnen, sie müßten mindestens eine Stunde darin verharren.

Die Flüssigkeit war dicker und silbriger als Wasser, doch

sie reinigte Caspars Haut so tief wie noch nie und erfrischte seine schmerzenden Gelenke. Der Magier im Exil, wie sich Elergian nannte, erschien von Zeit zu Zeit, um verschiedene, süß duftende Kräuter einzurühren, dazu Arnika und Ysop für Wunden, Schmerzen und Verstauchungen. Alles in allem kam Caspar zu dem Schluß, daß es die Sache wert gewesen war, der gefürchteten Krötentinte zum Opfer zu fallen, wenn man dafür eine solche Behandlung erhielt.

Elergian bestand darauf, auf und ab zu laufen und Zaubersprüche zu murmeln, dann schöpfte er die warme, sirupartige Flüssigkeit in eine Kelle und goß sie ihnen über den Kopf. Perrens Schnarchen röhrte dabei, offensichtlich zum Mißvergnügen des Magiers, da er staunendes Publikum bevorzugte, und mehr als einmal stolperte er über den Steinwicht, als hätte er ihn nicht gesehen.

Erwartungsgemäß wollte Trund mit dem Bad nichts zu schaffen haben und heulte vor Zorn, als mehrere Mädchen ihn in ein kleineres Becken zerrten. Erst als die Dame mit dem seidig schwarzen Haar die nicht so widerspenstige Wölfin nahm und diese sanft wusch, sah Trund aus, als würde ihm etwas entgehen, und fügte sich.

Gegen Ende ihrer langen Wäsche, als die schwarzen Flecken endlich verblaßten und Elergian zu den weniger pompösen Pflichten, Kräuter, Beeren und Käfer zu zerstampfen, überging, die er der Krötenfarbe beimischte, hörte man plötzlich aufgeregtes Rufen von draußen.

»Elergian! Elergian!« riefen junge Stimmen und fuhren in einer fremden Sprache fort.

Caspar runzelte die Stirn und versuchte, sich auf die Worte zu konzentrieren. Sicher sprachen sie Ceolothianisch, nicht Vaalakisch, irgendwas von einem »Großen«. Stiefel stampften auf dem Pflaster, und etwas Schweres wurde hereingeschleppt. Eilig blickte der Magier auf, als ein halbes Dutzend Jungen und junge Männer keuchend in die Halle kamen und dabei einen mächtigen Reptilienkadaver beim dicken Schwanz mitschleppten. Caspar reckte seinen Hals, um über den Rand seines Kessels zu blicken, und verzog das Gesicht, als er eine weißbäuchige Echse mit sechs Beinen und einem stumpfen Horn am Schnabelkopf erblickte. Sie sah aus, als wäre sie so schwer wie ein großer Hirsch.

»Wir haben Besuch«, warnte Elergian die jungen Männer, die eilig in die Halle strebten, doch höflich Belbidianisch sprachen, um Caspar und seine Freunde nicht auszuschließen. »Ihr seid mutig oder dumm gewesen, meine Jäger. Ihr habt viel gewagt, um einen von solcher Größe zu erlegen.« Offenbar sorgte sich der Magier um die heimkehrenden Jäger. Der Fürsorge nach zu urteilen, die er diesen Jungen gegenüber zeigte, vermutete Caspar, daß sie einst um seine Beine gerannt waren und Hühner gejagt hatten, wie die Kinder, denen sie bei ihrer Ankunft begegnet waren.

»Nichts davon waren wir. Das Biest war schon tot.«

»Tot?« Sprachlos sah der Magier ihn an.

»Allerdings. Hier! Sieh selbst, daß keine Speerspuren an ihm zu sehen sind.«

»Tretet beiseite! Vielleicht schläft es nur«, rief Elergian besorgt und rang einem der Jäger ein Jagdmesser ab.

Der Krötenfresser rührte sich nicht, als er mit dem Messer gestochen wurde, und der Magier entspannte sich ein wenig. Sie drehten das Tier um, daß es die sechs Beine wie ein toter Maulwurf von sich streckte, und Caspar sah die Schlitzaugen, aus denen Blut tränte. Unwillkürlich lief ihm ein Schauer über den Rücken.

»Bringt es in die hintere Kammer, damit wir es öffnen können. Heute abend wird gefeiert.« Elergian strahlte, als die jungen Männer den Kadaver fortschleppten, so daß die Schuppen auf dem glatten Boden scharrten.

Trund, der nach wie vor in seinem Bottich aufweichte, wimmerte wegen der Seifenlauge um Gnade, doch Runa schleckte an der Flüssigkeit und freute sich wie ein kleines Kind daran, wie wild zu planschen.

Langsam sorgte sich Caspar darum, daß seine Haut vermodern würde und die backpflaumenähnlichen Falten an Händen und Füßen ihm vielleicht erhalten blieben, als das Ausweiden des riesigen, geschnäbelten Krötenfressers ihn ablenkte. Acht Mann hielten ihn am Kopf, am Schwanz und an seinen sechs spindeldürren Beinen fest. Nachdem der Magier im Exil weitere Reime gesungen und eine gebogene, verzierte Klinge auf rituelle Art geschwungen hatte, schlitzte er den weichen, hellen Bauch auf, was die dunkel schimmernden Eingeweide freilegte. Gespannt blickten die Männer hinein, als hätten sie eine Auster aufgebrochen und suchten nach einer Perle. Dann war zufriedenes Stöhnen zu hören, und mit frömmlerischer Stimme rief er nach dem goldenen Teller.

»Vorsichtig, ganz vorsichtig!« warnte er, als sie den großen Teller unter den Krötenfresser schoben. Sorgsam schnitt er und teilte die blutigen Innereien, daß die Organe und Membranen zwischen seinen Fingern schmatzten. »Ich habe es!« rief er zufrieden. »Reyna, hilf mir«, rief er aus, und eilig kam die schwangere Frau herüber, wobei ein breites, strahlendes Lächeln ihre sonst sorgenvolle Miene erhellte. Sie streckte die Hände aus, um ihm zu helfen und den blasengleichen Sack zu halten. Gemeinsam legten sie ihn auf dem Teller ab.

»Er ist so aufgeblasen, daß er platzen könnte«, warnte er.

Ehrfürchtig traten sie an eine Art Altar, wo der Magier eine Reihe heller Glöckchen läutete. Fasziniert sah Caspar zu, wie Elergian wieder an den Kadaver trat, mit mehreren Hakenwerkzeugen bewaffnet und grimmiger Miene. Mit zusammengebissenen Zähnen sägte und riß er, richtete sich gelegentlich von seiner Arbeit auf, die Arme bis über die Ellbogen blutig, um seine Stirn zu wischen.

»Es sitzt am Rückgrat«, sagte er ernst, und rundherum hielt man die Luft an, während er arbeitete. Schließlich brachte er einen kleineren Beutel von leuchtendgrüner Farbe hervor, den er auf einen anderen Teller legte. »Wir haben Glück. Er muß sich totgefressen haben. Noch nie habe ich einen dermaßen geschwollenen Sack gesehen.«

Vorsichtig trug er den Beutel zu einem ausgewaschenen Kessel, in dem ein Gebräu silbriger Flüssigkeit köchelte. Er sah Caspars Blick. »Wenn er in diesem Moment platzen würde, wären wir alle in diesem Raum eine Woche besinnungslos. Ist tausendmal soviel wert wie die Krötentinte, wenn wir damit fertig sind. Mehr als alle diese Stoffe.«

Caspar war beeindruckt. Die Stoffe waren aus feiner Seide und atemberaubend eingefärbt. »Ihr meint, diese wundervollen Farben kommen alle aus dem Krötensaft?«

Der Mann nickte. »Mit einigen Zusätzen natürlich. Grandios, nicht? Die Farbmenge in der Kröte ist so winzig, daß man Jahre bräuchte, um eine solche Menge zu bekommen. Außerdem ist die faulig stinkende Substanz in die Tinte gemischt. Aber unser großer Freund, der Krötenfresser, zerkaut die Kröte, und sein Körper trennt den Krötensaft in reine Farbe im einen Beutel und Gift im anderen. In diesem Zustand könnte ich den Sack wahrscheinlich für ein kleines Königreich verkaufen, da er einigermaßen tödlich ist, aber durch Kochen und Destillieren und unter Verwendung von Kräutern haben wir herausgefunden, daß wir das Gift auslassen und Tropfen für Tropfen Trinoxia herstellen können.« Er sprach das Wort mit großer Ehrfurcht aus.

Caspar merkte, wie ein Schnauben in seiner Kehle aufstieg. »Aber das ist nur ein Märchen. Das mit dem Trinoxia.«

Perren knurrte und schüttelte sich wach. »He, ein Märchen? Hat jemand was von einem Märchen gesagt?«

»Nein, es ist kein Märchen.« Elergian nickte zu einer Reihe silberner Fläschchen an der Wand hinüber. »Es ist derart stark, daß es selbst die tiefsten Wunden heilt, und es heißt, es wirke selbst gegen die Pest, nur bekomme ich ein Zehntel dessen für Trinoxia, was ich für das reine Gift bekommen würde. Dafür treffen täglich Anfragen ein ...«

»Was natürlich«, unterbrach Caspar, »Euer Gewissen verbietet.«

Er nickte zustimmend. »Nun, vor allem Reynas«, fügte er hinzu, und ein Lächeln machte sich auf seiner Miene breit, als er Caspars Gesicht betrachtete. »Ihr glaubt mir!« Kindliche Freude lag in seiner Stimme. »Niemand am Caballischen Meer hat mir bisher geglaubt, und entweder ich oder Calyx, Reynas Mann, muß alle paar Jahre die Reise zum Diamantenmeer antreten, um dort unsere Waren zu verkaufen. Die Färbemittel dagegen können wir natürlich überall verkaufen, selbst nach Oriaxia und darüber hinaus.« Vage deutete er auf die unbekannten Welten, die im Osten lagen. »Calyx ist mit dem letzten Schub jetzt einen Monat unterwegs.«

Reyna sah auf ihren geschwollenen Bauch und seufzte. Der Magier sah sie mit der gleichen Sorge an, die er bereits den Jägern gegenüber an den Tag gelegt hatte. Sie war zu alt, um Kinder zu bekommen, dachte Caspar, und den Gesichtern der jungen Frauen und Mädchen nach zu urteilen, vermutete er, daß die meisten davon ihre Sprößlinge waren.

»Ich habe mich jeden Tag mit Trinoxia gewaschen, um die Kraft zu finden, daß ich dieses Kind bekommen kann, damit der Fluch vielleicht von uns genommen wird.« Hoffnung blitzte in ihren Augen auf, und sie starrte in das silbrige Badewasser, als blickte sie in weite Ferne. »War jeder Teil von euch ganz untergetaucht?« fragte sie. »Kommt, jetzt müßt ihr Trinoxia trinken, was euch dreien tiefen Schlaf bescheren wird. Nichts sonst kann das Gift bekämpfen, das euch allmählich schwächen wird und schließlich durch die Haut ins Blut eindringen wird. Und niemand wird euch bei den Qualen eurer letzten Tage pflegen, weil die Furunkel, die um euren Hals entstehen, so sehr stinken. Ein wirklich häßlicher Tod.«

Plötzlich fühlte sich die Haut an Caspars Hals ganz heiß an, und er schrubbte sich noch heftiger. Als er schließlich aus dem Bad stieg, spürte er, daß seine Muskeln straff waren und sein Knie zum ersten Mal seit Tagen schmerzfrei war. Er grinste, doch dann fiel ihm ein, daß auch Feuerschweif und Ursula von jenem stinkenden Gift besudelt waren. »Wir müssen ihnen nach. Wir haben keine Zeit mehr zu verlieren«, erklärte er seinen Gefährten.

»Erst noch dreimal schlafen«, beharrte Reyna. »Bis dahin sind auch eure Kleider trocken.« Sie wandte sich Elergian zu und sagte leise: »Vielleicht hat unser Exil nun bald ein Ende.«

»Ich habe am Nachthimmel gesucht, doch kein solches Omen gefunden«, gab er zurück.

»Pah, du würdest ein Omen in den Sternen ebensowenig erkennen, wie du Scheiben vom Mond schneiden könntest, um unsere Färbemittel zu verbessern.« Sie lachte.

Er nickte mit dem Kopf. »Daran ist ein Quentchen Wahrheit, meine Herrscherin.«

Wie Reyna vorausgesagt hatte, wurde Caspar ganz flau zumute, und die Jäger trugen ihn in eine feudale Halle voller Sofas und seltsamer Artefakte, die auf einer Burg nicht fehl am Platz gewesen wäre. Wandteppiche von außergewöhnlichsten Farben, die Männer in Rüstungen mit Schwertern, Spießen und mächtigen Lanzen darstellten, allesamt zur Schlacht, nicht zum Turnier gerüstet, fielen Caspar ins Auge, doch sein Blick heftete sich auf eine gläserne Vitrine. Darin lag eine Krone aus weißem Gold mit Sonnenradrubinen an allen zwölf Ecken. Eben dachte er darüber nach, wie ein solches Objekt hierherkam, als der Schlaf ihn übermannte.

Als er aufwachte, war er schrecklich hungrig und durstig. Eilig kleidete er sich an und half Perren, Gesicht und Hände mit frischen Bandagen zu versehen, und wählte ein schwarzes Tuch, aus dem man einen Umhang machen konnte, während der Tisch mit vollen Tellern gedeckt wurde. Der Steinwicht hatte genug davon, stetig zu beteuern, Vulkanasche habe ihn versengt, und beschloß, seine Verkleidung wieder anzulegen.

Offenbar waren die Färber an solchen Appetit nicht gewöhnt, denn mit großen Augen standen sie da und bestaunten insbesondere Ferns Angewohnheit, sich Stücke von den Tellern seiner Tischnachbarn zu nehmen. Der Faun beäugte Caspars Obstschale und stahl sie im selben Augenblick, als der Junge sich von Reyna ablenken ließ.

Während der Mahlzeit hatte Caspar mehrmals gehört, daß Elergian Reyna als »Meine Herrscherin« ansprach, und ihm schien der Titel besonders merkwürdig, da sie so geradlinig und geschäftig wirkte und sich bisher niemand verneigt und vor ihr in den Staub geworfen hatte.

»Wohin wollt Ihr, Caspar?« fragte sie, als sie merkte, daß er sie ansah.

Er holte tief Luft, während er überlegte, was er sagen sollte. »Wir jagen einen Wolf, einen sehr bösen Wolf.« Es war genauso leicht zu glauben wie die Geschichte der Trinoxia und ihrer eigenen, außergewöhnlichen Umstände und außerdem nicht weit von der Wahrheit entfernt. »Aber wenn der dritte Schlaf vorüber ist, muß ich von Euch, koste es, was es wolle, genügend Trinoxia erwerben, um meine Freundin und mein Pferd heilen zu können und ihnen nachzueilen. Sie sind auf dem Weg nach Castaguard in ...«

»In Ceolothia«, unterbrach Reyna und stöhnte vor Anstrengung, als sie aufstand. Geheimnisvoll blickte sie auf ihren runden Bauch und strich über die Rundung. »Mein Preis ist, daß Ihr mich dorthin mitnehmt.«

Voller Bestürzung stieß der alte Magier aus, eine solche Idee sei vollkommen absurd. Reyna reise in ihrem Zustand nirgendwohin, und außerdem sei ein Fläschchen Trinoxia fünfzehn Sonnenradrubine wert, und das dürfe sie nicht einfach weggeben. »Was würde Calyx sagen? Er würde Euch aufhalten.«

Naserümpfend sah sie ihn an, von seinem Ausbruch gänzlich unbeeindruckt. »Calyx ist nicht hier!« sagte sie leise triumphierend, was Caspar vermuten ließ, daß sie seine Abwesenheit arrangiert hatte. »Ich muß zur rechten Zeit in Castaguard sein! Das ist meine Bezahlung, und dieser Junge wird mich mitnehmen.«

Caspar wollte keine Fremden bei sich haben. »Ich habe selbst genügend Sorgen ...«, begann er seine Ausflüchte.

Reyna wollte nichts hören. »Nur wenig Reisende kommen hierher, und wenn ich bedenke, daß Ihr nach Castaguard wollt ... es ist ein Omen!«

»Ihr versteht nicht mehr von Omen als ich«, protestierte Elergian.

»Ach, aber ich bin schwanger, und eine Frau, die ein Kind erwartet, besitzt einen Zugang zu latenten Mächten, ganz besonders«, sagte sie mit herrschaftlicher, eindrucksvoller Stimme, »wenn sie den rechtmäßigen Erben ganz Ceolothias unter ihrem Herzen trägt.«

Caspar hustete in seinen Trunk und fragte sich, wann König Dagonet den Umgang mit dieser Frau gepflegt hatte. Diese Neuigkeit jedoch zeigte eine überwältigendere Wirkung auf seine Gastgeber, als er sich hätte vorstellen können. Sie standen auf ihren Stühlen und tanzten und schrien und hüpften vor Freude, einige der jüngeren offenbar derart mitgerissen, daß sie in den Vorraum liefen, wo sie sich zweifelsohne übergaben, während sich andere Wein über die Köpfe gossen. Ein weiterer jonglierte Weintrauben, während das älteste der Mädchen vor die Krone trat und sie anhob, um sie ihrer Mutter darzureichen, die diese lachend und kindlich wie ihr Sprößling auf ihren Bauch stellte. Freudiges Juchzen und wilder Applaus wurde laut. Der Magier schlug seinen Stab an den Steinfußboden und forderte Ruhe ein.

»Meine liebe Reyna«, sagte er tadelnd, nahm ihr die Krone aus der Hand und legte sie feierlich wieder auf das Kissen. Er blies Staub von der Krone und wischte mit einem Tuch daran herum, um Flecken zu entfernen, schnalzte tadelnd mit der Zunge. Fügsam setzten sich die anderen hin. »Zwölf Kinder habt Ihr geboren, wie Eure Mutter, Eure Großmutter, Eure Urgroßmutter und Eure Ururgroßmutter und so weiter und so weiter vor Euch, über siebenundzwanzig Generationen hinweg. Ich habe Euch angefleht, kein dreizehntes zu bekommen. Die Zwölf haben Euch geschwächt, und Ihr seid alt und müde.«

»Ich werde es schaffen!« sagte sie mit wilder Entschlossenheit. »Das werde ich. Ich muß. Ich werde nicht zulassen, daß meine älteste Tochter dasselbe durchmachen muß wie ich. Es ist mir egal, ob der Junge ein Prinz oder Bettler wird, aber ich werde diesen bösen Fluch brechen, der auf uns lastet.«

Elergian tätschelte ihre Hand, und Caspar sah den unaussprechlichen, unsagbaren Schmerz in ihrem Herzen. Er wandte sich um und sah ihn an. »Aber sie wird sterben. Es wurde prophezeit, daß nur das dreizehnte Kind ein Junge wird, und nur ein Junge wird den Thron besteigen, doch sind alle Mütter noch vor der Geburt an ihrem dreizehnten Kind gestorben. Die Generationen reichen weit zurück, und alle sind gestorben, unter Schmerzen, unter Qualen, das Kind zu stark, zu groß für seine eigene Mutter, was sie innerlich zerrissen hat, bevor das Kind zur Welt kam. Und so wurde der Fluch mit seiner Last stets an die älteste Tochter weitergereicht.«

»Und diesen Fluch werde ich brechen.« Entschlossen stampfte Reyna mit dem Fuß auf und biß die Zähne zusammen. »Ich werde überleben. Jeden Tag habe ich Trinoxia genommen, darin gebadet und mich davon ernährt, und ich bin stark«, sagte sie kampfbereit, doch Caspar sah, daß dem nicht so war. »Und er muß auf ceolothianischem Boden zur Welt kommen. Ein Prinz darf nicht im Exil geboren werden.« Sie wandte sich Caspar zu. »Und Ihr werdet mich mitnehmen.« Ihre Worte waren ein ruhiger Befehl.

Caspar konnte nur daran denken, daß er sich als allerletztes mit einer wirren, schwangeren Frau belasten wollte. »Ich werde Euch nirgendwohin mitnehmen«, sagte er und gab sich alle Mühe, ruhig zu bleiben, »solange ich nicht verstehe, worum das alles geht.«

»Lehnt Euch zurück und trinkt Euren Wein, denn diese Geschichte kann ich erzählen.« Es war Perren, der sich zu Wort meldete, wobei seine Stimme von den Bandagen gedämpft wurde. »Es ist etwa siebenhundert Jahre her, daß der König von Ceolothia seine scheinbar kinderlose Frau verstoßen hat. Und alle Welt wußte davon, und auch, wo er das Kind gezeugt hatte, welches er dem Hof als seinen auserwählten Erben präsentierte, denn es sah ganz und gar nicht wie seine Gattin aus, sondern wie seine Schwester, die den Großteil des Jahres angeblich in religiöser Zurückgezogenheit lebte. Seither steht das Ceolothianische Königshaus unter einem Fluch. In jeder Generation war der älteste Sohn wegen einer Geistesschwäche, die durch den Inzest hervorgerufen war, zum Regieren nicht in der Lage. So hat seither stets der zweite Sohn die Krone geerbt.«

Perren legte eine kurze Pause ein und knackte mit den Knöcheln, was besorgniserregend laut klang. »Nun wissen wir alle, daß die Tat des Königs nach menschlichem Empfinden falsch und eine Sünde war.«

Allgemeines Nicken war in der Kammer zu sehen.

»Doch nur wenige wissen, daß die Frau dieses Königs tatsächlich ein Kind gebar, ein kleines Mädchen, und wahrscheinlich war das der Grund, wieso sich der Prinz an seine Schwester gewandt hat, denn er war unglücklich damit, daß er keinen Jungen bekam, und es hieß, die Geburt habe die Mutter derart geschädigt, daß sie keine Kinder mehr bekommen konnte. Das Kind mochte ein Mädchen sein, es war dennoch der rechtmäßige Erbe ganz Ceolothias. Nur bestimmt die Tradition, daß sie nicht unabhängig regieren, sondern nur ihrem Gatten erlauben darf, an ihrer Stelle zu regieren, bis sie einen Sohn gebiert. Die Schwester des Königs erfuhr von diesem Kind und wollte natürlich, daß ihr eigener Sohn erbte, und so ließ sie das kleine Mädchen mit dessen Onkel, dem Magier, fortschicken. Das war leicht getan, da das Volk von Ceolothia einen Jungen ohne Frage akzeptierte und von einem weiblichen Erben eher beunruhigt wäre. Glücklicherweise konnte sich die Schwester des Königs nicht dazu bewegen, dieses Kind zu töten, sondern verfluchte es, sagte, es solle zwölf Töchter gebären, bis es einen Jungen bekäme, der den Thron für sich in Anspruch nehmen dürfe. Und erst wenn die Menschen Wölfe wieder in ihre Herzen schlössen, sollte dieser Junge leben ... was natürlich gleichbedeutend mit ›niemals‹ war.«

Reyna wandte sich Caspar zu. »Und in Gesellschaft eines Wolfes kommt Ihr durch unser Dorf auf Eurem Weg nach Castaguard – ausgerechnet – und das, während ich mein dreizehntes Kind erwarte. Ihr werdet mich mitnehmen.«

»Wollt Ihr mir sagen, Ihr wäret die Nachkommen eines alten Königs von Ceolothia?« Caspar sprach undeutlich, mit vollem Mund.

Sie nickte.

»Ihr solltet den Thron für Euch selbst einfordern und nicht auf einen Sohn warten«, erklärte Caspar, während er argwöhnisch an einem riesigen, gegrillten Froschschenkel auf einem Bett aus Ringelblumen knabberte. »Es hat schon manche Königin gegeben, viele erfolgreiche Königinnen am Caballischen Meer.«

»Nur nicht in Ceolothia. Das Volk würde sich dagegen erheben«, erklärte Reyna. »Außerdem strebe ich nicht nach dem Thron, sondern will diesen Fluch durchbrechen, indem ich einen Sohn gebäre, damit meine Töchter wie andere Frauen leben können. Ich will nicht, daß meine Töchter und ihre Nachkommen weitere siebenhundert Jahre unter diesem Fluch zu leiden haben.« Wütend biß sie die Zähne zusammen, und Caspar schreckte vor der Heftigkeit ihrer Empfindungen zurück.

»Ich kann Euch nicht mitnehmen«, sagte er und war von seiner eigenen Entscheidung überrascht. »Ein andermal gern ...« Da er die flehentlichen Blicke spürte, versuchte er, sich zu entschuldigen. »Ihr seid mehr als genug. Sicher könnt Ihr ohne mich nach Castaguard gelangen.«

Die Frau schüttelte den Kopf. »Aber Ihr habt den Wolf bei Euch.«

»Ihr meint Runa?« Er nickte zu der weißen Wölfin hin, die eingerollt und leise schnarchend an Trunds Brust gedrückt lag.

Sie nickte. »Ja, aber mehr noch als das. Ihr seid der Beschützer des Wolfes.«

Caspar fragte sich, woher sie das nur wissen konnte.

»Die erste Mutter«, sagte sie und meinte die Königin, die für die Schwester des Königs verstoßen worden war, »praktizierte die alten Künste, bevor der Neue Glaube Ceolothia überschwemmte, und seither warten wir darauf, daß die alte Religion wieder aufersteht. In unseren Herzen sind wir dem Glauben und seiner Lehre treu geblieben.« Sie suchte in ihren Taschen und hielt etwas Kleines in der Hand. »Ich fürchte, Ihr werdet mir nicht verzeihen. Ich habe mir die Freiheit erlaubt, Eure Taschen zu durchsuchen, bevor ich Eure Kleider gewaschen habe. Das hier habe ich gefunden.« Sie öffnete die Hand und zeigte ein glattes Stück geschnitzten Knochens vor. »Er ist mit einer Rune versehen, der Rune des Wolfes. Der Wolf ist in Eurem Herzen. Meine Zeit ist gekommen!«

Abrupt stand Caspar auf und warf sich über den Tisch, stieß in der Eile, die Rune zu ergreifen, die Morrigwen ihm gegeben hatte, seinen Weinkelch um. »Aber ich kann Euch nicht mitnehmen! Mein Auftrag ist dringend! Lebenswichtig!« Seine Stimme war scharf, aber in seinem Herzen hatte er ihr schon verziehen. Hier war eine Frau, die wahrscheinlich bei der Geburt sterben würde, sofern man auf Familientraditionen etwas geben konnte, und sie würde zwölf Mädchen des alten Glaubens zurücklassen ... allesamt Waisenkinder.

Reyna lehnte sich zurück und lächelte ihn scheu an.

»Aber Ihr werdet mich mit nach Castaguard nehmen. Ihr seid es, der die Wolfsliebe in seinem Herzen trägt, und sie wird mich vor dem Fluch beschützen. Außerdem, wenn Ihr mich nicht mitnehmt, gebe ich Euch das Trinoxia nicht, mit dem Ihr Eure Freunde heilen wollt.« Liebreizend und siegesgewiß lächelte sie ihn an.

KAPITEL 6

May sank auf die Knie, von Erschöpfung und Entsetzen überwältigt. Angsteinflößende Töne voll magischer Befehlsgewalt hallten durch das Refektorium, das Lied an die Untiere um sie herum gerichtet, die sich kauernd ins Dunkel drückten. Der irre Soldat vor ihr ließ seine Hundezahnklinge fallen und entfloh.

Als eine feste Hand ihr Handgelenk ergriff, sank sie gänzlich in sich zusammen, und Erleichterung nahm ihr die letzte Kraft. »Amaryllis! O Amaryllis, steh mir bei!«

Der fliehende Soldat stieß an Tische, stolperte über den unebenen Boden und war bald schon im Rauch, der das andere Ende der Kammer verschleierte, nicht mehr zu sehen. Amaryllis wandte sein Lied dem nächststehenden Soldaten zu, der erstarrte und seinem Kameraden nachlief, jedoch nur Augenblicke später wiederkam und sagte, der andere sei in einem der tiefen Schächte verschwunden.

Bemerkenswerterweise saß der Rest der ceolothianischen Soldaten friedlich da und lauschte Amaryllis, während dieser sein Lied in sanftere Töne verwandelte. Zu Mays Erstaunen sang er eines der ceolothianischen Soldatenlieder, welches sie die Männer hatte singen hören, doch es war kaum noch zu erkennen, weil Amaryllis solche Leidenschaft und Schönheit hineinlegte.

Er umarmte sie, umfing sie mit seiner Stärke, und in einer Pause zwischen den Liedern flüsterte er ihr sanft ins Ohr: »Mein süßer Silbermond, fürchte dich nicht, ich werde dich beschützen. Doch bevor du den Hafen von Skuas Ria verlassen mußtest, hättest du mir ein großes, geflügeltes Pferd herbeizaubern sollen, damit ich mit deinem Einhorn hätte Schritt halten können. Furchtbar schnell mußte ich laufen.«

May konnte sich nicht erklären, wie Amaryllis sie so schnell eingeholt hatte. Nichts lief so schnell wie ein Einhorn. Und woher wußte er davon? Im Augenblick war es ihr fast egal. Sie ließ sich von ihm in die Arme schließen und sanft wiegen, während er eine leise Ballade sang.

Die Soldaten saßen da, lauschten aufmerksam und applaudierten laut am Ende jedes Stückes. Schließlich seufzte er: »Wenn das Singen mir auch guttut, bin ich der ceolothianischen Balladen doch nun müde. Sie tragen keinen Edelmut in sich.« Spielerisch lachend begann er ein Wiegenlied, das süß und sanft war. Schon war sie ganz benommen. Sie sah, daß es auf die Soldaten dieselbe Wirkung hatte. Ein Kopf nach dem anderen sank auf den Tisch, und einige saßen schon zusammengesunken da und schnarchten selig.

May konnte die Augen kaum offenhalten, und sie sank in Amaryllis' Arme. Er strich ihr das Haar aus dem Gesicht und küßte sie auf die Wange. Es war ihr egal. Sie hatte keine Kraft mehr, sich ihm zu widersetzen. Amaryllis gab ihr Sicherheit, sie war froh, daß er sie gefunden hatte.

»Armer, süßer Silbermond«, tröstete er sie, »bei dir kann ich meine Stimme leider nicht nutzen.«

Er streichelte ihre Wange, und ihre Schläfrigkeit verflog. Als sie aufblickte, sah sie, daß die Soldaten allesamt eingeschlafen waren.

»Wie bist du hierhergekommen?« fragte sie.

»Ich bin gerannt!« Er lachte.

»Deine Beine sind zu kurz«, merkte sie neckend an, dann wünschte sie, sie hätte nichts gesagt.

»Nach eurem Maßstab bin ich klein«, räumte er ein, »aber ich bin stark und schnell ... wenn auch nicht ganz so leichtfüßig wie ein Einhorn. Jedes andere Tier, welches auf Erden wandelt, hätte ich überholt, nur nicht ein Einhorn.« Er nahm ein Stück Brot, das auf einem der Tische liegengeblieben war, und knabberte daran. Er machte sich los und sah es an, wobei er seine Nase angewidert rümpfte, doch dann nahm er noch einen Bissen und suchte nach weiteren leckeren Resten. »Wenn es sonst nichts gibt! Man muß ja essen.«

Während May an einem sehnigen Stück Fleisch kaute, das für ihren Geschmack zu roh war, bemerkte sie zu ihrer Überraschung, daß man auch Amaryllis einen roten Kreis auf den Handrücken gemalt hatte.

»Was hast du ihnen angeboten? Deinen Gesang?« fragte sie unschuldig.

»Gesang!« höhnte er. »Die hätten an einem Sänger ebensowenig Interesse wie an deinen Geschichten.«

»Aber man hat mich als Geschichtenerzählerin genommen!«

»Tatsächlich? Mir scheint, sie haben dich eher als Jungfer mit hübschem Gesicht und schlankem Leib genommen. Geschichten und Gesang! Nein, ich habe ihnen von Thaumaturgie und Alchimie erzählt. Schließlich bin ich ein Zauberer aus Gorta, und, süßer Silbermond, ich habe ihnen erklärt, meine hübsche, wenn auch etwas konfuse Assistentin sei mir vorausgereist, und nach meiner Beschreibung haben sie dich gleich erkannt. Bis also dein Werk vollbracht ist und wir dieses Ding im tiefsten Schacht der abgelegensten Ecke von König Dagonets Rubinminen begraben haben, wirst du meine Assistentin sein. Doch nun sieh mich nicht so trübe an, es kommt noch besser«, fügte er hinzu, wobei seine Stimme plötzlich frivol klang. »Wir werden hier nicht mit leeren Händen von dannen ziehen. Der Lohn eines wahren Alchimisten ist nicht unerheblich. Berge von

Goldmünzen, wie es heißt.« Er lachte bei dem Gedanken, als wäre solcher Reichtum für ihn nicht von Interesse, doch dann wurde seine Miene ernst, und er sah sich unter den Soldaten um.

»Könntest du sie nicht alle in den Schlaf singen? Die ganze Mine?« fragte May.

Er lächelte milde. »Ich wünschte, ich könnte die ganze Welt in den Schlaf singen, daß nur noch du und ich übrig wären. Aber das Lied ist nur ein Trick, und ich muß jemandem nah sein, wenn es Wirkung zeigen soll. Und manche Herzen sind dagegen gefeit. Nein, mein Silbermond, wir werden es auf deine Weise tun, heimlich, still und leise, ohne Gesang.« Er sah sie an, und ein strahlendes Lächeln machte sich auf seiner hübschen Miene breit. »Du freust dich, daß ich bei dir bin?« Es war nur eine halbe Frage.

May sah auf den dunklen, fleckigen Steinfußboden. Sie hatte gebetet, daß Caspar kommen möge, doch nun war sie froh, daß Amaryllis da war. Als sie aufblickte, erwiderte sie sein Lächeln. Sie verstand weder, was er vorhatte, noch seine außergewöhnlichen Kräfte, doch er hatte sie nun schon mehrmals gerettet. Und wenn er sie in seine Arme schloß, bewahrte er sie vor den tiefen Qualen ihrer Einsamkeit und linderte den beißenden Schmerz, alle Hoffnung auf Caspar fahrenlassen zu müssen.

In den folgenden Tagen ließ Amaryllis May nie aus den Augen, als sie ihre langsame Reise durch bröckelnde, ausgebeutete Tunnel unter den Bergen begannen. May erfuhr, daß die profitablen Flöze in der Nähe von Castaguard lange schon abgebaut waren, und im Laufe der Jahrhunderte hatten sich die Schächte und Tunnel immer weiter nördlich unter die Eiseskälte der Berge von Kalanazir gebohrt.

Mit der Hilfe von Amaryllis, der bemerkenswerterweise

die Sprache bereits beherrschte, verbrachte sie viel Zeit damit, sich die Grundlagen des Ceolothianischen anzueignen. Die Soldaten bestanden darauf, daß sie ihre Sprache sprach, und aus dieser Notwendigkeit heraus schnappte sie bald ein paar Phrasen auf, und nach einigen Tagen verstand sie ein wenig von dem, was gesagt wurde, wenn sie auch nicht die rechten Worte fand, sich auszudrücken.

Stellenweise waren die Minenschächte derart verfallen, daß sie sich gezwungen sahen, an die Oberfläche zurückzukehren und dort weiterzuziehen, wo ein Vorankommen mühsam war. Schneidende Winde wehten ihnen ins Gesicht, und sie verdrehte die Augen vor Schmerz. Müde taumelnd hielt sie sich an Amaryllis fest, als sie sich um die steilen, steinigen Bergwände schleppten.

Nach einem halben Tag des Marsches über Land ließ sich May dankbar wieder in die geschützten Tunnel treiben, die nun einem unterirdischen Fluß folgten, wobei der Pfad nicht mehr als ein schmaler, rutschiger Sims über den brodelnden Fluten war. Man trieb sie in Trupps voran, und May zuckte zusammen, als Stockpeitschen knallten und oft genug in den Rücken eines armen Sklaven schnitten. Mehrere stürzten sich sogar lieber in den Fluß, der sie mit sich in die Tiefe riß, als daß sie weiteres Elend ertragen wollten. Da die Wachen keine Anstalten machten, sie herauszuholen, bezweifelte sie, daß die Ärmsten den Fluß überlebt hatten.

Amaryllis hielt Mays Hand ganz fest, als sie sich durch die kühlen Gänge schleppten. Während sie selbst auch aufrecht gehen konnten, da sie beide kleiner als der Durchschnitt waren, mußten die meisten Sklaven und Arbeiter mit krummem Rücken gehen, damit sie sich an der Decke nicht den Schädel einschlugen.

Jeden Abend machten sie an Raststätten halt, wo sie

trockenes Brot bekamen. Mays Mut schwand im stetigen Dunkel, und schon hatte sie das harsche Wetter oben vollkommen vergessen und freute sich, als man sie endlich eine Folge steiler Gänge und Treppenschächte hinauftrieb.

Als die letzte Stufe sie ins Helle entließ, raubte ihr die plötzliche Kälte den Atem. Sie war dankbar für das Bärenfell und noch dankbarer für Amaryllis' starke Hand, die sie mit sich zog. Sie wußte, daß sie die Reise ohne ihn nicht geschafft hätte. Die Schwachen, die neben den Felsenpfad sanken, blieben zurück, auf daß sie allein in diesen Bergen überleben sollten ... was ihnen kaum gelingen würde. Es fehlte ihr an Kraft, ihnen zu helfen.

Während der Nachmittag verging, drehte der Wind und blies ihnen ins Gesicht, brachte Schnee, und bald sammelten sich flache Wehen zwischen den Felsen, was es nur noch schwerer machte, das geborstene Gelände zu durchqueren. Erschöpft stolperte sie über lose Steine und wurde ärgerlich von einem Soldaten vorangestoßen. Amaryllis zog sie mit sich, und als sie wieder stolperte, hob er sie auf seinen Rücken und trug sie, wie ihr Vater es getan hatte, als sie noch ein kleines Mädchen war. Alle hatten sie gestaunt, nicht nur über seine Kraft und sein Durchhaltevermögen, sondern auch über sein Opfer. Die meisten stießen andere beiseite, um ihr eigenes Überleben zu sichern.

Amaryllis wich nicht von ihrer Seite und knurrte leise und aus tiefer Kehle, wenn jemand zu nah kam. May fragte sich, ob sie nicht tatsächlich ihren Schutzengel gefunden hatte. Bei Nacht, so dankbar sie für seine Gegenwart auch sein mochte, wollte sie ihn doch nicht zu nah an ihrer Seite schlafen lassen. Und wenn sie aus einem Alptraum aufschreckte, wie es so oft geschah, oder aus einem wunderschönen Traum, in dem Master Spar zu ihrer Rettung geritten kam, zwang sie sich dazu, an Amaryllis zu denken, um ihre Ängste oder ihre schmerzliche Sehnsucht nach dem Baronensohn zu lindern.

Ihre Kleider waren starr, und ihre Haut war rot vor Kälte. Mit gesenktem Kopf, von Amaryllis mitgerissen, trottete sie zwischen zwei dicken Schneewänden, die von den höheren Gipfeln herabgerutscht waren und das Tal verstopften. So kam es, daß sie den Eingang zur neuen Mine erst sah, als dieser direkt vor ihr lag.

Der Eingang war in einen riesigen Felsblock gehauen, den man zum Kopf eines Riesen gemeißelt hatte, aus dessen offenem Mund Trollzähne ragten. Eine große, breite Zunge, die sich am Ende in neun kleinere Zungen spaltete, bildete den Boden, als sie das finstere Maul betraten. Kurz vorher blickte Amaryllis ohne zu blinzeln in die Sonne und schien ehrfürchtig zu nicken.

Da war noch etwas, das an ihm seltsam schien. May hatte vorher noch nicht daran gedacht. Ohne zu blinzeln konnte er direkt in die Sonne blicken, und deren Strahlen erhellten sein Gesicht, badeten ihn in prächtigem Gold. Seine Augen glitzerten. Die Wärme schien bei ihm zu bleiben, als sie durch die Arbeitsminen kamen, obwohl es ihm offensichtlich nicht gefiel, unter der Erde zu sein.

»Die Sonne zu verlieren ist schlimmer als der Mangel an Eßbarem«, klagte er.

Es war nicht die Dunkelheit, die May beunruhigte, sondern eher der Gedanke daran, daß dieser vom Wahn befallene Soldat, der in einem Schacht verschwunden war, vielleicht noch nach ihr suchte. Achselzuckend schüttelte sie das Gefühl ab, merkte, daß sie wahrscheinlich nur die Sklaven spürte, die sie abfällig musterten, weil ihr die Prügel und Qualen erspart blieben, die sie zu erleiden hatten. Jene, die um ihrer besonderen Talente willen eingestellt waren, bekamen zudem jeden Morgen eine zusätzliche Essensration zugeteilt.

Man hielt sie am Rand des Minenschachtes, als ihnen eine Kolonne kleiner, zottiger Ponys entgegenschlurfte, die mit Körben voller Schotter beladen waren. Zu beiden Seiten waren lange Flöze herausgehauen und große Tunnel gebaut worden, um die dünne Felsschicht mit den kostbaren Rubinen zu gewinnen, wobei Tausende von Tonnen für die wenigen Unzen an Edelsteinen extrahiert werden mußten. Das Echo von Hacken, die auf den Fels einschlugen, trieb ihnen durch die Schächte entgegen, deren Schlünde den ganzen Gang entlang zu finden waren.

»Sieht so aus, als würden sie alte Schächte öffnen, um die letzten Rubine herauszubekommen. Sie finden keine neuen Flöze mehr«, bemerkte Amaryllis.

Der Zustand der staubigen Minenarbeiter erschütterte May dermaßen, daß sie kaum zuhörte. Die meisten husteten und spuckten, viele bückten sich und hielten ihre Seiten vor Schmerz. Sie fragte sich, ob es Staub oder Krankheit war, was ihnen so zusetzte.

Die männlichen Sklaven standen permanent gebückt, schwer belastet von den großen Körben, die sie trugen. Schlimmer noch, kam sie zu dem Schluß, daß sie noch nicht lange hier unten sein konnten, da sie noch Farbe im Gesicht hatten. Der eine oder andere besonders stämmige Mann war aus Mangel an Sonne fast kränklich weiß, und Amaryllis zuckte bei diesem Anblick zusammen und sagte, er habe gehofft, diese beschwerliche Aufgabe würde nicht lange dauern.

Seltsamerweise war May dieser murrende Amaryllis lieber. Er war nicht so perfekt, sondern menschlicher. Er nahm ihre Hand, als spürte er ihr Gefühl, und spontan wandte sie sich ihm lächelnd zu. Sie fragte sich, was sie ohne ihn angefangen hätte, doch sie sagte statt dessen: »Was sollen wir tun, wenn sie herausfinden, daß du keine Adern von Sonnenradrubinen finden kannst?«

»Mein süßer Silbermond, du zweifelst an mir? Das verletzt mich.«

Sie lachte und war nicht sicher, ob er sie neckte oder nicht. »Amaryllis, niemand kann Erze so einfach finden. Höchstens ein Wahrsager!«

»Hab Vertrauen. Ich bin nicht grundlos deine gute Fee.«

»Du bist ein Elf«, neckte sie ihn grinsend, »was immer Morrigwen auch gelehrt haben mag. Ich glaube trotzdem nicht, daß ein Elf vergrabene Gemmen finden kann.«

»Gewöhnliche Gemmen nicht, nein. Aber Sonnenradrubine kann ich finden«, erwiderte er mit einer Entschiedenheit, die May beinah für echt hielt.

Während sie immer tiefer stiegen, hielten die Höhlen ihre Temperatur, und auch das Tropfen von Wasser blieb gleichmäßig. May fand das Geräusch beruhigend.

»Es ist, als wären wir im Schoß der Großen Mutter und das tropfende Wasser wäre ihr Puls. Hier ist doch bestimmt einer der sichersten Orte für ... für es.«

Traurig sah Amaryllis sie an, schob das gelockte Haar aus ihrer Stirn, um sie anzusehen. Unerwartet fragte er: »Silbermond, wirst du mich jemals lieben? Ich brauche deine Liebe.«

»Was? Ich ... aber ...«

Wenn sie auch etwas für diesen merkwürdigen Mann empfinden mochte, gehörte ihr Herz doch Caspar. Amaryllis war ihr nachgelaufen und hatte sie mehrmals gerettet, Caspar jedoch nicht. Doch das war schließlich auch der Punkt. Wenn Caspar ihr gefolgt wäre, hätte sie ihn nicht vor der schrecklichen, verführerischen Kraft des Druiden-Eis retten können. Wiederum nagte schrecklicher Zweifel an Amaryllis' Absichten in ihrem Hinterkopf. Tief blickte sie in seine seltsamen Augen, doch sie konnte wegen des merkwürdigen Leuchtens nichts darin lesen. Sie sah die Wahrheit in seiner Seele nicht.

»Du mußt mich lieben!« sagte er und packte plötzlich ihre Arme.

May stieß ihn von sich, wußte nicht, was sie sagen sollte. Sie war dankbar, doch Liebe war nicht Dankbarkeit.

Er schien zu merken, daß er zu weit gegangen war, denn langsam zog er seine Hand zurück. Dennoch ... May war zufrieden. Wenn sie Caspar nicht haben konnte, so hatte sie doch wenigstens Amaryllis' Gesellschaft. Anfangs hatte sie geglaubt, der Schmerz, nicht bei Caspar zu sein, sei der größte Schmerz, den sie würde tragen müssen, aber sie hatte sich getäuscht. Der Schmerz der Einsamkeit war noch grausamer.

Man brachte sie zum jüngsten Streb der Mine, wo die Luft dick vor Staub war und die Decken noch weiter herab reichten, daß selbst Amaryllis sich bücken mußte. Das Hämmern der Hacken und das Rumpeln und Scharren herabfallender Brocken war ohrenbetäubend laut. Männer arbeiteten mit Brechstangen, um Flöze aufzustemmen, und hämmerten spitze Eichenpflöcke hinein, um den Stein zu spalten, dann schlugen sie diesen mit Holzhämmern klein. Die Männer hier waren stark, doch sie arbeiteten widerwillig, und ihre nackten Rücken, die vor Schweiß glänzten, waren von Peitschenspuren übersät.

Kleine Männer mit schmalen Meißeln arbeiteten vorsichtig an den freigelegten Flözen, von denen May vermutete, daß sie die kostbaren Sonnenradrubine enthielten. An der Art und Weise, wie die Soldaten mit finsteren Blicken hinter ihnen auf und ab marschierten, wurde deutlich, daß das Flöz demnächst ein Ende hatte.

Als Amaryllis als der neue Thaumaturg angekündigt wurde, brachte man ihm sowohl Freudengeschrei als auch höhnisches Gelächter entgegen.

»Wenn Ihr versagt, wird man Euch mit Hämmern prügeln«, drohte der für den Abbau verantwortliche Wachmann auf Ceolothianisch. »Wir hatten in letzter Zeit drei von Euch sogenannten Zauberern, die uns aufgehalten und unsere Zeit vergeudet haben, weil sie uns blindlings in schwarze Löcher aus bröckelndem Fels geschickt haben. Wir haben viele Männer verloren, aber keine Rubine gefunden. Man wird Euch wohl belohnen, wenn es Euch gelingt, nur versagt, und Ihr seid tot. Nun geht ans Werk.«

Bedrückt sah May Amaryllis an und zischte: »Aber du weißt doch gar nicht, wo sie sind.«

Er rümpfte die Nase. »Hab Vertrauen. Ich weiß genau, wo sie sind. Wir sind nicht mehr als zwölf Fuß von einem reichen Flöz entfernt und wahrscheinlich vierzig Fuß von einem anderen, aber das ist die Richtung, in die ich will. Es ist ein schmales Flöz, aber ich spüre, daß es breiter wird und in der Mitte hohl ist. Daraus schließe ich, daß es eine Höhle geben muß, die von Gemmen gesäumt ist. Wenn wir in ein natürliches System von Höhlen und Tunneln gelangen können, müßte es uns gelingen, uns abzusetzen und einen Weg an die Luft zu finden, sobald wir fertig sind. Erst aber müssen wir sie davon überzeugen, daß sie hier graben müssen, und aus Respekt vor unseren Vorgängern werden wir eine gute Vorstellung abgeben müssen.« Er wandte sich dem Wachmann zu und sprach auf Ceolothianisch. »Eure Gedankenmuster vernebeln die Luft. Ihr müßt Euch zurückziehen, damit ich die Elemente prüfen kann.«

»Noch so ein Irrer«, stöhnte ein Sklave mit traurigem Blick auf seine schwieligen Hände und die blutenden Knöchel.

»Nun konzentriere dich, Silbermond«, sagte Amaryllis laut auf Ceolothianisch, und während er seine Stirn an die ihre drückte, fügte er flüsternd in ihrer Sprache hinzu: »Du mußt eine Trance vortäuschen. Stöhn und roll mit deinen Augen oder was du sonst so kannst. Benimm dich, wie du es von einer Zauberin erwartest.«

»Drei solche kenne ich sehr gut«, erwiderte sie starr, »und die sind sehr nüchtern, was ihr Gewerbe angeht, und stöhnen und ächzen nur sehr selten. Wenn sie wüßten, wo die Gemmen wären, würden sie einfach darauf deuten und dann wahrscheinlich ihre Ärmel aufrollen und mit dem Graben beginnen.«

»Nun, das wissen die meisten Menschen nicht. Sie erwarten ein dramatisches Zurschaustellen einer Weissagung. Tanze, sing, laß deiner Phantasie freien Lauf. Doch was immer du tust, vergeude keinen Gedanken daran, eine Geschichte zu erzählen. Das hatte beim letzten Mal verheerende Folgen.«

Nun, wenn sie dieses bizarre Schauspiel schon aufführen mußte, wollte sie ihre Sache wenigstens gut machen. Mit gekreuzten Beinen saß May am Boden, öffnete ihren Zopf und warf das Haar vorn über ihr Gesicht. Sie wußte keine Zaubersprüche, und so begann sie, die Namen der Pferde zu singen, die sie auf der Burg am meisten liebte.

»Feuerschweif, Wunderwind, Blaublut und Troja.« Sie ging zu den Hunden über. »Flinkfuß und Fangzahn, Zottelohr und Bursche.« Sie seufzte leise, dann ging sie die Namen der besten Legehennen durch. »Wirrkopf und Schwarzauge, Zweizeh und Kratzer. Pummelchen und Langschwanz und Braunfleckchen.« Das war der beste Zauberreim, den sie sich vorstellen konnte.

Sie rollte den Kopf hin und her, so daß ihr Haar über das lose Geröll strich, krallte sich in den staubigen Boden und sang immer lauter. Dann plötzlich sprang sie auf und warf die Hände aus, daß Staub in einer Wolke sie umgab, und ihre Stimme wurde ein schneidendes Kreischen. Sie packte ihre Arme, drehte sich um sich selbst und hüpfte und hockte und rief noch einmal die Namen der Hennen. Sie fing Amaryllis' Blick auf, während auch aus seiner Kehle ein Heulen kam und er über die Höhlenwände strich, keuchend atmete und Mays Schreie wie ein Echo wiederholte. Er grinste sie an und war mit ihren Versuchen, einen Zauberspruch zu sagen, offenbar zufrieden.

May wußte nicht, wie lange sie diesem Schauspiel gewachsen wäre. Amaryllis nickte ihr zu, sie solle weitermachen, doch sie war bereits erschöpft, und ihr gingen die Ideen aus, so daß sie beschloß, das lange Gedicht der spirituellen Eigenschaften der Bäume aufzusagen. Ungläubig sah Amaryllis sie an, als überraschte ihn ihr Wissen. Sie fuhr fort, die medizinischen Eigenschaften der zwölf wichtigsten Kräuter zu rezitieren, doch das hatte auf ihn eine geringere Wirkung.

Schließlich nahm er einen kurzen Haselholzstock aus seiner Tasche und klopfte an den Fels unter seinen Füßen. »Wir graben in steil fallendem Winkel in die Tiefe«, erklärte er auf Ceolothianisch, und seine Stimme polterte und nahm einen dröhnenden Ton an, der den losen Fels erschütterte.

Zufrieden sah May, daß ihre Vorstellung Eindruck bei den Minenarbeitern hinterlassen hatte. Gern hätte sie gelacht, doch sie wußte noch immer nicht, woher Amaryllis wissen wollte, wo die Rubinader zu finden wäre. Argwöhnisch musterte sie die Soldaten mit den großen Knüppeln und fragte sich, was wohl geschehen würde, wenn es ihnen nicht gelänge, auch nur einen einzigen Rubin zu finden.

»Das hier ist weicher Fels«, klagte der Grubenmeister und bohrte an dem braunen Flöz herum, das Amaryllis ihm gezeigt hatte. »Rubine finden sich niemals in weichem Fels.«

»Das mag sein. Sie sind unter dem weichen Fels.«

»Das ist zu gefährlich. Die Wände werden einstürzen, und wir müssen wochenlang abstützen, um nur meterweise voranzukommen.«

Amaryllis wirkte ungerührt. »Nach den Kräften, die mir der große Lord von Agarth verliehen hat und welche mir Einblick in den Unterleib der Welt erlauben, befinden sich die reichsten Flöze dieser Mine unter meinen Füßen. Wir graben hier!« Seine Stimme klang dabei gebieterisch, unerschrocken, und May bestaunte seine Anziehungskraft.

»Ha!« rief eine Stimme zwischen den Sklaven. »Wir wissen nichts über das Können dieses Wahrsagers. Der Herr Grubenmeister sagt, der Fels sei weich. Sicher wird er über uns einbrechen.«

»Ein Sklave spricht. Bringt ihn zum Schweigen«, knurrte der oberste Wächter.

»Wartet! Hört doch! Es ist ein zu großes Risiko für nichts. Testet ihn vorher. Versteckt einen Rubin und seht, ob er ihn finden kann. Das müßte ihm doch leichtfallen.«

»Der Sklave spricht Wahres«, räumte der Offizier ein.

»Ihr behandelt uns weit menschlicher, wenn wir Rubine in unseren Körben haben.«

Langsam breitete sich ein Lächeln auf dem Gesicht des Sklaventreibers aus. »Das ist in der Tat so. Verbindet dem Wahrsager und seiner Gehilfin die Augen. Verbindet beiden die Augen.«

Grob wurde May von kräftigen Händen gepackt, die ihr die Haut abschürften. Ein stinkender Lappen wurde ihr so fest um das Gesicht gebunden, daß ihr fast die Luft wegblieb. Ängstlich und starr stand sie da und lauschte aufmerksam. Sie konnte hören, wie die Männer herumscharrten, und dann, nach einer kurzen Pause, sprach der Sklaventreiber. »Sucht den Rubin.«

»Meine Gehilfin muß singen.« Amaryllis' Stimme klang selbstbewußt und sicher, doch bebte May, als sie ihren Singsang von den Bäumen begann. Sie hoffte, niemand würde allzu genau auf die Worte achten, als sie über die Eigenschaften von Eiche, Esche und Stechpalme sang, dann besonders inbrünstig von Hagedorn, Huathe, dem Maibaum, mit dem sie sich identifizierte.

»Nehmt ihnen die Binden ab«, knurrte der Sklaventreiber. »Wahrsager, such mir den Rubin.«

»Sing lauter«, befahl Amaryllis und drehte sich im wilden Tanz im Raum herum. Als er nah an May vorüberkam, warf er ihr ein warmes Lächeln zu und zwinkerte mit den Augen.

Er trat an den kleinsten Soldaten in der Gruppe. Allgemeines Zischen und Buhen der Versammelten zeigte May sogleich, daß der Sklaventreiber den Rubin dort nicht verborgen hatte. Das Herz schlug ihr bis zum Hals.

Erstaunt sah sie, daß der Soldat, auf den Amaryllis gedeutet hatte, seinen Knüppel zog. Furcht verfinsterte seine Miene, als er Amaryllis anknurrte, er solle zurücktreten.

Amaryllis wandte sich dem Sklaventreiber zu. »Seine oberste, rechte Innentasche«, sagte er mit selbstverliebtem Lächeln.

Der Soldat lief kalkweiß an und wollte davonlaufen, doch hielten ihn zwei andere Soldaten von hinten, die ihm beinahe die Arme auskugelten, bis er um Gnade winselte. Der Sklaventreiber nahm eine Faust voll Haar und riß seinen Kopf zurück, dann schob er seine Faust in die Tasche des Mannes. Mit triumphierendem Knurren holte er eine ungeschliffene Gemme hervor. Es war ein helles, grobkantiges Stück Erz von der Größe einer Haselnuß.

Der Soldat sank auf die Knie und murmelte etwas davon, er habe es irgendwo gefunden und hatte es eigentlich gleich abgeben wollen. Man schleppte ihn fort. Die anderen Soldaten blieben mit ernsten Mienen zurück, und der eine oder andere zuckte im Gesicht. Einen Augenblick hatte May geglaubt, Amaryllis könne den gestohlenen Rubin tatsächlich sehen, doch dann wurde ihr klar, daß er gesehen haben mußte, wie der Soldat den Brocken aufsammelte. Der Sklaventreiber hingegen war beeindruckt und sparte sich die Mühe nachzusehen, ob er die offiziell versteckte Gemme finden würde. Sie staunte angesichts dieser Leichtgläubigkeit, doch vielleicht wollte er so gern an Amaryllis' Künste glauben, daß er leicht zu täuschen war. Jene, die reiche Flöze fanden, wurden gut entlohnt. Unter den Soldaten war das ein stetes Thema.

Sofort begannen sie zu graben, und die Hacken bohrten sich gefährlich nah an Mays Füßen ein, bevor sie noch zurücktreten konnte. Als er das sah, ließ der Sklaventreiber seinen kostbaren Wahrsager und dessen Gehilfin an einen sicheren Ort verbringen und mit einem Wachmann vor der Tür einsperren. »Unser hochgeschätzter Zauberer darf nicht Grobianen in die Hände fallen. Hier unten gibt es ein paar rauhe Burschen«, murmelte der Wachmann. »Ihr seid ein reicher Mann, wenn Ihr ein gutes Flöz gefunden habt ... wie wir alle. Aber natürlich kommt Ihr beide zu den Sklaven, falls Ihr Euch getäuscht habt.«

Während May in ihr Bärenfell eingerollt saß und spürte, daß Amaryllis' Blick auf ihr ruhte, hörte sie zum ersten Mal das Knirschen, Stöhnen und Klopfen, das direkt durch den

Fels zu dringen schien und die Wände der Zelle erbeben ließ.

»Was war das?« sagte sie ängstlich.

»Ach, da verschiebt sich nur die Erde. Wie ein alter Mann, der im Schlaf wühlt, um bequemer zu liegen.«

Sie nickte bei dieser Erklärung und richtete sich für das lange Warten ein, während die Hacken wie gedämpfte Glöckchen klangen, wenn sie den Felsen trafen. In den folgenden Tagen blieb sie meist für sich und beschäftigte sich damit, Stein zu meißeln, um ihren eigenen Runensatz zu schaffen, was ihr zumindest etwas zu tun gab. Sie kannte viele Schriftzeichen, doch keineswegs alle. Warm fühlten sie sich in ihrer Hand an, als hätten sie ein Eigenleben.

»Wird man Rubine finden?« fragte sie am dritten Tag ihrer Kerkerhaft.

»Naturlich wird man das. Würde ich dich derart in Gefahr bringen, indem ich sie in den blanken Fels schicke?«

»Du bist zu gut«, sagte sie kritisch. »Zu gut, um wahr zu sein.«

»Mein liebster Silbermond, in dem Augenblick, als ich dich zum ersten Mal gesehen habe, wußte ich, daß ich für dich allein lebe, daß mein Lebenszweck allein dem Ziel gilt, dich glücklich zu machen.«

»Da! Genau das meine ich! Solche Sachen sagen Männer einfach nicht. Seit vielen Jahren bin ich von Männern umgeben, und natürlich widmen sie mir Aufmerksamkeit, aber niemand ist mir bisher vor die Füße gefallen, sozusagen.«

»Dann müssen sie allesamt blind sein.«

»Es muß Hunderte anderer Frauen geben, unter denen du wählen konntest. Warum ich?« wollte sie wissen. Er war ein wirklich gutaussehender Mann mit einer Stimme, die Stein zum Schmelzen brachte. Seit Tagen war sie still gewesen, doch nun mußte sie mit ihm sprechen, um ihre Angst vor dem Klopfen in den Wänden zu vertreiben.

»Weil du etwas Besonderes bist, May.«

Sie lächelte und winkte ab. »Jeder ist besonders.«

»Ich habe es dir schon einmal gesagt. Du hast mich in der Stunde deiner Not gerufen. Du brauchtest mich. Es liegt viel darin, gebraucht zu werden. Es schafft Sicherheit zwischen uns, und am Ende bringt es Liebe.«

Ein gräßliches Kreischen wurde laut, Luft fegte herein, riß Mays Haar hinter ihren Kopf, dann folgte eine erstikkende Staubwolke. Augenblicklich wußte sie, daß etwas fehlgeschlagen war. Sicher war der Tunnel eingestürzt, wie der Sklave schon befürchtet hatte. Eilig kamen Soldaten herein und zerrten sie aus der Zelle, damit sie sich den Schaden ansahen. »Mehrere Soldaten und der Grubenmeister sind irgendwo in dem Schutt gefangen. Holt ihn raus!« schrien sie auf Ceolothianisch.

Man verlor kein Wort über die Sklaven, aber es mußten viele von ihnen unter dem Geröll begraben liegen.

»Ich kann nicht«, erwiderte Amaryllis langsam und mit fester Stimme.

»Ihr seid ein Zauberer!«

»Ich kann nur Sonnenradrubine sehen. Menschen sehe ich nicht.«

Man gab ihm eine Hacke in die Hand und May einen breiten Sack für das Geröll. Klein wie sie war, arbeitete sie doch hart und entschlossen, alles zu tun, was in ihrer Macht stand, um die Männer zu retten. Als der erste frei war, wußte sie, daß sie mehr ausrichten konnte, wenn sie Wunden heilte, als wenn sie weiter mit dem Geröll kämpfte. Sie griff nach ihrem Beutel, rief nach Wasser, um die Wunden auszuwaschen, und dankte der Großen Mutter, daß sie reichlich Caballischen Ysop und Weidenrinde gesammelt hatte, um den Schmerz zu lindern. Besonders froh war sie über die Honigpaste, mit der sich Gift aus den Wunden ziehen ließ, die dick mit Steinstaub überzogen waren. Immer tiefer wurde sie in das Geröll des eingebrochenen, steil abfallenden Schachtes geschoben. Weiter unten schrien Soldaten vor Schmerz, doch sie bückte sich, um einem Sklaven zu helfen, dessen Fuß zerschmettert war. Roh stieß man sie in einen Spalt zwischen den eingestürzten Felsen.

»Rührt sie nicht an. Wir haben keine Zeit, daß Ihr den Sklaven helfen könntet. Von denen gibt es hier reichlich.« Der Soldat schlug seinen dornenbesetzten Knüppel dem Sklaven ins Gesicht, so daß die Dornen sich tief eingruben und den Schädel spalteten, als hätte er ein Ei mit einem Löffel aufgeschlagen.

May lehnte sich an die bröckelnde Wand, weil sich um sie alles drehte, und kämpfte gegen eine Ohnmacht an.

Peitschen knallten, trieben die verletzten Sklaven in den engen Tunnel, um den Grubenmeister und zwölf Soldaten zu befreien, die tief am Ende des Schachtes begraben lagen. »Holt den Grubenmeister heraus. Wir müssen ihn retten«, schrie ein Sklaventreiber.

Entsetzt betrachtete May die drei Hände und zwei Füße, die aus der Geröllwand vor ihr ragten, und wußte, daß sie für diese Männer nichts mehr würde tun können.

Einer der Soldaten packte Amaryllis und hieb ihm voll in den Magen. »Das war dein Werk, du hast uns in dieses Geröll geschickt.«

Amaryllis beugte sich vor und erstarrte kurz vor Schmerz, zog den Hals ein, zuckte mit den Unterkiefermuskeln, obwohl er stöhnend am Boden hätte liegen und Blut spucken sollen. Der Ceolothianer war doppelt so schwer wie er und hatte seine ganze Kraft in diesen Schlag gelegt, doch Amaryllis blieb auf den Beinen stehen und starrte ihn an. Ein höhnisches Grinsen verzerrte sein Elfengesicht.

May verschloß ihre Ohren vor dem Elend und versuchte, sich darauf zu konzentrieren, daß sie jenen half, denen sie helfen konnte. Sie arbeitete zügig, verband Wunden, trug Salben auf, aber sie wußte, daß sie meist nur den Schmerz mit Mohnsamen vertreiben konnte, die im äußersten Norden von Oriaxia wuchsen.

»Hier drinnen. Weiter unten!« rief jemand, aber es fanden sich nur sehr schmale Spalten, durch die sich May kaum zwängen konnte. Sie schob sich hinein, sah die weiße Haut um die Augen eines Mannes, dessen Gesicht vor verschmiertem Steinstaub ansonsten kaum zu sehen war. Sie blinzelte ihn an und griff nach einer Lampe, um ihn besser sehen zu können.

Sein Bein war vom Steinschlag zerschmettert, doch er hatte es mit Hilfe seiner Hacke freilegen können. Er stöhnte und schrie nicht, doch an der Art und Weise, wie er zitterte, sah sie, daß er fürchterliche Schmerzen hatte. Seine Hände waren kalt, als sie sie berührte. Dunkles Blut sickerte aus seinem Bein in den Steinstaub und bildete einen dunklen Schlamm. Lang schon hatte May ihre Zimperlichkeit abgelegt – stets war Morrigwen fuchsteufelswild geworden, wenn sie beim Anblick einer Wunde erblaßt war –, und ohne Zögern preßte sie fest gegen das zertrümmerte Knie, um den Blutfluß zu hemmen.

Dennoch war das zerstampfte Bein abscheulich, und sie wußte, daß ihr nichts weiter blieb, als die Blutung zu stillen und ihm ein Fläschen mit Oriaxianischem Mohnsaft zu geben, um seinen Schmerz zu lindern. Das Bein würde man amputieren müssen, dessen war sie sicher, wenn es auch jenseits ihrer Macht lag. Er klammerte sich an sie und murmelte Worte des Dankes, und sie hielt seine Hand, wußte nicht, was sie sonst tun sollte, während sie darauf warteten, daß der nächste Teil des Tunnels geräumt wurde.

Hinter ihr gingen wiederholt Peitschenhiebe und Amaryllis' erstickte Schreie durch die staubige Luft, wenn die Soldaten ihn schlugen. Sie biß die Zähne zusammen, rang die Tränen nieder, denn sie wußte, daß sie für ihn nichts tun konnte. »Große Mutter, schone ihn«, murmelte sie, und plötzlich wußte sie tief in ihrem Herzen, daß er ihr schrecklich fehlen würde, wenn er nicht mehr da wäre.

Einer nach dem anderen wurden die verschütteten Soldaten befreit, doch erst, als der Grubenmeister schließlich ausgegraben wurde, ließ das Peitschen nach.

Keuchend rief Amaryllis auf Belbidianisch nach ihr. »Silbermond, komm zurück, bring dich in Sicherheit.«

Schon wollte sie sich abwenden und kriechend umkehren, als sie ein Stöhnen vom Felsen jenseits des blockierten Tunnels hörte. Gleich wich das Geräusch aufgeregtem Kreischen und freudigem Geschrei um den letzten Soldaten, der herausgetragen wurde. Obwohl er verletzt war, sein Ellenbogen aus dem Gelenk gedreht, verzerrte ein dämliches Grinsen sein Gesicht. In seiner gesunden Hand hielt er einen Stein.

»Ich hab was gefunden! Ich sage euch: Der hier ist größer als der Rubin in König Dagonets Krone«, rief er auf Ceolothianisch.

Seinen Worten begegnete man mit plötzlichem Schweigen, dann mit noch mehr aufgeregtem Geschrei. Amaryllis wurde lauthals gepriesen, und aus den wirren Stimmen erfuhr May, daß dieser Fund für die Soldaten die Garantie sein konnte, diesem Höllenpfuhl zu entkommen. Sie spekulierten, wie man sie wohl belohnen würde, hofften offenbar auf Ackerland im Süden Ceolothias, wo das Wetter mild war und die Sonne mindestens vier Monate im Jahr schien. Ihren Worten nach zu urteilen, schien keiner von ihnen zu glauben, daß soviel Sonnenschein möglich wäre.

»Es sind noch immer Männer dort unten«, rief ihnen May im besten Ceolothianisch zu, doch es schien die Soldaten nicht zu kümmern. Sie kroch so weit sie konnte in das Geröll, bis sie einen winzigen Spalt voraus sah und mit den Fingern daran herumbohrte. Deutlich hörte sie klägliches Stöhnen und wußte, daß sie helfen mußte. Ihre Fingernägel brachen, doch sie löste einen großen Stein. Dahinter lag eine Finsternis, in der herabfallende Kieselsteine hallten. Das Stöhnen wurde lauter.

»Hilfe! Hier sind noch mehr Männer!« schrie May, während sie über den nächsten Felsen kletterte. »Hier drinnen! Bringt eure Hacken.« Nun hörte sie gedämpfte Stimmen, die um Gnade bettelten. Angespornt von ihrem Flehen, kämpfte sie noch härter und schaffte es, das Loch etwas zu vergrößern, aber sie konnte nicht sehen, was im Pechschwarz der Leere dahinter sein mochte. Sie nahm die Laterne, die der letzte Mann zu seinen Füßen zurückgelassen hatte, und schob ihren Arm in die Höhlung. Dennoch konnte sie nichts sehen und schob ihre Schultern etwas weiter hinein. Kurz sah sie ein Bein oder einen Arm unter dem Schutt, und ein leuchtend gelber Blitz kam von einem Flöz im rubinbesetzten Stein zurück.

Die Helligkeit ließ sie nach all dem Dunkel aufstöhnen. Es war, als blickte man in die Sonne. Eine Sekunde glaubte sie, überall Augen um sich zu sehen, rote Augen, die aus dem Stein starrten. Dann nahm etwas sie beim Arm und zog sie schreiend durch die kleine Öffnung, zerrte sie über den Stein. Augenblicklich wußte sie, daß diese Hände nicht menschlich waren. Die Finger waren zu lang und kalt.

Kämpfend sah sie lange, dünne Glieder und nackte Reptilienfüße im wankenden Laternenschein.

Eine faulig stinkende Hand legte sich auf ihren Mund, erstickte ihren Schrei. Ein Klappern und Knirschen von Knochen unter ihren Füßen wurde laut.

Sie wurde in den Tunnel hinabgezogen, wobei ihr Häscher vor irrem Gelächter kreischte, stolperte und sich einen Weg durchs Dunkel bahnte, bis das winzige Licht der Laterne weit hinter ihnen zurückblieb.

KAPITEL 7

Hal stöhnte. Jetzt wußte er, warum die Wölfe und Reiter sich getrennt hatten. Im nachhinein war es ganz offensichtlich. Da er in einem Korbkäfig von den Ästen einer Weide baumelte, hatte er ausreichend Zeit gehabt, die Lage zu überdenken. Pip trat wütend an seinem Käfig herum, während Ceowulf gegen die Gitterstäbe des seinigen gelehnt saß und nachdenklich auf einem kurzen Schilfrohr kaute.

Hal störte sich an der Haltung des Ritters, doch mehr noch an Pips beständigem »Du hättest auf mich hören sollen«. Eben sagte er: »Du meinst, du bist so überlegen, und jetzt sieh dir an, wohin es dich gebracht hat.«

»Hat dir noch niemand Benehmen eingeprügelt, Kleiner?« fragte Ceowulf freundlich. »Du hast nur gesagt, daß sich da etwas durch die Bäume schwingt, was nicht ganz dasselbe ist wie: ›Lauft, da ist eine Bande von Männern, die so unzivilisiert ist, daß keiner ein Wort Belbidianisch spricht, und die wollen uns in Weidenkörbe stecken‹, oder?«

Hal knurrte den Jungen mit knirschenden Zähnen an, dann wandte er sich finsteren Blickes den kleinen Sumpfmännern auf ihren langen Stangen zu, die sich zwischen Flößen aus schwimmender Vegetation und erhabenen Schlammhügeln bewegten, ohne auch nur einmal nasse Füße zu bekommen. Ihre Bewegungen waren schnell und ungewohnt, doch waren sie keine Waldkobolde, wie er anfangs befürchtet hatte. Dünn und klein von Statur, trugen sie allesamt lange, zottige Bärte und breitkrempige Hüte so tief ins Gesicht gezogen, daß sie kaum zu sehen waren. Am ärgerlichsten aber war, daß sie offenbar kein Belbidianisch sprachen, und Hal sah sich gezwungen, das bißchen Ceolothianisch hervorzukramen, dessen er mächtig war. Ceowulf hingegen hatte bewiesen, daß er der Sprache sehr wohl mächtig war, doch hatte auch er bisher ihre Freilassung noch nicht aushandeln können.

»Laßt uns raus!« brüllte Hal in seinem besten Ceolothianisch.

»Belbidianischer Eindringling«, gab einer in seiner Muttersprache zurück und deutete mit einem knochigen Finger auf Hal, »was wolltet ihr mit dieser Invasion?« Sein Stab war fest in den Sumpf gebohrt, und scheinbar mühelos hing er an dessen Spitze. Schließlich sah Hal, daß es an jedem Stab eine kleine Leiste gab, die ihren Füßen Halt gab, dennoch staunte er über ihren Gleichgewichtssinn.

»Wir wollen euch weder etwas zuleide tun noch unbefugt euer Land betreten«, versicherte Ceowulf lauthals über Hals Forderungen hinweg.

»Ich lasse mir den Mund nicht verbieten«, rief Hal. »Es ist empörend. Laßt uns sofort raus und sagt uns, was ihr mit den Frauen angestellt habt!«

Mit viel Kopfschütteln besprachen sich die Männer aus dem Sumpf, und erleichtert sah Hal, daß sie weder Brid noch Abelard gefangen hatten. Nichtsdestoweniger waren sie offenbar erbost darüber, daß zwei aus ihren Reihen durch Pfeile verletzt worden waren.

»Wolltet nicht unbefugt unser Land betreten!« zischten sie. »Und doch bestürmt ihr uns mit Pfeilen.«

»Aus Notwehr!« meinte Hal. »Ihr habt zuerst angegriffen, uns im Wasser mit Netzen gefangen und dann in diese Käfige geschleppt.«

Ein Kuckuck flog über sie hinweg, suchte zweifellos das Nest eines Rohrsängers, in das er seinen Sprößling legen wollte. Der Mann des Sumpfes folgte schweigend dem Flug, dann schimpfte er: »Ihr seid in den Sumpf des Königs eingedrungen.«

»Was kümmert sich König Dagonet um Sümpfe, die so fern von Castabrice liegen?« fragte Hal. Ein Sumpf war nicht viel wert, doch war er sogar noch sicherer, daß Dagonet keinen fanatischen Haufen von Männern mit großen Hüten halten würde, wenn es die Sache nicht wert wäre.

»Was es König Dagonet kümmert? Habt ihr denn nie von den Sumpffischen mit ihrem kostbaren Rogen gehört? Am ganzen Caballischen Meer gibt es nichts Vergleichbares. Und dann sind da die Kuckuckseier.« Alle Männer nickten einander an, stolz auf ihre Reichtümer. »Obwohl er uns vertraut, daß wir den Rogen liefern, schickt er doch jeden Frühling jemanden, der die Kuckuckseier holt.«

Hal legte seine Stirn in Falten und kam zu dem Schluß, daß diese Männer ziemlich irre waren. Kuckuckseier! Niemals würde König Dagonet gutes Geld für Kuckuckseier zahlen. Und wenn Renaud den Hinterhalt sorgfältig geplant hatte, hätte er doch die Prinzessin niemals durch eine Gegend geführt, in der König Dagonets Männer hausten. Und ganz sicher wußte er, was vor ihm lag, denn er hatte die Wölfe in eine andere Richtung geschickt, um den Sümpfen zu entgehen, die sie nicht so leicht wie die Pferde durchquert hätten, und statt dessen hatten sie einen Umweg in Kauf genommen. Er konnte sich das Problem nicht erklären. Tatsächlich konnte er vor Sorge um Brid kaum denken.

Die Männer ließen sie hilflos in ihren Weidenkäfigen hängen, während sie stakend im nebligen Dunst verschwanden.

»Kuckuckseier!« rief Hal angewidert aus. Seine Messer und sein Schwert und sein Pferd waren fort, aber was noch schlimmer war: Er hatte Brid verloren. »Kuckuckseier«, wiederholte er, und in seinem Zorn begann er, mit seinem Käfig hin und her zu schwingen, und machte sich in Abwesenheit der Sumpfmänner an dem rauhen Seil zu schaffen, das die Tür zu seinem Käfig hielt. Auch Pip begann, mit seinem Käfig zu schaukeln.

Ceowulf schüttelte den Kopf. »Ihr werdet davon nur seekrank werden.«

Über ihnen kicherte jemand, zweifelsohne eine Mädchenstimme. Hal sah auf und stöhnte. Er dachte, die Sumpfmänner hätten sie allein zurückgelassen, doch es schien, als würden sie von Frauen bewacht. Welch eine Schmach! Wie ihre Männer trugen auch sie breitkrempige Hüte, die aus Schilf geflochten waren und ihre hellen Augen verdeckten.

Die eine, die direkt über Hal saß, grinste. Sie trug eine prächtige Halskette, deren ovale Perlen in allen Farben zwischen Weiß und Blau schimmerten. Sämtliche Frauen klimperten damit, und weitere Bänder mit glitzernden Perlen hingen von den Weidenästen. Eine andere, die wie die Männer gekleidet war, mit Kniebundhosen, langen Strümpfen und leichten Holzschuhen, glitt an dem Seil herab, das Ceowulfs Käfig hielt, und stieß ihn provozierend mit einem Stock. Einige der anderen Mädchen kicherten aufgeregt.

Nun, wenn das ihr Schicksal sein sollte, konnte sich Hal schlimmere Qualen vorstellen. Pip sah mit seinen leuchtenden Augen erwartungsvoll aus, während Ceowulf etwas verlegen hustete und Hal zuzwinkerte. »Ich könnte mir eine mißlichere Lage vorstellen. Cybillia ist schon lange sehr schwanger. Ewig, wie es scheint.«

Hal war nicht zum Scherzen zumute. Er sorgte sich um Brid, und doch hatte er das beunruhigende und störende Gefühl, daß sie ihn beobachtete ... und das zweifellos kritisch. Er blickte in die Äste auf, wo große Plattformen wie riesige Krähennester in den Wipfeln schwankten. Sie waren von Korbdomen überdacht und stellten offenbar die Unterkünfte der Sumpfmenschen dar. Die Frauen arbeiteten eifrig mit Weidenwedeln, webten allerlei Gegenstände wie Körbe, Hüte, Flöße und Gerüste für ihre Plattformen.

Er wunderte sich, daß ihnen die Plattformen nicht gleich aufgefallen waren, als sie in den Sumpf kamen, doch er stimmte mit Ceowulf darin überein, daß sie wohl so sehr damit beschäftigt gewesen waren, einen sicheren Weg durch das flache Wasser zu finden, daß niemand von ihnen auch nur einmal aufgeblickt hatte.

Pip stand auf, hielt sich oben an seinem Käfig fest und sah zu den Mädchen hinüber. »Wasser könnt ihr uns nicht verwehren«, sagte er in barschem Ceolothianisch.

Angenehm überrascht warf er dem Jungen einen Seitenblick zu. Also hatte er während des Unterrichts doch sehr viel besser aufgepaßt, als man ihm zutraute. Branwolf hatte auf der besten Ausbildung für den aufmüpfigen Knaben bestanden, nachdem er Pips Mutter das Versprechen hatte geben müssen, daß er sich um ihre Kinder kümmern würde.

»Wir dürfen euch erst etwas geben, wenn die Männer wieder da sind«, sagte die älteste der Frauen scharf. »Sie werden den ganzen Morgen zum Eiersuchen fort sein, und ihr werdet nichts bekommen, bis sie wiederkommen.«

Der Tag nahm seinen Lauf, und Hal wurde zunehmend mutloser. »Hör auf zu singen«, knurrte er Ceowulf an, als der das nächste Lied anstimmte. Er hatte eine hübsche, wohlklingende Stimme, doch das konnte Hal nicht beruhigen.

Plötzlich erstarrte er bei einem tiefen, hohlen Bellen, einem seltsamen Geräusch dort in der Tiefe der Sümpfe.

»Ein Hirsch«, mutmaßte Ceowulf, und seine Stimme erhob sich über das ängstliche Kreischen der Frauen. Als Hal wieder aufblickte, saßen zwei Gestalten mit gekreuzten Beinen bequem in der Beuge eines der höheren Äste oberhalb der Frauen. Hal hätte sich denken können, daß allein Brid so schnell klettern konnte, doch er fragte sich, wer die alte Frau sein mochte und was mit Abelard geschehen war.

»Ich will euch Körbe zeigen, wie ihr sie in euren kühnsten Träumen nicht gesehen habt«, stammelte die Frau; sie sprach mit den Weibern der Sümpfe.

Obwohl sie Ceolothianisch sprach, hatte Hal in ihr sogleich die Frau erkannt, die den Kobolden geholfen hatte, kurz bevor Prinzessin Cymbeline überfallen worden war. Er konnte kaum glauben, daß eine solch abgerissen wirkende Frau mehr als nur eine Sprache beherrschen sollte. Vorher hatte er sie für eine Belbidianerin gehalten, doch nun sprach sie Ceolothianisch ebenso gut wie die Frauen der Sümpfe. Sie nahm einem der Mädchen einen Korb aus der Hand und knüpfte derart schnell und so geschickt, daß sie Minuten später die Form eines fliegenden Vogels geflochten hatte.

»Ihr müßt der alten Weide sagen, was ihr von ihr wollt, und sie wird sich euch liebend gern fügen. Sie ist ein weichherziger Baum, besonders Frauen gegenüber, und wenn ihr im Licht des Mondes flechtet, werden eure Körbe Zauberkraft besitzen«, sagte sie mit knarrender Stimme.

Brid schwang sich von den oberen Ästen herab. »Mit solcher Kunst gewappnet seid ihr nicht mehr vom Geld des Königs einmal jährlich abhängig. Es ist eine lange, magere Zeit zwischen den Zahlungen, wie ich vermute.«

Hals Augenbrauen schoben sich in die Höhe. Brid beherrschte das Ceolothianische besser als er.

»Wir bekommen Geld für diese drei Männer«, erwiderte eine der Sumpffrauen. »Der König sagte, wir sollten besonders auf solche achten, die unbefugt durch die Sümpfe ziehen. Wir sollen jeden festhalten, der hierherkommt. Das ist eine wichtige Aufgabe.«

»Der König kann Körbe nicht so gut flechten wie ich«, sagte die alte Frau, die selbst ein wenig wie ein Weidenbaum aussah.

Hal fragte sich, was das mit irgendwas zu tun haben sollte, doch er mußte zugeben, daß die Frauen der Sümpfe von dieser Mitteilung beeindruckt zu sein schienen.

»In der Tat knüpft Ihr feine Körbe, aber Ihr könnt nicht wie unsere Männer Kuckuckseier finden«, gab man der alten Frau zurück.

Die Alte lachte, wie ein Ast im Wind knarrte. »Ihr wollt mich auf die Probe stellen? Ich sage euch: Die größten Kuckuckseier, die ihr jemals sehen werdet, liegen am Fuße dieser Weide.« Sie klopfte an die zerfurchte, grünliche Rinde des Baumes.

Die Frauen der Sümpfe gackerten. »Hundertmal schon haben wir die Wurzeln durchsucht, aber das Wasser ist zu schlammig, so daß wir sie, selbst wenn welche da wären, nie finden würden.«

»Der junge Mann im Käfig wird sie finden«, erklärte die alte Frau mit Zuversicht und deutete mit einem krummen Finger auf Hal.

Eine der Frauen legte ihr Flechtwerk beiseite und schimpfte: »Das ist nur ein Trick, weil wir ihn freilassen sollen.«

»Und wäre das so schlimm?« sagte Brid mit freundlicher Stimme. »Schließlich könntet ihr ihn in den Sümpfen immer wieder einfangen. Er hat weder Stab noch Stelzen. Wenn ihr jedoch tut, was ich euch sage, wird er das Kuckucksei finden. Das Feinste, das ihr je gesehen habt, liegt dort unten. Ich werde es beweisen.«

Sie schnippte mit den Fingern, und genau in diesem Augenblick pfiff ein Pfeil von hinten zwischen den Baumstämmen hervor, die dort aus dem Sumpf ragten, und schlug in den Knoten des Seiles, das Hals Käfig hielt. Er rüttelte an der Korbtür, und sie schwang nach außen auf. Eine Sekunde später flog der nächste surrende Pfeil durch die Luft, und bevor Hal noch wußte, wie ihm geschah, war das Seil, das seinen Käfig trug, durchtrennt, und er tauchte in das trübe Wasser unter ihm.

Dunkel war es unter Wasser, und in Panik kämpfte er darum, die offene Tür zu finden. Mit angehaltenem Atem schien es eine Ewigkeit zu dauern, bis er sie fand und sich befreien konnte. Sein erstes Ziel war es, direkt an die Wasseroberfläche zu schwimmen, aber etwas hielt ihn am Fuß. Es fühlte sich deutlich wie eine Hand an. Er zappelte, um sich zu befreien, doch legten sich Ranken von Unkraut um ihn und rissen ihn härter zurück, als er schwimmen konnte.

Der Kampf wühlte weiter Schlamm auf. Dann sah er es in der trüben Brühe, wo es in einer knorrigen Wurzel lag, die tatsächlich wie eine Hand aussah, die nach ihm griff. Unwillkürlich griff er nach dem schimmernden Ding. Er packte es, stieß dabei an die Wurzel, die sich seltsam warm anfühlte.

Augenblicklich waren seine Beine frei, und wild strampelte er aufwärts, schnappte nach Luft, als er oben ankam. Er schwamm zu dem Baum hinüber und hielt sich daran fest. Eilig wurde ein Seil herabgelassen, und als er danach griff, hörte er, daß die Sumpfmännchen ins Lager gelaufen kamen, um nachzusehen, was es mit dem Geschrei auf sich hatte.

Keuchend und spuckend hielt Hal ein silberfarbenes Ei in Händen, das, nach seinem Gewicht zu urteilen, kein Ei, sondern ein kostbarer Stein war.

»Seht, seht!« riefen die Männer derart aufgeregt, daß sie offensichtlich vergaßen, sich um Hals Flucht zu sorgen. »So was hat man noch nie gesehen! Seht euch die Größe und die Farbe an! Welch ein Schatz!«

Eilig wurden Pips und Ceowulfs Käfige auf die oberen Plattformen herabgelassen, und man befreite sie ohne die Unbequemlichkeit, die Hal erlitten hatte.

»Du hättest darauf dringen können, daß Abelard einen der anderen in die Brühe fallen läßt«, schalt er Brid, aber es war ihm nicht wirklich ernst damit.

»Ceowulf wäre untergegangen, und Pip hätte sich aus dem Käfig nicht befreien können. Du mußtest es sein«, sagte Brid, ohne sich zu entschuldigen. »Du hättest es nicht wirklich anders haben wollen.«

Plappernd vor Aufregung saß das ganze Sumpfvolk im Schneidersitz auf der größten Plattform, die offenbar der Treffpunkt war. »Sie haben uns gesagt, wir sollten die Sümpfe bewachen. Sie haben gesagt, daß schreckliche Männer kommen würden, nur haben sie weder etwas von diesen feinen Leuten gesagt noch davon, daß der alte Herr des Waldes höchstpersönlich bei ihnen sein würde«, sagte einer aufgebracht und deutete mit dem spitzen Finger auf ein platschendes Geräusch, das darauf hinwies, daß ihnen jemand durch den Sumpf entgegenkam.

Alle sahen dorthin. Ein Mann, dem das Wasser bis zur Brust stand, watete durch den Tümpel unter ihnen. Kraftvoll und mit Leichtigkeit kletterte er den breiten Weidenbaum hinauf, welcher die Plattform trug, und Wasser rann von seinem langgliedrigen Leib. Etwas an seiner Art verlieh ihm Adel und Macht, doch sein Kleid kündete davon, daß er nicht mehr als ein gewöhnlicher Waldmann war. Ein unbesaiteter Bogen steckte in einem Lederriemen, der um seinen

Rücken lag. Zweifelsohne steckte die Sehne in seinem Beutel, damit sie im Wasser nicht verdarb.

Er lächelte die alte Frau an. »Mutter, du hast wohlgetan.« Ehrerbietig verneigte er sich vor Brid.

Wortlos nickte Hal dem Mann zu. Das also mußte der Bogenschütze sein, der ihn abgeschossen hatte. Wenigstens würde er Abelard nicht dafür danken müssen, daß er ihn gerettet hatte ... falls Abelard jemals von dort zurückkam, wohin er geflohen war. Ein echter Held!

Auf Geheiß der seltsamen alten Frau und des hochgewachsenen Bogenschützen wurden von den Sumpfmenschen eilig Speisen aufgefahren. Die gebratene Ente konnte Hals Gedanken nicht von diesem großen Burschen ablenken, den er so merkwürdig fand. Gekleidet wie ein Waldmensch war er, ungekämmt, Bart und Haar zottig und voller Kletten. Er hatte eine seltsam tiefe Stimme und bewegte sich allzu anmutig. Und dann war da dieser Geruch. Der Mann roch sehr nach Tier, an sich kein unangenehmer Duft, ein wenig wie ein Pferd, nur seltsam, wenn er von einem Menschen kam.

Brid wirkte keineswegs überrascht.

»Harle!« begrüßte sie ihn freundlich.

Anmutig verneigte sich der große Bogenschütze. »Ich war Euch verpflichtet, und es tat gut, Euch den Dienst so bald zu vergelten. In allen Wäldern am Caballischen Meer gibt es Schwierigkeiten, und ich war beschäftigt.« Er sprach mit ihr Belbidianisch.

»Ich verstehe kein Wort von alledem«, brüllte Pip auf Ceolothianisch die Männer an, die ihn eingesperrt hatten, nachdem er dem großen Schützen nur einen kurzen Blick gewidmet hatte. »Was soll das ganze Gerede von Kuckuckseiern? Das ist doch gar kein Ei.« Er deutete auf den ovalen Stein, der sich inzwischen in Händen eines der

Sumpfmänner befand. Der war nicht mehr der Jüngste, das Haar ergraut, sein bärtiges Gesicht faltig, doch seine Arme waren muskulös wie die eines jüngeren Mannes.

»Ist es doch«, antwortete er lachend und stieß einen Kukkucksruf aus. »Naja, nein, natürlich ist es kein echtes Kukkucksei. Wir nennen sie nur Kuckuckseier, weil niemand weiß, wie sie in das Wurzelnest am Fuß der Weiden gekommen sind. Wir wissen ebensowenig, woher sie kommen, wie es den Rohrsängern mit den Kuckuckseiern in ihren Nestern geht.«

Die alte Frau lachte, als wären sie kleine Kinder, die an Elfen glaubten, die heimlich des Nachts wirkten. »Ihr wißt nicht, woher sie kommen?«

Hal sah Brid an, die mit den Schultern zuckte und diesmal scheinbar ratlos war.

»Und woher kommen sie?« fragte sie.

Die alte Frau kicherte. »Nun, es steht mir nicht an, die Geheimnisse des alten Weidenweibes preiszugeben, oder? Es überrascht mich, Brid, daß du es nicht weißt, wenn ich bedenke, daß die Weide Nacht für Nacht unter dem Mond steht und das mondbeschienene Wasser trinkt.«

Brid nahm das Kuckucksei, strich mit ihren Fingerspitzen über das wundersame, silbrig-blaue Schillern. »Ein merkwürdiger Name für so ein hübsches Juwel.«

»Und ein kostbares dazu. Vielleicht kostbar genug, daß wir eines Tages unser Land wieder vom König zurückkaufen können«, erklärte der alte Mann aus den Sümpfen, schloß seine Hand um den Stein und sah hinab, weil er jemanden kommen hörte.

»Das möchte ich bezweifeln.« Der große Fremde, den Brid als Harle angesprochen hatte, begrüßte Abelard, der nun den Baum erklomm und auf die Plattform stieg. Anerkennend klopfte Harle ihm auf die Schulter. »Welch ein

Schuß, guter Mann. Ich bezweifle, daß ich es selbst auf die halbe Distanz geschafft hätte.«

Innerlich stöhnte Hal auf. Er würde Abelard wohl doch danken müssen.

»Bald schon werden wir neue Balladen über dich schreiben«, lachte Ceowulf gutgelaunt und stimmte in den Chor des Lobes für Abelard mit ein. »Hal, würdest du nicht sagen, daß es ein grandioser Schuß war?«

Hal zwang ein Lächeln auf seine schmalen Lippen und nickte Abelard zu, der das Nicken erwiderte. Hal mochte ihn nicht, mochte den stählernen, reservierten Blick in seinen Augen nicht, mochte seine Hingabe an Brid nicht. Instinktiv hielt er seine Verlobte bei der Hand und zog sie fest an seine Seite.

Der muffig riechende Harle entschuldigte sich, er müsse sie kurz verlassen. Bald hörten sie ihn pfeifen, als riefe er einen Hund. Dann vernahm man das Platschen von Hufen, und Hal staunte, als ihre Pferde fügsam brusttief durch den Morast stampften und diesem merkwürdigen Mann folgten. Zufrieden sah Hal, daß Wunderwind nach wie vor sein Schwert am Rücken trug, und kurz danach warf Harle es ihm hinauf.

Hal fing es mit der linken Hand und zog die Klinge aus der feuchten Scheide. Liebevoll strich er über das schimmernde Metall, während er den alten Mann ansah, der das Kuckucksei in den Händen hielt. »Wer genau hat Euch angewiesen, uns festzuhalten?«

»Man hat uns Nachricht vom König gegeben, wir sollten niemanden durch die Sümpfe lassen«, stammelte der Mann und zupfte an den Enden seines Bartes, der zu fünf Zöpfen geflochten war.

»Wer hat Euch Nachricht gegeben?«

Der Mann betrachtete Hals Schwert, als sei es eine

Schlange. »Nun, die Männer, die hier zu Beginn des letzten Mondes durchgeritten sind. Natürlich sollten wir es niemandem erzählen, und nun erzählen wir es Euch doch.«

»Sie werden es Euch vergeben«, sagte Hal leichthin. »Ihr habt keine Wahl.«

Die Sumpfmenschen sahen ängstlich aus.

»Wir sind nur Leibeigene«, sagte der Mann mit dem Kukkucksei wie zur Entschuldigung.

Brid nahm seine Hand und streichelte sie. »Hört mich an, guter Mann.«

»Robin«, sagte er. »Robin Langstock.«

»Robin, es waren böse Männer, die hier vor uns durchgekommen sind. Sie haben König Dagonets Tochter entführt. Wenn Ihr uns helft, sie zu retten, wird Euch der König wohlgesonnen sein. Wißt Ihr, wohin man sie gebracht hat?«

»Natürlich wissen wir das. Wir wissen alles, was in den Sümpfen vor sich geht«, erklärte Robin ärgerlich. »Aber sie haben gesagt, der König würde uns jagen und ausweiden lassen, wenn wir es jemandem sagen.« Hilflos zuckte er mit den Schultern.

»Woher wißt Ihr, daß sie im Namen des Königs gesprochen haben?« fragte Abelard.

»Weil uns die junge Dame und der große Mann das Siegel des Königs gezeigt haben.«

»Seltsam«, sagte Abelard. »Man sollte meinen, daß aufgeweckte Edelleute nicht so hilfsbereit wären. Wenn Prinzessin Cymbeline und Prinz Tudwal ihre Siegel weggeworfen hätten, wäre es Renaud sehr viel schwerer gefallen, alle Welt zu täuschen.«

»Und noch seltsamer, daß Prinz Tudwal den Baum mit seinem eigenen Emblem markiert«, bemerkte Hal.

Die Torra Altaner sanken in nachdenkliches Schweigen, das von einem heftigen Hustenanfall der weißhaarigen Alten unterbrochen wurde. Ceowulf musterte sie neugierig. »Wer seid Ihr?« fragte er.

»Ich bin Harles Mutter«, erklärte sie.

»Aber Ihr seid so sehr wie ... nun, wie diese alte Weide. Ich war überall am Caballischen Meer und habe allerlei merkwürdige Leute getroffen, aber ich bin noch nie jemandem begegnet, der das Wesen eines Baumes um sich verbreitet hätte.«

»Nein?« Überrascht schob die Frau ihre langen, dichten Augenbrauen in die Höhe. »Nein, das seid Ihr wohl nicht. Aber andererseits lebt Ihr noch nicht lang genug und seid auch noch nicht weit genug gereist. Es gibt nur wenige von uns. Wir sind langlebige Menschen, und wie unsere Entsprechungen in der Anderwelt, wenn deren Aufgabe auch das Herrschen sein mag, unsere dagegen das Dienen, besitzen wir bestimmte Kräfte.« Sie wandte sich den Sumpfbewohnern zu. »Wir haben einen Handel ausgemacht, wenn diese feinen Leute hier euch das größte und kostbarste Kuckucksei beschaffen sollten, würdet ihr sie freilassen. Kommt, ihr müßt euer Versprechen einlösen.«

»Ja, aber wir haben nichts davon gesagt, daß wir ihnen helfen würden«, warf eine Frau der Sümpfe ein, während sie an ihrer Halskette herumtastete. »Wir könnten dafür alle an den Galgen kommen.«

»Dann müßt ihr mit uns nach Belbidia kommen und euch aus den Sümpfen befreien«, meinte Hal. »Befreit euch aus eurer Knechtschaft.«

»Aber wir können die Sümpfe und unsere großen Weiden nicht verlassen!« erwiderte sie. »In allen Ländern um das Caballische Meer gibt es keine, die so alt und schön wären. Habe ich nicht recht?«

Harles Mutter nickte.

Sie debattierten bis weit in den Abend hinein, wie sie

den Belbidianern helfen konnten, während Hal und Pip dafür sorgten, daß die Pferde auf einer der schlammigen Sandbänke zwischen Hürden standen und Korn und frisches Heu bekamen. Als sie wieder zu den anderen kamen, waren die Sumpfleute nach wie vor zu keiner Einigung gekommen, obwohl Ceowulf, der in diesen Dingen am allerbesten war, Einzelheiten zu dem Hinterhalt berichtete, und daß sie zur Eskorte gehört hatten. Auch von den Wölfen sprach er.

Die Sumpfmenschen zuckten mit den Schultern, als interessierte es sie herzlich wenig. »Wir hatten bisher noch nie Probleme mit Wölfen. Die können uns hier nicht kriegen. Es ist zu tief für Wölfe.«

Da sie zu keinem abschließenden Entschluß kommen konnten, einigte man sich auf eines: daß es Zeit wäre, zu Bett zu gehen. Ceowulf und die Torra Altaner wurden über eine Reihe von Seilbrücken geführt, welche die Äste zu einer Reihe leerer Plattformen überspannten, von denen jede einen domförmigen, korbgeflochtenen Bau trug. Ceowulf wurde kalkweiß, als er vorsichtig über die schwankende Brücke schlurfte, während der Rest, der an schwindelnde Höhen gewöhnt war, kaum hinsah, wo man die Füße hinsetzte, während sie hinüberliefen. Als sie die erste Plattform erreichten, zog eine der Frauen eine hängende Matte aus geflochtenem Schilf beiseite, die den Eingang zu einem der Korbdome schützte. »Würden zwei von euch lieben Leuten gern hier ruhen?« sagte sie einladend. »Es ist groß genug für zwei.«

Hal kroch hinein und hoffte, Brid würde ihm folgen, aber natürlich tat sie es nicht.

»Wir haben Euch eine komfortablere Unterkunft bereitet, schöne Dame, nur drei Bäume weiter«, sagte die Frau aus den Sümpfen zu Brid.

»Das ist sehr freundlich«, sagte Brid würdevoll.

Freudig meinte Hal, eine leise Enttäuschung in ihrer Stimme zu entdecken. Es war Ceowulf, der hinter ihm hereinkroch, um mit ihm das Lager aus Schilf und Decken zu teilen, während Abelard und Pip in den Nachbarkorb krochen. Anfangs mochte es zwar etwas beengt sein, doch die Korbhütten waren sehr gemütlich. Dennoch verbrachten die Männer die Nacht in einer seltsamen Hölle.

Es schien, als lebten die Sumpffrauen nach einem gänzlich anderen Kodex als alle anderen Gesellschaften am Caballischen Meer und wären übereifrig darauf bedacht, nähere Bekanntschaft mit den Fremden zu machen.

Kurz nachdem sich Hal zurückgezogen hatte, kroch ein Mädchen mit wirklich süßem Gesicht und hellem Maushaar, das sie zurückgekämmt und mit einer Reihe feiner Zöpfe geschmückt hatte, in ihr Schlafquartier. Ihre Freundin, die jünger und von vollerer Figur war, folgte ihr. Hal krampfte sich der Magen zusammen.

»Große Mutter, gib mir Kraft«, stöhnte er und fragte sich, wie er mit dieser merkwürdigen Situation fertig werden sollte.

Ceowulf hustete verlegen. »Meine lieben Damen, natürlich können wir euch hier Raum zum Schlafen lassen, aber wäre es nicht bequemer, wenn ihr in euren eigenen Quartieren schlafen würdet?«

Keines der beiden Mädchen sagte etwas, doch nach der Art und Weise zu urteilen, wie sie sich an den Ritter schmiegten, wurde deutlich, daß sie es sich an seiner Seite absolut perfekt bequem zu machen gedachten. Diese Sache würde mehr als peinlich werden, korrigierte Hal seine ursprüngliche Einschätzung ihrer Lage.

Trotz aller Proteste der Männer hatten sich die Mädchen in der Hütte hübsch eingerichtet, und das ältere, schlankere der beiden erklärte mit leiser, heiserer Stimme: »Wir sind eine kleine, engverwandte Gemeinde. Oft genug heiraten wir Vettern, aber ihr müßt wissen, es ist gesünder, frisches Blut zu sammeln, wenn es sich bietet.«

»Es scheint, als würden wir ihnen einen Dienst erweisen«, stöhnte Hal auf. Brid konnte nicht weit sein, doch sein Drang wuchs, und er wußte nicht, wie lange er ihn noch würde niederringen können. Es war wirklich ungerecht. Wieso stellte sie ihn derart auf die Probe? Er betete nur, daß Ceowulf nicht schwach werden würde, weil er wußte, daß das sicher zuviel für ihn wäre.

Einige Proteste von der Nachbarplattform wurden laut. »Hier, dieser Knabe ist zu jung. Du solltest ihn nicht ausnutzen«, rief eine Frau. »Er wird noch Schaden nehmen.«

Dann hörte man Pips beleidigte Stimme. »Wer sagt, daß ich zu jung bin? Das kann man nur hinterher beurteilen, nicht vorher.«

Das folgende Kichern und Seufzen war schwerlich zu überhören. Hal stöhnte elendiglich. Doch was sollte er tun? Er wußte, das naheliegendste wäre es, diesen jungen Mädchen zu sagen, daß sie gehen sollten, doch es schien ihm angesichts ihrer Gastfreundschaft höchst rüde. Und sie waren so beharrlich. Er brauchte Ceowulfs Unterstützung, die deutlich zu wünschen übrigließ, als sein Hals von Küssen übersät wurde und er eher schwächlich versuchte, sich das Mädchen mit dem süßen Gesicht vom Leib zu halten. Es war einfach zuviel.

»Denk an Cybillia!« fuhr Hal ihn scharf an.

»Das tue ich! Glaub mir, das tue ich«, erwiderte Ceowulf lahm. »Aber sie ist schwanger, und«, er flüsterte verschwörerisch, »sie muß es ja nicht erfahren, oder?«

»Das wird sie aber, wenn ich es ihr erzähle.«

»Das würdest du einem Freund nicht antun.«

»Würde ich doch, wenn du es mir antust«, drohte Hal. »Ich brauche deine Solidarität.«

Ceowulf wirkte beunruhigt, dann lächelte er verschwörerisch. »Aber Brid muß es ja auch nicht erfahren«, versuchte er ihn zu überreden.

»Sie wird es wissen!« erklärte Hal mit Vehemenz. »Sie weiß alles.«

»Ich werde sagen, daß ich es allein war«, bot Ceowulf an. »Ich weiß nicht, ob ich beiden gewachsen bin«, scherzte er, »aber Brid wird mir glauben.«

»Mmmh, aber dann wird sie es möglicherweise Cybillia erzählen. Die beiden sind sehr gute Freundinnen.«

Ceowulf legte die Stirn in Falten. »Offensichtlich denke ich nicht geradeaus.« Eilig schob er die Mädchen von sich. Sie wirkten verletzt. »Das ist das Fegefeuer!«

Hal lachte. »Nun, solange ich leiden muß, bin ich froh, wenn auch du leidest.«

Am nächsten Morgen, nach einer kalten Nacht über den Sümpfen, erwachte Hal und kletterte auf die Plattform hinaus, wo ihn ein sehr zufriedener und munterer Pip und ein entspannt wirkender Abelard begrüßten. Es trug nicht eben dazu bei, seine Frustration oder seinen Zorn zu lindern. Auch half es nicht, als ihm Brid geradewegs entgegenkam und ihm hart ins Gesicht schlug.

»Womit habe ich das verdient?« fragte er.

»Das weißt du genau. So kannst du mich nicht behandeln, Hal«, schrie sie ihn an. »Ich lasse mich nicht erniedrigen, hörst du?«

»Ich habe nichts getan«, protestierte er. »Ceowulf, sag es ihr.«

»Meinst du, ich glaube Ceowulf, wenn der genausoviel zu verlieren hat wie du? Und glaubt nicht, daß ich Cybillia nicht davon erzähle!« drohte sie. »Daß du so etwas tun kannst, Ceowulf, wenn deine Frau doch schwanger ist.« Hochmütig rümpfte sie die Nase.

»Aber Brid ... Hal, nun stärk mir doch den Rücken. Du mußt es ihr sagen. Hast du denn deine Frau nicht im Griff?«

»Ich bin nicht Hals Frau!« Beleidigt warf sie ihren Zopf über die Schulter. »Ich bin eine Hohepriesterin. Kein Mann besitzt mich!«

Sie ritten in die Sümpfe hinaus, während Harle und seine Mutter darauf bestanden, daß sie ihnen zu Fuß folgen wollten, wobei ihnen das Wasser bis an die Brust stand. Hal fand es sehr schwierig, sich auf das Bevorstehende zu konzentrieren. Anfangs waren die Pferde unruhig, wegen der Männer auf ihren langen Stelzen, die sich wie riesenhafte Kraniche über ihren Köpfen bewegten, und sowohl Pip als auch Abelard hatten Schwierigkeiten, ihre Pferde zu beherrschen, die jedesmal scheuten, wenn einer der Stelzenmänner ihnen zu nah kam. Hal versuchte, mit Brid Schritt zu halten, um seine Sache zu vertreten, doch sie wollte nicht mal den bloßen Gedanken gelten lassen, daß er vielleicht unschuldig sein könnte. Trübsinnig ließ er sich ans Ende zurückfallen und zockelte an Ceowulfs Seite.

»Sie wird Cybillia doch nichts erzählen, oder?« fragte Ceowulf. Nie zuvor hatte Hal ihn derart in Sorge gesehen.

Er schüttelte den Kopf. »Nein, das wird sie sicher nicht. Sie würde doch niemals etwas tun, was Cybillia verletzen würde.«

Der Ritter hob den Kopf und war augenblicklich besserer Stimmung. »Sünden des Fleisches, weißt du, sind niemals wirklich so schlimm wie Sünden des Geistes.«

Stirnrunzelnd sah er ihn an und dachte, er habe nun völlig den Verstand verloren, und grummelte vor sich hin, fragte sich, wie um alles in der Welt er sich jemals würde reinwaschen können. Und was die Lage nur noch schlimmer machte, war der Umstand, daß Abelard nun neben ihr ritt und fröhlich plauderte. Für wen hielt er sich eigentlich, daß er sich als gemeiner Bogenschütze an seine Verlobte heranmachte? Langsam begann sein Blut zu kochen.

Sie brauchten mehr als einen Tag bis zur Grenze der Sümpfe. Sie wußten, daß trockenes Land voraus lag, obwohl sie nicht weit genug durch den Nebelschleier sehen konnten, der zwischen den Weiden aufseufzte und über die stillen Fluten strich. Das Heulen eines Wolfes drang durch den Nebel, aber die Wölfe kamen nicht in den Sumpf.

»Ich hasse diesen Nebel«, sagte Pip zu Robin Langstock, der ihr Führer und offensichtlich der angesehenste Mann im Volk der Sumpfmenschen war.

Er schüttelte den Kopf. »Fürchte nicht den Nebel, sondern das, was dahinter liegt.«

»Wölfe«, warnte Abelard.

»Das ist offensichtlich«, erwiderte Hal. »Wir brauchen dein heldenmütiges Ego nicht, damit du uns solche Sachen sagst.«

»Ich meinte Kapuzenwölfe«, erklärte der Bogenschütze ohne Tadel und warf Hal einen dieser undurchsichtigen Blicke zu.

Hal haßte ihn, wie er noch nie zuvor jemanden gehaßt hatte. Er haßte es, wie er sich an Brid heranwarf und sie zweifelsohne gegen ihn aufbrachte.

Die Weiden dünnten aus, und da sie nicht mit einem Mal ins Freie treten wollten, machten sie halt, wo die Erde zu trockenerem Boden anstieg. Hier wurde der Schleier zu Nebelfetzen und löste sich schließlich auf.

»Ceowulf und ich machen uns zu einem Spähtrupp auf«, erklärte Hal. »Ihr anderen wartet hier.«

»Nichts dergleichen werdet ihr tun«, erwiderte Brid herrisch. »Abelard, Ihr kommt mit mir. Ihr habt ein gutes Auge.«

Hal war wütend, aber er konnte nichts dagegen tun. Er würde nur noch dümmer dastehen, wenn er mit ihr zu streiten versuchte. Sie gab niemals nach.

Kurz darauf kamen sie zurück. »Wir konnten nur ein kleines Stück Land sehen, bis der Nebel wieder dichter wurde.« Brid wandte sich Robin zu. »Was wißt Ihr von den Ländern, die dort hinten liegen?«

»Es gibt manche Legende. Doch mit meinen eigenen Augen habe ich einen großen See gesehen, zu groß, als daß ich darüber hinweg hätte sehen können, und salzig ist er auch. Man sagt, es sei ein Binnenmeer.«

»Salzig?« unterbrach Hal. »So weit landeinwärts?«

»Man glaubt, das Wasser vom großen Nordmeer flösse unterirdisch heran, ihn aufzufüllen. Das Wasser des Sees ist ziemlich kalt, und manchmal treiben Eisschollen darauf, und merkwürdige Fische werden gefangen. Es heißt, es gäbe eine uralte Verbindung, durch die das Wasser hinein- und wieder hinausfließt.«

Skeptisch sah Hal ihn an und fragte sich, ob er den Ceolothianer richtig verstanden hatte.

Robin Langstock hustete, und als Brid ihm beharrlich zunickte, fuhr er fort. »Nah am Ufer gibt es eine Insel, aber wegen des Nebels kann man immer nur ihre großen schwarzen Klippen sehen. Es gibt unter Wasser einen Damm, von dem es heißt, er rage bei Ebbe aus dem See auf. Dorthin hat man die Prinzessin zweifellos gebracht.«

Zögerlich strebten sie voran und stiegen zu einer Heidefläche auf, wo sie endlich von warmer Sonne begrüßt wurden. Die Muskeln an Hals Nacken und Rücken schmerzten. Das Leder seiner Hosen war steif und knarrte, und er bereute, daß er sie nicht eingefettet hatte. Die Ebene war ein

Stück Land, das bald schon in einem steilen Hang abfiel, dicht bewaldet mit Haselbüschen, um dann wiederum im Nebel einzutauchen.

Das Flachland unterhalb des Hangs war in milchiges Licht getaucht, die Sonne kaum mehr als eine gespenstische Kugel, die matt durch den Wolkenschleier schien. Der Nebel wurde dichter. Kalt war er und klebte an ihnen, durchnäßte sie dauerhafter als der schwere Regen. Allmählich veränderte sich das Hufgetrappel der Pferde, knirschte, als sie vom kurzen Gras auf einen Kieselstrand am Ufer eines silbrigen Flusses gelangten. Nur der Rand des Wassers war zu sehen, dessen Weite bald vom Nebel verschluckt wurde. Wölfe heulten unsichtbar, und ihr unheimliches Heulen hallte weit über die stillen Fluten.

Hal zuckte bei dem Geruch nach Seetang mit der Nase. Das Wasser konnte doch nicht ernstlich salzig sein, oder? Er schickte Pip, es zu erkunden, der prompt vermeldete, der See sei tatsächlich salzig.

Sie konnten an diesem Abend nur wenig anderes tun, als ihr Lager aufzuschlagen und darauf zu warten, daß der Nebel sich verzog, damit sie sehen konnten, wohin sie wollten. Brid beobachtete, wie sich der Rauch von ihrem Feuer aufwärts kringelte und allmählich ostwärts trieb, wo eine aufkommende Brise ihn ergriff.

»Bald wird sich der Nebel verziehen«, sagte sie voraus.

Aber der Nebel blieb hängen, wie eine feuchte Warnung, daß sie sich zurückhalten sollten, und nicht einmal Hals dickes braunes Bärenfell konnte die Kälte fernhalten. Seine Gelenke schmerzten, und die Schienbeine fühlten sich zart und zerbrechlich an. Er fragte sich, ob es so wäre, wenn man alt war. Er schüttelte sich und kam zu dem Schluß, daß er dumme Gedanken hatte und von Brids kühler Haltung ihm gegenüber abgelenkt war. Sobald sie aufstand, kam auch Abelard auf die Beine, folgte ihr und warf ihm diesen undurchdringlichen, mißbilligenden Blick zu.

Als der Nebel blieb, beschlossen sie, dennoch zu suchen. Sie liefen am See entlang, dessen Ausmaß im Nebel unmöglich einzuschätzen war, doch vermittelten die plätschernden Wellen einen Eindruck von unermeßlicher Größe. Das unheimliche Knirschen der Pferdehufe auf den Kieseln hallte übers Wasser. Als ein ähnliches Geräusch aus der Ferne nahte, blieben sie augenblicklich stehen, und alle hielten den Atem an. Als das Knirschen näher kam, hasteten sie in den schwarzen Stechginster, der dicht am Ufer wuchs. Brid entspannte sich als erste.

»Nur wilde Ponys.« Erleichtert seufzte sie, als die Gruppe aus dem Nebel kam, die Köpfe hoch erhoben und aufmerksam, als hätte etwas sie erschreckt. Sie waren von blassem Grau, kurzbeinig, mit schweren Schädeln, und hielten sich immer am Rande des Nebels, da sie wußten, daß sie darin kaum zu sehen waren. Die Leitstute schnaubte beim Anblick der Belbidianer und watete tiefer ins seichte Wasser, um einen Bogen um sie zu schlagen.

»Der Nebel hätte sich mit dieser leichten Brise verziehen sollen«, sagte Brid energisch, nachdem sie mehrere Meilen um den Fluß geknirscht waren. Da es brackig war, machten die Pferde keinerlei Anstalten, zum Wasser zu laufen, um zu trinken.

Hal stieg von Wunderwinds Rücken und stiefelte über die Kiesel direkt ans Ufer. Dieser See hatte etwas höchst Seltsames an sich. Er hielt seine Hand hinein.

»Das Wasser ist eiskalt!« Hal leckte das Salz von seinen roten Fingerspitzen.

Robin Langstock grinste. »Ich habe Euch doch gesagt, daß es eine Verbindung zum Meer gibt. Seht nur, wie es ebbt. Oberhalb des Wassers ist der Boden feucht, und es gibt einen Flutsaum.«

»Nun, kein Wunder, daß der Nebel sich nicht auflöst. Derart kaltes Wasser muß die feuchte Luft ja förmlich in Nebel verwandeln.« Für Brid schien das alles klar zu sein.

Diese Logik beruhigte sie eine Weile, doch Hal wurde das Gefühl nicht los, daß dort nach wie vor etwas Merkwürdigeres als ein brackiger See mitten im Herzen des ceolothianischen Waldes war. Die Luft wurde immer wärmer und schwüler. Und je weiter nordwärts sie an der sanft geschwungenen Kurve des Sees entlang reisten, desto deutlicher wurde er sich der seltsam grünlichen Färbung des Nebels bewußt.

Selbst Brid sah langsam unruhig aus, und während sie sich etwas von den Männern des Sumpfes entfernte, kehrte sie wieder zur belbidianischen Sprache zurück. »Es ist unnatürlich.« Sie streckte ihre rote Zunge heraus und schmeckte die Luft. »Ich muß halten und nachdenken.«

»Wir können nicht warten!« Auch Hal gab seine Bemühungen um das Ceolothianische auf. »Denk an Keridwen. Denk an Branwolf. Jede Sekunde, die wir verlieren ...« Hal mußte das Gefühl nicht lebhafter gestalten, indem er es aussprach.

»Nein, Hal. Irgend etwas kontrolliert den Nebel. Ich muß mich setzen und bereit machen und mehr über den Nebel erfahren. Ich darf nicht zulassen, daß deine Voreiligkeit uns alle in Gefahr bringt.«

Hal konnte es ihr nicht ausreden. Jede Verzögerung, egal wozu, war seiner Ansicht nach ein Fehler. Sie sollten schlicht und einfach nach Spuren von Renaud und der Prinzessin suchen, statt sich um den Nebel zu sorgen. Vielleicht hatte das alles gar nichts mit ihnen zu tun.

Schmollend zog er sich von der Reisegesellschaft zurück. Er liebte Brid, natürlich liebte er Brid, doch das genügte nicht. Sie hatte ihn wie einen Narren dastehen lassen. In ihrer Nähe konnte er kein Mann sein, in keiner Hinsicht. Sein ganzes Ego schmerzte, als er darüber nachdachte. Er würde Brid bis ans Ende seiner Tage lieben, aber es machte sie beide nicht glücklich. Langsam und schmerzlich kam er zu dem Schluß, daß er sie, sollte sie ihre Haltung ihm gegenüber nicht in unmittelbarer Zukunft ändern, verlassen würde, um sein eigenes Leben zu führen, vorausgesetzt er schleppte diesen feigen Verräter Renaud heimwärts vor König Rewik.

Wie Ceowulf es in seiner Jugend getan hatte, würde auch er als Söldner in die Ferne ziehen, um guten und edlen Zielen zu dienen. Er wußte, daß er sich selbst täuschte, da Söldner nur selten edlen Zwecken dienten, sondern eher die Arbeit leisteten, an der sich niemand die Finger schmutzig machen wollte. Aber in jedem Fall wollte er fortgehen, und natürlich würde er sich so vieler Frauen wie möglich erfreuen. Auf diese Weise würde er Brid vergessen.

Brid wandte sich um, sah seinen Blick und wartete stirnrunzelnd darauf, daß er zu ihr kam. »Hal, du mußt verstehen, daß es im Augenblick so viele wichtigere Dinge als dich und mich gibt.«

Hal verstand es überhaupt nicht. Er konnte nicht begreifen, wieso sie ihm gegenüber so distanziert war, wieso sie nicht zusammenarbeiten konnten. Sie zeigte keinerlei Vertrauen, hatte keinen Respekt vor ihm, wenn sie nicht glauben wollte, daß er in jener Nacht oben über den Sümpfen sein makelloses Benehmen bewiesen hatte. Er konnte sich nicht derart schmähen lassen. Wo sollte das enden? Abelard wirkte immer jugendlicher und heiterer, und zunehmend wandte sie sich an ihn, wenn sie Rat suchte. Dauernd hieß es: Abelard, was haltet Ihr hiervon? Und: Abelard, wie findet Ihr das dort? Es war zutiefst irritierend ... zutiefst. Doch was konnte er dagegen tun? Es schien, als bliebe ihm nur, in ihrem Schlepptau herumzutraben oder sich ganz von ihr zu befreien. Es schien, als wäre sie sich, seit er seine Liebe zu ihr bewiesen hatte, seiner allzu sicher.

Er war Hal, Sohn des Brungard! Man konnte sich seiner nie sicher sein! Steifbeinig wandte er sich von ihr ab und blickte finster in das trübe Grün des Nebels. Niemand hatte sich seiner je sicher sein können, nicht Spar, nicht Branwolf, und bei seiner Zukünftigen würde er damit gar nicht erst beginnen. Bei der bloßen Vorstellung kam ihm die Galle hoch. Nach vielen Minuten folgte er schmollend den anderen, die landeinwärts gezogen waren und ein Feuer entfacht hatten. Sie alle saßen im Kreis, alle Augen auf Brid gerichtet, die sanft vor sich hin summte. Dauernd stand sie im Mittelpunkt der Aufmerksamkeit! Konnte ein Mann seiner Frau tatsächlich ein Diener und dennoch glücklich sein? Man würde eine Ballade über ihn schreiben, und diese begänne mit Hal, der Sanfte, Hal, der Fromme, Hal, die Memme.

Bei diesem Gedanken zuckte er zusammen, zu sehr mit sich selbst beschäftigt, als daß es ihn gekümmert hätte, was die anderen sagten, doch trieb ihn die Neugier schließlich dazu hinzuhören, für den Fall, daß man über ihn sprach. Sicher spielte er in den Plänen eine große Rolle.

»Ich kann keinen Zusammenhang zwischen Renaud und diesem Nebel erkennen«, sagte Brid offen. »Es ist ein merkwürdiger Nebel voll verborgener Kräfte. Wo hat er gelernt, solches Wissen einzusetzen?«

»Vielleicht ist mehr hinter dem Neuen Glauben, als du dachtest, Brid«, sagte Hal ganz ruhig. »Schließlich war er so mächtig, daß er den Alten Glauben stürzen konnte. Vielleicht ist dieser Nebel ein Wunder seines Gottes.«

»Hier ist kein Gott im Spiel«, sagte Brid mit Entschiedenheit. »Ich spüre weder himmlische oder erhabene, noch elementare oder metaphysische Magie.« Langsam weiteten sich ihre Augen, während sie über ihre Worte nachsann. »Abelard, was meint Ihr?«

»Abelard, was meint Ihr?« äffte Hal mit scharfem Ton nach. »Was versteht er von Magie, Brid? Was versteht er von irgendwas?« Er kam auf die Beine. »Über diesem Ort hängt ein unheimlicher Nebel, aber handelt es sich dabei um mehr als feuchtes Feuerholz, das mit Mittelchen besprenkelt ist? Die guten Leute aus den Sümpfen haben uns erzählt, daß der See seicht und leicht über einen Damm zu durchqueren ist, wenn Ebbe herrscht. Es heißt, manchmal seien hohe Klippen einer schwarzen Insel vom Ufer aus zu sehen. Mehr muß ich nicht wissen. Ich werde sie finden. Aus einem einzigen Grund bin ich hierhergekommen: um Prinzessin Cymbeline zu retten und damit die Unschuld Torra Altas zu beweisen. Und ich werde damit nicht warten, während ihr alle nur herumsitzt und schwatzt und Abelards Loblied singt.«

»Aber, Master Hal, ich wollte Euch wahrlich nicht kränken«, entschuldigte sich Abelard.

Hal hörte nicht den Hauch von Wahrheit in seiner Stimme.

Schließlich sprach Harles Mutter. »Irgend jemand auf der Insel meidet uns. Dieser Nebel ist unnatürlich, und ich rieche Zauberkräfte.«

»Zauberkräfte!« schnaubte Hal. »Meint Ihr, Prinz Renaud hätte sich mit Hexern und Hexen zusammengetan?«

»Das habe ich nicht gesagt«, erwiderte die alte Frau ganz ruhig. »Ich sagte ›Zauberkräfte‹. Das ist ein großer Unterschied.«

»Aber selbst zu meiner Zeit gab es keine Zauberer«, erklärte Abelard. Hal war nicht sicher, ob es ihm gefiel, daß dieser Mann seiner Meinung war.

»Nein, nicht zu Eurer Zeit. Es ist lange her, daß sie auf Erden wandelten. Ihr müßt wissen, daß sie ihre Seelen verkauft haben«, sagte Harles Mutter, während sie Schmutz unter ihren gebrochenen Fingernägeln hervorkratzte.

»Ich verstehe nicht«, sagte Hal ärgerlich. Er wandte sich um, blickte in den Nebel und beschloß, daß er sich allein auf die Suche nach dem Damm machen würde, sobald sich die Flut etwas zurückgezogen hatte.

»Sie haben ihre Seelen verkauft. Sie haben einen Handel mit den Ratsleuten der Anderwelt geschlossen. Die Zauberer waren lange vor den Druiden da. Sie waren gebildet und in allen Dingen physischer Natur sehr weise, nur waren sie verbittert, daß ihr Leben so kurz sein sollte, was sie daran hinderte, umfassendes Verständnis und Wissen zu erlangen. Sie schworen den Ratsleuten den Treueeid, versprachen, ihnen dabei zu helfen, die Seelen der Menschen zu kontrollieren, wenn sie in die Anderwelt hinübergingen, im Tausch gegen eine tausendfache Lebensspanne. Als sie starben, durchquerten sie nicht die Wälder der Anderwelt, um in den Segen und die Vergessenheit des Annwyn überzugehen, sondern kehrten umgehend durch Nuins Tür heim.«

»Das macht sie so gut wie unsterblich«, sagte Abelard. »Aber Ihr sagtet, es sei Ewigkeiten her, daß sie auf Erden wandelten.«

»In der Tat. Man trifft sie nur noch in der Anderwelt, würde sie vermutlich aber gar nicht erkennen«, erwiderte Harles Mutter. »Nur wenn sie ihre Zauberkräfte spielen ließen. Es ist nicht wie bei Brids Magie, die auf den Gesetzen der Natur und den Gebeten an die Große Mutter beruht, die ihren Willen dann möglicherweise Brids Absichten entgegenneigt. Nein, das hier ist Menschenzauber, der aus seinem eigenen Geist erwächst. Ihr müßt wissen, daß im Laufe der Jahre allmählich eine Düsternis die Zauberer überwältigte.«

»Eine Düsternis?« wiederholte Brid fragend.

»Da es so lange her war, daß sie den Kreislauf von Leben, Tod und Wiedergeburt durch den Annwyn vollendet hatten, so lange schon, seit sie zuletzt zur Großen Mutter heimgekehrt waren, haben sie ihre Liebe zu Ihr und ihre Liebe zur Erde vergessen, und sie haben ihre Energien in sich aufgesogen, und es war ihnen vollkommen egal, welches Übel sie anrichteten, solange sie an Macht gewannen.«

»Weisheit ist ein schreckliches Werkzeug in den Händen eines bösen Menschen«, sagte Abelard feierlich, und Ceowulf nickte zustimmend.

Hal blickte himmelwärts. »Banale, leere Spruchweisheiten. Weisheit könnte einen Menschen vor Bösem beschützen. Unschuld richtet ebensoviel Schaden an.« Er wandte sich Harles Mutter zu. »Was also ist mit diesen großen, schrecklichen Männern geschehen? Haben sie sich feige auf eine Insel mitten in einem nebelverhangenen See im Norden Ceolothias verkrochen und wurden nie mehr gesehen?«

»Nein, natürlich nicht! Sie wurden mit dem Druiden-Ei verbannt«, unterbrach Brid.

»Das Necrönd!« rief Hal aus.

»Spar«, murmelte Brid geheimnisvoll, die ihm in Gedanken offenbar stets einen Schritt voraus war.

»Nein«, sagte er mit fester Stimme. »Spar mag leicht zu lenken sein, aber damit kann er nichts zu schaffen haben. Etwas so Schändliches würde er nie tun.«

»Aber Master Spar muß daran beteiligt sein«, meinte

Abelard. »Er ist der Hüter des Necrönd. Er allein kann es benutzen, wenn es sich in seiner Obhut befindet.«

»Wie könnt Ihr es wagen, über ihn zu urteilen? Ich liebe Spar wie einen Bruder, und ich kenne ihn besser als jeden anderen.« Plötzlich war Hal zornig. Caspar anzuzweifeln war, als zweifelte man ihn selbst an, und – wie Keridwen sagte – hatte Caspar ihr versprochen, das Necrönd nicht anzurühren. Hal war überzeugt davon, daß allein die Mutter des Jungen oder er selbst in der Lage wären, ihn umzustimmen. Spar konnte sehr stur sein. Er wußte, daß er selbst die Unschuld seines Neffen in dieser Sache bezweifelt hatte, doch das war etwas anderes. Er konnte sich Kritik seinem Anverwandten gegenüber leisten, doch niemand sonst, und ganz sicher nicht Abelard.

»Ihr seid Narren, allesamt«, knurrte er. »Meinetwegen könnt ihr hier bis in alle Ewigkeit sitzen bleiben, aber ich werde weder Branwolf und Keridwen in Rewiks Kerkern leiden lassen, noch Spar in den Händen der Ovissianer! Hört ihr? Keinen Augenblick länger!«

Er marschierte zu den Pferden hinüber, die er wegen des dunklen Nebels nicht sehen, aber hören konnte. Ihr stetes Kauen am kurzen, harten Gras, das den See umgab, schien ihm lauter als zuvor. Endlich war Wunderwind mit ihrem hellen, gelbroten Fell als dunkler Umriß im Nebel zu erkennen, und zielstrebig fing er sie ein. Als er oben saß, wendete er zum Ufer des Flusses und ritt daran entlang, auf der Suche nach dem Damm.

KAPITEL 8

Caspar war ratlos. Warum um alles in der Welt hatte er sich darauf eingelassen, diese Frau mitzunehmen? Ihr Bauch war prall vom Kind darin, und vor Übelkeit, welche sie jeden Morgen überkam, konnte sie kaum laufen. Sicher würde sie immer langsamer werden, je länger die Reise dauerte. Und wie lange würde er ihre Streitlust ertragen?

Immer wieder forderte die Frau, daß sie nicht dem Wolfsmann und Ursula folgen, sondern statt dessen auf direktem Weg nach Castaguard wandern sollten. Auf diese Weise, so argumentierte sie, bestünde wenigstens die Chance, den Wolfsmann abzufangen, da es ihrer Ansicht nach sonst keine Möglichkeit gab, ihn einzuholen. Caspar merkte, wie ihm die letzten Fäden seiner Autorität durch die Finger glitten.

Reyna deutete mit einer Hand auf einen Streifen Wald zwischen ihnen und dem Meer. »Eben sind wir an dem kleinen Fischerdorf Brackwasser dort drüben vorbeigekommen«, sagte sie mit fester Stimme. »Elergian lenkt so ein Boot im Schlaf.«

Er schürte seinen Trotz, um sich ihr zu widersetzen. »Wir verlieren sie, wenn wir den Spuren nicht weiter folgen«, beharrte er.

Reyna zuckte mit den Schultern. »Wir werden sie nie einholen«, prophezeite sie mit beunruhigender Gewißheit.

Hinzu kam, daß sich der alte Magier inzwischen als aufgeblasen und störend entpuppt hatte und ständig mit Perren stritt. Fern hingegen schien sowohl Elergian als auch Reyna zu mögen und gab ihnen in allem recht, was sie sagten, und das war noch ärgerlicher.

Perren hatte seine Bandagen vorübergehend abgelegt, weil sie ihn störten, und versuchte angestrengt, Elergian davon zu überzeugen, daß er nie auch nur in der Nähe einer Vulkaninsel gewesen sei und auch keine Verbrennungen erlitten habe, sondern in Wahrheit ein Steinwicht sei. Der Magier dagegen wollte ihm partout nicht glauben, doch Reyna zeigte sich großzügiger und von der Vorstellung geradezu fasziniert. Beständig drängte Perren sie, ihre Geschichte zu erzählen, wollte alle Einzelheiten wissen, die Namen jeder einzelnen Tochter Reynas und der vielen Großmütter und deren Töchter, so viele ihr einfielen, und auch, wieviel Tinte sie in jedem Jahr gewannen. Besonderes Interesse zeigte er an den kleineren Details wie etwa, ob Schwarzbeeren oder zermahlene Käfer die interessantere Farbe ergaben.

Irgendwann konnte Caspar es nicht länger ertragen. »Perren, willst du es wirklich wissen?«

»Natürlich will ich das. Je länger und genauer, desto besser. Ihr Menschen habt es immer zu eilig. Ich weiß noch, wie es in der kalten Zeit war, als die Erde weiß war und der Dauerfrost so tief ging, daß wir die Kälte sogar unten in unseren Höhlen gespürt haben. Die Alten konnten nur selten Wurzeln und weiche Steine suchen, und so haben sie uns die Geschichte vom Yak erzählt. Und als sie fertig waren, wußten wir sogar, wie viele Haare sein Fell hat und wie oft er mit den Ohren zuckt. So erzählt man eine Geschichte. So lebt man sein Leben.«

Caspar holte tief Luft und ignorierte ihn. Mit Perren zu streiten dauerte sehr lang, und man brauchte einiges Durchhaltevermögen, woran es ihm augenblicklich mangelte.

Während Fern vorauslief, fiel Reyna immer weiter zurück, und Caspar verfluchte sich für seine Unfähigkeit, sie alle zusammenzuhalten. Eben wollte er Fern rufen, daß er warten solle, als der kleine Mann aus eigenem Antrieb abrupt stehenblieb und wild im Kreis um eine bestimmte Stelle auf dem Kamm der leicht zerklüfteten Küste lief. Die Wölfin, an deren Rücken sich alle Nackenhaare sträubten, während sie am Boden schnüffelte, hetzte zur gleichen Stelle. Caspar rannte los, um ihren Fund zu untersuchen, und sah, daß sich Runas Nackenhaar wieder geglättet hatte. Ihre Vorderbeine knickten unter ihr ein, und sie rieb ihren Kopf am Boden, rollte vor Freude darauf herum. Selbst Fern grinste.

»Was ist los?«

»Er ist weg. Verschwunden. Die Luft ist rein.«

Verdutzt sah Caspar ihn an. »Was meinst du damit?«

Runa setzte sich, warf ihren Kopf in den Nacken und heulte, erfreute sich ganz offensichtlich an dem hohlen Geheul, das aus ihrer Kehle drang. Mit einem Quieken hielt sie inne und sah Caspar an, als wollte sie sichergehen, daß sie sich seiner Aufmerksamkeit sicher war, dann sprang sie auf ihre tapsigen Pfoten und kletterte an ihm hoch, daß ihm die Luft wegblieb.

Er hatte vergessen, wie groß sie schon geworden war ... was Beinlänge und Kraft anging! Mit ruhigem Blick sah sie ihn an, als suchte sie nach seiner Seele, dann eilte sie davon und schnüffelte am Boden und fand streng riechenden Schlamm und rollte darin herum, offenbar zur Feier des Tages. Als ihr flauschig weißes Fell mit Schlamm verschmiert war, schob sie sich an Caspars Seite und wischte ihre lange, schlammige Flanke an seinem Oberschenkel ab. Sie schien höchst zufrieden mit sich.

»Du hast zuviel Zeit mit Trund verbracht«, schalt er sie spielerisch, während er herauszubringen versuchte, worüber Fern mit Elergian sprach.

»Ich sage euch, er war hier. Ich kann seine stinkenden Fußabdrücke riechen. Dunkel sind sie und stinken faulig nach Wolf. Sie sind hier und hier und hier, aber von dort an«, er stampfte neben der Stelle auf den Boden, »sind sie weg, verschwunden!«

»Das macht doch keinen Sinn. Es gibt kein Anzeichen auf einen Kampf, und die Spuren gehen weiter«, entgegnete Caspar. »Seht doch, da ist der gleiche lange, schmale, spitze Abdruck. Das ist ein Abdruck, und dort ist der nächste. Es gibt keinen Unterschied.«

»Gibt es nicht? Riech doch selbst.« Fern war beleidigt.

Die Wölfin rannte an der Fährte hin und her, und jedesmal, wenn sie wieder an die Stelle kam, wo Fern stand, stellten sich ihre Nackenhaare auf, und sie knurrte aus tiefer Kehle, ein dunkles Knurren, bei dem einem das Blut gefrieren wollte, dann fletschte sie die Zähne und legte nadelspitze Zähne bloß, die sich in ihrem Maul drängten.

»Ich werde ein Gottesurteil fällen«, verkündete der Magier, während er betont auffällig Wasser aus einer Kürbisflasche in die Spuren träufeln ließ.

Caspar rümpfte die Nase. Er erkannte Magie, wenn er welche sah: Dann kribbelten die Härchen in seinem Nakken. Das hier war nichts, obwohl Elergian mit den Augen rollte und hin und her schwankte, wobei er auf höchst beeindruckende Weise komplizierte Worte murmelte.

»Sag es uns, o großer Magier«, drängte Reyna.

Perren setzte sich lachend, mit seltsam rumpelndem Geräusch, und sagte leise zu Caspar: »Glaubt sie ihm tatsächlich? Er hat nicht den Hauch von Feingefühl in seinen Fingern. Das haben natürlich nur wenige Männer. Meist sind es Frauen, die magische Energie begreifen. Es geht nicht nur um Gelehrsamkeit, sich Listen und Eigenschaften zu merken. Es geht um ...«

»Das Prickeln im Blut«, beendete Caspar an seiner Stelle den Satz. »Aber wieso sollte das nur eine weibliche Eigenschaft sein? Ich kann es spüren.«

»Das habe ich nicht gesagt. Ich sagte, sie sei bei Frauen am meisten verbreitet. Und mich überrascht, daß sie sich von ihm täuschen läßt.«

»Das tut sie nicht, glaube ich«, erwiderte Caspar. »Ich glaube, sie ist nur nett.«

»Ist es nett, jemanden mit der Täuschung seiner selbst leben zu lassen? Das ist albern. Denk nur, wieviel schlimmer der Schlag sein wird, wenn er irgendwann die Wahrheit entdeckt.«

Caspar zuckte mit den Schultern. »Nur wenige finden die Wahrheit jemals heraus. Und wenn sie es tun, glauben sie kaum daran.« Er sprach, ohne nachzudenken. Er machte sich Sorgen. Er wußte nicht, was diese Entdeckung um die Fußspuren bedeutete, doch blieb ihnen nur, den Spuren weiter zu folgen. Mochten sie nun nach Wolf riechen oder nicht: Es war alles, wonach sie sich richten konnten.

Wie erwartet fand Elergian nichts, und sie trabten voran, folgten Ursula und Feuerschweifs deutlicher Spur und den Fußabdrücken der beiden Männer, wenn auch nur ein kurzes Stück. Plötzlich hielt Caspar inne und sah sich die Spuren noch einmal an, verfolgte sie ein Stück zurück bis zu der Stelle, wo Fern eine Veränderung bemerkt hatte. Dann lief er wieder voran.

»Wißt ihr, etwas ist anders. Der Wolfsmann geht nicht mehr wie vorher. Er wandert von einer Seite zur anderen.« Energisch schritt er voran.

»Ich kann nicht so schnell«, keuchte Reyna. »Ihr müßt auf mich warten.«

Caspar unterdrückte ein Stöhnen. »Tut mir leid, wir müssen uns sputen, sonst holen wir sie nie mehr ein.«

Reyna setzte sich. »Ich gehe heute keinen Schritt mehr.« Sie war nicht herrisch, sondern schlicht erschöpft und sprach eine Tatsache aus. »Ich kann nicht riskieren, meinen Körper zu überanstrengen. Ich muß diese letzte Schwangerschaft überleben. Ich werde einen Sohn gebären.«

Der alte Magier rang seine Hände und sah zu Caspar auf. »Sie hätte sich nicht darauf einlassen sollen, dieses letzte Kind noch zu bekommen. Sie und Calyx hätten, wie sie waren, glücklich bis ins hohe Alter leben können. Doch was geschehen ist, ist geschehen, und sie muß rasten.«

Caspar brachte es nicht übers Herz, sie zu drängen, und als er einen einzelnen Felsen in der flachen Landschaft sah, erklomm er diesen und setzte sich, um die Gegend zu überblicken. Der Pfad führte sie nun über getrocknete Salzflächen am Meer. Im Westen, etwa eine Wegstunde landeinwärts, stieg der Boden scharf zu einem Steilhang parallel zur Küste an. Er war dankbar, daß sie, wenn der Boden auch an manchen Stellen weich und schlammig war, im allgemeinen doch leicht vorankamen ... vielleicht nicht leicht für einen Karren, doch es war gutes Gelände für ein Pferd. Und ohne Pferde würden sie eine Ewigkeit bis Castaguard benötigen. »Wir brauchen Pferde«, sagte er entschieden.

»In meinem Zustand werde ich nicht reiten.« Reyna gab sich unnachgiebig.

Ihre Zielstrebigkeit beeindruckte Caspar. Es schien, als zählte allein ihr Kind. Er hätte sich ebenso zielgerichtet auf das Druiden-Ei einlassen sollen. Da es nun fort war, zählte für ihn kaum noch etwas anderes, abgesehen davon, daß er sich gezwungen sah, auf seine Suche nach May zu verzichten. Diese Schuld bedrückte ihn sehr, und nun wurde seine Suche nach dem Necrönd von der Notwendigkeit behindert, Ursula zu retten, eine Frau, die er kaum kannte. Er fragte sich, wie er das jemals May erklären sollte, wenn er sie endlich fand.

»Ich könnte Euch tragen, Reyna«, bot sich Perren an. »Ihr macht mich kaum langsamer.«

Unsicher sah Reyna ihn an. »Ich bin nicht sicher. Längerer Kontakt mit deiner Schwartenhaut könnte sich auf mein ungeborenes Kind auswirken. Ich darf kein Risiko eingehen.«

Caspar stöhnte auf. Ursula würde sterben, wenn sie keine Möglichkeit fanden, schneller voranzukommen, doch er mußte sich mit dem langsamen Marsch begnügen, den Reyna diktierte. Während sie weitermarschierten, konzentrierte er sich auf die Spuren, aber es konnte ihn kaum trösten, daß sie deutlich langsamer wurden. Feuerschweifs Hinterlauf ließ eine Schleifspur zurück, da der Hengst merklich hinkte. Vor Sorge biß Caspar auf seiner Unterlippe herum.

»Was ist das für ein Geräusch?« Fern klang sorgenvoll.

Starr standen Trund und die Wölfin da, und ihre Nasen deuteten auf eine nahe Anhöhe. Caspar konnte anfangs nichts hören, sondern nur eine dünne Rauchfahne sehen, die im Wind verwehte. Als sie um den Rand eines Heidehügels kamen, hörte er Feuer knistern und roch kochendes Fleisch, das Trund und die Wölfin lockte. Ein schmutziger, langhaariger Mann, der nur ein Bärenfell um seine Schultern trug, Gesicht und Brust von der Hitze gerötet, saß zu nah am Feuer. Er fuhr herum, als sie sich näherten.

»Wer kommt heran? Schon wieder Fremde? Ich bin hierhergekommen, um mich vom Wahnsinn der Menschen zu befreien. Nun zweimal in einer Woche. Macht Euch hinfort! Verschwindet!«

»Bitte«, beschwatzte Caspar ihn, »erzählt uns von jenen vor uns. Ich will Euch dafür entlohnen.«

»Ihm ist nicht zu trauen«, warnte Fern Caspar. »Er ist ein Fleischfresser.«

»Ich will Euer Geld nicht«, protestierte der Eremit.

»Vielleicht Schuhe«, bot Reyna an, mit Blick auf Elergian, der sie erst verständnislos ansah und dann plötzlich nickte, weil er verstand. Schon wollte er seine festen Stiefel aufschnüren, doch er überlegte es sich anders, griff in sein Bündel und suchte nach leichterem, schmuckerem Schuhwerk.

Der Mann grinste. »Nun, welch ein Paar Schuhe!«

Caspar lächelte Reyna an und freute sich an ihrer Aufgewecktheit.

»Ein Mann, der ein Pferd führte, an dessen Schwanz ein Mädchen gefesselt war. Seltsam war er, groß, dunkelhäutig und nicht ordentlich gekleidet.« Er sah an seinem nackten Leib hinab und lachte zur Entschuldigung. »Schlitzaugen. Unverkennbar. Aber von dem anderen Mann habe ich mehr gesehen. Verstört, würde ich sagen. Verschreckt hat er etwas von Dämonen und einer fürchterlichen Finsternis geschrien. Ein großer Mann, mit dürren Armen und Beinen, der wie wahnsinnig geschrien hat. Ich habe gesehen, wie er sein Wolfsfell abgelegt und sich dann auf den Rücken gerollt hat, um seine Hosen auszuziehen, die er dann um seinen Kopf gewirbelt hat. Nicht einmal ich konnte seine Kleider nehmen, aus Angst, ich würde mich mit seinem Wahnsinn infizieren.«

Der Einsiedler nickte zu einer fernen Anhöhe hinüber, wo Kleider auf einem Felsen auszumachen waren.

»Er ist nackt herumgelaufen, hat von dieser alles verschlingenden Finsternis geheult, dann von einem Vogel, der auf seiner Schulter landete und die Finsternis aus ihm heraus sog. Ziemlich irr. Er lief davon, als flüchtete er vor seiner eigenen Seele.«

Der Einsiedler nahm die Schuhe, und Caspar sorgte sich nach dieser Information. War das Wolfswesen irgendwie diesem Mann entkommen und hatte von dem Vogel Besitz ergriffen? Die Vorstellung mochte absurd sein, aber Caspar konnte an nichts anderes mehr denken, und da ihm keinerlei andere Ideen kamen, machte es irgendwann sogar Sinn.

Sie waren erst eine weitere Meile gereist, als Reyna sie erneut zwang, Rast einzulegen.

Mit sanftester Stimme machte sich Caspar daran, sie umzustimmen. »Können wir uns nicht Pferde suchen? Es wäre um so vieles leichter.«

Reyna schüttelte den Kopf. »Ich habe es doch schon gesagt: nein! Und wie ich schon einmal sagte, macht es keinen Sinn, sie vor Castaguard einholen zu wollen. Wir sollten nach Brackwasser umkehren – das ist nach wie vor das nächste Dorf, und so manche Wegstunde wird auch kein anderes folgen. Wir könnten voraussegeln und sie schnappen, wenn sie die Stadt betreten. Noch ist Zeit.«

»Was aber ist, wenn das Krötengift sie übermannt, bevor sie es schaffen?«

»Dann ist es ohnehin zu spät. Im Augenblick aber entkommen sie uns Stück für Stück«, meinte Reyna.

Perren blickte ihn an. »Sie hat recht, Spar. Du mußt die Entscheidung treffen.«

Zu Caspars Leidwesen schien Reyna erheblich schneller voranzukommen, sobald sie ihren Willen bekam. Sie folgten ihren eigenen Spuren zurück und machten sich zur finster bewaldeten Küste auf, hinter der das Meer hell glitzerte. Als sie sich dem Ufer näherten, warnte Elergian, sie sollten sich vorsehen.

»Warum?« fragte Caspar.

»Kröten.«

»Oh.« Mehr mußte Caspar nicht wissen. Er hielt sich direkt hinter dem Magier, der einen Krug schüttelte, von dem er behauptete, er sei voller Krötenfresserzähne, um die Kröten damit fernzuhalten. Diesmal war die kleine Wölfin sehr vorsichtig und drängte sich nah an Caspar. Sie bahnten sich einen Weg durch die Sümpfe nach Brackwasser, wo Elergian die Verhandlungen, ein Schiff zu beschaffen, auf sich nahm.

»Ihr spracht mindestens von Fischerbooten«, rief Caspar Reyna in Erinnerung. »Mit so einem Ding können wir nicht in See stechen!«

Wiederum sprach der Magier in der harschen, gutturalen Sprache Vaalakas mit den Fischern, und wiederum deutete man auf etwas, das Caspar für eine Reihe übergroßer, wackliger Nußschalen mit dürftigen Segeln hielt.

»In so einem Ding würde ich mich schon in zwei Daumenbreit tiefem Wasser nicht mehr sicher fühlen.«

»Sie haben nichts anderes«, sagte Reyna und händigte entschlossen vier Silberstücke für das Boot aus, dessen einziger Vorteil war, daß es Sitzplätze für zehn Mann und ein Stück Leinentuch als Windschutz aufzuweisen hatte.

Das Segel, das von dem mickrigen Mast hing, war zerfetzt und fadenscheinig, dennoch drückte es das rundleibige Boot schwer auf eine Seite. Vorsichtig kletterte Caspar an Bord und knetete mißtrauisch mit den Fäusten am teerverschmierten Korbgeflecht herum, bevor er sich in den rundlichen Bug setzte. Der Magier im Exil bezog am Heck des Bootes Stellung und sah aus, als wüßte er, was er tat, als er ein langes, schmales Brett hinter sich ins Wasser ließ. Er versicherte jedermann, es würde dem Boot Stabilität verleihen, doch Caspar hatte nur wenig Vertrauen. Seiner Ansicht nach war das Boot schlicht und einfach nicht seetüchtig.

Der Rest kletterte an Bord, wobei das Gefährt wild

schaukelte und beängstigend absackte, als Perren kam. Eilig wies Elergian ihn an, sich mittig hinzusetzen und stillzuhalten. Caspar bekam ein Paddel in die Hand und stand am stumpfen Bug, als sie in die Strömung hinausfuhren. Das Boot schwankte in den Prielen, und Elergian hatte zu kämpfen, um es mit dem großen Ruder am Heck zu dirigieren. Weder Singsang noch Bannsprüche konnten ihnen die Fahrt erleichtern.

In Perrens Augen glänzten Tränen. Entgegen den Anweisungen des Magiers lehnte er sich über die Seite, um seine Hand ins Wasser zu halten. Gefährlich neigte sich das Boot.

»Das Meer«, rief er aus. »Ich bin in seiner Wiege. Spar, kannst du es dir vorstellen? Das Meer!« Er grinste, und seine Aufregung breitete sich wie bei einem kleinen Kind von einem Ohr zum anderen aus.

»Nun, wenn du schon nicht in der Mitte bleiben kannst, nimm dir wenigstens ein Paddel.« Elergian reichte ihm eines, doch er stieß es beiseite.

»Oh, das werde ich nicht tun können. Ich bin viel zu beschäftigt. Tausende von Menschen kann ich spüren«, rief er aus. »Tausende von Wünschen und Ängsten und Nöten gleichzeitig. Es ist so verwirrend, so ...« Ihm fehlten die Worte, seine Augen glitzerten vor Aufregung wie bei einem kleinen Jungen mit neuem Spielzeug. »Reyna, haltet Eure Hand ins Wasser«, bettelte er.

»Perren!« fuhr Caspar ihn scharf an, stemmte sich mit seinem Paddel gegen die Strömung und versuchte, den Anweisungen des Magiers nachzukommen, indem er wie wild paddelte, um den Felsen fernzubleiben, die unter der Wasseroberfläche aufragten, als sie die Landzunge umrundeten. Perrens Gewicht machte – als er bis an den äußersten Rand des Bootes aus Schilf und Teer rückte – es nicht eben einfacher, das Boot zu manövrieren. Als sie die Felsen passiert hatten, winkte der Magier Caspar, er solle sich setzen und ausruhen.

»Ich glaube, du bist eher hinderlich als eine Hilfe, Freund«, klagte er.

Caspar setzte sich in die Mitte des Bootes und hielt sich an der Bank fest, als klammerte er sich an den Rand eines Abgrunds. Runa und Fern saßen beide zitternd vor ihm, und mit vertrauensvoller Geste legte die kleine Wölfin ihre Schnauze auf Caspars Knie und blickte flehentlich in seine Augen.

»Es wird uns schneller dorthin bringen«, erklärte er ihr, sprach seine Gedanken laut aus, und dann fluchte er, als sich Perren quer durchs Boot warf und sich über die andere Seite hängte. Die Wellen schwappten auf und über den Rand des Bootes.

»Reyna, Reyna«, rief er, »haltet Eure Hand ins Wasser.«

»Ihr solltet lieber tun, was er sagt, sonst bringt er das Boot noch zum Kentern«, drängte Caspar.

Anmutig hielt sie ihre Hand ins Wasser, während Perren aufgeregt darin herumrührte. Er grinste sie an. »Im Meer kann ich besser lesen. Es ist ein Junge, und es geht ihm gut.« Sein Lächeln schien auf seinen Lippen zu ersterben, und ein mitfühlender Blick trat in seine grauen Augen, doch dann kehrte es etwas gezwungener zurück, und ein wenig zu begeistert wiederholte er: »Es geht ihm sehr gut. Ich freue mich für dich ...«

»Mir aber nicht«, sprach Reyna seine unausgesprochenen Worte aus. Sie sprach sachlich und schenkte ihm ein bescheidenes Lächeln. »Das wußte ich bereits.«

»Du hast mir gesagt, es ginge dir gut!« Der Magier war fuchsteufelswild und riß wütend an der Ruderpinne. Das Boot schoß quer zur Strömung und wurde von den Wellen durchgerüttelt, die es nun breitseits trafen. Caspar packte fester zu und konzentrierte sich darauf, die Wölfin zu beruhigen.

»Wir hätten laufen sollen«, klagte er und flehte Elergian an, sich auf das Segeln zu konzentrieren.

»Ich werde leben«, beteuerte Reyna tapfer und tätschelte seine Hand, »aber nur, wenn du tust, was der junge Mann sagt und auf das Boot achtest.«

Der alte Mann packte die Ruderpinne und lenkte sie so nah zur Küste wie möglich, wo er den Ausformungen des Landes folgte.

Ereignislos verstrichen die verkrampften, gischtkalten Tage, doch Caspar verlor sein Mißtrauen gegenüber dem Boot niemals. Die Sonnenuntergänge auf dem Meer waren atemberaubend, und das Meer glitzerte leuchtend rot. Dann, als die Sonne fast im Meer versunken war, fingen nur noch die Wellenkronen die Strahlen ein und wurden zu goldenen und roten Edelsteinen, die auf einem schwarzen Samttuch lagen. Bei Nacht erstrahlten die Sterne über dem Meer, und der Mond schien mit dem Wasser eins zu werden, mischte sich damit, tauchte die silbrigen Finger tief hinein und streichelte und kraulte es.

Nicht zum ersten Mal fiel Caspar auf, wie das Mondlicht auf der Wölfin lag, so daß ihr weißes Fell erglühte und sie mit einer silbernen Aura umgab. Es erinnerte ihn daran, daß das Mondlicht stets auch Brid zu suchen und mit einer magischen Qualität zu segnen schien. Er sah zu Lana hinüber, und seine Hoffnung, daß sie die neue Jungfrau sein mochte, erstarb. Es hätte ihm schon früher einfallen sollen. Vielleicht war er zu sehr mit all den anderen Problemen beschäftigt gewesen, doch er konnte sich nicht erinnern, daß sie jemals Interesse am Mond gezeigt hätte.

Wie hatte er so arrogant sein können? Er mußte vor sich

selbst zugeben, daß er nach der Enttäuschung mit Nimue unbedingt derjenige hatte sein wollen, der die neue Jungfrau fand, so daß er Lana nie wirklich in Frage gestellt hatte. Jetzt mußte er sicher sein.

»Lana, leg deine Hand ins Wasser.« Caspar nickte zu Perren hinüber, der mit seiner rauhen Hand in der Dünung rührte.

»Ich spüre die Angst vor dem Wolf, besonders schreckliche Alpträume von einem Wolf mit Menschengesicht. Eine tiefe Trauer, großen Verlust und eine Sehnsucht, heimzukehren«, sagte Perren traurig.

Kein Wunder, daß das Mädchen so still war, dachte Caspar. Er hatte nicht bedacht, wie tief ihr Schmerz ging. »Sie besitzt keinerlei besondere Kraft?«

»Nicht mehr als du.« Im stillen erinnerte er sich daran, wie er sich Keridwens und Brids Lob vorgestellt hatte, wenn er triumphierend mit der neuen Jungfrau heimkehren würde.

Sie segelten voran, und nach mehreren Tagen in solcher Enge machte sich Gereiztheit breit. Caspar schien es, daß man seinen Versuchen, die Stimmung zu verbessern, von allen Seiten ablehnend begegnete. Einzig mit der kleinen Lana stritt er nicht, die ihre Zeit am Boden des Bootes verbrachte und den stets dankbaren Hund und die argwöhnischere Wölfin kraulte. Nachdem er so große Hoffnungen in sie gesetzt hatte, fühlte er sich für das arme Waisenkind nun verantwortlich. Er wollte dafür sorgen, daß sie ein sicheres Zuhause bekäme.

Bei Tag behielt er die Küste aufmerksam im Auge, aber er sah weder Ursula noch sein Pferd, und er sorgte sich um beide. Die Zeit verging nur langsam, und er fürchtete schon, daß sie Castaguard niemals erreichen würden. Das geflochtene Schilfrohr sog sich voll Wasser, und mit jedem neuen Tag wurde das Boot schwerfälliger. Er konnte nichts weiter tun als schlafen und sich Sorgen machen, und wenn er zu erschöpft war, sich Sorgen zu machen, träumte er köstlich davon, daß May ihn in ihren Armen wiegte, während sie in einem Feld von Glockenblumen lagen. In diesem Augenblick wachte er mit einem warmen Gefühl der Geborgenheit auf, das schnell verflog, wenn ihm einfiel, daß May fortgelaufen war.

Er fragte sich, ob nicht auch die Männer von Torra Alta glaubten, daß er sie im Stich gelassen hatte. Stets hatte man ihn gelehrt, daß den Menschen der Baronie seine vordringlichste Pflicht galt, und das glaubte er. Sie waren sein Volk, und er wollte alles tun, um sie zu beschützen. Und doch mußten sie glauben, daß er sic hinter sich zurückgelassen hatte. Warum, Große Mutter, fragte er im stillen, warum hast du mir eine so schwere Bürde aufgelastet? »Jede der Hohepriesterinnen wäre ihr besser gewachsen gewesen. Selbst mein Vater, sogar Hal. Aber warum ich?« brach es aus ihm hervor.

Perren beobachtete ihn. »Leg deine Hand ins Wasser«, drängte er.

Das hatte Caspar schon mindestens zwanzigmal getan, doch die übermäßige Aufregung und das große Gewicht des Steinwichts waren eine zu große Gefahr für das Boot, deshalb sah er sich gezwungen, nachzugeben oder wieder eine Stunde Wasser zu schöpfen.

»Du hast ein ehrliches Herz, Spar, und nur wenig Ehrgeiz. Du bist mit mehr geboren, als du haben wolltest, und würdest deine Wünsche wohl kaum mit Hilfe des Druiden-Eis erfüllen wollen. Nach allen Geschichten, die du mir erzählt hast, vermute ich, daß sich Hal Macht und Ansehen wünscht, Branwolf eine größere und sicherere Garnison, und die Priesterinnen würden das Wort der Großen Mutter verbreiten wollen. So wenig naheliegend es auch scheinen mag, so wurdest du doch erwählt.«

»Aber schon immer wollte ich so manches. Ich wollte größer und stärker und entschlossener sein.«

Perren lachte. »Nun, nichts von alledem wird dir das Necrönd geben, so daß du dessen Macht nicht fälschlich nutzen kannst.«

Caspar lächelte schwach. Das schien ihm ein schwacher Grund.

Zwei beunruhigende Tage lang steuerte der Magier in tiefere Gewässer hinaus, weil er darauf beharrte, daß es die Reise um Wochen verkürzen würde. Caspar betete jeden Augenblick, in dem die Küste nicht zu sehen war.

Schließlich erkannte Caspar, daß die Unbequemlichkeit des offenen Bootes bald ein Ende nehmen würde. Vor ihnen war Land zu sehen. Schiefergraue Wolken bedeckten einen gleichmäßigen grauen Strich am Horizont. Als sie näher kamen, hoben sich die Wolken, und das Land nahm seine Erdfarben an, bis Caspar zwei Klippen ausmachte, die auf die Einfahrt zu einer Mündung hindeuteten. Noch näher sah er, daß gelegentlich ein Streifen Sonnenlicht zwischen den Wolkenlücken hindurchfiel und ein Tal in goldenem Licht erstrahlen ließ, ganz hübsch in der graubraunen Landschaft. Es war wie das Versprechen auf Hoffnung, ein Blick auf bessere Zeiten und darauf, wie die Welt sein sollte.

»Narwhal Ria«, verkündete Elergian zufrieden. »Und Ihr hattet meine Seemannskünste angezweifelt.«

Der Narwhal Ria war von derart hohem Schilf gesäumt, daß sich, als sie erst ein Stück weit landeinwärts gefahren waren, unmöglich sagen ließ, was Wasser, Ufer oder Schilf war. Männer standen bis zu den Hüften im Wasser, arbeiteten mit Sensen, sammelten Reet und legten es in Bündeln auf lange Flöße. Sie waren so konzentriert auf ihre Arbeit, daß sie, selbst als Perren aufstand und sie neugierig betrachtete, kaum aufblickten. Sie fuhren landeinwärts, und allmählich kam geschäftiges Treiben auf, kamen immer mehr Boote, wobei die meisten wie die Schilfarbeiter zu sehr mit sich beschäftigt waren, um das kleine, rundnasige Boot zu beachten, so seltsam es auch aussehen mochte.

Bei der ersten Gelegenheit machte Elergian an einem Dorfanleger fest, damit sie im frischen Wasser baden und sich vom Salz befreien konnten, von dem Kleider, Haut und Haar verkrustet waren. Sie machten nur kurz Rast, dann nahmen sie frischen Proviant an Bord und fuhren weiter den Fluß hinauf.

Gegen Mittag war der Fluß überfüllt, und der Magier mußte hart arbeiten, um den anderen Booten auszuweichen, besonders denen, die lange Netze schleppten, um Fische zu fangen. Caspar, der nun sehr viel ruhiger war, seit sich das Ufer in Schwimmnähe befand, beugte sich über die Reling und betrachtete die silbrigen Formen, die vorüberblitzten.

Entlang dem schlammigen Ufer sah man Dörfer mit Hütten aus braungestrichenen Wänden und tief herabhängenden Reetdächern, die steil aufragten, um den schweren Regen im Winter abzuschütteln. Der Narwhal war wegen der Landzungen und Sandbänke kein leicht zu befahrender Fluß, und selbst wenn er in der Regenzeit voller wäre, machten die unsichtbaren Gefahren unter Wasser ihn nur noch trügerischer. Es konnte nicht verwundern, daß die Ceolothianer die Straßen dem Fluß vorzogen, wenn sie Lasten zu befördern hatten.

Abseits der verschlickten Küste wurde der Fluß schmaler und tiefer. Als sie flußaufwärts gegen die Strömung kämpften, zeigte Perren, was in ihm steckte, als er unermüdlich ruderte. Bald schon hatten sie die Küstenregion hinter sich gelassen und kamen in eine Gegend, in der es praktisch keine Zivilisation gab.

Eine Woche nachdem sie das letzte Dorf gesehen hatten, wurde der Fluß immer schwärzer und schwoll an, während sie stromaufwärts in die endlosen Kiefernwälder segelten, ruderten und stakten, wo Flöße aus Nadeln, die sich zwischen Stämmen verfangen hatten, an ihrem Boot vorübertrieben. Ein Schauer durchfuhr Caspar, als er Wasserschlangen sah, die zappelten und an der Wasseroberfläche zuckten. Er haßte Schlangen und konzentrierte sich auf den Wald. Oft sah er Bären, die zum Trinken ans Ufer kamen, und einmal meinte er, Kobolde zu sehen, doch bis er die anderen darauf aufmerksam machen konnte, waren die kleinen Kreaturen schon nirgends mehr zu sehen.

Die Szenerie blieb tagelang unverändert, bis sich der Wald lichtete und sie in der Ferne eine schimmernde Stadt am Hang erblickten. Der Fluß verengte sich. Die Ufer wurden steil und felsig, als sie in einen Kanal gelenkt wurden, wo sie sich einer Reihe weiterer Boote anschlossen, die alle darauf warteten, eine Folge von Schleusen zu durchfahren.

Das Wasser füllte den Kanal mit seinen steinernen Wänden, deren kahle Ufer nach modernder Vegetation stanken und von grünen Algen überwuchert waren. Jenseits der schmalen Welt des stinkenden Kanals war über ihnen nur ein Himmelsstreifen auszumachen. Es war grauenvoll bedrückend.

So fuhren sie nach Castabrice hinein, wie Ratten auf einem Floß in einer offenen Kloake, wobei der Kanal bis direkt an den Rand der hellen Stadt führte. Sehnsüchtig sah Reyna die hohen, luftig weißen Türmchen an, die über dem Kanal aufragten, während Caspar Perren neuerlich mit Bandagen umwickelte, die den Eindruck vermittelten, er litte unter gräßlich entstellenden Pockennarben, und neugierig die Schleusentore betrachtete, die von der Stadt aus in den Kanal führten.

»Hochwasserschutz«, erklärte Elergian.

»Natürlich ist Castabrice nicht die ursprüngliche Hauptstadt. Aber immer war es die schönste Stadt, vom Reichtum der größten Sonnenradrubinminen erbaut; doch ist es keine Stadt der Wissenschaft oder des Gesetzes. Die Bruderstadt Castaguard ist das alte Herz Ceolothias. Sie ist bemerkenswert. Ich war selbst noch nie dort, aber ich habe soviel davon gelesen und es mir vorgestellt, daß ich mich dort zu Hause fühlen könnte.«

Sie brauchten noch viele Tage, bis sie die zahllosen Schleusen hinter sich hatten, die ihnen den Weg nach Castaguard mit seinen vielen Mauern verstellten. Schwarze Berge, an deren Wänden sich mächtige Wolken sammelten, drohten ihnen vom Horizont her und trugen ihren Teil zur trübsinnigen Grundstimmung bei, als sie in den Schatten der Stadtmauern glitten. Darüber hinaus regnete es.

Reynas Reaktion auf Castaguard unterschied sich sehr von jener auf die Hauptstadt. An jenem Tag war sie sehr krank gewesen, was Elergians Ansicht nach gut für das Kind, doch schlecht für die Mutter war. Sie hatte kaum noch Kraft. Als sie die schwarzen Felsen von Castaguard erblickte, an deren Seiten ein Hauch von verbranntem Rot verschmiert war, stöhnte sie vor Bestürzung auf.

»Es sollte von leuchtendem Rot sein, das im Sonnenuntergang golden und purpurn strahlt. Die ganze Stadt sollte in rotes ceolothianisches Bauxit gekleidet sein, doch seht, was sie damit gemacht haben.«

Jahrhunderte von Ruß und Dreck aus Gruben und Feuern hatten einen finsteren, verdrießlichen Ort entstehen lassen. Caspar wollte nur ungern dorthin. Der Kanal stank und auch die Gräben. Schon hatte sich das Nackenhaar der Wölfin aufgestellt, und Fern zuckte.

Als sie von Süden her in die Stadt kamen, führte der breite Kanal im Bogen ostwärts, dann spalteten sich kleinere Kanäle davon ab und führten zu niedrigen Bögen in den Außenmauer und dann in die Stadt hinein. Die Kanäle waren gegen die Flut geschützt. Einen dieser Kanäle nahmen sie, steuerten an den schwereren Schiffen vorbei und einen baufälligen, kaum genutzten Pier an, wo sie festmachten. Bevor sie gingen, hielt Perren seine Hand ins Wasser.

»Trauer, schreckliche Trauer und Verzweiflung. Menschen kommen in diese Stadt, um zu sterben«, sagte er gewichtig.

»Aber das ist meine Stadt!« Reyna war den Tränen nahe. »Die schöne Stadt Castaguard mit ihren leuchtendroten Mauern.«

»Reyna, regt Euch bitte nicht auf«, flehte der Magier. »Im Augenblick ist nur eines von Bedeutung, und das ist Eure Gesundheit.«

»Aber was ist aus meinem Volk geworden?« Betrübt rang Reyna ihre Hände.

Caspar betrachtete die mächtigen Stadtmauern und schob vor Überraschung seine Augenbrauen in die Höhe. Jenseits des befestigten Kanalufers fiel der Boden zum Herzen der Festungsstadt hin ab, von wo allein der obere Teil eines grimmig schwarzen Turmes über die umstehenden Bauten aufragte. Er hatte gedacht, er würde einen Bergfried sehen, der auf einem kleinen Hügel stand, doch von hier aus war über das Kliff der schwarzen Mauer vor ihm hinaus nichts zu erkennen. Eine riesige Garnison, so schloß er, als er sah, daß die oberen Bereiche der Mauern Fenster hatten, zweifelsohne hohl waren und Schlafquartiere für zahllose Männer boten. Da er selbst von einer Burg stammte, war er vom Ausmaß der Wehranlagen Castaguards schwer beeindruckt.

Er schnitt ein Stück von einem Seil, um eine Leine für die Wölfin zu bekommen, damit der allgemeine Aufschrei ihretwegen sich in Grenzen hielt. Sie fauchte und kämpfte und jaulte, wand sich auf den Rücken und kaute wild am Seil herum, als fürchtete sie schrecklichen Verrat. Erst als Fern ihr ein Stück knorriger schwarzer Wurzel anbot, von der er sagte, unter Rehen sei sie als »Faunköder« bekannt, ließ sie sich beruhigen.

Perren lachte über den Namen. »Es schmeckt köstlich süß. Die Alten haben es uns oft mitgebracht, da es uns wochenlang beruhigte, wenn sie genügend davon sammelten. Klappt immer«, sagte er fröhlich, und Fern nickte und lächelte solidarisch.

Am Ende ließ Runa zu, daß sie angebunden war, solange das Seil von ihrem Halsband zum Maul verlief, während Caspar das andere Ende hielt. Er hatte das Gefühl, daß sie ihn besser unter Kontrolle hatte als er sie. Sie war nicht wie Trund. Caspar verstand Trund. Er war dreist, schelmisch, verschlagen und liebte die Aufmerksamkeit, doch die Wölfin war nichts dergleichen, blieb stets geheimnisvoll, stets aufmerksam, stets argwöhnisch.

In dem Augenblick, als sie sich von dem Kanal entfernten und die gerade, breite, von Sandsäcken gesäumte Straße in die Stadt nahmen, stand Fern auf seinen Zehen, reckte seinen Hals und sah sich nach Gefahr um. »Er war hier. Ich weiß, daß er hier war.«

»Fern, sei nicht albern. Er kann nicht vor uns angekommen sein. Es sei denn, er wäre geflogen.« Als die Worte über Caspars Lippen kamen, hatte er das schreckliche Gefühl, als hätte er den Nagel auf den Kopf getroffen, wenn er auch nicht verstehen konnte, wieso. Seine Haut prickelte.

Fern war wegen des Wolfsgeruchs dermaßen aufgebracht, daß Caspar ihm trotz seines Sinnes für Logik unwillkürlich glaubte und beschloß, daß sie, sobald sie Zimmer für die Nacht bezogen hätten, der Fährte nachgehen sollten.

Eben dachte er darüber nach, wie genau sie diese Suche aufnehmen sollten, als sie auf den ersten der Märkte kamen, die das Zentrum der Stadt beherrschten. Entsetzt sah Caspar plötzlich, daß er eine schlaffe Leine in der Hand hielt und Runa fort war. Er war so sehr damit beschäftigt gewesen, nachzudenken und Fern zu beobachten, daß er nicht gemerkt hatte, wie sich die Wölfin ihrem Halsband entwunden hatte. Trund heulte und schnüffelte am Boden und sprintete urplötzlich eine dunkle Gasse entlang, fort vom überfüllten Kern der Stadt.

»Ich denke nicht, daß die kleine Wölfin schon jemals in einer Stadt war«, sagte Reyna. »Es überrascht mich nicht, daß sie fortgelaufen ist.«

Bedrückt sah Caspar Trund nach. »Runa! Ich muß ...«

»Trund wird auf sie achten«, versicherte ihm Perren. »Er ist ihr treu ergeben. Zweifellos wird sie sich einen Weg zum Stadtrand suchen und auf uns warten. Die werden uns schon finden.«

Caspar wünschte, er hätte den allgemeinen Mangel an Sorge teilen können. Aber selbst er vergaß die Wölfin, während er über den grellbunten Marktplatz schlenderte, dem eingesunkenen Bergfried entgegen. Was er in den Schatten sah, entsetzte ihn. Männer und Frauen kauerten in Reihen am nackten Boden, viele davon mit Ketten um den Hals, wobei wunde Stellen und Verletzungen an ihren Körpern von Fieber und Krankheit kündeten. Sklaventreiber, große, kräftige Männer mit langen Peitschen, liefen die Reihen auf und ab.

Das Weinen hinderte Caspar am Schlaf. Er saß im Fenster mit Blick über den Platz, der vom dunkelgelben Mond beschienen war, welcher halb hinter Wolken verborgen blieb. Unten sah er Sklaven, denen kein Raum blieb, sich hinzulegen, und die deshalb mit den Köpfen zwischen den Knien dasaßen, mit krummen Rücken gegen den Regen. Perren saß neben ihm und weinte über die Geschichte menschlichen Leids. Seit vier Tagen saßen sie nun in ihrer Kammer und warteten auf Ursula.

Caspar hatte lange darüber nachgedacht, ob sie auf den Hauptstraßen suchen oder einfach dasitzen und den zentralen Sklavenmarkt beobachten sollten. Am Ende hatte ihn Reyna davon überzeugt, daß sie, so entnervend es auch sein mochte, sitzen und warten sollten. »Ihr werdet ihn nie finden, und es ist unklug, ohne klare Absicht in Ceolothia herumzustreunen. In solchen Dingen sind die Behörden hier pingelig.«

»Pingelig!« Caspar schnaubte. »Ich habe gesehen, wie sie drei Wagenladungen mit Männern und Frauen zusammengetrieben haben, seit wir hier sind. Haben sie einfach wie herrenlose Hunde von der Straße geholt.«

Nachdem Fern vier Tage lang ununterbrochen auf und ab gelaufen war und sich Perrens Hunger nach Geschichten als unersättlich zeigte, standen sie kurz davor, einander die Hälse umzudrehen. Caspar hätte gegen Perrens Liebe zu Geschichten nichts einzuwenden gehabt, hätte dieser nicht die Unsitte an sich gehabt, ihn ständig zu unterbrechen und dumme Fragen zu stellen, daß der Faden einer jeden Erzählung verlorenging.

Betrübt ob des mangelnden Willens seiner Gefährten, Geschichten zu erzählen, gab Perren seine eigenen zum besten. Er begann mit der Geschichte vom Marsch der Steine und wie sie ihren großen Kreistanz über die Erde vollführt hatten; dann die Kriege der Drachen vor tausend Jahren, dann das Jahr, in dem die Förster von Rye Errish die Welt geflutet hatten, um etwas über die Menschen zu erfahren, die sie später durch ihr Land ins Leben nach dem Tode treiben würden. Die Geschichten nahmen kein Ende, und schließlich ließ sich Caspar auf seinen Rhythmus ein, der langsam und verschlungen war und den Helden dieser großen Ereignisse nicht mehr Bedeutung zukommen ließ als dem einfachen Volk, das Zeuge wurde. Es war eine merkwürdige Sicht der Welt, da ihr die Perspektive fehlte, aber Caspar fragte sich, ob Perrens Blick wahrhaftiger als sein eigener war.

Die ganze Zeit über saß er am Fenster, hielt stete Wacht über den Sklavenmarkt, der von einer Bärenstatue inmitten eines schlammigen, stehenden Tümpels überragt wurde. Der moderige Gestank trieb zu ihnen herauf.

Eine Woche später war Perren dazu übergegangen, jedes Tier und Insekt, das je auf Erden gewandelt war, mit vollem Namen zu nennen, und das in so vielen Sprachen, wie er konnte. Caspar dämmerte leise vor sich hin, aber seine Sorge, daß Ursula und Mamluc Castaguard niemals erreichen würden, hinderte ihn am Schlaf. Fast war er schon entschlossen, zu Fuß zur Küste zurückzulaufen.

Die ganze Zeit über saß Reyna da, hatte ihre geschwollenen Beine hochgelegt und stöhnte leise, während Elergian um sie herumlief und Zaubersprüche murmelte. »Hier ist kein guter Ort, ein Kind zur Welt zu bringen. Die Luft ist voller Sporen und Infektionen. Und diese Feuchtigkeit!«

Plötzlich war Caspar auf den Beinen, zeigte und stotterte. »Ursula!« rief er aus. Seine Stimme klang vor ungläubigem Entsetzen wie erstickt.

Feuerschweif hinkte ihr mit hängendem Kopf und Peitschenspuren an seinem Rumpf voraus. Er mochte zwar gebändigt sein, konnte aber immer noch nach jedem treten, der ihm nahe kam. Ursula wurde bei den Fußgelenken vom Pferd über die Erde geschleift, daß ihre nackten Schultern über das Pflaster hüpften und scharrten. Sie schien sich nicht zu rühren.

Die Knöchel an Caspars Händen waren weiß, als er sie um die Fenstergitter ballte, und seine Muskeln zitterten vor Zorn. Die anderen drängten sich stöhnend um seine Schultern. Der Magier zog Reyna mit sich. »Ihr dürft Euch nicht aufregen, meine Königin. Ihr seid schon jetzt erschöpft.«

Sie nickte kraftlos, wollte sich jedoch nicht vom Fenster ziehen lassen. Überall in der Stadt wurden Hörner laut, und bald schon hatte sich ein Mob unten auf dem Platz versammelt, manche Mienen leuchtend vor Begeisterung, andere starr vor Zorn. Die Sklaventreiber auf ihren riesigen, pechschwarzen Pferden stürmten voran, schwangen ihre langen Peitschen knallend über den Köpfen der Menge. Sogleich erkannte Caspar die Pferde als auf Torra Alta gezüchtete Streitrösser und schwor, daß keine solchen mehr nach Ceolothia ausgeführt werden sollten.

Ursula wurde auf die Beine gezerrt, und Blut rann über ihren Rücken. Wieder traf die große Bullenpeitsche. Sie schrie nicht auf, obwohl Caspar wußte, daß selbst der tapferste Mann vor Schmerz geschrien hätte.

»Vielleicht hat der Krötensaft sie benebelt, sie gefügig gemacht«, sagte Reyna stockend. »Vielleicht hat dieses Gift doch etwas Gutes an sich.«

Ursulas offensichtliche Tapferkeit zähmte die gaffende Menge, die mit bedrücktem Schweigen sah, wie Seile an ihre Arme und Beine gebunden und dann an zwei der Sklaventreiberpferde befestigt wurden. Deren Hufe klapperten auf dem Pflaster, als die mächtigen Rösser in entgegengesetzte Richtungen getrieben wurden und Ursula dabei vom Boden hoben.

»Sie wollen sie auseinanderreißen.« Caspars Stimme klang trocken und ungläubig. »Wir müssen etwas unternehmen.«

Ursula gab keinen Ton von sich. Sie war ganz still und starrte dem Sklaventreiber trotzig ins Gesicht. Er knurrte und schlug ihr über den Mund. Ihr Kopf flog herum und hing einen Augenblick, dann sah sie wieder auf und starrte ihn finster an.

Die Menge schob sich vor, und Soldaten sammelten sich um sie, hoben die Armbrüste, um sie fernzuhalten. Caspar wußte, daß sich Bären in der Stadt befanden, und fragte sich, wieso sie diese nicht um Hilfe rief, doch als er die Armbrüste sah, wußte er, daß sie fürchtete, sie könnten verletzt werden. Offenbar zog sie es vor, ihre Strafe schweigend und allein auf sich zu nehmen. Sie hatte ihr Leben allein gelebt und erwartete auch vom Tod nichts anderes.

Doch dazu wollte er es nicht kommen lassen. Er hatte keine Ahnung, was er tun konnte oder wie er es tun wollte, doch er schrie so laut er konnte von seinem Fenster herab. Sein Schrei war eindringlich, und alles sah sich um.

Er floh aus der Kammer, stürzte die steile, glatte Treppe hinunter ins Erdgeschoß und hetzte aus dem Haus auf den Platz hinaus. Als er an dem Tümpel mit dem stehenden Bären vorüberkam, war seine Hand schon am Bogen. Dreißig Armbrüste waren auf ihn gerichtet, als er vor Mamluc zum Stehen kam.

Er achtete nicht auf die Armbrüste. »Das ist meine Frau!« rief er und richtete den Pfeil an seinem Bogen auf den Hals des Mannes. »Ihr werdet sie losbinden.«

»Sie ist eine entlaufene Sklavin«, rief Mamluc auf Belbidianisch zurück, hielt ihre Hand hoch, um die Tätowierung an ihrem Arm zu zeigen, ein schlichtes, schwarzes Kreuz. »Wir haben sie eingefangen, und jetzt muß sie sich wie alle Entlaufenen den Konsequenzen stellen.«

Einen Moment fehlten Caspar die Worte. Mamluc war von einer Vergiftung nichts anzumerken. War er dem Gift entkommen oder besaß er tatsächlich Zauberkräfte, die ihn vor dem Krötensaft beschützen konnten? Caspar marterte sein Hirn, suchte nach etwas Überzeugendem, was er hätte sagen können. »Sie ist nicht entflohen. Ich habe sie geschickt, damit sie Kräuter für mich sammelt. Sie gehört mir!« schrie er. »Es ist empörend. Ihr dürft mein Eigentum nicht schädigen!«

»Ihr seid Belbidianer. Alle Welt weiß, daß Belbidianer keine Sklaven halten.«

»Ich bin lange schon in Ceolothia und sammle seltene Kräuter. Seht!« Er hielt seine Faust hoch und zeigte einen welken Stengel von gelbem Klee vor, den ihm die alte Frau in Möwenstein gegeben hatte. »Es ist in Ceolothia einfacher, Sklaven zu finden als Diener. Was sollte ich sonst tun?«

»Ihr müßt Euren Besitz nachweisen.«

»Ähm ... ich ...«, stammelte Caspar. Er wußte nicht, wie man üblicherweise den Besitz eines Sklaven bewies. »Die Frau gehört mir, weil sie mein Pferd hat.« Feuerschweif riß seinen Kopf hoch und schnaubte, als er die Stimme seines Herrn hörte.

»Sie ist eine Bärenzähmerin«, tobte Mamluc. »Und meine Sklavin! Ich bin gekommen, um diesen Sklaven zu zeigen, was mit denen geschieht, die fortlaufen.«

»Das könnt Ihr nicht beweisen!« schrie Caspar und erwiderte den Angriff.

»Sie ist in meinem Besitz! Somit ist sie meine Sklavin.«

»Sie ist im Besitz meines Pferdes«, gab Caspar zurück. »Sie ist an mein Pferd gefesselt.«

Einer der ceolothianischen Sklaventreiber warf ein: »Dann müßt Ihr den Besitz des Pferdes beweisen.«

Caspar lächelte zuversichtlich. »Es hat ein Zeichen an der Unterseite der Satteldecke, von blauer Farbe.« Er schrieb das Zeichen in den Schlamm. Es war Ehwaz, die Pferderune; er hatte Brid gebeten, sie dort anzubringen, damit sie ihm Kraft und Glück beim Reiten verlieh.

»Sattelt das Pferd ab«, schrie Mamluc einem der Wächter zu. Der Mann trat an Feuerschweif heran, doch der schlängelte sich herum und drohte mit gefletschten Zähnen.

Caspar schlang seinen Bogen um die Schulter und zog mit beruhigendem Murren den Sattel vom Pferderücken. Feuerschweif schnaubte und wieherte, aber er versuchte nicht, nach ihm zu treten. Ein Aufschrei der Anerkennung ging durch die Menge, als er die Satteldecke hochhielt, damit jedermann es sehen konnte. Die Rune war deutlich zu erkennen, und aus den Reihen der Sklaven wurde Jubel laut.

»Damit beweist er also seinen Besitz!« knurrte Mamluc mit finsterer Miene. »Ich muß das Weib wohl verwechselt oder vergessen haben, daß ich sie verkauft habe. Das jedoch macht es nicht besser. Ich habe sie erwischt, als sie allein umherwanderte, und wir alle wissen um die Sklavengesetze in diesem Land. Ein Sklave darf nicht ohne Aufsicht herumstreunen. Denkt nur an die Gefahr für die guten, ehrbaren Leute von Ceolothia. Ein Sklave könnte ihnen im Schlaf die Kehle durchschneiden. Die Strafe für eine solche Nachlässigkeit ist klar. In die Sklavenminen mit ihnen!«

»In die Minen mit ihnen!« brüllten die berittenen Sklaventreiber.

Caspar blieb keine Zeit mehr zum Nachdenken, da er bereits an den Armen rückwärts gerissen wurde und seine eigene Dummheit verfluchte. Hal wäre genau wie er dazwischengegangen, aber hätte auch einen Plan gehabt.

Ein plötzlicher Angstschrei ließ die Männer innehalten, ohne ihn jedoch loszulassen. Irgend jemand schrie auf Ceolothianisch, und Caspar mußte nachdenken, um es zu übersetzen. »Flut! Flut!« Dann sah er, daß es Reyna war, die diese Worte schrie.

Was folgte, war ein Augenblick plötzlicher Stille, die sich in der Menge ausbreitete, gefolgt von einem spitzen Kreischen von Metall und wachsendem Gebrüll. Reyna stand gleich an Caspars Seite und hatte schon geschrien, bevor er sich noch erklären konnte, was geschehen würde. Eine Wand aus schwarzem Wasser, von Weiß gekrönt, tobte durch eine Seitenstraße, riß Wäscheleinen mit sich, die im Wege waren, brach Türen und Fenster heraus und verschlang auf ihrem zerstörerischen Weg abgestellte Karren.

Caspar versuchte, Reyna, Ursula, Lana und sein Pferd gleichzeitig festzuhalten, doch er konnte sie nicht erreichen, weil die Menschen in wilder Panik vom Platz flohen. Statt dessen blieb er stehen und wartete. Wenn das Wasser auf den Platz kam, würde es sich bald ausbreiten und seine Kraft verlieren, und wahrscheinlich würde er nur das Risiko eingehen, nasse Füße zu bekommen. Perren hatte Lana, also schob er sich erst zu Reyna hinüber, nahm sie fest bei der Hand und zog sie gegen den Strom der Städter, Händler, Sklaven und Soldaten zu seinem Pferd, sagte ihr, sie solle sich an einem Steigbügel festhalten, während er Ursula befreite.

Er durchschnitt Ursulas Fesseln, und während ihre Arme kraftlos um seinen Hals hingen, stapfte er durch die steigenden Fluten. Der drängende Schlamm riß an seinen Stiefeln, spülte über seine Knie. Sie blickte zu ihm auf, mit trüber, abwesender Miene, die vor Dankbarkeit schier überquoll.

»Meister«, sagte sie verträumt, fast selig. »Ich hatte nicht zu hoffen gewagt, daß Ihr mich holen würdet. Es hat Euch etwas bedeutet!« Das Glück, das aus ihrer Stimme sprach, wurde zu Angst, und Caspar merkte, daß auch er sich vor ihrem Gefühl fürchtete. Er mußte an May denken. Er konnte Ursula nicht mehr als ihre Freiheit bieten.

Er machte sich für die Flut bereit, fluchte, als der Griff eines umgestürzten Handkarrens gegen sein Bein getrieben wurde, doch wie vermutet hatte das Wasser viel von seiner Kraft verloren, als es sich auf dem Platz ausbreitete.

»Hier entlang!« Reyna deutete auf den Brunnen in der Mitte des Platzes, der inzwischen schwarzes Wasser spie. Es stank und schien aus den kloakengleichen Kanälen zu stammen. Die Fontäne stieg zu einem mächtigen Wasserschleier auf, der wie eine Kuppel um die Statue herabfiel und sie gänzlich verbarg. Caspar lief darauf zu, zog Feuerschweif mit sich, der wiederum Reyna durchs Wasser zog.

Er glaubte, sie müsse wohl eine Art Geheimgang unter dem Brunnen kennen, doch er irrte sich. Sie stürmten durch die schwarzen Fluten, daß Feuerschweif wild wieherte und ihm fast den Arm ausriß. Als sie dann unter der Kuppel aus schwarzem Wasser standen, waren sie nicht mehr zu sehen.

»Was machen wir jetzt?« rief er über das Tosen des prasselnden Wassers hinweg.

»Natürlich warten wir auf Elergian«, rief Reyna kraftlos zurück.

Caspar war besorgt. Weiß sah sie aus, und sie keuchte schwach. Ursula warf einen Blick auf den Bauch der Frau, löste sich von Caspar und sank ins Wasser neben Reyna. »Du meine Güte, Spar, hilf ihr. Siehst du nicht, daß sie schwanger ist?«

Da er Ursula nicht mehr helfen mußte, schob er seine Arme unter Reynas Schultern, um sie zu stützen. Ihn überraschte, wie schwer sie war.

»Ich muß es überleben.« Reynas Knie gaben nach, und Caspar machte sich bereit, sie zu stützen, betete darum, daß der Magier bald kommen würde.

Ein Arm war zu sehen, dann drang Elergians Gesicht durch den Schleier tosender Fluten, gefolgt von Perren, Lana und dann Fern, der zwar spuckte und kreischte, sich aber bald beruhigte.

»Folgt mir«, drängte der Magier. »Bis auf ein paar Sklaven ist keiner mehr auf dem Platz. Der Weg ist frei. Wir müssen hier verschwinden, bevor dieser verrückte Sklaventreiber merkt, daß keine echte Flut droht.«

Sie stürzten durch den Wasserschleier und rannten, so gut es ging, wobei Perren Ursula trug, während Elergian und Caspar Reyna in die Mitte nahmen. Sie humpelten durch die steilen Straßen gegen die Flut und kamen durch ein breites Schleusentor in einen eingesunkenen, schlammigen Durchgang, der einst ein Kanal gewesen war.

Der Magier lächelte Reyna an, und seine Miene war voll Sorge. »Meine Königin, alles war, wie es sein sollte. Die alten Karten, welche die erste Königin im Exil gezeichnet hat, stimmten.«

»Wohin gehen wir?« fragte Caspar.

»In die Gemächer des Magiers natürlich. In ganz Ceolothia dürfte es keinen sichereren Ort geben«, erklärte ihm Elergian.

»Wieso das?« fragte Caspar atemlos. »Und wieso fürchten sich alle so sehr vor der Flut? Sie war nicht so schlimm.«

»Vor neunhundert Jahren wurde die ganze Stadt überflutet. Jemand entließ alles Wasser aus den Kanälen, und die Stadtmauern hielten das Wasser fünf Tage lang. Nur wenige überlebten. Seither fürchtet sich ganz Castaguard. An den Stadttoren dürften sich jetzt die Menschen drängen, weil sie hinauswollen.«

»Und mit Glück werden viele Sklaven entkommen«, fügte Ursula bewegt hinzu.

Sie liefen den leeren Kanal entlang, und das Echo der platschenden Füße hallte zwischen den kahlen Wänden des schmalen Kanals nach, bis sie auf einen Sims kamen, der selbst für Feuerschweif noch breit genug war. Dieser führte zu zwei stählernen Türen hinauf, die in die Seitenwand des Kanals gehauen waren. Die Türen waren mit sechs Bolzen verriegelt.

Elergian zögerte kurz, dann sagte er: »Die rechte.«

»Nein, die linke«, meinte Reyna.

»Ich erinnere mich genau. Eure Mutter sagte, es sei die rechte.«

»Die linke«, beharrte Reyna. »Streite nicht mit mir. Sie war meine Mutter, also sollte ich es wissen.«

Caspar stutzte angesichts dieser Logik, doch der alte Magier schien es nicht weiter anzuzweifeln, und ohne weiteres Aufhebens machte er sich an den Bolzen der linken Tür zu schaffen. Sie waren rostig und wollten sich nicht rühren. Er schien besorgt. »Bald werden sie den Kanal wieder füllen, und wir müssen ertrinken, wenn wir nicht hineinkönnen.«

Perren stieß ihn beiseite und brauchte nur seine geballte Faust, um die Bolzen zu lösen, die herausflogen, als wären sie von einer Armbrust abgeschossen. Er riß am Türgriff, doch nicht einmal Perrens ungeheure Kraft und sein Gewicht konnten die Tür aufziehen.

»Drück«, schlug Reyna vor.

Sie glitt auf, als wären die Angeln aus Butter. Vor ihnen lag ein Tunnel, der von Licht erhellt war, welches durch die

Gitter über ihren Köpfen fiel. Die Wände waren mit seltsamen Zeichen beschrieben, mit Monden, Sternen, Kometen und Sonnenrädern, mit Zeichnungen von Menschen und Darstellungen von Hexen, Zauberern und Kobolden. Caspar fürchtete, sie könnten einen Fluch darstellen.

Als er mit dem Magier darum rang, Reyna durch den schmalen Tunnel zu tragen, schrammten seine Arme an den Felswänden entlang. Dann war plötzlich alles still, das Tosen des Wassers und die Schreie aus der Stadt nicht mehr zu hören, als Perren hinter ihnen die Tür zuschlug. In der unerwarteten Stille klangen das Quieken von Ratten, das Tropfen von Wasser und das Klappern von Feuerschweifs Hufen auf dem Stein sehr laut. Caspar war nicht sicher, wie weit oder in welche Richtung sie durch den Tunnel gelaufen waren. Sie mochten im Stadtkern oder weit über die Stadtmauern hinaus sein. Er konnte es nicht sagen. Der trübe beleuchtete Tunnel führte sie zu einer großen Tür aus schwarzem Holz, zweifellos Eiche. Auf der gespaltenen Maserung hatte jemand eine Runeninschrift angebracht.

»Es könnte ein Fluch sein«, warnte Elergian. »Tretet zurück. Ich will einen Bannspruch sagen.« Er murmelte aus tiefer Kehle.

Sanft setzte Perren Ursula am Boden ab. Sie sank in sich zusammen und hustete. Schwarzes Blut rann aus ihrem Mund und tropfte in ihre offene Hand.

»Schnell!« schrie Reyna den Magier wütend an. »Sie macht es nicht mehr lange. Der Krötensaft wird ihren Lungen und dem Magen furchtbar geschadet haben. Wir müssen sie hineinbringen.«

Caspar seufzte. »Das ist kein Fluch.« Die Runenzeichen waren in der uralten Caballischen Sprache verfaßt, die seiner eigenen nicht unähnlich war, und er hatte sie ohne weitere Probleme verstanden. »Dort steht, hier sei die Tür zu den Mysterien.«

Er trat an Elergian vorbei, hob den Riegel und schob sich hinein. Vor ihnen gähnte eine hohe Halle, die aussah, als wäre sie einst mit prächtigen Farben bemalt gewesen, doch nun war sie mit einer dicken Staubschicht überzogen. Tageslicht fiel durch riesige Bogenfenster im Kuppeldach auf einen langen Tisch vor einer kalten Feuerstelle. Alles, selbst die Spinnweben, die sich von den Wänden zum Kronleuchter spannten, war verstaubt.

»Seit siebenhundert Jahren unangetastet!« verkündete der Magier, und Tränen glitzerten in seinen Augen.

KAPITEL 9

May zappelte und kämpfte, bis sie ihren Mund von der erstickenden Hand befreien und Amaryllis' Namen schreien konnte. Seine Antwort klang ebenso verzweifelt und drang zu ihr herüber, bevor sie von hohler Finsternis umfangen war. Man zerrte sie durch die engen Verwerfungen und zwängte sie durch Spalten, so daß die scharfen Felsspitzen ihr die Haut aufrissen.

Jemand fesselte ihre Hände mit etwas, das sich zu weich und dehnbar anfühlte, als daß es ein Seil sein konnte, und schleppte sie halb, trug sie halb immer tiefer in die Risse im Fels hinunter. Die ruppige Reise schien endlos, doch langsam merkte May, daß die Finsternis nachließ und sie die festen Wände und Decken aus Fels um sich erkennen konnte.

Amaryllis hatte recht gehabt. Rubine überall! Es waren Rubine, die ihr Licht gaben. Die Anzahl der Steine war anfangs gering, wie rote Sterne am mondlosen Himmel, doch bald wurden es mehr, als sie in die nächste Kammer kamen, wo das gemeinschaftliche Leuchten May in die Lage versetzte, ihren Peiniger zum ersten Mal deutlich zu sehen. Es war kein Untier aus der Unterwelt, wie sie befürchtet hatte, sondern genau der Soldat, der sie im Refektorium angegriffen hatte. Aber er war unnatürlich welk, die Haut an Armen und Gesicht ganz runzlig. Irgendwie konnte das schwache Leuchten seine Miene nicht erhellen, denn seine beiden schwarzen Augenhöhlen sogen das Licht in sich auf.

Er schleppte sie durch die glitzernde Kammer und durch einen engen Spalt wieder ins Dunkel. Dann schwang er sie über seine Schulter und stolperte voran, scharrte mit den nackten Füßen rhythmisch auf den Steinen, und sie fragte sich, wie er sehen konnte. Während sie auf seinem Rücken schaukelte, gab sie sich alle Mühe, ihre gefesselten Hände dem Druiden-Ei entgegenzustrecken, aber sie konnte die Schatulle nicht erreichen. Das Necrönd war ihre letzte Hoffnung gewesen. Was immer diese Kreatur auch sein mochte, es hätte sie wohl vertrieben, doch nun ...

Dann wuchs tief in ihr ein Gedanke. Sie wollte warten. Diese welke Kreatur trug sie tief in die Berge, wo niemand sie je wieder finden würde. Wollte sie denn nicht dorthin?

Plötzlich senkte sich die Decke herab, und ihr Kopf stieß daran. Blut rann über ihr Gesicht, und ihr schwanden die Sinne. Sie biß die Zähne zusammen und versuchte sich zu konzentrieren. Sie hatten eine große Höhle betreten. Zwar war es nach wie vor dunkel, doch sie merkte, daß es ein großer Raum war, weil die müden Schritte des Soldaten plötzlich laut hallten. Wieder zerrte er sie durch einen Spalt im Fels und dann in die nächste Höhle.

Ein winziger Lichtfleck wuchs mit jedem taumelnden Schritt des Mannes, bis sie in einen kurzen Durchgang kamen, der in eine helle Kammer voll glühender Kristalle führte, von denen jeder einen Tropfen der Sonne in seinem Herzen zu tragen schien. Wieder sah sie ihn deutlicher. Im Nacken ragten seine Halswirbel unter der faltigen Haut auf. Als spürte er ihre Blicke, hob er sie von seinem Rücken und hielt sein dunkles Gesicht vor ihre Augen.

»Hilfe«, flehte er auf Ceolothianisch.

Einen Moment lang sah May den Mann und fand in seinen Augen einen Funken Menschlichkeit, der alles war, was von seiner gemarterten Seele übrig war. Dann wurde er ganz starr, als packte ihn etwas innerlich, und Blut rann aus seinem Mund. Ein gelber, verfaulter Zahn glitt hervor. Durch das blutige Naß flehte eine ceolothianische Stimme um einen schnellen Tod, dann verzog er das Gesicht, und ein Hohngrinsen zerrte an den kranken Lippen.

»Seine Liebe!« knurrte er auf Belbidianisch und warf sie über seinen Rücken. »Seine Liebe. Was könnte besser sein? Fast sind wir da, fast da. Ich habe jetzt fast alles. Und dann wird man keine Götter mehr brauchen.« Das Schlurfen seiner Füße hallte mit neuerlicher Energie durchs Dunkel.

Angst überkam sie. War sie tief genug in den Minen? Wie konnte sie sich von ihm befreien? Die Fragen rasselten ungelöst in ihrem Kopf herum. Zwar waren ihr die Hände gebunden und sie konnte das Druiden-Ei nicht erreichen, dennoch legte sie ihre ganze Energie hinein, sich darauf zu konzentrieren, in der Hoffnung, daß sie ihm ihren Willen aufzwingen würde. Aber sie konnte nur an ihre Angst und die Barriere der Schatulle zwischen ihr und dem Ei denken. Das silberne Kästchen wurde für sie zu einer undurchdringlichen Wand, und erst als sie sich an Caspars Erklärung erinnerte, wie er mit entmutigenden Situationen fertig wurde, wußte sie, was zu tun war.

Er hatte ihr erzählt, wie es ihm unmöglich gewesen war, den älteren Jungen gegenüber Autorität zu zeigen, die für das Garnisonsleben ausgebildet wurden. Als man ihm zum ersten Mal befohlen hatte, allein die Schießausbildung eines Tages zu organisieren, was er oft schon getan hatte, doch stets unter Hals Aufsicht oder unter den Augen des Hauptmanns, war er plötzlich ratlos und vergaß selbst die einfachsten Prozeduren. May verstand. Dreihundert Jungen waren nicht leicht zu lenken und hörten kaum auf irgendwen, sofern der Baron nicht in der Nähe war. Caspars Mutter war ihm zu Hilfe gekommen. »Konzentriere dich nicht auf die Probleme. Denk nicht einmal daran. Sieh doch, da ist Pip. Stell dir vor, nur du und Pip wären hier, und es wäre ein schöner, sonniger Tag« – tatsächlich regnete es in Strömen – »und du zeigst ihm, was er tun soll. Sieh ihnen ins Gesicht und mach aus ihnen allen Pip, dann wird es bessergehen.« Danach, wenn er sich auch nie wie Hal durchsetzen konnte, kam Caspar doch wenigstens zurecht.

May stellte sich vor, sie wäre in Morrigwens Kammer, wo es stets warm und angenehm war, und die Greisin hielte ihre Hand und griffe dann in ihrem Namen nach dem Druiden-Ei. Augenblicklich umfing Mays Denken das Ei, und eine Woge von Kraft ging durch sie hindurch! Nun war sie Herrin über ihre Feinde!

Ein Freudenschrei ihres Peinigers erschütterte ihren Triumph. Er machte sich ihre Gedanken zu eigen und rang mit ihrem Geist um die Kontrolle über das Objekt, und seine Willenskraft war um vieles größer als die ihre. Untiere aus der Unterwelt, mächtige, monströse Oger rührten sich zwischen den Steinen um sie, winzige Kreaturen tanzten in den Lichtpunkten. Sie wollte diese dazu bringen, sie zu schützen, doch sie knurrten nur und machten sich auf Weisung des Soldaten über sie her. Sie wußte, daß sie überwältigt war.

Im selben Augenblick, als ihr Wille nachließ, raubte er ihr noch mehr Kraft. Sie versuchte sich zu konzentrieren, suchte diese Ebene klarer, reiner Gedanken, die ihr endgültige und alleinige Macht über das Druiden-Ei verleihen würde, doch ihr Geist war gefangen. Es war, als würgte etwas ihr Denken mit einer Garrotte, die sich immer enger um das weiche Gewebe ihres Hirns schlang.

Sie war schwach vor Schmerz. Vor ihren Augen wurde alles rot, als der schreckliche Zorn des Soldaten, sein verleumderischer Haß und seine Verworfenheit, seine Lust an der Zerstörung in ihre Gedanken drangen. Sie wälzte sich in seinen Empfindungen, fühlte seine klägliche Trauer und unendliche Einsamkeit, als hätte diese Kreatur einst Liebe gekannt und war nun verbittert und verdreht und hatte alle Freundschaft und Gemeinschaft mit anderen verloren. Die gräßliche Erkenntnis, daß Einsamkeit ein solcher Brunnen bitteren Hasses sein konnte, krallte sich wie eine wilde Katze in ihre Gedanken. Um sie drängte sich eine dichte Schar aus Tieren, deren Leiber sich zu einem klebrigen Ganzen verbanden. In diesen lebenden Eintopf wurde sie hineingesogen und im Schleim der Ursuppe hin und her gerissen wie ein Kätzchen, das man in einem Eimer ertränkt.

Sie durfte nicht mehr an das Druiden-Ei denken. Durch sie nahm er damit Kontakt auf, und sie wußte, daß sie sich zurückziehen mußte, damit er keine Macht darüber bekam. Nur wie? Ihre Gedanken gingen im Mahlstrom gepeinigter Seelen innerhalb des teuflischen Gefängnisses im Ei unter. Wölfe knurrten aus der dunklen Peripherie ihrer Wahrnehmung, vom Schwarz gerufen, und zwischen ihnen standen drei hochgewachsene Männer, in Rot gekleidet, mit spitzen Hüten auf den Köpfen. Sie drehten sich herum und lachten ihr ins Gesicht.

Ich bin zu schwach, dachte sie und betrauerte zu spät ihren Entschluß, das Necrönd an sich zu nehmen.

Sie dachte an die Heimat, versuchte, sich an jene zu wenden, die sie einst geliebt hatten. Erst dachte sie an ihre Mutter und dann an Morrigwen, doch beide waren tot und konnten sie nicht trösten. Erst als sie an Caspar dachte und sich vorstellte, wie er zu ihrer Rettung eilte und seine Arme um sie schlang, fand sie etwas von ihrer Selbstbeherrschung wieder. Sie wollte nicht Baronin von Torra Alta sein. Es bedeutete ihr nichts. Sie sehnte sich nur nach der sanften Berührung des ehrlichen Jungen, nach seinem unsicheren Lächeln, danach, daß er ihre Hand nahm, zum Himmel deutete und sagte: »Dort fliegt der Falke. Komm, fliegen wir mit ihm!«

Die Fessel um ihren Geist gab nach. Eine Sekunde lang glaubte sie, ihre Willenskraft habe gesiegt, doch dann merkte sie, daß der andere schwach geworden war, weil seine Konzentration nachließ, als Caspars Abbild in ihren Gedanken wuchs.

Die drohenden Tiere um sie herum verschwanden, wurden von der Magie des Necrönd wieder in die Anderwelt getrieben. Nun war sie nur noch seine Gefangene. Sie fragte sich, wieso er nicht versuchte, das Necrönd mit körperlicher Gewalt dem Kästchen zu entreißen, das an einer Kette um ihren Hals hing.

Er trug sie aus der glühenden Kammer in die Dunkelheit, wo ihre Sinne betäubt wurden und ihr Geist durcheinandergeriet. Deutlich nahm sie nur das Tappen seiner Stiefel wahr, sein angestrengtes Keuchen und sein beständiges, freudiges Zischen: »Seine Geliebte! Seine Hure. Ich habe sie! Niederträchtiges, kleines Weib, zwingt mich den ganzen Weg über die Welt. Niederträchtige, kleine Kreatur, jetzt wirst du leiden. Du wirst leiden, wie ich gelitten habe. Du hast keine Vorstellung davon, wie sehr. Talorcan hätte es mir ersparen sollen, aber er war schwach. Stets werden wir Männer von Frauen verführt, von lieblich lächelnden, goldzüngigen Weibern. Die Essenz der Weiblichkeit ist Bosheit. Ihr seid böse. Ihr alle seid böse!«

Die irren Worte des Soldaten erfüllten May mit Schrekken. Sie betete zur Großen Mutter um Gnade. Doch die Worte erstarben auf ihren Lippen, als sie sah, was vor ihr lag. Sie verlor die Selbstbeherrschung, schrie in Panik. Grüne Flammen erhellten den Weg, deren Feuer von einer Flüssigkeit aufstieg, die blubberte und zischte und Lichtspiralen wie tanzende Würmer durch die lodernde Hitze der Flammen spie. Ihre Schreie blieben ungehört, erstickt von jenen der gepeinigten Männer, die sie vor sich sah.

Um die grünen Feuer hockten bucklige, langgliedrige Kreaturen, an deren verlängerten Fingerspitzen knorpelige Saugnäpfe saßen. Ihre Gesichter waren lang, mit kleinen Nasen und Mündern, ihre Augen waren überproportional groß und zwinkerten unablässig. Schmale, echsengleiche Zungen zuckten hervor, entrollten sich vor ihren winzigen Mäulern. Die Kreatur, die ihr am nächsten war, ließ ihre Zunge schnalzen und schleimte damit über Mays Gesicht.

Ein Mann, unzweifelhaft ein verirrter oder aus den Minen entführter Sklave, schrie vor Qualen; er steckte auf einem Spieß und wurde über den Flammen gedreht. Ein anderer an seiner Seite war schon lange tot, die Kleidung war verbrannt, und das Fleisch unter der Haut knisterte und knackte wie bei einem Spanferkel, würde bald außen knusprig und innen saftig sein. Weitere hingen von den Wänden, mit Haken durch die Schultern. Von einigen wenigen abgesehen, hatte man allen die Augen wie zu einem Ritual herausgeschnitten.

»Es schmerzt! Es schmerzt!« Wie wahnsinnig lachte der Soldat und bohrte einen Finger tief in eine der leeren Augenhöhlen der Sklaven. »Fühlt, wie es schmerzt! Andere sollen meinen Schmerz spüren. Sagt mir, wie sehr es schmerzt«, tobte er, während die dünngliedrigen Kreaturen mit den buckligen Rücken an die Kadaver stießen. Manche schlangen sich liebevoll um die Beine des Soldaten, schlängelten die Arme aufwärts, um nach May zu greifen. Da sie keine Kräfte und auch kein Gefühl mehr in sich hatte, konnte sie auch nicht mehr schreien.

Benebelt starrte sie in die Runde. Jenseits des grünen Lichts von den Feuern stand ein Stuhl mit gerader, hoher Lehne, so tief unter der Erde sicher ein außergewöhnliches Ding. Riemen, mit denen man einen Menschen daran fesseln konnte, lagen auf den Armlehnen, und daneben lag am Boden eine Kopfklammer mit großen Schrauben, die dafür gedacht waren, einem Menschen die Augen auszustechen.

Sie holte tief Luft, entschlossen, ihre Selbstbeherrschung wiederzufinden. Arme Sklaven, dachte sie und empfand trotz allem Entsetzen Mitleid für andere. Sie zitterten und kreischten, und sie betete, daß die Große Mutter sie bald von ihrer Pein befreien mochte.

Der Soldat lachte. »Das gilt nicht dir. Ich habe etwas Besseres für dich, Hurenweib. Jetzt habe ich dich, und hier, tief unten in der Erde, kommt dir niemand zu Hilfe, kann dich keiner retten. Jetzt bist du bei den Klopfern, die nur ihre Speisekammer füllen und ansonsten ihre Ruhe haben wollen. Wenn man zu nah an ihren Bauten gräbt, fürchten sie, entdeckt zu werden. Niemand, der so tief gegraben hat, ist jemals wieder heimgekehrt.«

Noch zappelte der aufgespießte Sklave, doch May sah, daß er die Kraft verlor, und schließlich raubte ihm der erstickende Qualm die Sinne. Sie betete darum, daß er schon bald in Ohnmacht sinken würde.

Die Klopfer hoben sie dem Mann vom Rücken und schleppten sie ums Feuer, am Stuhl vorbei und mitten zwischen einem Dutzend Klopfern hindurch, die sich über halbgefressene Kadaver beugten. Splitterndes Knirschen drang aus ihren sabbernden Mäulern, als sie die Menschenknochen knackten. Einer schob seine lange Zunge in einen umgedrehten Schädel, sog das Hirn heraus und wand seine Zunge durch die leeren Augenhöhlen und die Nasenlöcher. Nun lag vor ihr ein breiter Kreis aus Schädeln um ein glitzerndes Bett aus Kristallen. Ein Kelch, ein Messer und eine Sichel lagen daneben, und das tanzende grüne Licht spiegelte sich auf den Kristallen und wirbelte auf dem Metall der drei Opfergeräte.

Man zerrte sie durch den Schädelkreis und warf sie auf das Bett aus glitzernden Kristallen, wo man über sie herfiel und ihre Fesseln durchbiß, von denen sie nun sah, daß sie aus glänzendem Darm bestanden. Man riß an ihren Armen und Beinen, band sie an den vier Ecken des Bettes fest und drückte sie in die schimmernden Spitzen der Kristalle, bis sich diese in ihre weiche Haut bohrten. Bebende Zungen legten sich um ihre Glieder und glitten über ihre Haut. Klebrige Hände wanden sich durch ihr Haar.

Ihr Blick zuckte zwischen Messer, Sichel und Kelch hin und her, und sie fragte sich, ob man ihr nicht den Bauch aufschlitzen und ihr die Eingeweide herausreißen würde, bevor man ihr bei lebendigem Leib das Herz herausschnitt. Unwillkürlich öffnete sie den Mund. »Spar!« wimmerte sie. »Wo bist du? Ich brauche dich!«

Sie wand und wehrte sich, verdrehte ihre Gelenke im Bemühen, sich zu befreien, doch die Fesseln der Klopfer hielten. Der fleischlose Soldat kam heran. Wild wand sie sich, um freizukommen. Am Fuß des Bettes blieb er stehen. Sie dachte, er würde ihr die Kleider vom Leib reißen und sie vergewaltigen, bevor man sie entleibte, doch er stand nur da und starrte sie an. Schweißperlen rollten von seiner Stirn, während er sie so betrachtete. Dann sank er auf die Knie, würgte und übergab sich. Schwarzer Schleim tropfte aus seinem Mund und bildete zu seinen Füßen eine Pfütze. Mit einem letzten Krampf zwang eine zuckende Masse von der Größe einer Faust seinen Mund auf, und der Kiefer knackte, als sie in den Schleim fiel. Die schwarze Pfütze, dick wie Sirup, schob sich über den Boden zum Bett hin.

Der Soldat sank in sich zusammen, nachdem nun alle übernatürliche Kraft aus ihm entschwunden war. Er schluchzte, seine Miene ein Bild der Angst. Fort war der starre, haßerfüllte Blick.

»Verschließe deine Gedanken«, keuchte er auf Ceolothianisch, dazu andere warnende Worte, die May wegen seiner Panik kaum verstehen konnte. Er starrte diesen Schleim an, der ihr über den Boden entgegenkroch.

Nun sah sie, wieso er nicht versucht hatte, ihr das Druiden-Ei zu entwinden. Er wollte sie besitzen, wollte das Necrönd aus ihr heraus beherrschen.

Sie versuchte auszuweichen, während der kalte, schwarze Schleim am Bettpfosten hinaufkroch, sich streckte und nach ihrem Fuß griff. Kälte kroch in sie hinein, betäubte sie bis auf die Knochen. Ihr Körper wurde bleischwer, reagierte nicht, wurde ihr fremd. Ihr Wille wurde in einen winzig kleinen, entsetzten Teil ihrer Gedanken verbannt, während ihre Hände und Arme dem Willen eines anderen gehorchten. Ein schrecklicher und triumphierender Schrei, der nicht der ihre war, drang aus ihrer Kehle.

Die Gedanken eines Mannes nahmen Besitz von ihrem Kopf, kündeten freudig von Macht und Rache und den Opfern und dem Leid, das er ihnen zufügen wollte, um es den anderen heimzuzahlen. Die Welt war ihm etwas schuldig. Hatte er mit seinem Leid nicht das Recht dazu erworben? May konnte seine Logik nicht verstehen, und sie versuchte es auch nicht. Sie wußte nur, daß sie dieses kalte, heimtückische Etwas schon einmal gespürt hatte, und das ängstigte sie nur noch um so mehr.

Die Klopfer durchschnitten die Bänder, mit denen sie an das Bett aus Kristallen gefesselt war, und sie sprang auf und aus dem Kreis. Die langgliedrigen Klopfer verneigten sich, wanden sich unterwürfig, hielten die Gesichter nah am Boden und schielten sie seitwärts an, wie kleine Hündchen. Sie merkte, wie sie zum Feuer lief, und hörte ihre Stimme dröhnen, daß sie sich vor nichts und niemandem fürchte. »Seht, jetzt habe ich die Macht! Ich beuge mich keinen Göttern. Scharrt vor mir und niemandem sonst im Staub, denn ich bin der einzige Gott. Gott über Leben und Tod, Lenker der Seelen, Herrscher über dieses Leben und das nächste.«

Ihre Hände zitterten über dem Kästchen mit dem Druiden-Ei, doch zwang das Schwarz in ihr sie nicht, es zu ergreifen. Der dunkle Schatten schien noch nicht ganz bereit. Welches Übel ihren Leib nun auch beherrschen mochte, sie war doch auch noch da. Und sie hatte ein Recht, da zu sein! Nie wollte sie furchtsam zurückschrecken. Sie wollte kämpfen. Wenn er ihr seinen Willen aufzwingen konnte, so konnte sicher auch sie ihn zwingen, ihr zu Willen zu sein.

Große Mutter, gnade meiner Seele. Ich bin hier in deinem Schoß, tief in der Erde, wo alles Leben seinen Ursprung hat. Mutter, erhöre mich, betete sie.

Sie wiederholte ihr Gebet, und der Zorn ihres Peinigers brach in ihr auf. Ihre Hand zuckte und schlug ihr ans Ohr. Ihr drehte sich alles im Kopf, und vom Schmerz wurde ihr ganz übel. Der Peiniger lachte und kreischte und schlug sie erneut, härter und härter.

Daraufhin betete sie inbrünstiger, zwang sich auf die Knie, und ihr Geist wandte sich der Mutter zu. Für einen kurzen Augenblick des Triumphes gaben ihre Knie nach. Doch die Freude über ihren Sieg brachte mit sich, daß die Konzentration auf ihre Gebete nachließ. Ihr Körper richtete sich auf und war gezwungen, zu den grünen Flammen zu laufen, wo der aufgespießte Mann nun brutzelte und vor ausgelassenem Fett glitzerte. Ihre Hand fuhr in die Flamme. Sengender Schmerz zuckte durch ihren Leib, als die Haut an ihren Fingern anschwoll und Blasen schlug.

»Sieh, ich habe die Macht. Du bist schwach, Weib«, spottete ihr eigener Mund.

Sie schrie innerlich, aber sie konnte nichts tun, um ihren Arm zurückzuziehen, da der stärkere Wille sie dort hielt.

Sie starrte ihre Hand an, und ihr Wille gab nach, als sie sich im Schmerz verlor.

»Die Zeremonie!« begann ihre Stimme. »Wir beginnen mit der Zeremonie.« Ihre Arme, der eine schwarz und voller Blasen, hoben sich über ihren Kopf, und befehlend schnippte sie mit ihren Fingern. »Bringt die Kristalle.« Sie nahm eine schmale Klinge neben dem Feuer auf und begann Runenzeichen in den steinernen Boden zu kratzen. Diese waren jenem Teil von ihr, der May war, unbekannt.

Die Klopfer huschten aus dem grünen Licht der Kammer ins Dunkel und kehrten Minuten später mit ungeschliffenen Sonnenradrubinen zurück, die sie in Kreisen um sie herum anordneten. Jenseits dieses Kreises meißelten sie dünne Striche in den Fels, um drei konzentrische Rinnen zu bekommen. Die innere füllten sie mit Wasser und die nächste mit grün flammender Flüssigkeit. Dann hielt man den Kelch an den Hals eines der Sklaven, der kopfüber an der Wand hing. Das Messer blitzte, und Blut spritzte aus seiner Halsschlagader, ergoß sich über den Kelch. Sein Leib zuckte, und das Blut floß. Dieser Vorgang wurde bei sechs weiteren Sklaven wiederholt, bis die äußere Rinne voll war.

»Kreise aus Knochen, Kreise aus Kristallen, Kreise aus Wasser, Kreise aus Feuer, Kreise aus Blut, von Runen umgeben, künden von Nekromantik, künden von der Reise der Seelen durch den Äther«, sang ihre Stimme. »Exorziert ihre Seele, damit ich ihren Leib besitzen kann. Sie und ihre Macht sollen mein sein.«

Sie tat alles, was in ihrer Macht stand, um zu verhindern, daß ihr Körper in den Kreis trat. Es war, als ruckte sie an den Fäden einer Puppe und mußte feststellen, daß diese durchschnitten waren. Sie wußte, daß sie versagt hatte, weil es ihr an Willenskräften mangelte. Wütend verfluchte sie sich selbst und merkte nun, warum die Göttin Caspar zum Hüter des Druiden-Eis erwählt haben mußte. Als Sohn einer Hohepriesterin hatte er sicher große Geisteskraft geerbt, und da wußte sie, daß sie ihn dafür am meisten liebte.

Sie verfluchte sich für ihr eigene Schwäche. Sie war zu kleingeistig, nur ein unbedeutendes Mädchen, welches irrtümlich glaubte, erhaben zu sein. Sie hatte geglaubt, sie könnte mit dieser einen großen Geste der Selbstaufopferung Spar vor den Übeln aus dem Ei erretten. Nun merkte sie viel zu spät, welche Teufelei sie ausgelöst hatte.

»Ich habe das Necrönd, und mein erstes Ziel ist Vergeltung. Er muß sterben. Dann erst will ich alle zum Sieg führen und der einzige Gott sein. Habe ich erst seinen Leib zermalmt und seine Seele im Necrönd eingesperrt, werde ich seinen Lebensatem stehlen.« May wußte, daß ihre Stimme von Caspar sprach. Sein Abbild entstand in den Gedanken des dunklen Schattens in ihrem Inneren.

»Nein!« schrie sie, und ihre eigene Stimme brach schließlich als Stottern aus ihrer Kehle hervor.

Der Geist des Peinigers spannte sich an, erstaunt von ihrem Widerstand. Sie nutzte jene Sekunde des Zögerns, um ihre Gedanken auf die Große Mutter zu konzentrieren, stellte sich in Gedanken Morrigwen vor, Keridwen und Brid. Morrigwen war nur noch ein verwester Leichnam, und Keridwen mischte sich mit dem Abbild von Mays toter Mutter, der sie so sehr ähnlich war. Sie stellte sich vor, wie es gewesen sein mochte, als ihr Kopf von einer vaalakischen Axt vom Leib geschlagen wurde. Dann versuchte sie, sich Brid vorzustellen, und sah, wie sie Caspar ins Ohr flüsterte und lachte. Sie wußte jetzt, daß es ihre Verbitterung Brid gegenüber war, die ihrer wahren Liebe zur Großen Mutter im Wege stand.

Plötzlich bezweifelte sie, daß sie das Necrönd zu Caspars Nutzen mitgenommen hatte. War es ein Test gewesen, ein

Ultimatum, ob er ihr doch folgen würde? Sie gab Brid die Schuld, daß sie ihr das Glück gestohlen hatte. May war eine der leidenschaftlichsten Anhängerinnen der Großen Mutter, und doch hegte sie bittere Abscheu gegen die Jungfrau. In Wahrheit haßte sie sie und erschrak bei dem Gedanken.

Wieder brach das triumphierende Kreischen der Finsternis in ihrem Inneren zwischen ihren Lippen hervor. Der Schatten biß sich in ihrem Haß fest, freute sich über solche Bitterkeit, labte sich daran, nährte sich davon.

Zu Tode zerknirscht, daß ihre Gedanken mit der Großen Mutter und ihrer erwählten Trinität haderten, bat May Brid um Vergebung und hoffte, daß sie verstehen würde, und im Grunde ihres Herzens wußte sie, daß dem so sein würde. Ich trage Gutes in mir, protestierte May innerlich.

Ich will niemandem schaden. Ich wollte nur den Mann, den ich liebe. Ich will Spar, schrie sie in ihrem Kopf und dachte an jene ersten Wochen, als er sich ihr zugewandt und sie auf seinem feinen, stolzierenden Pferd mitgenommen hatte, als sie zum ersten Mal die unsichere, zarte Berührung seiner Hand spüren durfte.

»Spar!« schrie sie laut. »Spar!« Sie legte die ganze Kraft ihres Gedankens in diesen Schrei und fühlte Schock und Widerwillen von dem Mann in ihrem Inneren, der nun darum kämpfte, das Druiden-Ei in Besitz zu nehmen, als hätte ihn der Klang von Caspars Namen seiner Sinne beraubt. Er vergaß die Zeremonie, und seine Hände strebten direkt dem Necrönd zu.

Wohlwissend, daß es sein größter Wunsch war, die wilden Kreaturen, die das Ei beherrschte, gegen Caspar zu wenden, dachte sie daran, es zu zerbrechen. Es würde allen Haß und Schrecken der uralten Untiere in diese Welt bringen, und damit Tod, Krankheit und Vergeltung, wie es die Kapuzenwölfe schon getan hatten, doch es würde den dunklen Schatten daran hindern, sie gegen ihre Liebe zu wenden.

Aber wäre es recht, die Welt zu opfern, um Caspar zu retten? Ihr Gewissen wollte daran gar nicht denken. Sie war nicht so erzogen worden, die Welt in derart großem Maßstab zu betrachten. Sie wußte, was Leid war, wenn sie es vor sich sah, und wollte nicht darüber hinaus denken. Caspars Verantwortung mochte Torra Alta gelten, wie das der Trinität der Menschheit galt, doch ihre galt allein Spar. Es gab sonst wirklich niemanden, der ihr etwas bedeutete. Sie war wild entschlossen. Sie mußte das Necrönd zerschlagen.

»Spar!« brach es aus ihr hervor, fast undeutlich. Gurgelnde Geräusche traten aus ihrer Kehle, und die Nennung Caspars rief einen akuten Schmerz in ihr hervor. »Spar!« schrie sie erneut, diesmal verzweifelter. Sie versuchte, sich in die Flammen zu stürzen, in der Hoffnung, daß das Feuer sie läutern, die teuflische Seele in ihrem Inneren vertreiben und möglicherweise auch das Druiden-Ei zerstören mochte. Vielleicht würde die Hitze es bersten lassen. Aber ihr Körper war starr und strebte dem Kreis entgegen.

»Du hast keine Kraft, Mädchen. Du bist schwach. Du bist ein Niemand, eine Spielfigur der bösen Herren über Torra Alta. Wenn ich dich aus deinem Körper verjagt habe, wirst du nur noch ein Schatten sein, der bis ans Ende aller Zeiten auf Erden wandelt.«

Nie zuvor hatte sich May mit solcher Sicherheit, solchem Selbstvertrauen bewegt, und ihr mißfiel, daß nicht sie es war, die sich so bewegte, sondern die Macht ihres Peinigers. Als sie in den geweihten Kreis trat, spürte sie eine kalte Schwäche, ein langsames Ersticken, daß die Welt um sie ganz trübe wurde, als verlöre sie ihr Augenlicht, während ihre anderen Sinne des Tastens, Geruchs und Gehörs deutlicher, schmerzlicher wurden. Sie entglitt sich selbst, sank wie Schnee, der von einem steilen Dach rutscht, der Erde entgegen.

Das Schwarz in ihrem Leib begann zu beten, sang über Eiben- und Birkensymbole von Tod und Wiedergeburt, und dann vom Eschenbaum, der die Welten und alle Teile des Kosmos miteinander verband, so daß man ein besseres Verständnis für das große Ganze aufbrachte. Es sprach von den Bäumen mit großer Zauberkraft, nicht von den einfachen, die sie verstehen konnte, nicht von den unscheinbaren, die von Intuition oder Kraft oder Weisheit kündeten, sondern eher von jenen, welche die Seelen kontrollierten. Sie staunte und fürchtete das Wissen dieses Mannes.

In ihrer Verzweiflung warf sie ihren Kopf in den Nacken und krächzte wie ein sterbendes Tier: »Spar, ich flehe dich an: Rette mich! Such mich! Rette meine Seele!«

Das Schwarz war allumfassend, und fast sah sie nichts mehr. Ihre Hand griff nach dem Druiden-Ei. Eilig rief die Finsternis Kapuzenwölfe aus einer großen Leere. Seltsamerweise waren die Geister der Anderwelt sehr lebhaft vor ihren Augen. In einem Augenblick drückenden Entsetzens sah May die drei großen Männer mit ihren seltsam langen, purpurnen Roben und den spitzen Hüten aus dem Dunkel treten. Sie lächelten erfreut, betrachteten ihre nun beinahe festen Körper. Einer griff nach dem Kelch, blies spielerisch daran und sah zufrieden, wie sich dessen Form veränderte, bis er einen Frosch in Händen hielt.

Das Schwarz raubte ihr mehr von ihrer Kraft, um den Magiern Substanz zu verleihen und sie ganz über die Weltengrenze zu holen. Dann zwang sie der Schatten, herumzufahren; sie konnte nichts mehr sehen, fühlte und spürte aber durch die Intuition, die in ihrer Seele blieb, die Gegenwart noch eines anderen.

»Du!« kreischte ihre besessene Stimme haßerfüllt. »Du!

Du hast mich betrogen. Du wirst für immer sterben. Ohne eine Seele!«

Es kam keine Antwort, nur eine Ahnung von Energie, eine reine, leuchtende Kraft wie die sengende Sonne im Zenit eines Mittsommertages. Die Energie kam ihr entgegen, machtvoll, befehlend, und augenblicklich wußte sie, daß diese Stimme Amaryllis gehörte. Diesmal war sie nicht schön, sondern erschreckend, kam aus den Elementen, aus der großen Kraft der Erde. Und mehr noch, dachte May. Die Energie kam aus der Sonne, schloß sie und erinnerte sich daran, wie Amaryllis sehnsüchtig himmelwärts geblickt hatte, bevor sie in das Dunkel der Minen hinabgestiegen waren.

Nun konnte sie sehen, wenn auch auf merkwürdige Weise, wie Dinge aus der seltsam verschwommenen Welt aufragten. Irgendwie sah sie die Dinge mit größerer Tiefe, doch nichts wirklich deutlich. Dann sah sie sich selbst! Ihr wurde klar, daß man ihre Seele aus ihrem Leib vertrieben hatte, der nun bösartig und verrenkt war, seine Bewegungen fremdartig. Sie lag am Boden, sah um sich Dinge, die sie nie zuvor gesehen hatte, und sie wußte, daß sie verloren war. Sie starrte das Gefüge der Felsen und die Ondinen selbst an, die Geister der nahen Elemente, von denen jene der Luft sie fröhlich umtanzten, ohne ihren Nöten auch nur einen Gedanken zu widmen.

Jemand stand neben ihr, eine kleine Frau mit langen, zarten Fingern und wallendem Haar. Sie war von einer leuchtenden Aura umgeben. Augenblicklich erkannte May in ihr die geheimnisvolle Frau, die ihr in Möwenstein die Weidenrinde gegeben hatte. Sie trug eine traurige, mitfühlende Miene zur Schau und tätschelte etwas, das May für ihre Hand hielt, was jedoch nur Schwarz war. Schrecklich kalt und einsam war es May zumute.

»Ist das alles, was ich bin?« fragte sie.

»Das ist alles, was man ohne das Vehikel seines Leibes ist, mein armes Kind.«

Um sich herum sah sie die Aura, die spirituelle Energie aller anderen Kreaturen um sie herum aufragen. Die verstümmelten Sklaven, die vor Angst zitterten, waren in fahles, blaues Licht getaucht, ihr eigener, besessener Leib von einem schwarzen, zerklüfteten Schatten verdunkelt. Und dann sah sie ihn! Amaryllis trat vor, stieß Töne von blendender Energie aus, so daß ihn ein Schleier aus glorreichem Licht umspielte, ein mächtiger, goldener Glanz. Er war, wie sie sich einst einen Engel vorgestellt hatte, als man sie in ihrer Kindheit die Worte des Neuen Glaubens gelehrt hatte. Er war stark und mächtig, und sein Licht loderte an der Finsternis ihrer eigenen Aura.

Vage sah sie, daß die Frau mit dem hübschen Haar, die, wie sie nun merkte, Amaryllis so ähnlich war, im Kreis umherhuschte, die Kristalle auffegte und neue Runen in den Boden ritzte. Mays Leib wurde mit Gewalt in die Höhle geschleudert, wie von einer Armbrust abgeschossen. Amaryllis ragte darüber auf, und die Höhle erbebte von der Kraft seines Liedes, so daß viele der Kristalle von dem hohen Ton zerbarsten.

Dann merkte sie nichts mehr, bis der schreckliche Schmerz ihrer versengten Hand sie traf. Sie war dankbar. Die gräßliche Kälte und die unerträgliche Einsamkeit ihrer Seele waren fort.

Amaryllis' Stimme wandelte sich von grausamer Rache zur Liebe, als er sie in seine Arme schloß und sanft küßte, damit die Energie, die sie um ihn herum gesehen hatte, in sie floß. Sie sog seine Kräfte und Wärme in sich auf, vergrub ihr Gesicht an seiner Brust und schluchzte wie ein Kind. »Ich war allein. Ich war ganz allein dort draußen, eine verlorene Seele. Wo ist es? Wo ist dieses Wesen, das mich beherrscht hat?«

»Es hat sich verkrochen, es war nur ein leerer Schatten, wie du einer warst, und ist in der Welt um uns herum aufgegangen.«

Sie verbarg ihr Gesicht und klammerte sich an ihn, blickte nur auf, als sie merkte, daß die geheimnisvolle, goldhaarige Frau über ihr kniete. Mitfühlend pflegte sie Mays Verletzungen und rieb ihre verkohlte Hand mit etwas ein, das wie schlichte Weidenrinde aussah.

Schon wollte May ihr danken, als die Frau erstarrte und hinter ihr aufblickte. May folgte ihrem Blick. Anfangs sah sie keine Veränderung, dann legte sie verdutzt die Stirn in Falten. In der Luft bebten Punkte aus flackerndem Licht, die immer dicker wurden, während sie sie beobachtete, bis die Gestalten vieler anderer, kleiner, goldhaariger Männer und Frauen aus der Atmosphäre traten.

»Was tut Ihr, Saille?« fragte ein dunkelhäutiger Mann mit übellauniger Miene und dennoch außergewöhnlich goldenem Haar und leuchtendgelben Augen. »Ihr habt Euch eingemischt. Ihr wußtet, daß man es dem Schicksal überlassen sollte. So war es nicht abgesprochen.«

»Ihr seid gnadenlos, Straif! Dieses unschuldige Kind darf seine Seele nicht verlieren. Ich muß ihr nur ihren Körper wiedergeben. Schließlich hat sie ein Recht darauf und nichts Verbotenes getan, sich nicht gegen das Naturgesetz vergangen.«

»Ihr wißt, daß der Hohe Kreis zusammenkommen und jede so ernste Frage wie das Recht einer Menschenseele diskutieren muß«, brummelte ein anderer mit tiefer Stimme, der ein schweres Buch in seiner Hand schwenkte, als wäre es eine Waffe.

Zwölf goldhaarige Männer und Frauen standen vor ihr.

Sie alle waren von strahlender Schönheit mit zarten Elfengesichtern. May erschrak. Sie hatten Flügel! Hauchdünne Flügel schimmerten und summten. Ungläubig stöhnte sie auf. Vor ihren Augen schwebte etwas, das sie nur als übergroße, lebendige Feen bezeichnen konnte. Sie schienen miteinander zu streiten, schwenkten Zauberstäbe, aber diese waren zu dick, eher wie Gehstöcke. Jeder trug ein Zeichen an der Brust, welche sie sogleich als aufgestickte Runenzeichen erkannte. Der mit dem Buch war Phagos, die Buche; der dort böse murrte, war Straif, der Schwarzdorn, und andere, die angeregt an der Debatte teilnahmen, waren Nuin, die Esche, und Duir, die Eiche. Gemeinsam wandten sie sich Amaryllis zu.

»Du hast deine Stimme mit magischer Kraft benutzt«, warf Straif ihm vor.

»Du wußtest, daß es so nicht vereinbart war.« Phagos kratzte an seinem langen Bart, der ihn offensichtlich störte, und zupfte eine Buchecker heraus. Der Baum der Weisheit und Gelehrsamkeit, dachte May, als ihr die Eigenschaften der Buche einfielen.

»Ihre Seele zählte mehr!« Amaryllis wurde laut. »Ich hätte alles verloren, hätte ich nicht um ihre Seele gekämpft. Alles! Ich hätte sie verloren, und das darf nicht geschehen. Ich liebe sie.«

Mays Herz schlug laut.

»Möglich, doch dein letztes Lied war ein magisches Geflecht, das sie dazu bringen sollte, dich zu lieben. Das war verboten. Du hast unsere Regeln gebrochen«, beharrte Straif.

»Nein, es war ein behütendes, schützendes Lied, ein Lied der Rettung«, widersprach er.

Weiterhin pflegte Saille Mays verbrannte Hand und die Prellungen am ganzen Leib, die sie bereits vergessen hatte.

»Bald kannst du heim zu deiner Mutter«, sagte sie beschwichtigend.

»Meine Mutter ist tot.«

»Natürlich. Entschuldige, meine Süße«, erwiderte sie, als sei es ihr eben entfallen und sie wüßte alles über sie. »Dann solltest du zu deinem Mann heimkehren, kleiner Silbermond.«

»Er liebt eine andere«, antwortete sie ebenso traurig.

»Tatsächlich?« Zweifel lag in der Stimme der Frau.

»Wenn er mich lieben würde, wäre er gekommen, mich zu holen«, sagte May gewichtig.

Saille nickte, doch so, als meinte sie es nicht ernst, und schob May das Haar aus der Stirn. »Du mußt dich ausruhen, Kind. Entspanne dich und laß meine Energie dich durchströmen.«

Amaryllis behauptete nach wie vor, er habe sich dazu gezwungen gesehen, und May sei erst seinetwegen in Gefahr geraten.

Höhnisches Lachen kam vom stämmigsten der feengleichen Leute vor ihr. Das Symbol von Duir, der Eiche, war auf seine Schärpe gestickt. In seiner Hand trug er eine wunderschön geschnitzte Holzflöte mit Intarsien aus Perlmutt. »In der Tat. Mir scheint, sie hat sich in Gefahr gebracht, und du hast sie die ganze Zeit über beschützt. Und sie hat die dritte Macht in ihrem Besitz, die sich in der Obhut der Menschen befindet. In der Tat eine prekäre Lage. War es nicht das, was du von Anfang an begehrtest? Die dritte Macht? Deine angebliche Menschenliebe ist nur ein Vorwand.«

Eine anmutige Dame, welche die Luft mit dem süßen Duft von Geißblatt erfüllte, trat vor und blickte tief in Amaryllis' Augen. May las ihr Emblem. Uilleand, das Geißblatt, sprach mit seidiger Stimme. »Es liegen Wahrheit und

Leidenschaft in seinen Worten. Er ist weit gegangen, um seine eigene Seele zu erforschen. Er verbirgt in seinem Herzen nichts.«

»Er ist ein Förster. Die haben sehr kleine Herzen«, merkte der eine mit dem Abzeichen von Tinne, der Stechpalme, streitlustig an. »Wir brauchen hier eher Taten als dieses endlose Geschwätz.«

»Er hat sich den Regeln widersetzt, und das Gesetz sagt, daß er vernichtet werden muß«, sagte Phagos feierlich und tippte auf den dicken Wälzer.

Straif und Tinne nickten entschlossen.

»Aber er entwickelt gerade eine Seele«, flehte Saille.

May war von diesem Gespräch vollkommen verwirrt. Die Männer der Gruppe schienen entschlossen, selbst Duir, der ein freundliches Gesicht hatte. »Nuin, was sagt Ihr?« Er wandte sich der strahlendsten aller weiblichen Feen zu, deren glorreiches Haar leicht über ihrem Kleid schwebte. Sie spielte mit einem Schlüsselbund in ihrer Hand. May spürte große Weisheit in ihr.

»Ich denke, er sollte noch eine Chance bekommen«, unterbrach Saille laut. Uilleand nickte leidenschaftlich und schlang ihre geschmeidigen Arme um ihren Leib. So ging es hin und her, und May schien es, als verginge viel Zeit. Irgendwie verfälschten diese Wesen die Naturgesetze. Sie rückte näher an Amaryllis und hielt zärtlich seine Hand. Alle Spuren von Verletzungen waren von ihrer versengten Haut verschwunden, und sie wußte, daß lange Wochen vergangen sein mußten.

Saille hatte ihr und den verbliebenen Sklaven, die unter den Händen der Klopfer gelitten hatten, außerdem einen Schlaftrunk verabreicht, und bald schon sank sie in tröstenden Schlaf, ihr ganzes Denken wie in weiche Daunen gehüllt. Gelegentlich erwachte sie zu einem ruhigen Dämmern und nahm den anhaltenden Streit um Amaryllis wieder wahr.

Allmählich erfuhr sie, wie sie es erwartet hatte, daß er kein Zauberer aus Gorta, sondern ein Wesen aus der Anderwelt war, jener Welt, die nach dem Tode jeder zu durchwandern hatte, um in die Glückseligkeit des Annwyn zu gelangen und im Bewußtsein mit der Großen Mutter eins zu werden, bevor er wiedergeboren wird. Anscheinend war er ein seelenloses Wesen, ein Unsterblicher, der ewig leben sollte, doch er hatte gesündigt und sollte sterben und ein Nichts werden, falls er keine Seele für sich fand.

Nun verstand sie, daß er es tatsächlich nicht auf das Necrönd abgesehen hatte. Die Notwendigkeit, sich eine Seele zu suchen, damit er leben und sich dem Kreislauf des Lebens anschließen konnte, war allumfassend und verdrängte alle anderen Bedürfnisse.

»Sie liebt dich nicht. Sie liebt einen anderen. Du wirst erst eine Seele bekommen, wenn du bewiesen hast, daß ein Mensch dich liebt.«

»Aber ich liebe sie«, sagte Amaryllis demütig.

Einige lange Augenblicke herrschte Stille. Die Luft war starr vor Spannung.

Dann stieß Straif ein ungläubiges Schnauben aus, doch Uilleand schüttelte ihren Kopf. »O nein, Straif, er sagt die Wahrheit.«

»Dennoch, das zählt nicht.« Straif blieb ungerührt. »Er hat den Zauber seiner Stimme benutzt und die Vereinbarung gebrochen. Und wäre sie gestorben, wäre er weitergezogen und hätte sich eine andere Jungfer gesucht, um dieser dann den Hof zu machen. Davon hatte er in Rye Errish reichlich, in der Anderwelt, wie die Menschen unser Land nennen.«

»Nein! Ich will keine andere!« rief er entschlossen. »In

dem Augenblick, als sie mich mit ihrem mißratenen Bannspruch aus Rye Errish gerufen hat ... Im selben Augenblick, als mein Blick auf diese unschuldige Verletzbarkeit fiel und ich sah, wie sehr sie mich brauchte, mich wirklich brauchte ... Keiner von euch kann wissen, was es bedeutet, gebraucht zu werden. Sie ist hilflos, schrecklich allein und verlassen und hat eine Mission auf sich genommen, die viel zu schwer und groß ist, als daß ein Mensch allein sie tragen könnte. Dennoch hat sie diese mit Herz bewältigt! Und ich würde mein Lied noch tausendmal singen, um sie zu retten, weil ihre Seele wichtiger ist, als daß ich die meine bekomme. Seht doch, ich liebe sie, und ich habe entdeckt, daß es das ist, was Liebe bedeutet.«

»Nichtsdestoweniger hast du die Regeln gebrochen, und wir müssen dich wieder nach Rye Errish schicken, wo dein Leib welken und vergehen wird, bis du nur noch Staub bist, der durch den Kosmos weht. Du hörst einfach auf zu existieren«, erklärte Phagos feierlich.

»Das ist mein Schicksal, und gern will ich mich fügen, doch gebt mir Zeit, sie bis ans Ende ihres Verfahrens zu begleiten. Ich kann sie nicht hier in den Händen der Klopfer zurücklassen. Und wenn sie überlebt, wird man sie zur Sklavin in den Minen von Kalanazir machen. Das Leben ist hart und böse. Ich muß ihr beistehen. Ihr müßt es mir gestatten. Ihr dürft nicht zulassen, daß sie für meine Sünden bestraft wird. Um ihretwillen, für alles, was rechtens ist, flehe ich euch an: Gebt mir Zeit, ihr zu helfen.«

»Seine Worte sind edel«, rief Saille, und Tränen rannen über ihre weiche Haut. »Ich sage, wir gewähren ihm diesen Wunsch.«

Phagos betrachtete die Mienen der anderen feengleichen Wesen und schüttelte den Kopf. »Saille, ich denke, Ihr seid überstimmt. Er muß wieder zu Staub werden.«

»Nein! Noch nicht.« Verzweifelt protestierte Amaryllis. »Tut ihr das nicht an. Das darf man ihr nicht antun. Ich muß sie beschützen.«

Mays Herz wandte sich ihm zu. Er bat nur für sie. Tränen traten in ihre Augen, und sie zwang sich aus ihrem drogenmüden Schlaf. Amaryllis stand vor dem Hohen Kreis am anderen Ende der Höhle. Mit stählerner Entschlossenheit schwebte sie ihm entgegen, schob ihre Hand in seine und hielt sich fest. Sie wollte ihn nicht im Stich lassen. Sie durfte seine Mühe nicht belohnen, indem sie ihn verschmähte. Es lag in ihren Händen, seine Seele zu retten.

»Spar, vergib mir«, murmelte sie, und Tränen rannen über ihre Wangen. Sie grub ihre Finger in Amaryllis' Hand und fühlte, daß er den Druck erwiderte. »Aber ich liebe ihn. Ihr dürft ihn mir nicht nehmen«, flehte sie. »Das dürft ihr nicht. Bitte, seid gnädig. Tut ihm das nicht an. Tut mir das nicht an.«

Der Kreis löste seinen festen Bund, und Uilleand sah ihr in die Augen. Sie spürte, wie eine Energie in ihrer Seele forschte, und erinnerte sich daran, daß Uilleand verborgene Geheimnisse repräsentierte.

»Aber es stimmt!« hörte May ihren eigenen Protest. »Ich liebe ihn. Ich brauche ihn.«

»War es nicht die Kraft seines Liedes?«

»Das hat mir eher angst gemacht«, meinte May. »Ich dachte, er wollte mich kontrollieren. Nein, ich liebe ihn. Ich brauche ihn. Er hat mich beschützt und sich um mich bemüht, trotz meiner Versuche, ihn loszuwerden. Er hat mir beigestanden«, beharrte sie, und in gewisser Weise wußte sie, daß ihre angebliche Liebe stimmte. Man hatte ihr das Herz gebrochen. Sie war einsam, und niemand hatte sie jemals vorher gebraucht. Amaryllis hatte recht. Nichts auf der Welt glich dem Gefühl, gebraucht zu werden.

»Wir wollen ihm Zeit geben«, willigte Duir ein. »Wir müssen noch keine Entscheidung treffen.«

Allgemeines Nicken machte sich unter den anderen breit, und May spürte, wie Amaryllis sie fester hielt, während die Luft schimmerte und die Wesen verblaßten und schrumpften, bis sie nur noch Lichtpunkte waren.

Sie sah, wie sie vergingen, während die stille Welt um sie herum sich rührte. Die Sklaven erwachten. Jene, die noch Augen hatten, sahen sich verwirrt und ängstlich um, wie kleine Kinder, die aufwachen und keine Ahnung haben, wo sie sind. May schenkte ihnen nur wenig Beachtung. Sie ging gänzlich in Amaryllis' Umarmung auf. Fest hielt er seine Arme um sie geschlungen, brachte seine Lippen zärtlich an die ihren, berührte sie ganz zart. Der Kuß war weder fordernd noch leidenschaftlich, sondern vollkommen selbstlos. Ihr Herz erglühte, und ihre Hände hielten ihn ganz fest.

Amaryllis wich vor ihr zurück. »Es wird nicht lange dauern, bis er eine andere Seele findet, die seinen Bedürfnissen nachkommen will. Wir müssen fort.«

KAPITEL 10

Amaryllis' starke Hände zogen May tiefer in die Höhlen. »Aber ich kann sie nicht zurücklassen«, wandte sie ein.

Er überhörte ihre Proteste. »Wir verfolgen höhere Ziele, und wir haben keine Wahl. Ich habe den Weg der Klopfer nach oben gefunden und ihn drei Sklaven gezeigt, die noch sehen konnten. Nun liegt es an ihnen, den Rest in Sicherheit zu bringen. Du kannst nicht alles machen, Silbermond. Wenn du das versuchst, wirst du gar nichts erreichen. Wir müssen weit hinunter in den Bauch der Erde, bevor der Schatten seinen nächsten Wirt findet.«

May fehlte die Kraft zu streiten. Amaryllis' Stimme klang sanft, und als sie stolperte, hob er sie schließlich von den Beinen und trug sie vor sich, wie ein Bräutigam seine Braut in ein neues Leben trug. Sie war zu erschöpft, dagegen aufzubegehren.

Gespenstisch friedlich war es im grünen Feuerschein der Fackel, die sie den Klopfern genommen hatten, und nur gelegentlich knirschten Knochen unter Amaryllis' Füßen und hörte man das heimliche Tappen der Klopfer hinter ihnen. Die fleischlosen, langfingrigen Kreaturen hielten argwöhnisch Abstand von Amaryllis. Nur einer wagte einen Angriff, sprang von einem Stalagmiten, auf dem er reglos erstarrt gekauert hatte, daß man ihn nicht sah, bis sie direkt unter ihm waren.

Amaryllis war schnell und ahnte den Klopfer, lange bevor May merkte, daß irgend etwas faul war. Er packte ihn bei der Kehle und schlug ihm mit bloßer Faust das Leben aus dem Leib.

May stöhnte auf und klammerte sich fester an ihn. Sie fragte sich, wie oft sie im letzten Monat an einer dieser schleimigen, knochendürren Kreaturen vorübergekommen war, ohne es auch nur zu ahnen. Es gab reichlich Sklaven, die am Wegesrand zusammenbrachen oder in eingestürzten Tunneln festsaßen, daß diese Untiere sie entführen und fressen konnten.

»Wir müssen unterhalb der Ebene dieser Klopfer kommen, tiefer in die Erde. Sie werden nicht allzuweit hinuntersteigen, da sie Lebewesen jagen, die an der Oberfläche leben und versehentlich in ihre Gefilde geraten. Je tiefer wir kommen, desto sicherer müßten wir sein ...«

»Und dort können wir das Necrönd begraben«, beendete May den Gedanken.

Sie sah kaum etwas anderes als geborstenen Fels, von Wasser durchgrabene Höhlen und die seltsamen, kristallinen Formen, die über Jahrtausende in der Finsternis gewachsen waren. Sie drückten sich zwischen Spalten hindurch oder wanderten durch riesenhafte, unterirdische Höhlen, in denen das Tropfen von Wasser stets präsent war. Die grüne, qualmende Fackel, die sie in die flüchtige Flüssigkeit aus dem Feuer der Klopfer getaucht hatten, glimmte düster und gab kaum Licht von sich. Zumindest wurde May die konstante Temperatur angenehm, je tiefer sie in die Erde drangen.

Amaryllis machte halt. Der Fels hatte sich immer enger um sie geschlossen, und als sie sich hindurchzwängten, sahen sie, daß der Spalt wie ein Trichter noch enger wurde und am Ende nur noch ein Haarriß war. May dachte, sie müßten umkehren und sich einen anderen Weg suchen, der sie noch weiter in die Tiefe führen würde. Erst wenn sie ganz unten in den Bergen von Kalanazir waren, wäre sie zufrieden.

Amaryllis hingegen schien die Absicht zu haben, durch jenen Spalt zu steigen. Er holte tief Luft, als wollte er singen, doch er seufzte nur und suchte nach einem passenden Fels.

Er meißelte und hämmerte vor sich hin, während May erschöpft in Schlaf sank, zu müde, um zu träumen. Als sie erwachte, meißelte Amaryllis nach wie vor. Schweiß glänzte auf seiner Stirn und auch am Rücken. Er drehte sich um und lächelte sie an, sagte jedoch nichts. Auch May wußte nicht, was sie sagen sollte, und war froh um sein Schweigen. Eine ungewisse Spannung lag zwischen ihnen, nicht die Selbstverständlichkeit von Liebenden, die seit langem zusammen waren, sondern die Spannnug zwischen Freunden, wenn da eine prickelnde Ahnung gegenseitiger Anziehung war, die alles verändern konnte. Bisher war es ihr egal gewesen, was Amaryllis von ihr dachte, doch nun war sie verlegen, fürchtete, sie könnte etwas tun oder sagen, was ihm mißfiel.

Während der Wunsch, zu gefallen und zu beeindrucken, ihr die Zunge gestohlen hatte, spürte sie, daß auch Amaryllis nicht mehr derselbe war. Endlich hatte er ein Loch herausgemeißelt, welches groß genug war, daß sie sich hindurchzwängen konnten. Sie bahnten sich einen Weg, doch sie mußten nach einem sehr kurzen Stück bereits feststellen, daß der Weg abrupt endete und zu einem schornsteinartigen Schacht im Felsen abstürzte. Ein Stein löste sich unter Amaryllis' Füßen, und es blieb lange still, bis sie weit unten ein fernes, hallendes Prasseln hörten, als er an die Wände des Schachtes prallte. Endlich, nach vielen Sekunden hörte man ein deutliches Platschen, als er im Wasser landete.

Er wandte sich um und lächelte sie an. »Es könnte nicht idealer sein. Wir steigen hinunter. Seit Jahrhunderten ist hier nichts mehr gewesen ... wenn überhaupt jemals.«

Die Luft, die diesen Schacht hinaufstieg, war warm und schwül, und es roch verbrannt. May dachte an den unpassenden Vergleich mit dem Geruch von Stärke und sengend heißen Bügeleisen. Ihre heimelige Erinnerung verging, als ihnen ein Strahl zischenden Dampfs entgegenkam.

»Ein Schlundwurm«, murmelte Amaryllis. »In meinen Tausenden von Jahren habe ich nur einmal einen gesehen, der in die Anderwelt gekommen war. Sie kommen von der Großen Mutter, sind Lebewesen des Kreislaufs und so langlebig wie die Felsenmänner.«

»Ich kann nicht dort hinunterklettern«, heulte May verzweifelt. »Nicht, daß ich Angst hätte. Ich glaube einfach nicht, daß ich es schaffe.«

Er lächelte. »Das hätte ich auch nicht von dir erwartet«, sagte er beschwichtigend und bedeutete ihr, sie solle auf seinen Rücken klettern.

Auch darauf war May nicht sonderlich erpicht, doch sie fügte sich, hielt sich gut fest und schloß die Augen. Oft hatte Caspar sie auf Torra Alta geneckt, indem er auf den Zinnen über den Mauern und den Klippen entlanggelaufen war, wobei hinter ihm allein die gräßliche Steilwand war.

Mit den Armen um Amaryllis' Hals geschlungen, hörte sie ihn ächzen und um Halt ringen. Hin und wieder verrieten ein plötzlicher Ruck und das Klappern von Steinen, daß der Fels unter seinen forschenden Füßen nachgegeben hatte, als er sich nach dem nächsten Halt für seine Zehen gestreckt hatte.

»Halte das Licht höher, Silbermond«, sagte er mit einem leisen Anflug von Ratlosigkeit.

Sie hielt die Fackel fester und betete. Ihr stockte der Atem, als ein Wasserstrahl sengende Luft den Schacht herauftrieb. Die Gischt machte nur Meter vor ihren Füßen halt. Amaryllis drückte sich an den Fels, als Dampf über ihre Rücken strich. Mit eingezogenem Kopf freute sich May über ihr schützendes Bärenfell.

»Aber ... der Schlundwurm ...«, stammelte sie. Die wenigen Steinchen, die Amaryllis löste, landeten nun nicht allzuweit unter ihnen, und ihre Angst vor dem Sturz wich der Angst vor jenem Untier. »Was ist, wenn er uns das Necrönd nimmt?«

»Das wird er nicht«, erwiderte Amaryllis zuversichtlich. »Wir sind so tief unter der Erde, daß hier die Erde selbst das Wasser wärmt, das dann aus tiefen Quellen schäumt. Die Ahnen des Schlundwurms waren hier unten am Beginn der Zeit in der Thermalquelle gefangen, während alle anderen Erdlinge den Weg nach oben fanden. Sie erfreuten sich der gemütlichen Wärme der Großen Mutter und ernährten sich von Mineralien aus dem Gestein. Ein so simples Tier hat keinerlei Verwendung für das Druiden-Ei. Es kann nur hier allein überleben und hegt sicher nicht den Wunsch fortzugehen, und daher hat es nichts daraus zu gewinnen, wenn es das Ei benutzt. Dieser Umstand und das kochende Wasser machen es zu unserem besten Hüter.«

Das war nicht dazu angetan, May aufzumuntern. Sie konnte es sehen: ein riesenhaftes, sich windendes Vieh, mehr oder minder von der Form einer Nacktschnecke, der Kopf gigantisch und augenlos, doch die Haut war durchscheinend wie bei einem Embryo. Sein Gesicht war kaum vorhanden, bis auf einen riesigen Schmollmund, der sie mit siedendem Wasser bespritzte. Ein dicker Schwanz schlug nach dem Wasser. Es tauchte seinen Kopf wieder in den Tümpel, nahm einen ungeheuren Mundvoll und rief wirbelnde Strudel an der Oberfläche hervor. Dann sammelte es – noch halb untergetaucht – die Steine auf, die Amaryllis losgelöst hatte. Aus seinem Maul kam ein bemerkenswertes Mahlen, als sie in seiner Kehle pulverisiert wurden, und May kam es beinahe vor wie ein Vogel. Der Hühnermann auf der Burg hatte ihr einst erzählt, daß die Hennen Splitt in ihrem Futter brauchten, weil sie keine Zähne haben, und daß die Steinchen in ihrer Speiseröhre wie ein Mühlstein wirkten und das Futter zermahlten. Sie dachte daran, daß der Schlundwurm Menschenknochen sicher ohne die geringste Anstrengung zu Staub zermahlen würde.

Mit der grünen Fackel in der Hand, die in der feuchten Luft knisterte, sah sie, daß der Schacht direkt ins siedende Wasser führte. Auf der gegenüberliegenden Seite des Tümpels ragte ein flacher Felsen auf. Nur dorthin konnten sie, doch er half ihnen soviel, als läge er auf der anderen Seite der Erde. Die Hitze vom kochenden Wasser ließ stetig Schweiß von ihrem geröteten Gesicht rinnen. Sie sah keine Möglichkeit, dorthin zu kommen.

»Selbst wenn wir nicht hineingerissen und von dem Schlundwurm in Stücke gemahlen werden, wird uns das Wasser bei lebendigem Leibe kochen.« Sie versuchte, ruhig zu sprechen, konnte aber das Beben in ihrer Stimme nicht unterdrücken.

»Ich weiß. Daran habe ich gedacht«, erwiderte Amaryllis ohne den leisesten Anflug von Beklommenheit.

»Hast du? Aber wie um alles in der Welt sollen wir hinüberkommen?«

Er vermied es, ihr direkt zu antworten. »Es scheint mir der perfekte Ort für unsere Zwecke zu sein. Nur sehr wenige könnten jemals den Weg hierher finden, noch weniger in den Schacht hinuntersteigen, und es gibt niemanden, der das kochende Wasser, die Heimat der Schlundwürmer, durchqueren und den Sims erreichen könnte. Denk nur, wie weit wir unter der Erdoberfläche sind. Die Minen sind tief, und wir sind noch tiefer hinabgestiegen. Wie wir gesehen haben, wird der Kalanazir bald leergegraben sein. Dann werden sich alle aus diesen Bergen zurückziehen, und es wird keinen einsameren Ort auf Erden geben.«

»Das hilft uns noch immer nicht hinüber«, erwiderte May ein wenig steif. Sie war verärgert. Amaryllis hatte recht. Es war das absolut perfekte Versteck für das Druiden-Ei, und dennoch gab es keine Möglichkeit, hinüberzugelangen.

Amaryllis lachte. »Du wirst doch nicht glauben, daß ich dich im Stich lasse, wo du mir soviel bedeutest. Ich hätte dich nicht so weit gebracht, um dich nun zu enttäuschen. Vertraue mir. Meine Stimme wird ...«

»Nein, Amaryllis! Sie haben gesagt, sie würden dich vernichten, wenn du deine magische Stimme benutzt.«

»Das dürfen sie nicht ... nicht wenn du ...« Seine Stimme erstarb.

»Aber Amaryllis ...«

»Wenn du mir treu bist, werden sie mir nur mein Leben nehmen. Was sie auch denken oder entscheiden mögen, sie können nichts tun, wenn du ... wenn du ... Liebe steht über dem Gesetz. Du wirst mir einen Teil deiner Seele geben, wenn du mich liebst, verstehst du? Und du mußt deine Liebe beweisen, indem du mein Kind in dir trägst.«

»Kind!« wiederholte May etwas überrascht. Sie war bereit gewesen, ihm jede Unze liebender Sympathie entgegenzubringen, doch ... sein Kind zu empfangen! Sie errötete, und Caspar war übermächtig in ihren Gedanken.

»Silbermond, liebst du mich?« fragte er mit einer Stimme, die so leise war, daß sie sich beinahe im zischenden Dampf verlor. »Liebst du mich genug, daß du mein Kind unter dem Herzen tragen würdest?«

»Ich ... ich ...« Sie zögerte. Ihre Gedanken wurden von einem Dampfstrahl durcheinandergeschüttelt, der ihr den

Rücken versengte. Sie heulte auf vor Schmerz, und Amaryllis schwang sie auf einen Sims herum, wo sie außer Gefahr war und sich an den Felsen drückte, bis ihr Atem langsamer ging.

Eine tiefe, bebende Stimme wurde laut, als käme sie aus seinem ganzen Körper. Sie wurde laut und wieder leiser, freudig und wieder traurig, so lieblich, daß May an Regenbogen an einem Sommertag oder glitzernde Wasserfälle denken mußte, die von den Gipfeln der Gelben Berge stürzten. Doch am meisten erinnerte sie sie an die ersten Schneetropfen, die mitten im Winter aus einem frostigen Waldboden hervorlugten und davon kündeten, daß bald der Frühling kommen sollte. Es war ein Lied von Hoffnung, von Liebe und wundervollen Dingen, die da kommen sollten, ein Lied, das sich am Leben erfreut.

Fast war es, als seufzten die Felsen selbst vor Freude über dieses Lied, und einen Augenblick lang spürte sie, wie sich das Universum um Amaryllis in seiner ganzen Pracht und Herrlichkeit drehte.

Der gewaltige Wurm erhob sich aus dem Wasser, und May schreckte bei seinem Anblick zurück. Durch seine Haut sah sie die dunklen Gruben seiner sieben Mägen, die mahlten und zuckten. Schimmernde, fleischige Hörner wie die einer Schnecke reckten sich ihnen entgegen, schwankten im Rhythmus zu Amaryllis' Lied. Langsam rollte das große Tier herum und lag flach im Wasser, schwenkte seinen Schwanz hin und her. Noch immer singend stieg Amaryllis tiefer hinab und stellte seinen Fuß auf das Untier. Der Schlundwurm hielt sich unter ihm ganz still und hob und senkte sich im Wasser nur, um sein Gewicht auszugleichen.

Amaryllis nahm Mays Hand und zog sie zu sich heran, und obwohl sie dem Biest auch nicht weit traute, gab sie doch Amaryllis' lockendem Druck nach und sank in seine

Arme. Unaufgefordert schwamm der Schlundwurm über den blubbernden Teich und ließ seine Nase auf dem schrägen Felsen gegenüber ruhen. May wischte den Schweiß von ihrer Stirn.

Überraschenderweise wurden sie erwartet. Augenblicklich erkannte sie den schwarzen Umhang und den stachelübersäten Stab von Straif, einem der Wesen des Hohen Kreises.

»Talorcan«, grüßte er kalt. »Du hast dich widersetzt.«

Amaryllis zuckte mit den Schultern. »Meint Ihr, Eure Regeln interessieren mich?«

»Nichtsdestoweniger finden die Regeln Anwendung. Der Tod wird dich heimsuchen und damit ewige Vernichtung.« Ein Hohngrinsen verzerrte Straifs Gesicht. »Dieses eine Mal werden Phagos und ich gleichermaßen zufrieden sein. Er war in höchstem Maße verärgert, wie du das Gesetz verdreht hast.«

May zwinkerte. Duir stand an Straifs Schulter und spielte eine schimmernde Flöte. Dann verschwanden sie mit einem Lichtblitz und ließen allein das Echo der unheimlichen Flötentöne hinter sich zurück.

Amaryllis seufzte und zuckte mit den Achseln.

»Aber was wird mit dir geschehen?« rief May aus und hielt die eine Hand mit der anderen fest, damit sie nicht so zitterten.

»Ich werde sterben«, sagte er leichthin. »Wie bei allen anderen, die du kennst, erwartet mich irgendwo in der Zukunft der Tod. Es ist gar nicht so schrecklich, wenn man sich an den Gedanken gewöhnt. Er ist für alle da, oder nicht? Und du fürchtest ihn nicht.«

May schüttelte den Kopf. »Nein, natürlich nicht. Die Mutter wird mich empfangen, und ich werde wiederkehren und auf Erden wandeln. Nein, ich fürchte den Tod nicht, nur den Verlust der Liebe und Freundschaft all jener, die mir am nächsten sind. Ich fürchte nur die Einsamkeit.«

»Und auch ich«, fuhr Amaryllis fort. »Ich fürchtete die Einsamkeit ewiger Verdammnis, doch jetzt nicht mehr.« Sanft zog er sie an sich, als wollte er sie küssen, doch sie widersetzte sich und schob ihn von sich.

Furcht flackerte auf und verfinsterte seinen Blick.

»Aber nein, ich kann nicht«, murmelte sie, und Tränen stiegen ihr in die Augen. Sie war verwirrt. In gewisser Weise liebte sie ihn. Sie brauchte ihn. Sie war ihm dankbar. Sie respektierte ihn. Aber dennoch ... Einen Moment lang hielt sie inne, und er wandte sich von ihr ab, machte sich an einfachen Dingen zu schaffen, versuchte es May bequem zu machen, indem er ihr Bärenfell ausbreitete, so daß sie sich darauf setzen konnte. Noch immer gab die Fackel ein schwaches Leuchten von sich, und die Wärme der Quellen tat gut. May saß auf dem ausgebreiteten Bärenfell und legte eine Hand an die Schatulle.

»Es ist nur«, fuhr May unsicher fort, »ich bin um der Liebe eines anderen willen hierhergekommen, um seine Seele zu schützen und ...«

Sie öffnete das Kästchen, und gemeinsam rückten sie aus den geschrumpften Kräuterblättern, die May in Castaguard erworben hatte, ein frisches Nest für das Necrönd zurecht. Mit der Brandstelle zuunterst, um sie zu verbergen, sah das uralte Artefakt ganz harmlos aus, als wäre ein seltener Vogel hierhergeflogen und hätte es gelegt. Wie das versteinerte Ei eines Geierfalken oder eines Adlers, dachte sie. Niemand würde glauben, daß es irgend etwas anderes sein könnte. Der Erste Druide war weise gewesen, es so zu gestalten, wie es war. Als sie es zum ersten Mal gesehen hatte, war sie fast enttäuscht gewesen, da sie erwartete, daß es rot wäre oder golden mit silbernen Runen darauf, oder vielleicht sogar aus Sonnenradrubinen, aber es war tatsächlich nicht mehr als ein blau und weiß gemasertes Ei.

Beide erhoben sich und sahen auf das Necrönd hinab.

May seufzte. Die Last des Necrönd war ihr von den Schultern genommen. »Ich kann nie mehr zu ihm zurück. Wenn ich es täte, eines Tages, könnte ich möglicherweise das Versteck des Druiden-Eis versehentlich verraten, und er würde der Versuchung nicht widerstehen können, es zu holen.«

Plötzlich wußte sie, was zu tun war. Während ihrer gesamten Reise hatte sie geschwankt, was ihren Entschluß anging, und sich danach gesehnt, zu Caspar heimzukehren, doch nun war sie fest entschlossen. Sie mußte ihm für immer den Rücken kehren. Lang und starr sah sie Amaryllis an, und sie sah nicht mehr sein hübsches Gesicht und seinen starken, schlanken Körper, sondern allein die Liebe und die Sorge in seinen Augen, die im grünen Licht so seltsam leuchteten. Die Logik der Situation war klar. Wenn sie einem anderen gehörte, konnte sie nie mehr zu Caspar zurück. Indem sie sich Amaryllis hingab, würde sie Spar für alle Zeiten vor den Gefahren des Necrönd retten.

Ein leises Lächeln ging über ihre Sorgenmiene. »Sing für mich«, flüsterte sie. »Doch nicht mit der Macht eines Försterliedes, sondern mit deiner eigenen Stimme ... aus deinem Herzen.« Sie suchte in seinem Blick, freute sich an seiner Umarmung und gab seinen zarten Küssen nach. Nach wie vor beunruhigten sie seine Augen, die nur ihre eigenen zu spiegeln schienen. Einen Moment lang hielt sie inne und lachte etwas nervös. »Sag mir erst etwas. Die Rubine, woher wußtest du, daß sie dort waren?«

Auch er lachte. »Ich bin aus der Sonne, ein Sonnenwesen, und ich spüre sie überall. Als sich die Rubine bildeten, haben sie Sonnenlicht in ihrem Herzen gefangen. Das verleiht ihnen ihren Glanz, aber ich spüre auch ihre Wärme. Nun sei still. Später haben wir mehr Zeit zu plaudern«, sagte er und verschloß ihren Mund mit dem seinen.

Später lagen sie nah beieinander, und sein Leib verschmolz mit ihrem. Sie gab sich seinen Zärtlichkeiten hin, blickte tief in seine Augen, auf der Suche nach dem Mann dahinter. Während sie hineinsah, wurde das strahlende Gelb seiner Augen zu einem ganz normalen Braun wie dem ihren, und sie wußte, daß sie in seine Seele blickte.

KAPITEL 11

Caspar breitete seinen Umhang auf dem Staub der Liege aus und legte Ursula sanft darauf.

Schwer atmend stand Reyna über einen Tisch gebeugt, so daß Staub von ihrem Atem aufflog. »Kümmere dich nur um das Mädchen«, herrschte sie Elergian böse an, der sich um sie sorgte. »Ich brauche Platz, um zu Atem zu kommen.«

Ursula verdrehte ihre Augen. Leise stöhnend packte sie Caspars Hand und zog die Beine gegen einen tiefen Schmerz in ihrem Inneren an.

»Der Krötensaft frißt sie innerlich auf«, erklärte der Magier gewichtig. Er hob Ursulas Kopf und tröpfelte ihr etwas silbernes Trinoxia in den Mundwinkel, dann ließ er sie sanft wieder hinab. »So, mein tapferes Kind, nach dreimal schlafen wirst du dich besser fühlen.« Er sah Caspar an. »Seht, ob Ihr frisches Wasser finden könnt«, wies er ihn an, dann zog er die Reste von Ursulas zerfetzten Kleidern ab, um sich die Schnitte und Schürfungen an ihrer Haut anzusehen.

Der Junge schreckte zurück. Ihr junger Körper, so fest und stark und dennoch weiblich in seinen Rundungen, war grauenvoll mißhandelt, kein Daumenbreit unversehrt. Er schluckte bei dem Anblick. Sie mußte gesehen haben, was mit dem Wolfsmann geschehen war, und Spar fragte sich, wann sie ausreichend bei Kräften wäre, Fragen zu beantworten.

Er riß seinen Blick von ihr los und schaute zur Kuppeldecke auf, um Kraft zu sammeln. Durch einen Vorhang aus staubigen Spinnweben erkannte er ein Sternenmuster, das an den Bogen einer mitternachtsschwarzen Decke gemalt war. Wasser, rief er sich in Erinnerung und sah sich in der Halle um. Wie in Morrigwens Gemächern war auch hier jedes Bord, jedes Regal mit Knochen, Messern und Kelchen angefüllt. Die Feuerstelle lag voller Zweige, da Generationen von Dohlennestern in den Schornstein gefallen waren. Über der Tür hing wacklig ein riesiger, gebogener Hauer, verziert mit einem Spiralmuster, der Haken fast durchgerostet. An den Wänden drängten sich Regale mit Gefäßen, Fläschchen und Krügen, allesamt dick verstaubt, und nur die Arzneien von leuchtendsten Farben schimmerten durch den Dreck.

Caspar hinterließ Spuren im Staub am Boden, als er sich einen Weg in den hinteren Teil des Kuppelraumes bahnte, wo Türen in benachbarte Räume führten. Er untersuchte mehrere der dunklen, staubigen Kammern, jede davon voller Lagerfässer, Töpfe und Flaschen, bis er in eine mit niedriger, runder Mauer in der Mitte kam.

Als er über den Rand lugte, begegnete ihm sein eigenes Spiegelbild, das kleine Wellen schlug, als er es anhauchte. Das Wasser reichte bis einen Fuß unter den Brunnenrand und sah im trüben Licht schwarz aus, und es gab einen fauligen Gestank von sich. Er hielt einen Finger hinein und kostete es zögerlich. Das Wasser war süß. Vergessen lag ein Krug am Boden, und er griff danach, doch das Holz zerfiel in seiner Hand. Ihm fiel ein, daß im anderen Raum zahlreiche metallene Krüge waren, manche vergoldet und andere, die einst silbern gewesen sein mußten, doch nun schwarz angelaufen waren, und eilig lief er dorthin zurück. Nach einigen endlosen Minuten fand er ein passendes Gefäß, das nicht durchlöchert war, und füllte es am Brunnen.

Dankend nahm Elergian dieses Gefäß entgegen, mischte es großzügig mit Trinoxia und wusch Ursulas Wunden aus. Da er merkte, daß seine Hilfe nicht mehr vonnöten war, eilte Caspar zu seinem Pferd und schob ein Maulvoll der quecksilbernen Flüssigkeit unter Feuerschweifs Zunge. Der Hengst sog an seiner Zunge, schnaubte und rollte wegen des ungewohnten Geschmacks mit den Augen.

Reyna gab Caspar ein weiteres Fläschchen mit Trinoxia. »Ich habe noch niemals einem Pferd davon gegeben, aber ich denke, du solltest ihm noch eine Extradosis geben. Wenn es zu wenig ist, kommte er nicht durch, zuviel auf einmal, und die überschüssige Energie wird ihn verbrennen. Mach es richtig, und er wird das gesündeste Pferd am Caballischen Meer.«

Caspar lächelte schwach und machte sich eifrig daran, das Fell des Pferdes zu waschen und zu schrubben, um es von den Farbflecken zu befreien. Als das Putzen beendet war, setzten sie sich erschöpft zu Boden. Ursula war in tiefen, ruhigen Schlaf gesunken, und Feuerschweif lag entspannt auf der Seite. Es dauerte Stunden, bis sich die beiden rührten. Feuerschweif wachte zuerst auf, kam zittrig auf die Beine und trank minutenlang aus einem Eimer, den Elergian gefunden hatte. Dann sank er wieder in sich zusammen. Ursula brauchte länger, bis sie erwachte. Nachdem auch sie ihren brennenden Durst gestillt hatte, nutzte Caspar die Gelegenheit, sich nach dem Wolfsmann zu erkundigen.

Benebelt sah Ursula ihn an. »Ich weiß nicht. Nach den Kröten gab er Mamluc eine Arznei als Gegenmittel. Er hat sie einfach aus den Gräsern gebraut. Weder mir noch dem Pferd hat er etwas davon gegeben. Dann sagte er, er müsse uns verlassen und voraus eilen. Es machte keinen Sinn. Er wurde einfach wild und lief davon.« Ihre Augen wurden trübe, und schläfrig runzelte sie die Stirn. Sie schloß die Augen wieder, und als sie eben in Schlaf sinken wollte, murmelte sie noch: »Wo ist der Hund? Ihr habt doch nicht den Hund verloren? Er war mein Freund.« Mehr sagte sie nicht, bevor der zweite Schlaf sie übermannte.

Caspar machte sich keine großen Sorgen um Trund. Der Hund konnte auf sich selbst achtgeben, doch was war mit der kleinen Wölfin? Für sie trug er Verantwortung. Morrigwen hatte hartnäckig darauf bestanden, daß er sich um sie kümmerte. Und was war mit dem Wolfsmann und dem Necrönd? Fern hatte darauf beharrt, daß er den Mann in Castaguard gerochen hatte. In Sorge schlief er ein.

»Wo genau sind wir?« fragte Caspar spät am nächsten Morgen. Auf Reynas Drängen hin hatten sie alle Trinoxia genommen und lange und stärkend geschlafen. Caspar fühlte sich, als müsse er zwei Daumenbreit größer geworden sein, doch als er sich mit seinem Bogen maß, war er enttäuscht.

»Warum willst du größer sein?« spottete Perren. »Es wird dich innerlich nicht größer machen.« Er kehrte eben von der Quelle im hinteren Teil des Kuppelbaus zurück und leckte seine Finger. Caspar vermutete, daß er die lange Nacht damit verbracht hatte, die Geschichten im Wasser zu ertasten.

»Wenn die Erzählungen getreu weitergereicht wurden, befinden wir uns unter dem Palast von Castaguard«, beantwortete Reyna Caspars Frage. »Diesen bewohnen die Nachkommen der Diebe, welche die Krone entwendet haben. Ich glaube, er wird von Dagonets Familie als Sommerresidenz genutzt.« Verächtlich spuckte sie den Namen des Königs aus.

Ursula setzte sich auf und beobachtete jede von Caspars Bewegungen. Er fühlte sich unter ihren Augen zutiefst unbehaglich, doch er erkundigte sich höflich, wie es um sie stand.

Sie erwiderte sein Lächeln. »Wirklich außergewöhnlich

gut. Stark genug, Mamluc zu folgen, um meine Rache zu bekommen!« Sie lachte bei dieser Vorstellung.

»Gut«, erwiderte Caspar mitfühlend. »Dann will ich mich gleich auf den Weg machen und dem Wolfsmann folgen. Fern, wir müssen die Fährte suchen, die du gewittert hast, als wir in die Stadt kamen.«

Perren schüttelte den Kopf. »Erst mußt du dich deiner Freunde erinnern. Ich war in all diesen Wochen im Unrecht, als ich verhindern wollte, daß du dich mit deinem sinnlosen Versuch, Ursula zu retten, gefährdest. Du hast mir das Gegenteil bewiesen, denn da ist sie nun. Du selbst hast mich gelehrt, daß man seine Freunde nicht im Stich lassen darf.«

Stirnrunzelnd sah Caspar ihn an. »Meine Freunde? Seid ihr hier nicht alle sicher ...«

»Ich habe mehr Geschichten über heroische Taten gehört, als du dir je erträumen könntest, eine Zahl, die größer ist, als daß dein kleines Hirn sie je erfassen könnte, und in keiner einzigen davon erreicht ein Mann sein heroisches Ziel, indem er seine Freunde hinter sich zurückläßt.«

»Mir steht gar nicht der Sinn danach, ein Held zu sein. Nur das Necrönd will ich finden.«

»Du wirst es ohne deine Freunde nicht finden. Die Mutter hat sie für dich ausgewählt, und du mußt ihrem Urteil vertrauen«, erklärte Perren. »Du mußt die kleine Wölfin und den Hund suchen. Sind sie dir nicht wichtig?«

»Die kommen schon zurecht. Wahrscheinlich verstecken sie sich irgendwo im Vorgebirge und haben einen Riesenspaß beim Jagen. Aber das Necrönd ...«

»Wer seine Freunde im Stich läßt, würde auch die ganze Welt im Stich lassen«, schimpfte Perren. »Du mußt die Wölfin finden. Sie heult nach dir.«

»Sie heult nach mir?« fragte Caspar und betastete die

Rune aus einem Knochenstück, die Morrigwen ihm gegeben hatte. Die Rune des Wolfes. Plötzlich sorgte er sich um sie.

»Sie ist stromaufwärts von der Quelle und heult nach dir. Sie ruft dich in der Not.«

Caspar nickte, nahm seinen Bogen und ging zur Tür, dicht gefolgt vom Steinwicht und Fern.

Erschrocken schrie Ursula auf. »Meister, geht nicht ohne mich! Bitte nicht. Für eine Sklavin ist es der Tod, ihren Herrn zu verlieren«, rief sie, und ihre Worte brachten Caspar zum Stehen, bevor er noch am Ende der Halle war.

»Du wirst frei sein, meine Kleine«, versicherte ihr Reyna und winkte Caspar, er solle nur gehen. »Sieh nur, wie das Trinoxia das schwarze Kreuz an deinem Arm fortgewaschen hat.« Nachdenklich legte sie die Stirn in Falten. »Obwohl ich nicht verstehe, wieso diese anderen Embleme geblieben sind.« Sie strich über das verzierte Muster farbiger Tätowierungen weiter oben an Ursulas Oberarm. »Es scheint, als wärst du damit geboren«, scherzte sie.

»Ich werde niemals frei sein. Ich habe keine Heimat, kein Land, dem ich mich zugehörig fühle«, sagte Ursula traurig. »Ich bin ein Niemand und doch ...«

»Und doch weißt du in deinem Herzen, daß du mehr bist«, sagte Caspar sanft, kehrte an ihre Seite zurück und nahm ihre Hand. »Dennoch mußt du hierbleiben. Dein Herz ist stark, doch ist dein Körper zu schwach.«

Sie drückte seine Hand. »Werdet Ihr mich holen? Versprecht Ihr es?«

»Natürlich. Du mußt in meiner Abwesenheit auf Lana und mein Pferd achtgeben.«

Sie lächelte, weil er ihr vertraute. Lange hielt er ihrem Blick stand, dann wandte er sich um. Fern und Perren warteten am Eingang auf ihn.

Reyna lief ihm nach und drückte ihm ein kleines Fläschchen in die Hand. »Das ist der Rest Trinoxia. Verwende es wohl. Und rette die Wölfin. Nur mit der Liebe der Wölfin in unseren Herzen können wir den Fluch überwinden, der über mir hängt.«

Caspar nickte.

Elergian zupfte an Caspars Ärmel. »Ihr dürft nicht durch die Kanäle zurück. Dort werden überall Baumeister und Soldaten sein und nach dem Grund für die Flut suchen.«

Reyna gab ihm recht, doch sie stritt heftig mit Elergian, welche geheimen Gänge durch den Palast Caspar am besten dienen würden.

»Ich könnte euch durch die Hinterkammern führen«, bot Perren an.

»Aber das ist eine Sackgasse«, beharrten Caspar und Elergian einhellig. Perren zuckte mit seinen breiten Schultern. »So große Zauberer sollten doch wissen, daß nicht alles Fels ist, was wie Fels aussieht.« Er schritt davon, und Caspar folgte zweifelnd, dann kehrte er eilig um und holte eine der Fackeln, die Reyna aus den heruntergefallenen Dohlennestern gebastelt hatte, welche den riesigen Kamin ausfüllten. Mit Fern auf den Fersen trabte er Perren nach.

Als sie in den Brunnenraum kamen, hielt Perren wie üblich seine Hand ins Wasser und leckte forschend an seinen Fingern, bevor er sie in die letzte Kammer führte. Diese war ein kleiner Raum, der anscheinend aus einem natürlichen Spalt im Fels entstanden war. Keine andere Tür führte hinaus.

Caspar holte tief Luft und wollte darauf hinweisen, doch Fern hielt ihn auf, murmelte etwas davon, daß Perren nicht recht bei Trost sei. »Du willst mir doch nicht sagen, die Wölfin wäre hier entlanggekommen.« Dann zeigte er mit seinem groben Fingernagel auf Caspar. »Wieso hörst du auf einen sprechenden Stein, aber nie auf mich?«

»Hmm, stimmt.« Perren nahm ein Stück Wurzel aus seiner Tasche und wedelte damit vor Ferns Nase herum. Der kleine Faun spitzte die Lippen, dann riß er ihm die Wurzel aus der Hand, stopfte sie sich in den Mund und kaute so schnell, daß Caspar vom bloßen Zuschauen der Unterkiefer weh tat. Widerwillig knurrte der Faun seinen Dank, dann stieß er absichtlich mit dem Kopf an den Fels.

»Mir eine Wurzel zu geben ändert auch nichts daran, daß dieses hier Stein ist.« Er rieb seinen Kopf und trat mit dem Fuß an den Felsen.

Caspar hielt die Fackel näher daran. Es sah zweifelsohne aus wie Stein.

Perren gab ein rumpelndes Gelächter von sich. »Es könnte nur sein, daß ich einen Moment brauche.« Er rieb die Hände aneinander und begann in einer Sprache zu singen, die Caspar bisher nur in der Höhle der Steinwichte gehört hatte. Sie war nicht schön, sondern eher verstörend, so daß er unruhig wurde. Nach mehreren Minuten dieser knurrenden Arie veränderte sich Perrens Stimme vollkommen. Fern und Caspar hielten sich die Ohren zu, bis das Kreischen ein Ende nahm.

Fern schnaubte abschätzig.

Wütend sah der Steinwicht ihn an, dann wandte er sich wieder dem Felsen zu. »Aufwachen!« rief er böse. »Wacht auf und geht mir aus dem Weg.« Fest trat er nach dem Felsen, und Caspar dachte, er würde zurückzucken, doch statt dessen ruckte und stöhnte der Stein. Er seufzte wie ein alter Mann, der sich im Schlaf umdreht, dann lag er wieder still. Perren trat noch einmal, diesmal fester. »Laß mich durch«, forderte er bockig.

Caspar taumelte rückwärts. Der Stein bewegte sich vor

seinen Augen, und es bildete sich eine Form heraus. Ein riesenhafter Steinwicht mit einem Backenbart aus Flechten und Farnen.

»Ich habe fest geschlafen, junger Freund«, zeterte der Steinwicht. »Fünftausend Jahre habe ich geschlafen, und da kommst du und forderst, daß ich dir aus dem Weg gehen soll. Keine Manieren, diese jungen Leute! Und was hast du hier überhaupt zu suchen? Du bist noch viel zu jung. Deine Eltern sollten sich was schämen, einen so kleinen Kiesel allein rauszulassen.«

»Kiesel!« Perren war außer sich und trat noch einmal nach dem Stein. »Jetzt laß mich durch.«

»Jetzt kann ich bestimmt nie wieder einschlafen«, grummelte der große Steinwicht. »Es ist immer dasselbe. Die Jungen denken niemals an die anderen ... und was macht das fiese kleine Licht hier unten? Ein Sonnenstrahl in meinem Schlafgemach? Das ist wirklich ungezogen. Für Oberflächenwesen rücke ich nicht beiseite. Niemals. Und wenn ich nie sage, sollte ich darauf hinweisen, daß ich mich noch daran erinnern kann, wie die Welt glühend war und der Fels noch warm.«

»Dessen bin ich sicher, Weiser der Erde. Bitte nehmt unsere Entschuldigung an, weil wir Euch geweckt haben«, sagte Caspar bescheiden. »Doch bitten wir Euch, beiseite zu rücken, und sei es nur ein wenig. Wir müssen wirklich vorbei und hätten Euch niemals gestört, wenn es nicht wichtig wäre.«

Perren nickte zustimmend und gab ein paar grummelnde Worte in der seltsamen Sprache der Steinwichte von sich. Der alte Steinwicht erstarrte und zerquetschte Caspar fast an der gegenüberliegenden Felswand.

»Das Druiden-Ei! Necrönd selbst! Schon immer haben wir die Druiden für närrisch gehalten. Sehr närrisch! Alle

Eier in einem Korb. Ist das nicht eines eurer Sprichworte?« Er sah Caspar und Fern an. »Sagt ihr Burschen das nicht so?«

Fern schüttelte den Kopf. »Nein, wir Rehe sagen nichts dergleichen. Manchmal sagen wir: Der Bock ist größer als die Hindin. Und der Wind ist im Osten, die Wölfe sind im Westen, mögen unsere Beine kräftig sein. Und manchmal sagen wir: Der Frühling kommt und mit ihm die Triebe, aber mehr nicht.«

»Der kleine Bursche hält sich für ein Reh!« lachte der riesenhafte Steinwicht, daß sein grauer Bauch wackelte und sich überall kleine Brocken aus den Felsen lösten. »Nun, dafür lohnte sich das Aufwachen!« Mit einem lauten Knacken machte er sich vom ihn umgebenden Fels los, und mit fließender Bewegung sammelte er Caspar und Fern in seinen riesenhaften, rauhen Händen auf, schürzte die Lippen und blies die Fackel aus, so daß sie von völliger Dunkelheit umgeben waren. »Kommt, Kinder, bei Spalt und Steinschlag will ich euch durch mein Zuhause bis nach oben bringen.«

»Ich brauche keine Hilfe«, protestierte Perren, doch er folgte ihm brav und murmelte etwas davon, daß alle Väter gleich seien und allzu eifrig eingriffen. Caspar grinste. In Gesellschaft des erwachsenen Steinwichts benahm sich Perren wie ein aufmüpfiger Bengel. So gefiel er ihm besser. Er war menschlicher, und sein Murren bot eine Abwechslung von seinen Geschichten, die weder Anfang noch Ende hatten.

Caspar wußte nicht, wie weit sie gereist waren, als sie in eine Höhle kamen, die von einem schmalen Streifen Sonnenlicht erhellt war, das von oben hereinfiel. Wind pfiff und heulte gespenstisch, wenn er über den Schacht wehte. Die Luft roch frisch.

Der Steinwicht kletterte den Schacht hinauf ins Freie und hob sie zwischen ein paar Birken. »Mein Nebeneingang«, erklärte er.

Es war kalt und hell. Caspar blinzelte ins Tageslicht und zog eilig sein Bärenfell um seinen Hals und Mund. Eine steife Brise brachte Schneeflocken mit sich, die an seinen Wangen brannten.

Der alte Steinwicht untersuchte seinen zugewachsenen Eingang und schnalzte mit der Zunge. »Seit Jahren bin ich hier nicht mehr gewesen. Ich habe geschlafen, müßt ihr wissen. Sonst hätte ich es nicht so zuwachsen lassen. Die Ondinen werden keineswegs erfreut sein. Ondinen«, seufzte er vor sich hin und begann, an den Zweigen und Gräsern herumzuzupfen, pfiff vor sich hin, wobei die anderen für ihn schlicht und einfach gar nicht mehr existierten.

Perren marschierte ohne ein Wort des Dankes davon, und erst nach mehreren Schritten wandte er sich um und knurrte den anderen zu, daß sie ihm folgen sollten.

Caspar ignorierte ihn und versuchte, sich seine kalte Umgebung anzusehen. Kahle, schwarze Gipfel, von eisigen Winden geschärft, erhoben sich rundum. Es schien, als wären sie meilenweit in die Berge von Kalanazir vorgedrungen. Gerade eben konnte er noch die Mauern der Stadt durch eine Bank tiefhängender Wolken erkennen. Deutlich hoben sich die konzentrischen Kreise der Stadtmauern Castaguards von der Landschaft ab. Er wandte sich dem Steinwicht zu und entbot ihm höflich seinen Dank, doch schien das mächtige, graue Wesen ihn nicht zu hören. Offensichtlich war es zu sehr damit beschäftigt, die Büsche zu trimmen.

»O ja, gern geschehen«, grummelte er in der alten caballischen Sprache, als sich Caspar eben auf den Weg machte. »Und, übrigens, junger Freund«, rief er Perren nach. »Wenn du einen alten Burschen wie mich wecken willst, rufst du am besten ›Erdbeben!‹. Dann bewegt man sich schneller.«

Mürrisch sah Perren ihn an. »Das wußte ich. Dachtet Ihr, ich wüßte es nicht?« Ärgerlich stapfte er davon. »Und wenn ich daran denke, daß ich in einer Million Jahren wie er sein werde. Welch ein schrecklicher Gedanke!«

»Er war sehr freundlich. Du solltest deine Ahnen respektieren«, schalt ihn Fern, der sein Kinn gegen den Wind gesenkt hielt. »Das heißt, solange sie ein großes, scharfes Geweih haben.«

»Schscht!« machte Caspar. Von irgendwoher in den Schluchten der Berge hörte er ein Bellen, das zum klagenden Geheul eines Hundes wurde, unverkennbar Trund. Eilig folgten sie dem Ruf, hasteten die Talwand hinauf, wo Birken und Ebereschen im Überfluß wuchsen.

Wenigstens war es im Schutz der Wälder wärmer. Da er das Klettern aus den heimischen Bergen gewohnt war, fiel es ihm leicht. Frei liegende Baumwurzeln bildeten natürliche Stufen in der Böschung, was ihnen das Klettern erleichterte, und – was noch besser war – die Blätter an den Zweigen schützten sie vor dem Schneeregen. Trunds Heulen hatte aufgehört, doch Caspar wußte, in welche Richtung sie mußten. Fern hatte seinen Hals gereckt und einen widerwilligen Zug um den Mund. Er deutete auf eine Stelle nicht weit voraus, wo ein weißer Wasserfall von einer Reihe nackter Felsen stürzte.

Caspar blinzelte. Trund stand, halb von weißer Gischt verdeckt, auf den Beinen und reckte seinen Kopf zum Gruß. Etwas lag zu seinen Füßen. Eilig wollte Caspar laufen, doch er hielt inne, als Fern in die Luft sprang, als wäre er auf einen glühenden Schürhaken getreten.

»Die Fährte!« rief er. »Die Fährte des Wolfsmannes. Sie haben sie gefunden.«

Caspar rannte los. Je näher er kam, desto deutlicher sah er, daß sich Trund über die kleine Wölfin beugte. Ein großer, roter Fleck zog sich über ihren Brustkorb, wo der gebrochene Schaft eines Pfeiles aus ihrem verfilzten Fell ragte. Runa war naß, die Spitzen ihres feuchten, zerzausten Fells im kalten Wind zu spitzen Wedeln gefroren. Es war, als hätte sie gewußt, daß Perren sie hören würde, wenn sie im Wasser saß. Sie schaffte es, zum Gruß eine Pfote zu heben, und Trund sprang auf, um Caspar übers Gesicht zu lecken.

Runa wollte ihren Kopf heben, doch dann sank sie erschöpft in sich zusammen und schloß die Augen. Sie gingen flatternd wieder auf, als Caspar versuchte, einige kostbare Tropfen Trinoxia zwischen ihre Lippen zu träufeln. Er bereute, daß sie die Arznei so großzügig verwendet hatten. Er brauchte jetzt weit mehr davon. Runas Zähne waren noch immer fest zusammen gebissen, doch als sie die Flüssigkeit endlich gekostet hatte, leckte sie sie begeistert auf. Es war ein gutes Zeichen, aber es mußte etwas wegen des Pfeiles unternommen werden. Er knirschte mit den Zähnen, weil er den Pfeil entfernen mußte, der zwischen zwei unteren Rippen verkeilt war.

»Das Trinoxia«, schlug Fern vor.

Caspar nickte und gab noch ein paar kostbare Tropfen direkt in die Wunde. Er umarmte Runa auf seinem Schoß, um sie zu wärmen, und wartete darauf, daß sie in drogenumnebelten Schlaf sank. Ihr Atem ging in stetem, stillem Rhythmus. Voll Sorge schmiegte sich Trund an sie.

Caspar wünschte sich, Brid wäre hier, oder auch May, die die Kunst des Heilens mittlerweile recht gut beherrschte, doch er stählte seine Nerven und riß. Blut spritzte, als der Widerhaken durch den Muskel schnitt und Fleisch herausriß. Es war schlimm, doch nicht so schlimm, wie er befürchtet hatte. Er strich Schlamm aus dem Bach auf die Wunde, wie er es bei Brid gesehen hatte, und hoffte, das Trinoxia würde für den Rest sorgen.

Fern sammelte Holz, aber er wollte nicht ans Feuer kommen, als dieses dann brannte. Er hockte lieber in der Kälte und beklagte die dünne Haut der Menschen und ihren Mangel an Fell.

»Das Feuer wird schon nicht aufspringen und dich beißen«, beharrte Caspar und zerrte einen Baumstamm ans Feuer, damit er nicht auf dem gefrorenen Boden sitzen mußte.

»Das wissen wir nicht. Bis gestern hätte ich nie gedacht, daß Felsen aufstehen und gehen können, und doch tun sie es ... und es erschüttert den Glauben an die Natur. Ich traue weder dem Wasser noch der Luft, die ich atme.«

Caspar zuckte mit den Achseln und beließ es dabei. Er richtete sich für die Nacht ein und schwor, daß er sich ordentlich ausruhen wollte, bevor er die Suche nach dem Wolfsmann am nächsten Morgen wiederaufnahm.

Stampfende Schritte weckten ihn. Er rieb seine Augen und versuchte etwas zu erkennen. Das fahle, graue Licht, das der Morgendämmerung vorangeht, ertastete sich einen Weg durch rosafarbene Wolken, doch unter ihm im Tal war es noch dunkel. Das Knarren von Leder und das stets Trampeln von Schritten war noch zu hören. Er hatte nicht geträumt. Steif erhob er sich, und im zunehmenden Licht machte er schließlich die dunklen Gestalten einer Kolonne von Männern aus, flankiert von Reitern auf großen Pferden, die zügig durch das Tal vordrangen.

»Sklaven auf dem Weg zu den Sonnenradrubinminen«, rumpelte Perren und hob schützend Runa auf, die nach wie vor friedlich schlief.

Caspar stieß Fern an und erklärte eilig, was vor sich ging. »Wir müssen sofort die Fährte des Wolfsmannes untersuchen.« Der Boden war steinhart, aber sie durften kein Risiko eingehen. Sie konnten es sich nicht leisten, seine Spuren zwischen denen der Kolonne zu verlieren.

Bald schon war Fern ihm auf der Fährte und suchte eilig bestimmte Abdrücke zwischen den Tausenden heraus, die durch die Berge verliefen. »Er ist es«, erklärte der Faun mit Gewißheit und erhob sich von allen vieren. An seiner Nase klebten kleine Erdbrocken.

»Aber es ist ein viel kleinerer, breiterer Stiefel«, hielt Caspar dagegen. »Du mußt dich täuschen.«

In seinem Kopf drehte sich alles, und er rang mit der Unwirklichkeit der Situation. Irgendwie schien der Geist des Wolfes in den Vogel gelangt zu sein, von dem der Eremit gesprochen hatte, und sich dann in einen anderen Mann verwandelt zu haben. Er fand die Vorstellung derart unglaublich, daß er es vorzog, die Theorie nicht laut auszusprechen.

Enttäuscht atmete Fern tief ein. »Wieso bittest du mich, ihn zu finden, wenn du mir dann nicht glauben willst? Habe ich mich schon mal geirrt? Riech doch selbst. Es stinkt nach Wolf ... es stinkt, sage ich.« Seine Worte kamen in der kalten Luft als dampfender Nebel heraus.

»Aber es ist nicht dieselbe Fährte, der die Wölfin gefolgt ist«, wandte Perren ein und deutete auf Runas Abdrücke über einem kleinen Stiefel, fast wie der eines Kindes. Der Abdruck war fast nicht mehr zu erkennen, vom Wind verweht und nur noch zu sehen, weil der schlammige Boden seither in der schneidenden Brise gefroren war. Er vermutete, daß er nicht so neu war. Gefrorene Spuren können sich lange halten.

Fern schnüffelte kaum an der kleineren Spur. »Na ja,

die riecht ganz sicher nicht nach dem Wolfsmann!« Er schnaubte, als sei Caspars Vorstellung geradezu lächerlich.

»Warum ist Runa ihr dann gefolgt?« fragte der Junge und klatschte in die Hände, um wieder Gefühl hineinzubekommen.

»Verstehst du denn wirklich gar nichts?« Fern senkte seine Nase dem Boden entgegen und schnüffelte. »Das ist doch ganz deutlich Mays Geruch.«

»May!« Caspar war erstaunt, sein Hirn rang darum, aus alledem einen Sinn zu machen. War das der Grund, wieso Runa fortgelaufen war? Hatte sie Mays Fährte in Castaguard aufgenommen? Wenn ja, wäre sie ihr sicher gefolgt. Und Trund auch. Wirklich außergewöhnlich. Aber May! Sie war auf dem Weg zur Sklavenmine, offensichtlich in jener Kolonne.

Plötzlich fiel ihm die Rune wieder ein, die er bei Morrigwens Leichnam geworfen hatte: die dreifache Rune von Nuin, Duir und Huathe. Jetzt verstand er. Morrigwen hatte ihm weder sagen wollen, daß er zu dem Feenhain gehen sollte, wo die drei Bäume ineinander verschlungen wuchsen, noch daß er nach der neuen Jungfrau suchen sollte. Wie hatte er so dumm sein können? Nein, sie hatte versucht, ihn wegen May zu warnen, welche die alte Frau so sehr geliebt hatte. Huathe war der Name für den Hagedorn, den Maibaum, und sie hatte die Rune dazu verwendet, May darzustellen. Jetzt verstand er. Die Rune Nuin deutete darauf hin, daß May mit dem größeren Zusammenhang der Dinge eng verbunden war, und Duir sollte ihm sagen, daß sie Schutz benötigte. Er war blind gewesen.

»Wir müssen sofort weiterziehen!« befahl Caspar, und kein Gedanke galt mehr dem Necrönd. Der Wolfsmann war May auf den Fersen. Und May schien bereits Schwierigkeiten zu haben. Sie war auf dem Weg zu den Sklavenminen von Kalanazir. Was sie dort tat, war ihm egal. Für ihn zählte nur, daß sie ihn brauchte.

Trund war ein Stück weit voraus, sah sich ängstlich um und drängte mit leisem Japsen, daß sie ihm folgen sollten. Perren trug Runa auf seinen Schultern und marschierte dem Hund bereits hinterher, und ärgerlich stellte Caspar fest, daß er wieder mal der Langsamste von allen war. Er lief, dann trabte er, und bald schon keuchte er und sah sich gezwungen, ihnen zuzurufen, daß sie halten sollten, damit er sich ausruhen konnte. Die eisige Luft stach in seinen Lungen. Er rieb an seiner krummen Nase und hoffte, daß er bald wieder etwas fühlen würde.

Perren sah ihn an. »Du bremst mich nicht, wenn du auf meinen Schultern reitest.«

Caspar wollte nicht streiten und kletterte dem Steinwicht auf den Rücken. Bald darauf schon blickte er zum ersten Mal in die schwarze Grube des Minenschlundes.

»Perren! Schnell! Dort drüben!« Er trieb Perren zu einem Steinhaufen, hinter dem sie sich verstecken konnten.

Grob geschätzt standen etwa sechzig Wachen um die zerklüfteten Zähne eines mächtigen Felsens, dessen klaffender Schlund den Eingang zur Mine darstellte. Manche standen aufmerksam da, überblickten die eintreffenden Sklaven, andere prüften ausgehende Ladung, während der Rest mit langen Stockpeitschen auf die Rücken der Sklaven einschlug, um sie in Reih und Glied zu halten. Die Prozession schlich die Straße entlang, kroch über die große Steinzunge, die aus dem Mund der Statue hing, und verschlang sie im Schlund der Mine.

Von den Schreien um Gnade und dem Stöhnen vor Schmerz aufgeschreckt, zitterte die kleine Wölfin auf Perrens Schultern.

»Dort drinnen ist sie!« rief der Junge. »Perren, was soll ich tun?«

Der Steinwicht zuckte mit den Achseln. »Sie rausholen natürlich.«

»Aber es ist eine Mine. Wo ist sie, Perren? Such sie für mich.« Caspar klammerte sich an Perrens dicke Hand und schüttelte sie heftig.

»Allein das Wasser wird es mir sagen.« Es rumpelte in der Kehle des Steinwichts, und er sah sich auf den Hügeln um. »Von hier aus kann ich es nicht sagen. Das Wasser, das durch die Mine rinnt, fließt natürlich abwärts und wird nicht hier an der Erdoberfläche sein, sondern weiter unten wieder hervortreten, vielleicht sogar erst unten in Castaguard. Wenn du mich da gebeten hättest, dann ...«

»Nun, das habe ich aber nicht, oder?« klagte Caspar. »Ich bitte dich jetzt. Such sie!«

»Schscht!« Fern legte ihm eine Hand auf die Schulter.

Der Junge schüttelte ihn ab. Er hatte keine Zeit für Trost. Nur eines konnte ihn jetzt trösten. Sorgenvoll lief er auf und ab und nahm die Kälte gar nicht wahr. »Es bleibt uns nur, ihr durch den Minenschlund zu folgen. Ich werde allein gehen. Ich bin nicht so verdächtig, und ich kann von euch nicht verlangen, daß ihr euer Leben für ein einziges Mädchen riskiert ...«

Kopfschüttelnd unterbrach ihn Fern. »Normalerweise würde ich zustimmen – von ganzem Herzen –, aber es ist nicht nur irgendein Mädchen, oder? Nein, es ist dein Mädchen, und Brid hat sehr gut von ihr gesprochen. Außerdem sagst du, sie käme aus dem Keilerwald, wo ich zu Hause bin. Du brauchst mich, um sie zu finden. Ich kann ihrer Fährte folgen.«

Perren zog ihn zurück. »Natürlich finden wir May, aber nicht, wenn wir uns von diesen Wachen fangen lassen.

Nein, wir suchen uns einen anderen Weg hinunter, bis ich an Wasser gelange, das etwas über sie zu berichten hat.«

Perren suchte den ganzen Tag, nachdem er die anderen zur Rast im Windschutz eines moosbewachsenen Felsens zurückgelassen hatte. Bibbernd saß Caspar da und hackte entnervt auf den harten Boden ein.

Als Perren endlich wiederkam, war es fast dunkel. »Ich habe eine Schlucht und eine Quelle gefunden. Die Felsen dort sind eingestürzt, aber ich habe einige davon bewegt und einen Weg in die Erde gefunden ... einen Eingang.«

Sie stiegen in den Felsspalt oberhalb der Quelle. Perren ging voraus, Trund und Runa schnüffelten hinter ihnen, und Caspar trug eine schwere Fackel. Die kleine Wölfin hatte dreimal geschlafen und wirkte kraftstrotzend wie eh und je. Caspar war erleichtert, als er nicht mehr im eisigen Wind stehen mußte. Sie schoben und zwängten sich durch schmale Spalten, machten ständig halt, während Perren, der Bandagen und Umhang abgelegt hatte, auf alles einhieb, das für sie zu eng war.

Nach einer Weile blieb Caspar unruhig stehen, als Perren ins alte Caballisch verfiel und seine rumpelnde Stimme einen Gruß ins trübe Licht rief. Die Felsen vor ihnen schienen sich zu rühren, dann erkannte Caspar vor sich die Umrisse eines erwachsenen Steinwichts, der etwas kleiner als der andere war, den sie vorher getroffen hatten, doch immer noch groß genug, daß er sich unwohl fühlte. Das riesenhafte Wesen rieb seine Augen.

»Entschuldigt euch nicht. Ich war schon wach, geweckt von diesem fürchterlichen Hämmern und dem gräßlichen Zirpen der Klopfer«, klagte der Steinwicht.

»Klopfer!« rief Perren aus. »Üble Kerle. Überträger von Krankheiten und ekelhaften Gasen.«

Der Steinwicht nickte. »Ich bin alt, müßt ihr wissen«,

erklärte er freundlich. »Sehr alt und von Falten übersät, und nun muß ich feststellen, daß mein Nest von Klopfern verseucht ist. Ich will mich nicht schlafen legen und meinen armen, bröckelnden Leib zur letzten Ruhe betten, wenn ich von Menschen durchbohrt und zersiebt und von Klopfern geschändet werde. Ich habe nicht mehr die Kraft, sie zu verjagen. Meine Brüder liegen schon dort unten, und diese üblen Kreaturen hocken auf ihnen. Was soll ich tun?«

Caspar hatte keine Ahnung. Er konnte nur noch an May denken. »Bitte, bring mich hinunter in die Minen.«

Der alte Steinwicht sah ihn an. »Habt Ihr nicht etwas Wichtiges vergessen? Es ist merkwürdig. Jetzt sehe ich Dinge, die bisher verschleiert waren. Das alles ist ein Zeichen dafür, daß meine Zeit gekommen ist. Ihr solltet ein Ding von großer Macht in euren Hälten halten. Ihr scheint es verlegt zu haben.«

Caspar sah auf seine Füße und dachte, er müsse wohl im Wasser stehen, daß der Steinwicht seine Gedanken so gut lesen konnte.

Das riesige Felsenwesen lachte, so daß graue Steinsplitter von seinem Wanst brachen und überall zu Boden fielen. »Ich bin jetzt so alt, daß ich das Wasser als Medium nicht mehr brauche. Die Große Mutter spricht zu mir durch ihre Knochen, und endlich, nach diesen Ewigkeiten, höre und verstehe ich ihre Stimme.« Er beugte sich über Caspar. »Du hast deine Pflichten vernachlässigt, weil du deine Braut verloren hast, und du brauchst sie. Sie ist hier unten unter meinen Füßen. Ich sollte selbst hinuntergehen, um mich um die Klopfer zu kümmern.« Er gähnte und murmelte etwas vor sich hin. »Aber, weißt du, ich bin einfach zu müde.«

Er legte sich wieder hin, ließ gerade so viel Platz, daß sie an ihm vorbeikriechen konnten. Perren knurrte ärgerlich, und als Caspar sich umsah, hatte sich das Wesen wieder in Stein verwandelt.

»Das hier sind alte Berge«, sagte Perren erklärend.

Die Felsengänge hatten glatte Böden und Wände, und Caspar meinte, sie seien wohl von Drachen geformt. Perren schnaubte verächtlich angesichts dieser Idee. »Drachen sind faule Kreaturen. Niemals würden sie so tief hinuntersteigen. Außerdem hätte der alte Steinwicht sie nie in seinen Bau gelassen. Sie stehlen die Saphire und Rubine, müßt ihr wissen. Fast so schlimm wie die Menschen sind sie. Nein, diese Höhlen wurden von steigenden Gasen aufgebrochen.«

Nachdem sie stundenlang immer tiefer in die Berge von Kalanazir hinabgestiegen waren, wurden die Felsen unter ihren Füßen warm, und an manchen Stellen zischten die Spalten, und dampfendes Wasser trat hervor. Eine Ahnung von Furcht und Schwere lastete auf Caspars Herz. Das Necrönd war nah. Ein- oder zweimal hörte Caspar das Tappen unbeschuhter Füße, aber er sah nichts. Jedesmal knurrte Perren angewidert: »Ekelhafte Viecher.«

Sie kamen an mehreren Wassertümpeln vorüber, an denen Perren stehenblieb, um seine Hand hineinzutauchen, doch er schüttelte stets den Kopf. »Nichts als Leid, Menschen, die vor Erschöpfung sterben, und überall der faulige Urin von Klopfern.« Angewidert verzog er sein Gesicht. »Der Mensch durchlöchert die Berge mit Schächten und Tunneln, und dann läßt er diese Plagegeister Amok laufen. Sie ist noch immer unter uns.«

Als sie endlich auf einen weiteren Tümpel stießen, den Perren untersuchte, wußte Caspar, daß sie sie gefunden hatten. Der Steinwicht nickte. »Ja, sie ist hier, aber auch das Necrönd kann ich spüren. Es lenkt Böses auf sie.«

»Der Wolfsmann hat sie schon erwischt!« rief Caspar verzweifelt.

»Vielleicht, vielleicht auch nicht. Sie ist ganz nah. Nicht weit jenseits von meinem Steinwichtkameraden dort.« Er nickte zu etwas hinüber, das wie harter Felsen aussah.

»Nun, weck ihn auf«, forderte Caspar ungeduldig, so daß seine Stimme zu einem gequälten Quieken der Erregung wurde. Er konnte nicht fassen, daß ihnen der Weg erneut versperrt war. Der junge Steinwicht knurrte ärgerlich, dann begann er wieder sein tiefes, verstörendes Lied. Der Fels erzitterte. Als sonst nichts weiter geschah, blickte er enttäuscht auf, dann grinste er und rief: »Erdbeben!«

Dennoch blieb der Felsen ungerührt. Sprachlos sah Perren auf, dann setzte er sich und stöhnte. »Vielleicht schläft er schon zu lange. Vielleicht ist sein Herz inzwischen zu Stein geworden.« Er trat an eine glatte Felswand und klopfte daran. »Aufwachen!« rief er böse. »Es ist wichtig, und außerdem läßt es sich hier nicht mehr sicher schlafen. Überall sind Klopfer, und auch Menschen sind nicht weit, und es könnte sein, daß sie Tunnel durch dich graben.«

Die Wand rührte sich nicht von der Stelle, und Caspar fragte sich, ob Perren nicht doch mit schlichtem Stein sprach.

Perren trat nach der Wand vor ihm. »Geh mir aus dem Weg, du sturer, halsstarriger Kerl. Ich weiß, daß du mich hören kannst.« Er legte eine kurze Pause ein und wandte sich zu Caspar um. »Vielleicht ist er tot. Vielleicht ist er zu Stein geworden.« Nachdenklich kratzte er mit den Fingern an seinem Kinn, dann kehrte er zum Tümpel zurück und hielt seine Hand ins Wasser, rührte darin herum. Plötzlich richtete er sich entschlossen auf. »Du lebst und bist einfach nur zu starrsinnig, mir zuzuhören.«

Er trat gegen die Wand, dann trommelte er mit seinen

Fäusten darauf ein, bis zu Caspars Überraschung Blut von seinen Händen rann und an den dicken Unterarmen herablief. Verdutzt sahen ihm der Hund und die kleine Wölfin zu. Wimmernd ließ Runa den Kopf hängen, drückte sich an die gegenüberliegende Wand und heulte.

Das Heulen schickte Caspar einen Schauer über den Rücken, als er ihrem Blick dorthin folgte, wo das Licht der Fackeln durch die Tunneldecke drang, die sich zu einem Spalt verjüngte. Rote Augen starrten durch einen Riß auf sie herab.

»Perren!« schrie Caspar.

Der Steinwicht ließ von seinem Hämmern ab, und in der Stille hörten sie Hacken im Fels. Der junge Steinwicht erstarrte. »Klopfer! Igitt!« Er sammelte einen losen Stein auf. Trund stellten sich die Nackenhaare auf, vom streitlustigen Verhalten des Steinwichts aufgeschreckt, und er bellte begeistert, als der junge Steinwicht den Brocken nach dem Spalt warf.

Ein Hagel von Steinen prasselte auf ihn herab. Trund wich dem Angriff aus und sprang freudig vor und zurück, drehte sich in seinem typischen Kriegstanz. Caspar drückte sich an die Seite des Durchgangs, schützte sein Gesicht und blickte dann auf. Arme und Beine reckten sich ihm entgegen, lange Finger von grünlicher Farbe schlängelten sich in den flackernden Feuerschein. Endlich suchte Trund zwischen Caspars Beinen Zuflucht, doch er japste noch immer aufgebracht.

Die Klopfer lösten große Brocken ab, und wenn Perren die Hiebe auch verhältnismäßig einfach abwehrte, bemerkte Caspar doch eine untypische Mattigkeit in der Haltung des Steinwichts, als selbst er langsam zurückwich, wenn auch die Treffer der Felsbrocken ihm kaum etwas anzuhaben schienen.

Wie Echsen glitten die Klopfer davon, als sie an den Tunnelwänden herabglitten, bis sie den Stein berührten, den Perren hatte bewegen wollen. Er zitterte, als hätte ein fernes Beben die Erde erschüttert. Ein riesenhaftes Kinn erschien, und ein backenbärtiges, tief zerfurchtes Gesicht, die Augen müde, die Lider schwer, bewegte sich im Stein. Das massive Kinn hob sich von dort, wo es auf der mächtigen Brust geruht hatte. Der Felsen schüttelte sich und schlug mit einem rauhen Arm nach den Klopfern.

Die große Faust zerschlug mit einem Hieb zwei Klopfer. »Widerliche, kleine Teufel! Die Erde soll euch zermalmen.« Dann fluchte er in der alten caballischen Sprache und stampfte mit dem Fuß auf, trat einem weiteren die Brust breit. Dessen Arme und Beine zappelten, um sich zu befreien, und schwarzes Blut trat aus seinem Mund. Die anderen Klopfer flohen, sie fürchteten einen ausgewachsenen Steinwicht offensichtlich weit mehr als einen Perren. Der Riese kroch aus seiner Höhle und streckte sich ins Dunkel des Tunnels über ihnen. Schreien und Kreischen drang aus der Finsternis, dann fielen drei kopflose Leiber klappernd zu Boden. Der Steinwicht spuckte die zerkauten Rest der Klopfer aus.

»Nun, das hätten wir!« Knarrend und stöhnend kam er herab, bis sein Gesicht auf ihrer Höhe war, und sah Perren voll Sorge an. »Geht es dir gut, mein Freund? Dich hat doch keiner von denen gebissen, oder?«

Perren sah sich gründlich an, dann schüttelte er den Kopf. »Nein, es geht mir gut.«

Beruhigt nickte der alte Steinwicht. »Also, was macht ein junger Bursche wie du allein unterwegs, jenseits seiner schützenden Höhle? Was denkt sich dein Vater dabei? Diese Klopfer hätten dich beißen und dich mit der Krümelkrankheit anstecken können.«

Ein Schauer lief Perren über den Rücken. »Ich weiß, aber es gibt etwas sehr Wichtiges, das ich tun muß. Hinter Euch liegt das Necrönd, und wir müssen es retten, bevor es in falsche Hände gerät.«

Der mächtige Steinwicht machte es sich wieder in seinem Nest bequem und murrte widerwillig, bevor er ein gigantisches Gähnen von sich gab. Felssplitter fielen aus den straff gespannten Winkeln seines Mundes. »Ich bin zu alt, als daß ich mich damit befassen könnte. Dieses ist mein letzter Schlaf. Die Welt ist nicht mehr das, was sie in meiner Jugend war. Kalt ist es geworden. Früher war es warm, schön warm. Ich bin so tief ich konnte in den Bauch der Erde gestiegen, aber noch immer spüre ich die Kälte.« Wieder gähnte er.

»Nein, nein, schlaft nicht ein! Versperrt uns nicht den Weg! Ihr müßt uns helfen«, schrie Caspar und zog am Arm des Steinwichts, fühlte jedoch nur kalten Fels. »Wir sind fast da. Bitte, schlaft nicht ein. Laßt uns vorbei!« Er hätte sich hinsetzen und weinen können, als der Steinwicht murrend seufzte und sein Kinn wieder auf die Brust sank. »Ich hole eine Steinaxt und hacke Euch aus Eurem Bett«, drohte Caspar.

Es kam keine Antwort, und die verzweifelte Stille war von einem langen, einsamen Heulen des Wolfes erfüllt, der jaulte und jaulte, als riefe er um Hilfe in der Not. Dann glaubte Caspar zu träumen, als vor seinen Augen ein Lichtpunkt schwebte.

»Ihr ruft die Trinität«, flüsterte eine wunderschöne, einschläfernde Stimme. »Aber die Trinität ist zerbrochen. Die Greisin liegt im Kerker unter Abalone, tief im Herzen von Rye Errish. Dein Ruf ist so verzweifelt, daß er sie selbst dort erreicht, doch wir, die Hüter von Rye Errish, können ihr nicht erlauben, dir zu helfen.«

Weitere Lichtpunkte erschienen vor Caspars Augen. Die Lichter wurden größer, nahmen Form an, und augenblicklich wußte er, daß es die dreizehn Ratsmitglieder des Hohen Kreises waren, die dort vor ihm erschienen.

Straif trat vor, drohte mit einem Stab aus Schwarzdorn in Händen und sah Caspar finster an. »Du! Du nimmst einen übermäßig großen Teil unserer Zeit in Anspruch. Welch Mißgeschick ist dir diesmal geschehen, daß du uns behelligst?«

»Er hat uns nicht behelligt. Es war die Wölfin«, erklärte Uilleand steif.

»Du hast die Erdlinge noch nie sehr gut verstanden, was?«

»Ach, halt den Mund!« Die beiden fingen an zu streiten.

»Gegen welches Gesetz wurde hier verstoßen?« wollte Phagos wissen. »Ich sehe nicht, was es uns anginge. Wir sollten gehen.«

»Nein, bitte, Ihr müßt helfen«, flehte Caspar. »Hier wurde ein Gesetz gebrochen. Auf der anderen Seite dieses Steinwichts ist das Necrönd und außerdem der Mann, der mit dessen Hilfe Macht über Leben und Tod erlangen will. Ein Mann, der wie ein Wolf riecht.«

»Es steht uns nicht an, hier einzugreifen«, sagte Phagos.

Mit glitzerndem Lichterschein war er verschwunden. Die anderen Ratsleute – von zweien abgesehen – schrumpften, bis sie nur noch winzige Lichtpunkte waren. Beith trug das Symbol der Birke auf ihrer Schärpe, hielt einen Moment lang inne, um liebevoll den Kopf der Wölfin zu kraulen, und der andere, Straif, blieb stehen und musterte Caspar.

»Ein Wolfsmann!« schnaubte Straif, prüfte die Dornen an seinem Stab auf ihre Schärfe hin und leckte nachdenklich an seinem blutenden Daumen. »Ich kann es nur in euren Händen lassen, dieses Unrecht aus der Welt zu schaffen.

Für meine Hilfe bräuchte ich die Zustimmung des Hohen Kreises, und, wie ihr wißt, kann das sehr lange dauern. Eines jedoch kann ich euch sagen und euer Schicksal in deinen Händen lassen: Jenseits des Steinwichts ist einer, der dem Tode trotzt, um dir deine May zu stehlen. Ich werde diesen Steinwicht wecken, doch ihr müßt es mir vergelten, indem ihr ihn bestraft.«

Caspar konnte nicht denken. Er wollte alles tun, um May zu retten, und widmete seiner Aufgabe keinen weiteren Gedanken. Als Straif mit seinem Stab an den Steinwicht klopfte, zückte Caspar schußbereit seinen Bogen.

Perren war von dem, was vor sich ging, allzu fasziniert und deutete noch immer ins Leere, wo die Ratsleute gewesen waren. »Ich habe sie im Wasser noch nie gefühlt. Die sind nicht von dieser Welt«, sagte er staunend.

Straif hob seinen Dornenstab, schlug ihn fest auf die Nase des schlafenden Steinwichts und ließ einen kraftvollen Ton erklingen, der die Luft zum Schwirren brachte. Der Steinwicht stöhnte, rührte sich und schob widerstrebend seine Füße beiseite, daß ein Spalt im Fels entstand, der gerade groß genug war, daß Caspar sich hindurchzwängen konnte. Er hielt seine Fackel voraus, zog seinen Bogen nach und zwängte seine Schultern durch den schmalen Spalt, getrieben von Sorge um May und einem plötzlichen Gefühl von Scham. Er, ein Edelmann von Torra Alta, hatte sein Mädchen vernachlässigt. Er hätte ihr folgen sollen, nicht dem Necrönd. Er hatte sie für etwas geopfert, das er für das wichtigere Gut hielt, und so das schreckliche Unrecht geschehen lassen.

Seine Kopfhaut blutete heftig, wo er sich am Stein geschürft hatte, und augenblicklich wußte er, daß das Necrönd nicht weit sein konnte. Schließlich kroch er auf der anderen Seite des Felsspaltes hervor. Ein Tümpel mit dampfendem Wasser lag vor ihm, das Licht seiner Fackel tanzte auf dessen Oberfläche, sprang von einer kleinen Welle zur nächsten und erhellte den mächtigen Schwanz eines großen Lebewesens, das durch das kochende Wasser schnitt.

Jenseits der dampfenden Fluten sah er May und sah auch, daß ein elfengleicher Mann sie hielt. Sogleich erkannte er Talorcan, den Oberförster, dieselbe Kreatur, die versucht hatte, Brids Seele einzufangen, um ihre Macht für sich zu nutzen. Caspar verachtete diesen Mann mit jeder Unze seines Körpers. Der Förster hielt May eng umschlungen.

»May!« rief Caspar, und seine Stimme brach vor Zorn und Eifersucht. Schon flog sein Pfeil, surrte durch die dampfende Luft und überspannte den kleinen See.

»Nein!« schrie May verzweifelt, als sich der Pfeil in die Brust des Försters bohrte.

Talorcans schmerzerfülltes Stöhnen trieb übers Wasser. Dumpf sank er zu Boden, und May hielt ihn im Arm, während er noch fiel.

KAPITEL 12

Hal nahm die Gerüche um sich übermäßig deutlich wahr. Vielleicht lag es daran, daß er kaum zehn Schritte durch den undurchdringlichen Nebel sehen konnte, oder vielleicht war es die Feuchtigkeit in der Luft, die den Duft von Myrte und Ringelblumen derart förderte. Geräusche trieben ungehindert übers Wasser, und drückend wurde ihm klar, daß auch er für jeden, der dieser Nacht sein Ohr schenkte, deutlich zu hören sein mußte. Die Feuchtigkeit hatte seine Kleider durchdrungen, und ihm war kalt.

»Zauberer!« murmelte er. Wenn sie so schrecklich waren, wieso war es dann für ihn so leicht, den Damm zu finden? Dieser war die ganze Zeit schon dort gewesen. In Wahrheit waren sie daran vorbeigekommen, und er hatte ihn sogleich gefunden, als ihm einfiel, wo er das Knirschen der Ponyhufe auf den Kieselsteinen gehört hatte. Tatsächlich war der Nebel auf dem Damm sehr dicht, von widerwärtig grüner Farbe, durchzogen von beunruhigenden, rauchig roten Fäden, doch er hatte ihn gefunden ... ohne Brids Hilfe.

Er zückte sein Schwert und strich mit den Fingern an der mittleren Furche entlang, fühlte, wie die Energie aus dem Metall in seinen Geist überging. Wunderwind wieherte trotzig in den Nebel, und er gab ihr recht, klopfte an ihren Hals. Es war nur speziell gefärbter Rauch vom Feuer eines Schwindlers, so sagte er sich, ganz und gar kein magischer Nebel. Brid war eine Närrin, sich derart zu fürchten. Wie auch der große, edle Abelard!

Er konnte es kaum erwarten, ihre Gesichter zu sehen, wenn er Cymbeline nach seiner selbständigen Rettungsaktion mitbrachte. Sie würde vor Dank wohl weinen und wäre des Lobes übervoll. Sicher würde es Brid ein wenig den Kopf zurechtrücken, wenn sie sah, wie leidenschaftlich die feine Prinzessin ihn begehrte. Natürlich war Brid auf die jungen Sumpfmaiden nicht sonderlich eifersüchtig gewesen und hätte es auch nicht sein müssen, selbst wenn er ihr wirklich einen Grund dafür gegeben hätte, denn sie spielten im großen Maßstab der Welt keine Rolle. Deshalb achtete er sie dennoch nicht geringer, nur hatten sie keine breitere Wirkung auf andere – im Gegensatz zu Cymbeline, deren Verschwinden Königreiche erschüttert hatte. Und mehr als alles andere mußte er einen Eindruck hinterlassen ... und wahrscheinlich, so sagte er sich, mehr noch, als er Brid brauchte. Noch immer konnte er ihr nicht verzeihen, daß sie ihm in aller Öffentlichkeit eine Ohrfeige gegeben hatte – besonders da er unschuldig war.

Wunderwind stolperte. Der Damm war rutschig, und ihre Bewegungen unter ihm fühlten sich plötzlich nicht mehr so sicher an wie bisher. Er hatte das Gefühl, als sähe er um sich nichts als ein Gedankenkissen. Der Boden schien fern, unwirklich, wirbelte unter dem ruhelosen grünen Muster. Er hatte das seltsame Gefühl, als würden sie sich irgendwie in die Luft erheben, als streckten sich Wunderwinds Beine immer länger, und ihre Schritte waren auf der basaltähnlichen Oberfläche, aus der die Landbrücke zur schwarzen Insel bestand, beinahe lautlos. Er schüttelte sich. Nein, das war doch lächerlich. Nun stellte er sich sogar vor, er könne die undeutlichen Umrisse dunkler Gestalten erkennen, die neben ihm liefen.

Jemand rief ihn. Er kannte die Stimme, beharrlich, befehlend, sanft weiblich, doch nicht so melodiös wie Brids. »Hal, mein edler Ritter.«

»Ich bin es«, rief er zurück.

»Mylord, Ihr kommt, mich zu erretten.«

Wunderwind blieb stehen. Vor sich sah er Brids Abbild, nicht Cymbeline, wie er vermutet hatte. »Ich bin allein nicht stark genug. Komm zurück! Warte, bis ich Hilfe geholt habe. Du siehst nur eine Illusion, einen Zauber, mit dem ich mich nicht messen kann. Es ist nur in deinen Gedanken, Hal!«

Er richtete sich im Sattel auf, versuchte sich von dem Trugbild zu lösen, und trat sein Pferd an. Er wollte nicht umkehren. Wie konnte er? Es würde aussehen, als wäre er zu feige gewesen, weiterzureiten, oder – schlimmer noch – hätte sich von ihrem Willen einschüchtern lassen.

Seltsam! Ein neuer Duft war inmitten von Ringelblumen und Myrte. Er konnte Ceowulf riechen, wenn er auch nie zuvor gewußt hatte, wie dieser roch, bis er einen leisen Hauch von Leinöl und poliertem Metall im Nebel witterte. So übergenau es Hal mit dem Ölen und Schärfen seines Schwertes nahm, so widmete sich Ceowulf seiner Rüstung, und wenn er sie auch gar nicht trug, hatte er sie für gewöhnlich doch dabei und kümmerte sich allabendlich um sie. Jedermann nahm Ceowulf und seine Rüstung ernst – außer vielleicht Ceowulf selbst.

Hal drehte sich im Sattel um, war sicher, seinen Freund dort zu finden, doch er sah nur die dunklen, gasigen Muster im grünen Nebel. Selbst sein Atem, der aus beiden Nasenlöchern stob, war grün. Er hielt inne und wartete, und endlich hörte er das dumpfe Trappeln der Pferdehufe auf dem Damm, kein Klirren, wie es hätte sein sollen, sondern ein gedämpftes Tappen.

Ceowulfs dunkle Gestalt ragte auf seinem mächtigen Roß sehr viel näher auf, als Hal erwartet hatte.

»Ich dachte, du könntest mich vielleicht hier brauchen, Freund«, erklärte er.

Hal zuckte mit den Achseln. »Das möchte ich bezweifeln, aber ich freue mich stets über deine Gesellschaft.«

»Sehr gütig von dir«, erwiderte Ceowulf lachend. »Sie hatten keine Verwendung für mich, was ihre Zeremonie anging. Sie haben alle möglichen Pflanzen gesammelt und ihren Singsang angestimmt, um den Nebel zu lüften, aber ich war keine Hilfe, und als ich sah, daß du fort warst, bin ich dir gefolgt.«

Seite an Seite ritten sie. Hal ging ein Schauer über den Rücken. »Liegt es nur an mir, oder spielt uns der Nebel Streiche?«

»Ich habe das seltsame Gefühl, als würden wir schweben«, stimmte Ceowulf ihm zu und blickte seinem Pferd über die Schulter. Beide Pferde mühten sich, als liefen sie auf weichem Sand.

»Paß auf!« flüsterte Ceowulf eindringlich, und sein Schwert scharrte aus der Scheide, als er es zückte. »Wölfe! Zu unserer Rechten.«

Hal machte sich für den Angriff bereit. Fünf Wölfe kamen von dort heran, wo der See hätte sein sollen. Es schien unmöglich. Im schlammigen Grün des Nebels war das Rot ihrer klaffenden Mäuler geradezu erschreckend. Nun rannten sie, schnappten mit gelben Zähnen. Hal riß Wunderwind herum, um sich ihrer Attacke zu stellen, richtete sich im Sattel auf, um besser manövrieren zu können, und schlug rechts und links weit um sich. Seine Klinge traf das erste Tier am Kopf, schnitt durch dessen Schnauze, trennte die Zähne vom Kopf ab, daß die offene Kehle rötlich heulte, als der gesplitterte Kiefer in den Nebel flog.

Weitere Wölfe folgten. Einer biß sich in seinem Stiefel fest. Er hieb mit seiner Linken abwärts, stach mit seinem kurzen Dolch zu, durchbohrte ein Auge und drehte die Klinge, bis der Wolf von ihm abließ.

Wunderwind gehorchte seinen Kommandos wie eh und je, schnaubte und riß an ihrem Gebiß. Hal hielt sie breitseits zum Angriff, um ihren Kopf vor den Wölfen zu schützen, von denen nur wenige geblieben waren. Sie fürchteten sein Schwert, hielten sich zurück und kreisten, warteten auf eine Gelegenheit. Er nahm seine Wurfmesser und schleuderte kurz nacheinander drei davon. Jedes traf sein Ziel. Die Wölfe rollten sich wie Igel ein. Nun hatte Hal Zeit, sich zu gratulieren. Er war mit Wurfmessern nie sehr genau gewesen, wurde aber deutlich besser. Schwer atmend ließ er sich auf seinem Sattel nieder, und da er mit sich sehr zufrieden war, sah er zu, wie Ceowulf den letzten Wölfen den Garaus machte.

»Wir haben sicher ein Dutzend getötet«, rief er dem grinsenden Ceowulf zu.

Die Miene des Ritters wandelte sich. »Niemand hat jemals so viele Kapuzenwölfe getötet.«

»Nein!« stimmte Hal begeistert zu, als machte es das noch besser. »Ceowulf, der Wolfstöter! Hal, der Fluch der Wölfe!«

Der Caldeaner beruhigte sein schnaubendes Roß und warf Hal ein seltsames Grinsen zu. »Wir mögen gut sein ... und ich zweifle nicht daran, daß wir es sind ... aber so gut ist niemand.«

»Aber wir haben sie getötet«, meinte Hal.

»Es war zu einfach, viel zu einfach«, sagte Ceowulf geheimnisvoll. »Hunderte von Männern haben das ganze Jahr versucht, die Biester auszurotten, und konnten doch kaum ein halbes Dutzend Tiere töten. Eben haben wir uns der doppelten Zahl entledigt, ohne auch nur den leisesten Kratzer zu erleiden. Meinst du nicht, das sollte uns etwas sagen?«

»Das tut es doch. Daß wir die allerbesten Kämpfer sind«,

fuhr Hal fort, als nagte nicht der leiseste Zweifel in seinem Hinterkopf. »Jedenfalls gibt es keine andere Erklärung. Kein Tier läßt zu, daß es getötet wird. Die Vorstellung ist lächerlich.«

»O ja, aber gibt es eine Macht, die sie lenkt, die sie uns entgegentreibt, um uns ein trügerisches Gefühl unserer eigenen Größe zu vermitteln, damit wir selbstgefällig werden. Oder vielleicht sind sie gar nicht real, nur eine Illusion?«

Hal rümpfte die Nase. Er hatte festes Fleisch am Ende seiner Klinge gespürt. Er hatte gehört ... doch, nein, das hatte er nicht. Er hatte das Siegeslied des Runenschwertes nicht gehört, das für gewöhnlich beim Tod eines Feindes erklang. Er sah auf seine Klinge. Sie war sauber, ohne jeden Tropfen Blut.

Er war zornig. Wie konnte es jemand wagen, ihn so zum Narren zu halten? Er sah Renaud vor sich, wie er ihn verlachte, und fühlte, wie sein Blut heftig in den Schläfen pochte. Außerdem erinnerte er sich daran, was die hinterhältigen Pläne des Prinzen mit Branwolf, Keridwen und seinem Neffen auf Torra Alta gemacht hatten.

Dafür würde Renaud bezahlen. Niemand beleidigte den Namen Torra Altas. »Spar, ich werde es ihnen zeigen«, brach es laut aus ihm hervor.

»Spar?« fragte Ceowulf. »Auch ich habe an ihn gedacht, fast als wäre er hier bei uns. Wirklich lächerlich.«

Hal erstarrte und gab sich alle Mühe, seine Gedanken gegen den seltsamen Nebel zu schützen. »Was hat Brid gesagt, als sie gemerkt hat, daß ich fort bin?«

»Hmmm? Oh, nicht viel«, erwiderte Ceowulf zu fröhlich.

»Du bist ein hoffnungsloser Lügner, Ceowulf. Was hat sie gesagt?« wollte Hal wissen.

»Hmmm. Sie sagte, du seist ein Narr und hättest es verdient, dich im Nebel zu verirren. Sie sagte, wir könnten nur sicher auf die Insel gelangen, indem wir den Nebel mit ihrer Zauberkraft vertreiben.«

»Nun, noch hat es nicht funktioniert«, erklärte Hal. »Er ist immer noch genauso dicht.«

Als er noch sprach, ragte ein großer, schwarzer Turm über ihnen aus dem Nebel auf, und bald schon sahen sie Fetzen der schwarzen Klippen darunter.

»Wir steigen an«, murmelte Ceowulf nach einer Weile ungläubig. »Aber wie? Ich fühle weder Hang noch Stufen.«

Nichtsdestoweniger kamen die großen Türme näher und waren nun ein bräunliches Schwarz mit drohenden Spitzen und stählernen Stützpfeilern, die von einem Geflecht aus dünnen Stangen aufrecht gehalten wurden. Die Türme glichen eher den Spitzen von Pfeilen als der üblichen Architektur. Die restliche Burg wirkte wie ein gigantischer Schatten hinter dem Nebel, sog alles Licht auf, und der grüne Rauch sickerte aus den Schießscharten und wehte durch die Falltore.

»Oh, wie geistreich!« höhnte Ceowulf, als sich der wabernde Nebel vom Vorwerk verzog und preisgab, daß der Eingang wie ein Schädel geformt war, dessen Mund mit entsetzter Miene offenstand.

Drei Gestalten traten unter den Falltoren hindurch und winkten sie heran. Sie trugen lange, rote Gewänder und hohe, breitkrempige Hüte. Staunend wurde Hal klar, daß sie auf gleiche Höhe mit den Falltoren gestiegen waren und die Fluten weit unten gegen die Klippen schlugen.

»Brid hatte recht damit, vorsichtig zu sein. Sie haben uns durch die Luft zu sich geholt«, warnte Ceowulf, »in ihr Nest gelockt.«

»Wie hat sich Prinz Renaud auf diese Zauberer einlassen können?« fragte Hal, wobei er keine Antwort erwartete.

Er hob den Kopf, als er seinen Namen hörte. Eine Frau rief nach ihm. »Hal! Hal, du bist gekommen, um mich zu retten. Mein Held! Ich wußte, daß du mich nicht enttäuschen würdest.«

Er sprang von seinem Pferd und suchte nach einem Weg, wie er zu Cymbeline gelangen konnte. Er wußte nicht, wie es geschehen war, doch plötzlich lag ein Pfad zu seinen Füßen, und er lief auf einen hohen Turm zu, erklomm die Wendeltreppe aus grünem Rauch.

»Nein, Hal! Sei kein Narr«, schrie Ceowulf ihm nach.

Narr oder nicht, er sprang von seinem Pferd und stürmte ihm nach, die nebelhaften Stufen hinauf. Plötzlich tappten seine Stiefel auf festem Stein, und er klammerte sich an einen schmalen Sims hoch oben an der Turmmauer. Hal hatte sich bereits einen Weg am Sims entlang gebahnt und umrundete die Spitze eines Vorwerks, schob sich zu einem Fenster, aus dem ein Schluchzen zu hören war.

Leichenblaß folgte Ceowulf ihm nach und sah zögerlich hinunter, während sich seine Finger an die nackten Wände klammerten. Hal sah den Ritter an.

Hier waren sie oberhalb des Nebels, und er konnte meilenweit über dessen wirbelnde Oberfläche blicken. Nach Osten und Westen hin erstreckte sich die Küste zu einer blaugrauen Linie, und ihm wurde klar, daß der See viele Meilen breit sein mußte. Jenseits des südlichen Ufers, wo sich die grauen Umrisse der wilden Ponys am grünen Rand des Nebels bewegten, ließ Brids Feuer seltsam roten Rauch aufsteigen. Jenseits davon stand im endlosen Wald Reihe auf Reihe von Eichen, Buchen und Kiefern, die grüne Bänder von Hell und Dunkel bildeten, die in weiter Ferne eins wurden. Regenwolken, von Sonnenlicht durchbrochen, bildeten Muster aus Schatten und goldenen Feldern, und die Sonne glitzerte hier und da auf einem kleinen See.

Hal fürchtete die Tiefe nicht im mindesten. Er hatte auf einem sechs Daumen breiten Sims sehr guten Halt und konnte somit nicht abstürzen. Er streckte seine Finger aus, schob sie über den löchrigen Stein der Mauern, um am Fenstersims Halt zu finden.

Das Schluchzen lockte ihn voran, wenn ihn auch eine Stimme irgendwo im Hinterkopf warnte, daß dieses wie die Wölfe und der seltsam ansteigende Damm wiederum eine Illusion sein mochte.

Er löste sich von jenem Sims, der seinen Füßen Halt bot, und verließ sich voll und ganz auf seine Finger, schwang unter dem Fenster durch, hob sich auf die Ellenbogen und dann durch den schmalen Spalt.

Weiche Arme schlangen sich um seinen Hals, und Mund und Gesicht wurden von Küssen übersät. »Lord Hal, ich wußte, daß Ihr kommen würdet. Ich wußte, daß Ihr mich nie im Stich lassen würdet.«

Hal blinzelte in Cymbelines graublaue Augen, der Farbe des Himmels, wenn man ihn durch einen Regenschleier sieht. Instinktiv erstarrte er.

»Aber, Hal, Ihr habt geschworen, mein Held zu sein, mein Ritter.« Zierlich richtete die ceolothianische Prinzessin einen der rosafarbenen Schleier, die in ihrem Haar befestigt waren, und lächelte kokett. In den blassen Stoffen aus feinster Seide erschien sie ihm wie ein Gespenst. Ihre Kleidung war so leicht, daß nur Perlen und Rubine, die im Stoff verwoben waren, ihr Gewicht verliehen. Wieder warf sie sich ihm in dic Arme und drückte ihn an sich. »Hal, mein Retter, Ihr kommt um meinetwillen!«

»Und wegen Eurer Peiniger«, beharrte Hal. »Sie müssen für ihr Verbrechen zahlen.«

Unbeholfen kletterte Ceowulf durchs Fenster herein, da seine massige Erscheinung ihm die Aufgabe erschwerte. Einer seiner Stiefel blieb an der Fensterbank hängen, und als er ihn mit einem zu heftigem Ruck löste, stürzte er in die Kammer. Ohne jegliche Begrüßung oder Zeremonie rief er Cymbeline zu: »Wie kommen wir an den Zauberern vorbei zu Renaud?«

»Zauberer?« fragte sie und neigte ihren Kopf.

»Ja, Zauberer.«

»Gar nicht«, antwortete eine tiefe, spöttische Stimme von der Tür her, die eben aufgerissen wurde. Der Mann war groß und dünn und trug einen langen Stab, in den zahlreiche Runen geschnitzt waren, von denen Hal jedoch keine erkannte, wobei er zugegebenermaßen auch kein Meister dieses Faches war. Ein langer, purpurner Umhang, der mit gelben Blitzen überzogen war, wurde über die Schulter geworfen. Hal schüttelte den Kopf und sah genauer hin. Als Licht auf die Gestalt fiel, konnte er durch sie hindurch die Wand dahinter sehen. Ein Lächeln breitete sich auf dem wettergegerbten Gesicht des Mannes aus, und er stieß ein schrecklich dröhnendes Lachen aus.

Hal lachte zurück. »Zauberer, Ihr seid nur ein Geist, und ich fürchte Euch nicht.«

Der Mann trat vor, und Hals einziger Gedanke galt dem Schutz der Prinzessin. Alle Hoffnung war verloren, falls ihr etwas geschähe. König Dagonet würde seine wohltrainierte, ruchlose Armee erst zurückrufen, wenn seine kostbare Tochter unversehrt heimkehrte.

Erschrocken stöhnte sie auf, und Hal trat vor sie und zückte sein Schwert. Der Zauberer lachte hämisch und murmelte einen finsteren Spruch.

Bestürzt sah er, daß sein kostbares Runenschwert erglühte und sich bog, bis die Spitze kraftlos zu Boden hing und weißes Metall tropfenweise von der Spitze fiel und brutzelte, wo es auf die Ulmenbohlen traf. Er hielt den sengendheißen Griff fester, konzentrierte sich auf die Runen an der Klinge, doch vergebens. Das Heft verbrannte seine Hand, und er ließ das Schwert fallen – sein kostbares, wundervolles Runenschwert – in eine Pfütze aus kochendheißem, geschmolzenem Metall. Wut flammte in ihm auf, und in blindem Zorn stürzte er sich auf den Zauberer.

Das war offensichtlich das einzige, was der Zauberer nicht vorausgesehen hatte, und weder er noch Hal hatten erwartet, daß Ceowulf Cymbeline packen und ihr ein Messer an die Kehle halten würde.

Hal hieb dem Zauberer seine Faust an die Schläfe, doch er schlug mitten hindurch und traf den Türpfosten. Der Zauberer dagegen taumelte rückwärts, nicht vom Hieb, der glatt durch seinen körperlosen Körper ging, sondern weil Hals Zorn ihn von Ceowulf ablenkte. Der Ritter hielt Cymbeline mit – wie Hal es sah – sehr festem Griff. Sie sah erschrocken aus, schien Schmerzen zu haben und war bedenklich außer Atem.

»Ganz ruhig, mein Freund«, riet Ceowulf.

Hal hingegen blieb kampfbereit. »Nimm dein Schwert auf!« Finster sah er Hal an, drängte ihn, sein Schwert an sich zu nehmen.

Hal blickte von seinem Freund zu jener zischenden Pfütze zu seinen Füßen und dann wieder zurück, ohne sich von der Stelle zu rühren.

»Nimm es auf.« Ceowulf trat nach der geschmolzenen Masse, und staunend hörte Hal deutlich das Klirren von kaltem Stahl. »Es ist nur eine Illusion. Der Zauber ist nicht so elementar wie Brids.«

Nur halbwegs überzeugt bückte sich Hal dennoch, um aufzusammeln, was ihm wie sengende Flüssigkeit erschien. Er schloß die Augen. Große Mutter, gib mir Kraft. Zeig mir die Wirklichkeit meiner Welt, betete er. Mit geschlossenen

Augen und der Erwartung, sich die Finger zu schwarzen Stumpen zu verbrennen, fand er den Mut, in die weiße Hitze des Metalls zu greifen, bis er das kühle, feste Heft in seiner Hand spürte. Er fuhr herum, um die gespenstische Erscheinung anzugreifen, doch war der Zauberer fort.

»Hal, Hal!« schrie Cymbeline. »Erlöst mich von diesem Grobian! Mein Vater wird Euch alles geben, selbst ein kleines Königreich, wenn Ihr mich unversehrt zu ihm bringt. Aber er wird nicht begeistert sein, wenn Ihr zulaßt, daß dieser Ritter mir Schaden zufügt. Hal, unternehmt sogleich etwas, hört Ihr?«

Hal hörte nicht und verstand auch nicht, was in Ceowulf gefahren war. »Was tust du?« rief er. »Laß sie los!«

»Mach die Augen auf. Siehst du denn nicht, was geschieht?« rief Ceowulf.

»Du tust ihr weh«, rief Hal zurück. Vor seinen Augen nahm Cymbeline eine gräßlich blaugraue Farbe an. Mit der Schulter rammte er den Caldeaner und brachte ihn mit seiner unerwarteten Attacke aus dem Gleichgewicht. Ceowulf taumelte rückwärts, stolperte über einen niedrigen Stuhl und fiel, ließ Cymbeline los, die ängstlich und entsetzt aufkeuchte. Hal drückte seinem Freund das scharfe Schwert an die Brust und winkte Cymbeline, sich fernzuhalten.

»Ich kenne den Weg«, schrie sie, riß an seinem Ärmel und deutete auf einen großen Vorhang weiter hinten in der Kammer. Ceowulf, der sich irgendwie verändert hatte, wurde drohend und finster. Seine Augenbrauen wurden dunkler und dichter, seine Augen versanken im Schädel, und seine Lippen wurden schmal. Etwas Niederträchtiges lag in diesen Augen, das Hal niemals zuvor gesehen hatte.

»Schnell!« flehte Cymbeline. »Hier geht es in die unteren Stockwerke und dann zu den Ställen. Es wird uns niemand sehen, und von dort aus können wir unsere Flucht planen.«

Fasziniert von Cymbelines honigsüßer Stimme lief Hal ihr nach, ließ Ceowulf zurück, der keine Anstalten machte, ihnen zu folgen. »Es waren Hardwin und Prinz Renaud«, begann sie, raffte ihre Röcke zusammen und trat leichtfüßig in das dunkle Wendeltreppenhaus, das sich hinter jenem Vorhang verbarg. »Was die geplant hatten, würdet Ihr nicht glauben. Sie wollten mich in Ketten legen, aber sie fürchteten meinen Bruder, obwohl sie ihn im Verlies eingesperrt hatten. Wir müssen ihn retten.«

»Erst bringe ich Euch in Sicherheit«, sagte Hal galant, »dann werde ich Tudwal holen.«

Ihr Haar wehte in ihrem Rücken, als sie rannte. »Er wird von Euch nicht gerettet werden wollen.« Sie lachte leise.

Ceowulf lief ihnen immer noch nicht nach. Hal schenkte dem kaum Beachtung. Er war mit seinen Gedanken andernorts. Hier nun hatte er seine Chance auf Ruhm, und er wollte alles allein tun – ohne Brid, ganz sicher ohne Abelard und trotz Ceowulf. Er stürmte die Treppe hinunter und konnte mit Cymbeline kaum Schritt halten. Tiefer und immer tiefer stiegen sie hinab, und sie trieb ihn an, sich zu beeilen. Endlich kamen sie an eine Tür, die seltsam schmal war. Sie hatte einen ringförmgen Riegel, den Cymbeline zu drehen versuchte. Als dieser nicht nachgeben wollte, sah sie sich hilfesuchend nach Hal um. »Ich schaffe es nicht.«

»Wenn Ihr gestattet«, sagte er, drückte sich an ihr vorbei, wobei er ihre wogende Brust sehr deutlich wahrnahm, als sie Luft holte. Er lächelte sie an, als sich der Riegel hob, und sah ihr noch immer ins Gesicht, als er die Tür aufdrückte und in einen dunkelroten Raum trat. Die Wände waren mit purpurnen Vorhängen verhangen. Das einzige Fenster an der gegenüberliegenden Wand war von purpurnem Glas ausgefüllt. Das fremde Licht von diesem Fenster her fiel auf drei rotäugige Kreaturen, die um einen großen, schwarzen

Topf saßen, eine Brühe rührten und purpurnen Rauch rülpsten. Kobolde, vermutete Hal nach dem üblen Äußeren.

Sie kreischten und gackerten; Hal war derart entgeistert, daß er kaum sein Schwert gezückt hatte, als ihn schon der Rauch mit seinem schweren Veilchenduft umfing. Er gab sich alle Mühe, sein Gleichgewicht zu halten, schlug hin und her, schnitt gelbe Streifen in den roten Rauch, aber er konnte die Kreaturen nicht erreichen.

Die Kobolde waren nackt, von spitzen Hüten abgesehen, die wohl die Zauberer verhöhnen sollten. Die Knochen ihrer dürren Leiber ragten steif hervor, als wollten sie jeden Augenblick die straff gespannte Haut durchstoßen. Gleichzeitig spannten sie lachend ihre braunen Lippen, zeigten ihre scharfen, spitzen Zähne. Sie waren nicht größer als Kinder und sehr viel dünner, so daß Rippen und Hüftknochen geradezu aus der erdbraunen Haut drängten. Lange Finger zappelten im Topf; gelegentlich zogen sie sie hervor, um genüßlich daran zu lecken, wobei ihre gerollten, gegabelten Zungen jeden Knöchel einzeln umzuckten.

Bald schon war Hal erschöpft, während sich der Rauch um ihn wie erkaltender Haferbrei verdickte. Er umschlang Arme und Hals, strangulierte ihn langsam. Er konnte sich nicht zum Glauben bewegen, daß es nur ein Trugbild war, wie Ceowulf geargwöhnt hatte. Rauch formte sich zu einer Faust und drückte sich in seinen Mund, nahm ihm den Atem. Die Welt um ihn vernebelte.

»Ceowulf!« würgte er hervor, sein Schrei ein ersticktes Krächzen. Schließlich sank er im Rauch zusammen. Entweder war er bewußtlos, als er zu Boden fiel, oder der Rauch hatte als Kissen gedient und ihn aufgefangen, doch er merkte nicht, wie er auf die Steine schlug. Dann nahm er erst wieder das teuflische Schnattern der Kobolde wahr, die im Gegensatz zu den gespenstischen Zauberern körperlich real waren und zweifellos von den Zauberern dazu auserkoren waren, deren harte Arbeit zu verrichten. Sie waren erstaunlich stark für ihre Größe.

Sehnige Hände umklammerten seine Glieder. Sie hoben ihn, als wäre er ein Kind, und trugen ihn eine Reihe von Wendeltreppen hinab und durch einen langen Korridor, der in regelmäßigen Abständen von Türen unterbrochen war, die jeweils auf geheimnisvolle Weise verriegelt und verrammelt waren. Schließlich trugen sie ihn durch ein inneres Falltor tief in den Bauch der Burg hinein.

Wachsende Furcht ließ Hals Herz frieren. Es war, als stieg man tief in Rewiks Burg in Farona hinab. Er roch die Glut von heißer Asche und den beißenden Gestank verbrannten Fettes. Als sie zu einer Stahltür kamen, die von zwei weiteren Kobolden mit langen Messern bewacht wurde, wußte er, was er dort finden würde.

Sie zogen die Türen auf und warfen ihn hinein. Die drei Zauberer, die ihm nun größer als zuvor erschienen, ragten über ihm auf. Die Kobolde rannten ihnen entgegen und rollten sich in ihren Umhängen zusammen, klammerten sich wie Kinder an die Beine ihrer Mutter. Lobheischend reckten sie sich hinauf und schnurrten, als man ihnen den Kopf kraulte.

Hal fiel es schwer, den Zauberern offen ins Gesicht zu sehen. Dünn und ausgezehrt waren sie, hatten etwas Garstiges an sich, das er nicht verstand. Ihre Haut war beinahe durchscheinend, und obwohl die Roben ihnen Form verliehen, schienen die Hände schwach und unfähig, Dinge zu ergreifen. Dennoch konnten sie zaubern, und als einer mit den Fingern schnippte und sein lockeres Handgelenk zukken ließ, wurde Hal von grünem Rauch nach vorn gerissen. Die Kobolde quiekten vor Vergnügen, als er zusammenzuckte.

Die Ketten an den Wänden hingegen sahen schrecklich real aus, und er wehrte sich wütend, wenn auch vergeblich, als die Kobolde ihn mit sich zerrten und seine Handgelenke umklammerten. Das kurze Stück Kette war unten an der Wand befestigt und verhinderte, daß er sich gänzlich aufrichten konnte. Mit den Füßen trat er nach den Kobolden, doch sie wichen zurück und blieben unerreichbar.

»Wir werden dich nun allein lassen, damit du dein Schicksal bedenken kannst, doch sei versichert: Wir kommen wieder«, sagten die Zauberer gleichzeitig mit dünnen, krächzenden Stimmen.

Sie nahmen Hals Schwert und ketteten es an die Wand gegenüber, unmöglich zu erreichen. Hal nahm davon Abstand, sich selbst zu erniedrigen, indem er darum rang, es zu erreichen.

Die Zauberer gingen und unterhielten sich dabei in einer Sprache, von der Hal sicher wußte, daß sie nicht am Caballischen Meer gesprochen wurde. Verwirrt starrte er in den Rauch. Was war mit Cymbeline geschehen? Er kam zu dem Schluß, daß man sie zur Sicherheit an einen anderen Ort gebracht hatte, der hoffentlich etwas komfortabler war als der seine. Als sich der Rauch verzog, hörte er eine Stimme. Sie sprach überdeutlich Belbidianisch.

»Sie klangen sorgenvoll. Und vielleicht etwas schwächer als vorher.«

Hal fragte sich, ob diese Stimme Teil des Trugbildes aus grünem Rauch war, der von der Decke sank und müde an den Spalten im Mauerwerk entlang kroch, als wäre er zu erschöpft, um noch länger mitten in der Luft zu hängen.

Finster blickte er durch den verwehenden Rauch, und das Blut pochte in seiner Kehle, als er den Mann vor sich erkannte. Sein Haar war zottig, und ein spitzer Bart bedeckte nun sein mächtiges Kinn, aber er war dennoch unverwechselbar.

»Verräter!« brüllte Hal und wollte sich auf ihn stürzen. Er vergaß seine Kette, und wie ein wütender Wachhund wurde er schmerzhaft rückwärts gerissen, als sie sich spannte. »Euer Bruder Rewik foltert wegen Eures üblen Tuns meinen Bruder und seine Frau in den Kerkern von Farona! Er glaubt nicht, daß Ihr Euch gegen ihn wenden würdet. Er glaubt, Ihr wäret eine ehrliche Haut und ...« Langsam starben Hals Worte auf seinen Lippen.

Prinz Renaud trug eine Miene größter Überraschung zur Schau. Irgend etwas stimmte nicht. War auch er ein Trugbild? Hal fühlte sich verwirrt und hintergangen, lehnte sich an die Mauer und legte seine Hände an den Kopf.

»Seid Ihr nicht gekommen, um mich zu retten?« Prinz Renauds Stimme klang hoch und angestrengt. »Wir haben gemerkt, daß manches vor sich ging. Die Kobolde prahlen gern, müßt Ihr wissen, und sie haben von Leuten erzählt, die zu schlichter Magie imstande sind, und da vermutete ich Euch und Euer Weib. Findet Ihr das nicht besonders klug von mir? Ich habe es geahnt, nicht wahr, Lord Hardwin?«

Hal hatte den untersetzten Mann aus Piscera hinter Prinz Renaud gar nicht bemerkt. Grüßend nickte er ihm zu. Beide schienen ihm etwas hysterisch, die Kleider zerfetzt, die Gelenke von eitrigen Wunden umgeben, daß Hal sich wunderte, wieso sie nicht unter Blutvergiftung litten.

»Es tut mir leid, daß Euer Plan, uns hier herauszubringen, gescheitert ist«, sagte Hardwin nüchtern. »Prinz Renaud setzte solch großes Vertrauen in Euch. Er sagte, die Männer von Torra Alta hätten Belbidia noch nie im Stich gelassen – zumindest nicht in kriegerischen Dingen –, doch ich hatte wegen des Übels, das die Kapuzenwölfe angerichtet haben, meine Zweifel. Ich hatte das Gefühl, wir wären Euch egal.«

»Wo ist Tudwal!« Hal unterbrach das hirnverbrannte Geschwätz. »Wurde auch er hierhergebracht?«

Der Prinz nickte. »Ja, aber wir wurden getrennt.«

Die Kobolde beobachteten sie und lachten, und Hal fürchtete, das alles geschähe nur zu ihrem Vergnügen. Er hatte seine Zweifel, ob er Prinz Renaud Glauben schenken sollte oder ob sie überhaupt mit ihm sprachen. Er ließ den Kopf in seine Hände sinken und dachte nach. Es mußte doch sicher eine Möglichkeit geben, die Wahrheit herauszufinden. Das Ganze war etwas, das Caspar zustoßen würde, doch nicht ihm. Er war nicht leicht zu täuschen. Alle Welt wußte, daß er zu skeptisch war, als daß man ihn leicht zum Narren halten konnte. Er hätte das alles durchschauen sollen.

Morrigwens Abbild tauchte aus seinem Unterbewußtsein auf, wie sie ihn schalt, weil er ein solcher Dummkopf war. Nie war er sicher gewesen, was er von Morrigwen halten sollte. Offen gesagt hatte sie ihn nie gemocht, doch sie hatte auch niemals seine Liebe zu Brid verdammt, obwohl die Greisin ihre schützende Hand stets über sie gehalten hatte. Rauch drang aus dem Mauerwerk und sickerte unter der Tür hervor.

»Sie kommen wieder!« Renauds bärtiges Gesicht wurde weiß. Offenbar fürchtete er sich vor den Zauberern zu Tode, und das überzeugte Hal vor allem anderen davon, daß man ihm trauen konnte. Knarrend ging die Tür auf, und die drei gespenstischen Gestalten standen auf der Schwelle. Blaß waren sie geworden, ihre Körper durchscheinender, und der Rauch trieb wie Staub im Sonnenlicht durch ihre körperlosen Leiber. Wie Renaud bemerkt hatte, wirkten sie besorgt.

»Sollen wir uns seiner entledigen?« fragten sie wie aus einem Munde.

Hal wußte nicht, mit wem sie sprachen, doch anscheinend nicht miteinander. Dann sah er ihn. Ein großer, schwarzer Wolf kauerte in der Ecke, mit einem langen Speichelfaden am Maul, das er nicht schließen konnte, weil seine Zähne so groß waren. Schwarzer Rauch umfing ihn, so daß er nicht mehr zu sehen war, doch Hal hörte die Stimme, die aus dieser Richtung kam.

»Laßt ihn hier. Soll er die anderen zu uns bringen. Wir werden sie alle haben und keinen wieder gehen lassen. Aber muß ich denn alles allein machen? Ihr seid mir verpflichtet, und doch enttäuscht ihr mich. Der Nebel verfliegt, und bald wird der Damm zu sehen sein.« Die Stimme war schwarz vor Zorn. »Wenn ihr mich enttäuscht, schicke ich euch wieder in die Anderwelt zurück, wo ihr für alle Zeiten durch die Sümpfe kriechen könnt.«

Aus dem schwarzen Rauch sprang ein Wolf und hetzte durch die Tür. Hal riß am Ende seiner Kette, denn er sorgte sich um Brids Sicherheit. Ihr Zauber war es, der den Nebel störte, und er war sicher, daß der Wolf sie finden würde. Und weder er noch Ceowulf waren da, um sie zu schützen. Er betete darum, daß Abelard nach wie vor nicht von ihrer Seite wich, und tröstete sich damit, daß der Bogenschütze sie niemals im Stich lassen würde. Zum ersten Mal empfand er so etwas wie Wärme und Dankbarkeit für diesen Mann.

»Sie kontrolliert den Nebel und bewegt ihn auch«, sprachen die Zauberer staunend und erregt.

»Aber sie ist allein. Sie kann es allein nicht schaffen. Die Große Mutter wird nicht auf die Gebete einer einzelnen hören«, antworteten sie staunend.

»Laßt die Fluten steigen«, riefen die Zauberer, bevor sie

von dannen schwebten. Sekundenlang hörte Hal, wie ihr fremder Singsang in der Dunkelheit verklang.

Die Kobolde knallten die Tür ins Schloß, und ihren Schritten auf dem Steinboden nach zu urteilen, liefen sie ihren Herren nach. Einige Minuten lang geschah nichts, während Hal zur Tür starrte und so laut er konnte nach Ceowulf rief. Etwas anderes wollte ihm nicht einfallen.

Schon glaubte er, man hätte sie vergessen, als Wasser unter den Stahltüren hervorquoll. Bald schon waren Hals Füße naß, und die Fluten schwappten an die Zellenwände.

Zügig stieg das Wasser bis an seine Unterschenkel, lief in seine Stiefel. Es war kalt und feucht, und er hegte keinerlei Zweifel daran, daß das alles real war. Er zog und zerrte an seiner Kette, die dort an der Wand befestigt war, aber sie wollte nicht nachgeben. Hardwin klagte vor Bestürzung.

»Lord Hal, so tut doch etwas. Ihr müßt uns retten«, stöhnte Renaud.

Hal war sprachlos, was ihr blindes Vertrauen in ihn anging. Er richtete sich so weit auf, wie er konnte, sah sich nach allem um, was ihm von Nutzen sein konnte. Das schlammig-grüne Wasser schwappte um seine Oberschenkel, und ein loser Holzstock trieb auf der schäumenden Oberfläche. Sicher gab es irgend etwas, das ihm helfen würde. Irgend etwas. Der Stock kam in seine Reichweite, und er streckte ihm seine Finger entgegen, löste den Metallstift, der den Stock zusammenhielt, und versuchte, damit das Schloß um sein Handgelenk zu lösen. Er gab sich alle Mühe, doch es wollte nicht nachgeben.

»Es wird Krieg geben«, stöhnte Renaud, »wenn wir Prinzessin Cymbeline nicht lebend hier herausbekommen. Was wird, wenn sie ertrinkt?«

Hal betete darum, daß Ceowulf seinen Schrei gehört hatte. Die Zauberer schienen diesen Sturm auf Brid zu richten, und er mußte etwas unternehmen, um sie aufzuhalten. Es mußte einen Ausweg geben. Er nahm ein Stück vom Stock, zwängte es durch den Ring in der Wand und versuchte damit, das Eisen aus dem Mauerwerk zu brechen, aber es war offenbar zu tief im Mörtel verankert. Das Wasser stand inzwischen um seine gebückten Schultern, während er an seinen Fesseln riß und versuchte, seine Hand durch die Handschelle zu schieben, wenn auch ohne Erfolg.

»Große Mutter«, rief er. »Ich muß Brid holen. Große Mutter, alles, jedes Opfer, das Du mir nennst, was immer Dein Wille sei: Ich werde es tun, wenn Du Brid rettest«, versprach er. »Ich muß Brid retten.«

Hardwin schrie und keuchte, warf seinen Kopf in den Nacken, daß der Mund gerade eben aus dem Wasser ragte. Er war ein kleiner Mann und konnte seinen Hals kaum lang genug machen. Renaud benahm sich wie ein edler Belbidianer. Gefaßt und ruhig betete er zu seinem Gott um Gnade und einen schnellen Tod.

KAPITEL 13

May sah übers Wasser zu Spar hinüber und hielt den reglosen Förster in ihren Armen. Zu ihren Füßen lag ein kleines Nest aus Moos. Caspar wußte, was darin war. Schwer lastete die Verantwortung auf seinem Herzen.

»Jetzt wird alles gut. Bleib da, rühr dich nicht von der Stelle. Ich komme dich holen«, rief er und versuchte, ruhig und gefaßt zu klingen. Er kletterte auf Perrens Schultern, zog seine Beine an, damit sie nicht ins kochende Wasser reichten, und betete, daß der Tümpel nicht zu tief sein mochte und Perren nicht ausglitt. Der Steinwicht hatte versichert, daß ihm ein Schlundwurm, etwas, mit dem er vertraut war, ebensowenig etwas anhaben konnte wie das kochende Wasser. Caspar betete darum, daß er in beiden Punkten recht behielt. Schweiß rann über sein Gesicht.

Als sie fast den halben Weg hinter sich hatten, blieb Perren stehen. May hielt den Kopf gesenkt, so daß ihr Haar wie ein Vorhang vor dem Förster hing. Sie weinte, doch schlimmer noch: Der Förster lebte. Sein Stöhnen war schwach, doch unverkennbar.

»Perren, schnell! Sieh doch! Der Wolfsmann lebt.«

Der Steinwicht schenkte ihm keinerlei Beachtung, und für Caspars Ohren klang er wie irre, als er mit den Händen durch das siedende Wasser strich und rief: »Ich bin gesegnet! Die Große Mutter spricht mit mir im Wasser! Die Klarheit, die Sicht über solche Entfernung! Ich spüre Eiswasser, Salzwasser, die Tränen der Mutter. Der Rhythmus ist ganz klar zu spüren. Jemand betet zu Ihr, braucht Ihre Hilfe, und ich bin Ihre Stimme. Ich muß für sie sprechen.

Ein Hilfeschrei. Sie sind von deinem Blut, Spar, und sie sind in Not.«

»Perren, paß auf!« rief Caspar. Er hatte kein Wort von dem gehört, was der Steinwicht sagte, sondern konzentrierte sich auf die Welle, die ihnen wie ein Speer entgegenkam. Ein Kopf tauchte auf, mit offenem Maul, und ein großer, peitschender Schwanz trieb den Schlundwurm an.

Der Steinwicht bewegte sich nur langsam, obwohl Caspar seine Fersen an Perrens harten Hals trat und kreischte, er solle etwas unternehmen. In letzter Sekunde ballte der Felsenmann seine Faust und hieb sie dem Schlundwurm in das rote Maul. Offenbar hatte er den Schwung des Wurms unterschätzt, der ihn wie ein rollendes Faß traf. Taumelnd kam er aus dem Gleichgewicht und sank auf ein Knie.

Caspar klammerte sich fest, zappelte mit den Beinen über dem Wasser, und Spritzer verbrühten ihm Gesicht und Hände.

Perrens dicker Arm war bis zum Ellbogen im Schlund des Wurms vergraben, und Caspar sah den Schatten der Steinwichtfinger, die sich bewegten und unter der dünnen Haut am Hals des Wurmes rissen.

»Perren, du wirst deine Hand verlieren!« rief er hilflos, denn er wußte, daß er nichts dagegen unternehmen konnte. Er brauchte beide Hände, um sich festzuhalten, sonst fiele er ins Wasser.

Ein Knirschen wurde im Maul des Wurmes laut. Perren schlug um sich, um aufrecht stehen zu bleiben, und ächzte vor Anstrengung. Dann kam er mit einem Schrei von seinem Knie hoch, was Caspar beinahe rückwärts abwarf. In seiner Faust hielt Perren eine blutige Masse aus Knorpel und Gewebe. Fleischige Röhren und rote Adern baumelten von seinen Fingern. Blut sprudelte aus dem Maul des

Schlundwurms, blendete Caspar, als es ihm ins Gesicht spritzte. Er wischte es aus seinen Augen, und als er sie wieder aufschlug, trieb das Untier mit dem Bauch nach oben auf den rot schäumenden Fluten.

»Du hast ihm die Kehle rausgerissen!« krächzte Caspar ungläubig.

»Man weiß nie, wie stark man eigentlich ist«, sagte Perren leichthin und wusch seine Hände im dampfenden Wasser. »Große Mutter, der Tod eines Deiner Lebewesen tut mir leid«, sagte er ehrfürchtig und watete voran.

Nachdem der Schlundwurm nun tot war, zuckte Caspars Blick zwischen Talorcan, May und dem Druiden-Ei zu ihren Füßen hin und her.

Es war kaum zu glauben, daß Talorcan noch leben sollte, denn Caspar wußte, daß er ihm glatt durchs Herz geschossen hatte. Er verstand es nicht, und was er nicht verstand, fürchtete er.

Er mußte das Necrönd holen. Im selben Augenblick, als Perren ihn absetzte, lief er zu May, erwartete, daß sie ihn begrüßen würde, was sie jedoch nicht tat. Er nahm das Druiden-Ei auf und drehte es in seiner Faust, wobei es in seiner Hand pochte und sein Herz eine riesenhafte Blutblase war, die in seinem Hals pulsierte.

Das Ei war noch in einem Stück! Er drehte es um, und sein Herz wollte aussetzen, als er die gezackten, schwarzen Brandmale auf der cremefarbenen Oberfläche sah. Offenbar war er gerade eben noch rechtzeitig gekommen.

Eifersüchtig trat er zurück und drückte das Ei an seine Brust. Er hatte es! Es war in Sicherheit! Nun konnte keiner mehr ihm oder den Seinen etwas antun.

»Hal!« Eindringlich sprach Perren den Namen aus.

Caspar verstand nicht. Was hatte Hal mit alledem zu tun?

Aufgeregt deutete der Steinwicht auf den Tümpel. »Die Große Mutter verlangt von dir, daß du das Necrönd einsetzt. Du mußt Morrigwen aus der Anderwelt holen. Die Große Mutter sucht die Trinität. Du mußt sie rufen.«

Furchtsam hielt Caspar das Necrönd mit beiden Händen.

KAPITEL 14

Hal verdrehte seinen Rücken, reckte seinen Hals und gab sich alle Mühe, seinen Mund über dem wogenden Wasser zu halten. Er kämpfte um jede letzte Sekunde seines Lebens, spuckte und schluckte die eisige Brühe, die um seine Lippen schwappte.

Der Wasserspiegel stieg über seine Nase, und das Kämpfen machte keinen Sinn mehr. Die Verzweiflung fiel von ihm, und in der gedämpften Welt des Wassers überwältigte ihn eine plötzliche Ruhe. Er konnte noch sehen, und durch die Verzerrungen im Wasser sah er eine erstaunliche Erscheinung durchs Wasser am Kerkerboden treiben. Auf dem Rücken eines weißen Wolfes kam der Geist einer alten Frau, deren Leib von weißen Schleiern umfangen war, und ein Blutquell pumpte aus ihrem Bauch hervor.

»Er hat mich gezwungen zu kommen. Und ausgerechnet zu dir. Zu dir!« stöhnte das uralte Gespenst. »Ich bin schwach, und man wird mich nur noch weiter strafen. Und wofür? Du hättest dich Brid fügen sollen. Wie konnte mich Spar nur dazu zwingen, diese quälende Reise als Geist auf mich zu nehmen, wenn ich doch als Ganzes wieder zurückkehren muß, um meinen Pflichten nachzukommen. Der Schmerz ist hier schlimmer, weit schlimmer. Das wirst du mir bezahlen, Hal«, sagte sie, als ihr weißer Wolf neben seinem Schwert an der gegenüberliegenden Wand haltmachte.

Roter Rauch sickerte durch die Wände, und zwei weitere Gestalten – nicht minder gespenstisch als Morrigwen, wenn auch ohne ihre Totenblässe – standen neben ihr. Sie nahmen einander bei den Händen, vereinten die Geister der drei Hohepriesterinnen, um ihrer Aufgabe nachzukommen. Keridwen sah alt und dürr aus. Brid, deren Gesicht vor Konzentration gespannt war, blickte kein einziges Mal zu Hal herüber, sondern konzentrierte sich allein aufs Schwert. Staunend wußte Hal, daß seine Gebete zur Mutter erhört worden waren.

Die verschlungenen Hände der drei Gespenster strichen am großen Runenschwert hinauf und trugen es durchs Wasser zu ihm hinüber. Wortlos legten sie es in seine ausgestreckten Hände, und ihre Bilder verblaßten, wobei Morrigwens am längsten blieb.

Er sah, wie sie in einen leeren Raum gesogen wurde, über die Grenze in die Anderwelt zurück und in einen riesigen, hohen Kuppelkerker, in dem Menschen über offenen Feuern geröstet wurden. Dort lag sie, alle Glieder von sich gestreckt, die Haut von ihrem Bauch gezogen, daß die Eingeweide mit glühenden Spießen durchbohrt werden konnten.

Sie wand sich und schrie. Doch jedesmal, wenn die Förster ihre Folter unterbrachen, heulte sie wie ein Wolf. »Ich gebe nicht auf! Niemals, nicht, solange die neue Jungfrau nicht gefunden ist!«

Die Klinge lag in seiner Hand, und mit einem Hieb durchtrennte er die hinderliche Kette. Als sein Kopf aus dem Wasser ragte, bahnte er sich einen Weg durch die brodelnden Fluten dorthin, wo Hardwin gewesen war. Tief tauchte er hinunter, durchschlug die Fesseln und riß ihn am Kragen aufrecht. Der Mann keuchte und schrie, daß seine Augen vor Entsetzen aus dem Schädel quollen. Ein Hieb befreite auch Renaud, und würgend und hustend schwammen sie gemeinsam zur Treppe hinüber.

Die Tür war fest verriegelt. Hal zerschlug den Riegel mit seinem Schwert, und die Tür brach unter der Wucht der

Fluten auf. Sie wurden von der Strömung, die die Treppe hinunterstürzte, wieder in den Kerker gespült und an die hintere Wand gedrückt. Hal hangelte sich von einem Kettenring zum nächsten um den sich eilends füllenden Kerker herum und ermutigte damit die anderen, es ihm nachzutun.

Sie zogen sich am Treppenseil hinauf und erzwangen sich einen Weg durch die Kaskaden, die an ihre Oberschenkel trommelten. Hardwin und Renaud waren wie er nun frei, und er konnte sich nicht länger um sie kümmern. Sein einziger Gedanke galt Brid. Sicher würden die steigenden Fluten das Ufer überspülen. Und was war mit dem schwarzen Wolf? »Abelard, weiche nicht von ihrer Seite«, flehte er laut.

Endlich war er an der Tür und eilte auf den Vorwerkshof. Er blinzelte im grellen Licht. Der Nebel hatte sich verzogen, doch der Damm war nicht mehr zu sehen. Ein Boot mit rotem Segel riß und bockte an seinem Tampen neben einem Anleger, an den die plötzliche Flut schlug. Zweifelsohne war die Flut real. Er dachte daran, wie Robin Langstock von einem Schleusentor gesprochen hatte.

Er duckte sich unter den Falltoren hindurch und rannte zur Burg hinaus. Drüben, am anderen Ufer, sah er keine Spur von Brid, nur roten Rauch, der das Ufer verhüllte. Von hier aus konnte er ihr nicht helfen. Er schloß die Augen und betete um ihre Sicherheit.

Dann wandte er dem See den Rücken zu und sah zur Burg auf. Grüner Rauch wurde von einer leichten Brise vom schwarzen Stein verweht, und der Duft des Triumphes versüßte die Luft. Die Zauberer waren fort, da war er sicher. Doch wo war Cymbeline? War sie im unteren Verlies ertrunken, oder war sie in ihren Turm zurück geflohen? Er brauchte sie. Ihre sichere Heimkehr war Branwolfs Rettung.

Hardwin und Renaud standen bei den Falltoren, flehten ihn an, sie nicht zurückzulassen.

»Ich will Euch gut entlohnen«, weinte Renaud, doch Hal zweifelte daran, daß Rewik das Wort seines Bruders ehren würde, sollten sie ohne Cymbeline heimkehren.

»Laß mich los, du Flegel«, wurde eine quiekende Stimme von den Stallungen her laut. Hal hastete dorthin. »Gebt mich frei. Ich gehe nicht ohne meinen Bruder!« Cymbelines Stimme war schrill und aufgeregt. Ceowulf hielt sie mit festem Griff, doch das Maß ihrer Aufregung hatte ihre Kraft verstärkt, und selbst der große Caldeaner hatte zu kämpfen, da sie ihm in die Hände biß und vor die Schienbeine trat.

Hal ging ihnen entgegen, nahm Cymbelines freies Handgelenk, und fast war ihm zum Lachen zumute. »Mylady, sorgt Euch nicht. Wir bringen Euch sicher heim zu König Rewik.«

Sie warf ihm einen verständnislosen Blick zu, dann zeigte sie ihren königlichen Schmollmund her. »Ich gehe nicht ohne meinen Bruder.«

»Nun, wo ist er?« wollte Hal wissen. »Wir werden ihn befreien.«

Traurig deutete Cymbeline auf den See unter ihnen, wo ein Boot mit roten Segeln am Anleger auf den turbulenten Fluten schwankte. Hal sah drei Gestalten, die zum Boot hinüber liefen, vor einer Reihe von Männern und weiteren dieser kreischenden Kobolde. Er rannte zu den steinernen Stufen, die unterhalb der Burg in den Fels gehauen waren und zum Brackwasser des See hinunterführten.

Die letzten Stufen nahm er mit einem Satz, hetzte zum Anleger, und salzige Gischt spritzte in sein Gesicht, als die Wellen gegen den Bau schlugen. Ein halbes Dutzend nackter Kobolde war an Bord gesprungen und schrie den drei Männern zu, sie sollten sich sputen.

Mit gezücktem Schwert hatte Hal den Anleger hinter sich gebracht, bevor die drei Männer an Bord gegangen waren. Zwei von ihnen erkannte er. Der eine war Tupwell von Ovissia, der andere Cymbelines Bruder Prinz Tudwal. Der dritte Mann trug einen schwarzen Rock und Kettenhosen wie ein gewöhnlicher Söldner.

Hal hielt inne. Der Söldner und Tupwell führten in ihrer Mitte den strampelnden und schreienden ceolothianischen Prinzen zum Boot hinüber! Verzweifelt schrie Tudwal nach Cymbeline.

Hal eilte dem Prinzen zu Hilfe, daß die Bohlen des Anlegers unter seinen Füßen wippten. Beunruhigt rief Tupwell um Hilfe. Augenblicklich sprangen drei Kobolde an Land und zerrten den muskulösen Ceolothianer an Bord, während die anderen die Seile kappten. Das Boot fing den Wind ein und stürmte auf den kurzen Wellen voran. Hal stand auf dem Anleger, streckte seine Hand vergeblich Tudwal entgegen, während der Prinz noch immer nach seiner Schwester rief.

Es gab nichts, was Hal hätte tun können. Er fragte sich, wie Tupwell in die Sache verstrickt sein mochte, und stieg die Stufen zu Ceowulf, Renaud und Hardwin hinauf. Er wußte die Antwort, als er zu seinem Freund kam, der noch immer Cymbeline festhielt.

»Wollt Ihr ihnen denn nicht folgen?« fragte sie.

»Wie denn?« sagte Ceowulf etwas ärgerlich, nuckelte an seinem Daumen und betrachtete die roten Bißspuren. »Erwartet Eure Königliche Prinzessin etwa, daß wir dem Boot nachschwimmen?«

»Tupwell!« brach es aus Hal hervor, als er wieder zu Atem kam. »Tupwell stand von Anfang an hinter der Attacke.«

»Was?« rief Ceowulf aus.

»Ich habe mich getäuscht! Du weißt noch, wie ich vor dem Hinterhalt über ein Stück zerrissenes Pergament gestolpert bin, mitten im Wald, als Cymbelines Pferd durchging? Natürlich dachte ich, daß Ihr, Renaud«, er warf dem Prinzen einen Blick zu, »jemandem aufgetragen hattet, es dorthin zu legen. Ihr müßt wissen, als ich die Fetzen zusammengesetzt hatte, bildeten sie eine Anweisung, daß Cymbeline Belbidia niemals erreichen dürfe, und ich dachte, Ihr hättet als einziger ein mögliches Motiv, um einen solchen Verrat zu planen. Wer sonst könnte verhindern wollen, daß sie Rewik heiratet? Wenn Cymbeline dem König einen Erben schenkt, verliert Ihr Euren unmittelbaren Anspruch auf den Thron. Selbstverständlich habe ich Euch verdächtigt, Vetter.« Er sah dem großen Prinzen offen in die Augen. »Sir, ich bitte aufrichtig um Verzeihung.«

»Aber Tupwell?« fragte Ceowulf.

»Nun, wenn ich es unter anderen Voraussetzungen bedenke ... hat sich Tupwell nicht eher spät angeboten, sich dem Rest des Edelleute anzuschließen? Natürlich ist er am Straßenrand in einen Graben gerutscht, doch das könnte er ebenso als Ablenkung für seine späte Ankunft eingerichtet haben. Sicher hat er reichlich Zeit gehabt, in den Wald zu schleichen.«

Er hielt inne, dachte nach. »Und die andere Nachricht ...?« Er schwieg und behielt seine Gedanken für sich, war sich der Wahrheit nicht sicher. Stand die Nachricht, die er entdeckt hatte, mit jener in Verbindung, die Brid ausgegraben hatte und in der es um einen Fund von Sonnenradrubinen in den Gelben Bergen ging? Hatte Tupwell die Prinzessin auf eine Art und Weise entführt, die den Verdacht auf die Torra Altaner lenken sollte? Hatte er wirklich nur Torra Alta diskreditieren wollen, damit die Burg in ovissianische Hände fiel, was ihm besseren Zugang zu jenem Fund von Sonnenradrubinen in den Gelben Bergen ermöglicht hätte? Ja, etwas in der Art mußte es sein.

»Mein Prinz, ich habe Euch unrecht getan«, vertraute er Renaud an. »Ich habe Eurem Bruder erklärt, daß Ihr Euch gegen ihn und die Prinzessin verschworen habt, doch ich habe mich getäuscht.«

»Das habt Ihr allerdings. Hardwin und ich haben so sehr zu ihrem Schutz gekämpft, daß sie sich am Ende gezwungen sahen, uns als ihre Gefangenen mitzunehmen. Mir war nicht klar, daß Tupwell zu der Verschwörung zählt, nur daß er von uns getrennt wurde. Ich hatte vermutet, daß man ihn in einem anderen Teil des Verlieses festhalten würde, damit wir keine Pläne für eine gemeinsame Flucht schmieden konnten.«

»Ich hoffe, Ihr werdet mir vergeben«, sagte Hal, entschuldigte sich gern noch einmal, doch er war in Gedanken längst nicht mehr bei der Sache.

Er starrte zum roten Rauch am anderen Ufer hinüber. Lange, stockgleiche Gestalten traten daraus hervor und beschrieben seltsam schlängelnde Bewegungen im Wasser.

Welch merkwürdige Wesen ...? Er blinzelte und hielt seine Gedanken zurück, schob sein Schwert wieder in die Scheide. Die großen Gestalten, die dort übers Wasser wandelten, waren nur die Männer aus den Sümpfen auf ihren langen Stelzen. Und dort war auch die winzige Brid zu erkennen, die sich an einen Rücken klammerte. Auch Pip und Abelard. Er vergeudete keine Zeit und stieg den gewundenen Pfad hinunter, der dort ins Kliff gehauen war, und lief ihnen entgegen.

Während Robin Langstock und seine Männer ihm langsam entgegenkamen, hatte er Zeit, seine Gedanken zu sammeln und sie zu fangen. Bevor sie ganz am Ufer waren, sprang Brid von Robin Langstocks Rücken und platschte ihnen durchs seichte Wasser entgegen.

Sie lief zu ihm und drückte ihn fest an sich, dann machte sie sich los. »Du bist ganz naß«, sagte sie vorwurfsvoll.

»Seltsam, ich weiß«, erwiderte Hal mit leisem Sarkasmus, während er sie auf Armeslänge von sich hielt, um sie besser sehen und nach Spuren von Verletzungen absuchen zu können. »Du bist unversehrt?«

Sie überhörte seinen sorgenvollen Unterton. »Du hattest Glück. Ich habe dir gesagt, du solltest warten, bis ich den Nebel gebannt hätte. Keridwen und ich allein hätten dich nicht retten können. Du hattest Glück, daß irgendwie Morrigwens Seele zu erreichen war.« Sie ließ den Kopf sinken.

»Morrigwen, sie ...« Hal wußte nicht, was er sagen sollte.

Brid nickte. »Sie leidet entsetzlich.« Sie wurde starr, zwinkerte mit den Augen, rang die Tränen nieder und hob den Kopf, um zu den anderen aufzublicken, die die Stufen hinuntereilten. »Du hast es gut gemacht. Nachdem wir nun Cymbeline und Renaud haben, wird Torra Altas Name reingewaschen, und wir bleiben König Dagonets Verbündete. Wenn wir uns beeilen, können wir sie noch vor dem Hochsommer heimbringen. Wenn das getan ist, kann ich meine ganze Aufmerksamkeit der Suche nach meiner Nachfolgerin zuwenden, und Morrigwens Seele wird frei sein.« Sie warf ihr feuchtes, geflochtenes Haar zurück. »Ich bin froh, daß du nicht auf mich gehört hast.«

»Ich hatte Zweifel an deiner Macht, den Nebel zu vertreiben«, entschuldigte sich Hal.

»Und du hattest recht, Hal. Ich habe ihn nicht vertrieben. Die Zauberer sind einfach verschwunden und mit ihnen der Nebel.« Einen Moment schwieg sie sinnierend. »Sie konnten nur auf Geheiß des Necrönd hier sein, und das hätte

Spar niemals zugelassen. Irgendwie hat irgend etwas, vielleicht eines der Tiere, dessen Lebenshauch sich im Druiden-Ei selbst befindet, dieses beherrscht. Ich hätte Spar nicht allein lassen sollen. Das Necrönd war von jeher zu stark für ihn.«

»Master Spar könnte niemals irgend etwas beherrschen«, rief Pip aufgeregt und lief an Hals Seite. »Ich habe einen getötet. Hier!« Triumphierend hielt er ein Messer hoch, an dem sich Blut befand.

»Wen getötet?« wollte Hal wissen und suchte weiter sorgenvoll nach Verletzungen bei Brid.

»Einen Kobold«, teilte ihm Robin Langstock mit. »Gräßliche Kreaturen, die übers Wasser schwärmten und sich an einen riesigen, schwarzen Wolf klammerten. Dann kamen noch mehr davon aus den Wäldern, mehr als zwanzig würde ich sagen. Der Knabe hat tatsächlich einen getötet, doch eigentlich hat er ihm für Abelard dort den Rest gegeben, dessen Pfeil ihn niedergestreckt hatte. Ihr müßt Euch nicht mehr sorgen. Harle hat sich der letzten angenommen, als wir gingen.«

»Ihr wurdet angegriffen!« Hals Herz raste bei dem Gedanken daran, was hätte geschehen können.

»Ja, als Harle und seine Mutter eben nach Wurzeln und Heilkräutern suchen wollten, von denen Brid meinte, sie könnten vielleicht helfen, den unnatürlichen Zauber zu brechen, haben Abelard und ich sie vertrieben«, prahlte Pip. »Einen habe ich getötet.«

Abelard grinste Pip an. »Ohne dich wäre ich nicht zurechtgekommen, Kleiner. Du bist ein guter Kämpfer.«

Hal bot dem alten Bogenschützen seine Hand an, der ihn einen Moment argwöhnisch ansah, bis er ihm die seine entgegenstreckte. Hal nahm sie mit festem Griff und schüttelte sie leidenschaftlich. Abelards Köcher war leer, und man mußte ihm nicht erst erzählen, daß es nur an diesem Mann lag, daß Brid noch lebte. »Es tut mir leid«, wollte er sich für sein bisheriges Benehmen dem Bogenschützen gegenüber entschuldigen. Es schien, als mußte er sich in letzter Zeit sehr oft entschuldigen.

Abelard lächelte leise und trat mit großer Geste einen Schritt zurück. »Das bedarf keiner Worte, Sir.« Verlegen machte er sich an seinem Bogen zu schaffen.

»Tut es doch«, beharrte Hal. »Ich stehe tief in Eurer Schuld.«

»Ceowulf!« grüßte Pip hocherfreut, als der Ritter und die anderen Edelleute sich zu ihnen gesellten. Sein Publikum wuchs, und er begann von neuem. »Ich habe einen getötet.«

»Ja, Freund.« Der caldeanische Ritter nickte anerkennend. »Und sicher würdest du uns gern davon erzählen.«

Während Pip selig nickte und seine Geschichte wiederholte, nahm Brid Hal beiseite. »Bring uns heim, Hal. Bring uns heim, damit wir Keridwen und Branwolf endlich befreien können.«

Hal drückte ihre Hand, freute sich über ihre Anerkennung, und gemeinsam lachten sie über Pip, der nun Renaud von seinen Siegestaten erzählte.

»Weiß er, daß er mit einem Prinzen spricht?« fragte Hal, da der Junge sich auf derart vertraute Weise mit Prinz Renaud unterhielt.

Brid zuckte mit den Achseln. »Das bezweifle ich, aber wie ich Pip kenne, ist es ihm egal.« Sie blickten zu den schwarzen Türmen hinter ihnen auf und sahen, wie der letzte grüne Nebel im Wind verwehte. »Die Luft ist fast schon klar. Das Necrönd ist wieder in Sicherheit.«

»Es ist bei Spar«, sagte Hal mit fester Stimme.

Brid drückte seine Hand ganz fest, als wollte sie sie nie mehr loslassen.

KAPITEL 15

Amaryllis«, schluchzte May. »Es tut mir leid. Es tut mir so leid.« Tränen liefen über ihre Wangen.

»Er heißt Talorcan«, sagte Caspar kalt. »Und er führt nur Böses im Schilde.«

»Nein.« Die Stimme des Försters war ein schwaches Stöhnen. »Anfangs wollte ich nur eine Seele gewinnen, dann Silbermond beschützen, aber ich habe sie im Stich gelassen. Im Stich gelassen ... Mein Silbermond, süße May. Ich sterbe.«

May strich über die Stirn des Försters.

»Fürchte dich nicht, Amaryllis. Ich liebe dich«, flüsterte sie, und Tränen rannen über ihr Gesicht. »Alles wird gut werden. Du hast schon eine Seele. Ich sehe es in deinen Augen. Wende dich der Großen Mutter zu. Suche Sie. Suche ihre Liebe, und alles wird gut werden.«

Er seufzte schwach und hielt sich an May fest. »Verzeih, was ich dir an Üblem angetan haben mag. Ich jedenfalls hadere nicht mit Caspars gutem Schuß. Das Leben ist für alle Menschen kurz, und es tut mir nicht leid zu sterben. Ich werde auf dich warten, meine Liebe, auf der anderen Seite.« Mit sichtlicher Mühe wandte er seinen Kopf Caspar zu, der plötzlich dem Förster in die Augen sah, die gespenstischerweise von genau dem gleichen Haselnußbraun wie Mays waren. »Ich bitte nur darum, daß Ihr nun an meiner Stelle für sie sorgt. Ihr müßt auf sie achtgeben.«

Dann erstarb das Glühen in Talorcans Augen, und der Mann lag völlig reglos da. Mays Schluchzen wurde zu einem verzweifelten Klagen, und ihre Schultern zuckten.

»Er hat mich beschützt. Und du hast ihn ermordet. Was

sollen wir jetzt tun? Amaryllis hat die Kreaturen vertrieben. Nur Amaryllis kann das, und der ist nun tot. Du hast ihn getötet. Du hast ihn ermordet!« May stürzte sich in ihrem Zorn auf Caspar. »Er war da, als du mir nicht gefolgt bist. Ich dachte, du würdest kommen. Ich dachte, du würdest mich suchen. Aber du hast mich nie geliebt. Du hast dich immer nur für eines interessiert. Du bist allein dem Necrönd gefolgt.« Sie schlug mit ihren Fäusten an seine Brust und schluchzte heftig.

Statt sie abzuwehren, schloß Caspar seine Arme fest um sie, zog ihren Kopf an seine Schulter. Sie weinte an seinem Hals, und er konnte spüren, wie die Feuchtigkeit ihrer Tränen sein Hemd durchweichte. Verwirrt drückte er sie fest an sich und küßte sie oben auf den Kopf. »Wie hast du ihm das Necrönd abgenommen?«

»Er hatte es nie«, sagte May, und ihre Stimme zitterte noch immer.

»Aber ...« Caspar war nur noch verwirrter. »Aber wie ist es hierhergekommen?«

»Ich habe es genommen. Ich habe es genommen, aus Angst, daß es dich die Seele kosten könnte. Ich dachte ...« Sie stieß ihn von sich und kniete sich abermals neben den Förster.

»Du dachtest, ich sei nicht stark genug, der Hüter des Necrönd zu sein«, endete Caspar an ihrer Stelle. »Ich dachte, daß wenigstens du mich soweit respektieren würdest.« Seine Worte hätten bitter klingen können, doch statt dessen sprach aus ihm nur Resignation.

Sie betrachtete das Druiden-Ei. »Ich habe großen Schaden angerichtet und bin blindlings vor den Kreaturen fortgelaufen, die mich suchten, und ich weiß, daß ich nicht stark genug bin. Er ist in den Minen. Ein teuflischer Geist ist in den Minen. Wenn Amaryllis nicht in der Nähe ist, um zu schützen, versucht er, in meine Träume zu kriechen und die Kontrolle über das Ei zu erlangen. Er hat sogar meine Seele genommen, bis Amaryllis ihn vertrieben hat. Wir sind nicht stark genug. Wir brauchen Amaryllis.« Sanft strich sie das goldene Haar aus seinem reglosen Gesicht.

»Du hast gesagt, daß du ihn liebst!« warf Caspar ihr vor und spürte, daß es etwas gab, was May ihm nicht erzählte. Sie zeigte körperliche Zärtlichkeit dem Förster gegenüber.

»Ja!« gab sie trotzig zurück. »Ich habe ihm etwas bedeutet! Für ihn war ich alles, wichtiger als sein Leben, und er hätte alles für mich getan. Wie konnte ich ihn dafür nicht lieben?«

»Aber du kannst doch keinen anderen lieben«, sagte Caspar verzweifelt. »May, du darfst nur mich lieben.«

»Warum? Warum sollte ich?« Sie war bitterböse. »Wie kannst du es wagen, etwas von mir zu verlangen, was du nicht von dir selbst verlangst? Mit Worten sagst du, daß du mich liebst, aber Augen hattest du stets nur für Brid. Sie war für dich von jeher Sonne, Mond und Sterne. Du liebst mich nicht. Du liebst sie.«

Caspar nahm sie bei den Schultern, zwang sie, ihn anzusehen. »May, ich liebe dich wirklich. Ich wollte es dir sagen, wenn wir aus Ceolothia heimkehren. Ich liebe Brid, aber nicht mehr als jeder sie als Jungfrau liebt, genau wie du. Ich liebe sie nicht, wie Hal sie liebt. Er ist für sie in die Anderwelt gegangen, was ich nicht konnte, weil mein Herz dir gehört. Ich war überglücklich, als ich endlich meine wahren Gefühle kannte. Ich brauchte nur Zeit, den richtigen Augenblick, um dir, May, zu sagen, daß ich dich und keine andere liebe. Ich wollte es dir am Beltane-Fest sagen, aber du bist vorher fortgegangen ...«

»Ich glaube dir nicht«, schluchzte May. »Amaryllis hat mich geliebt.«

»Ich liebe dich«, beharrte Caspar, drückte sie fest an sich und fühlte, wie die Spannung langsam von ihrem Körper fiel. Es war eine Kapitulation. Es war, als hätte sie sich mit einer großen Mauer gegen ihre eigenen Gefühle geschützt, gegen die Qual, den Schmerz, und nun ließ sie alles gehen, ermattete in seinen Armen.

»Spar, verzeih mir. Es tut mir leid, daß ich das Necrönd genommen habe.«

»Es wird alles wieder gut, May. Du hattest recht, weil es nur Unglück über unsere Burg gebracht hat. Wir werden gemeinsam darauf achten. Wir werden fortgehen, alles hinter uns lassen, damit jene, die wir lieben, keinen Schaden nehmen. Gemeinsam sind wir stark genug. Wir fahren ostwärts über die unbekannten Meere zu jenem Land dahinter.«

»Du willst für mich sorgen?« fragte May und sah, wie Caspar das Necrönd in ihr Silberkästchen tat und unter seinem Hemd verbarg.

Nachdenklich kratzte er an der unverheilten Schürfung an seiner Kopfhaut. »Natürlich gehen wir allein und für immer, nur du und ich«, wiederholte Caspar sein Versprechen.

»Torra Alta verlassen?« fragte sie. »Ist das dein Ernst?«

Er nickte.

»Als Ebenbürtige?«

Wieder nickte er.

»Du liebst mich wirklich!« Sie lachte. »Ich wollte niemals Baronin sein!«

»Komm, wir haben Freunde, viele Freunde. Sie werden uns helfen.« Er wandte sich zu Perren um, der dort stand und dem die Tränen übers Gesicht rannen.

»Geschichten haben mich schon immer berührt, aber ich wußte gar nicht, wieviel berührender sie sind, wenn man sie mit eigenen Augen sieht.«

Die Wölfin wartete auf der anderen Seite des Tümpels auf sie, als sie endlich übersetzten. Runa warf May einen neugierigen Seitenblick zu und schmiegte sich an sie.

May hielt Caspar bei der Hand, kraulte die Mähne der Wölfin mit der anderen und sah sich nach Amaryllis um. Caspar sah die Trauer in ihren Augen, und er verstand, denn auch er wußte, was es hieß, mehr als einmal zu lieben.

Die Luft um den Körper des Försters begann zu schimmern. Caspar war viel zu erschöpft, als daß er Angst hätte empfinden können, als die dreizehn Mitglieder des Hohen Kreises aus einem Streifen glitzernder Atmosphäre traten und sich um Talorcan stellten.

»Er ist nicht zu Staub geworden«, klagte Straif. »Er wurde nicht bestraft!«

»Ist es nicht Strafe genug, daß er nun nicht länger unsterblich, sondern Teil des Lebens ist?« fragte Saille.

Nein, dachte Caspar. Nein, es ist das endgültige Geschenk. Er hielt Mays Hand ganz fest, und wortlos führte er sie an die Luft hinaus, wo der Regen Ceolothias ihre Tränen fortwusch.

JANE WELCH

RUNENZAUBER

Band 1: Die Drachenfestung

Band 2: Das Auge des Druiden

Band 3: Die Nebel von Farona

Band 4: Der Drachenstein

Band 5: Das Schwert der Morrigwen

Band 6: Der See der Tränen

Band 7: Der Kreis von Abalone

Band 8: Das Jenseitstor

Band 9: Das Blut der Wölfe

Band 10: Der Bann des Barden

Band 11: Im Land des Greifs

Band 12: Der Herr der Schatten

Excalibur

bei

Knaur

KATHARINE KERR

DIE CHRONIKEN VON DEVERRY

Band 1: Der Wanderer von Deverry
Band 2: Die Ausgestoßenen von Deverry
Band 3: Dämmerung über Deverry
Band 4: Der Magier von Deverry
Band 5: Zeit der Verbannung
Band 6: Zeit der Omen
Band 7: Zeit des Dunkels
Band 8: Zeit des Feuers
Band 9: Der rote Drache